周光灿 主编

张小莉 执行主编

平凡铸就

榜样

九江『中国好人』事迹报告

PINGFAN
ZHUJIU
BANGYANG

中国文史出版社

编 委 会

前　言

这里，推出了 50 位九江籍"中国好人"的精彩故事；

这里，定格了 50 位普通九江人物善行善举的闪光瞬间；

这里，承载了数十万名热心网民和社会公众对人间真善美、社会正能量的真情表达；

这里，筑起了九江新时代的一处新的精神坐标，激励着更多好人好事在我们这片热土不断涌现、广为传诵。

好人是看得见的标杆，榜样是最明亮的灯塔。2008 年，中央文明办首次在全国开展网上推荐评选身边好人活动，此后，全国各地纷纷掀起"评好人、颂好人、做好人"的热潮，推动华夏大地好人好事层出不穷，到处呈现先进事迹可追可及的生动局面。九江市委、市政府高度重视"中国好人"的评选与事迹弘扬，宣传部门坚持指导全市各地深入发掘群众身边的好人故事，广泛宣传源自平凡的善行善举，激励更多人崇德向善、见贤思齐，积极践行社会主义核心价值观。为此，九江市文联、市作协牵头组织各县（市、区）作协会员，集中开展采访创作，推出一批以歌颂九江籍"中国好人"感人事迹为主题的纪实文学，向新时代好人致敬，向新中国成立 75 周年献礼。

在平凡工作中创造不平凡的业绩，是"中国好人"的共同特征。近年来，我市涌现出一批可亲可敬的身边好人。他们中有扎根基层、服务群众，推动地方经济发展的东山村第一书记谭翊泉；有抗洪抢险，保护人民生命财产安全而壮烈牺牲的干部匡美建、邓旭、程扶摇；有坚守西海孤岛四十余年的教育摆渡人熊怡华；有支持乡村发展贡献一己之力的致富带头人余静赣、周卫星；有孝老爱亲的好榜样、中华孝亲敬老之星陈兰英；有一句话承诺一辈子照顾孤寡老人的"好女儿"欧阳纯凤；有医者仁心，在抗疫逆行中绽放光彩的白衣天使郭宝民；有兢兢业业，岗位建功的电力工人汪红建、钟亮；有见义勇为、舍身救人的退伍老兵张辛巳；有一生坚守湖区候鸟的最美巡护员王小龙……他们是社会主义核心价值观的积极倡导者、生动践行者、坚定守护者。书中所载的 50 位普通人物都是"中国好人"在九江的典型代表。他们从万千人群中走来，携质朴善念而行，他们以行动书写大爱，以坚守诠释担当，以善行温暖人心。这些入选的好人和我们身边千万个好人一起，共同汇聚成新时代的文明之光、幸福之光。

伟大的时代呼唤伟大精神，崇高事业需要榜样引领。2022 年 8 月 13 日，习近平总书记给"中国好人"安徽黄山风景区工作人员李培生、胡晓春回信指出："中国好人"最可贵的地方就是在平凡工作中创造不平凡的业绩。总书记希望他们继续发扬好榜样作用，积极传播真善美、传递正能量，带动更多身边人向上向善，弘扬社会主义核心价值观，争做社会的好公民、单位的好员工、家庭的好成员，为实现中华民族伟大复兴奉献自己的光和热。总书记的回信肯定了以李培生、胡晓春为代表的"中国好人"，同时激励了更多的在平凡工作中创造出不平凡业绩的社会好公民、单位好员工、家庭好成员。总书记的回信明确提出了新时代"中国好人"的标准，同时也为如何成为新时代"中国好人"提出了明确要求和根本遵循。新时代的好人力量，需要创造性地转化为广大人民群众自觉主动的实践。大至捍卫信仰、见义勇为、扶危济困、担当奉献，小至献一份爱心、搭一把帮手、道一声问候，只有人人起而行之，积小善成大善，合私德为公德，我们的社会就一定会变得更加美好，我们的文明就一定能引领这个时代大步前进。

让我们争做"中国好人"，让我们共建"好人中国"！

2024 年 11 月 21 日

目　录

创业致富带头人

□ 卢曙光

2007 年秋，在江西万福集团办公室，来了两位客人，分别是江西省电视台二套的胡记者和小王，当董事长周卫星出现时，小王立即起身，赶忙向前两步，对周卫星深深鞠躬，他说"周总，终于找到您了，没有您的帮助就不会有我的今天"。周卫星握着他的手说，"别客气、别客气，都是小事情，不要放在心上"。

这是怎么回事呢，原来小王是周卫星资助过的学生，周卫星曾认领多名贫困大学生作为资助对象，但被帮助的学生，并不知道资助者是谁。当时小王家庭有困难，周卫星除资助外，还买了辆折叠自行车给他。小王完成学业后顺利找到了工作，表现非常不错，条件也得到改善。但他心里一直惦记着这个帮助过他的人，想当面说声谢谢。经多方打听，只知道是修水一个开超市的老板，并不知姓甚名谁，于是他求助江西电视台二套"都市情缘"栏目组。电视台除在节目中播出寻找信息外，还把寻找任务交给了修水籍记者小胡。碰巧胡记者与周卫星是同乡，当辗转各处打听时，周卫星正是他们要找的超市老板，因此才有了开头感人的一幕。

周卫星资助过的不只小王一个，他并没有放在心上，也从来没有想过要回报，凭着一颗爱心，认为给需要的人以帮助，是自己应尽的责任，是一件再寻常不过的事。事实也是如此，作为万福集团的掌门人，他主动履行社会责任，相继开展过"爱心助学""爱心助困""赈灾捐款"等活动，累计为社会捐款捐物共计人民币 500 余万元。他是农家孩子，过过苦日子，幼年失父，作为家中长子，9 岁就开始帮助寡母料理家务，他比同龄人成熟得更早，更懂困难时的那种无助。

修水县白岭镇南楼岭村油茶埚片，是个只有 20 多户人家的自然村，与湖北省通城县接壤，到通城县城还更近，这里水土流失严重，田土以沙质土为多，并不肥沃。周卫星出生的 1973 年，村民的生活还很困难，那个年代还没有改革开放，不像现在可以外出打工，只能面朝黄土背朝天地土里刨食，或卖劳力换几个油盐钱。周卫星一家六口，除父母外，他还有一个妹妹两个弟弟，父亲长期患病，日子过得比别家难。6 岁那年，他就开始帮家里放鸭，每天蒙蒙亮鸭子就嘎嘎地叫，早早把他从睡梦中吵醒，他赶着鸭子四处觅食，劳动十几个小时。因年纪太小外出放鸭子时经常在田塍上睡着，常被路过的好心人叫醒，怕他着凉感冒。有时候鸭子贪吃掉队了，不管天寒地冻还得打起赤脚去水里、去河滩找，经常一身水、一身泥地回到家中。

因为家里困难，周卫星比同龄的孩子晚两年上学，到 9 岁才进学校，而这一年父亲不幸去世。父亲在世时，即使生病也有个主心骨，他的撒手归西，母亲有如天崩地裂，看到四个年幼的孩子，她成天以泪洗面。懂事的周卫星，当年曾拉着母亲的手说，"我以后就是这个家的顶梁柱"，他发誓要帮母亲一起照顾好弟妹。上小学的时候，中午和晚上放学期间会到附近的山上砍柴，到附近的地里采猪草。采茶的季节，还会到附近茶场采茶，采茶的大多是女孩子，他从不顾别人笑话，因为没有其他选择，他惦记着每学期三元钱的学费还没有交，不仅是自己的，还有弟妹的也要交，他要尽自己的努力，减轻家里负担。

他也曾有过大学梦，小学升初中时，是学校唯一考入了镇中学的学生，并且成绩排在班级前列。但是他无法安心书桌，因为三个妹弟也都先后上学。为分担母亲的担子，连着几个暑假到人少田多的地方做割禾客。那时他还只是个大孩子，就跟着村里男劳力到百里外的上奉、三都、黄沙等地割禾，天没亮就起床，天黑了才收工。当时因长时间在水里浸泡，手指都伸不直，手指一伸，关节就钻心地痛。因劳动强度大，每天早上起来全身疼得不轻，但还是咬紧牙关为十几元钱而拼命坚持。面对困境，终究还是辍学，为了一家人的生计，高中未毕业便加入了南下打工的队伍，含泪告别了家乡，告别了他向往的学校，告别了他的大学梦。

正是这大学梦碎的经历骨子里刻下了难以磨灭的印记，即使后来他事业成功了，对扶助贫困大学生总是充满热情。他不希望，也不愿看到农家子弟因贫困而失学，他希望每个像小王一样的学子都因知识而改变命运，成为建设国家的有用之材，也希望自己的成功，不仅可以帮助弟妹完成学业，改善家庭生活，也能帮助到别人。

在东莞长安打工 5 年之后，想到打工也不是长久之计，待手里稍微有点积蓄，便回家创业。最初他办起了养猪场，养母猪卖猪仔，种桑养蚕，而且还担任村里的桑管员。为节省成本，他学习科学技术知识，学会猪饲料配制，不仅节省了成本，还充分利用了村里充足的原料。一年可出栏几批猪，几年之后，赚到第一桶金。他又拿出大部分资金，架起一条近 5 公里长的线路，将电引进村里，办起了饲料加工厂。随后，又买了一辆货车跑运输，紧接着又在乡政府所在地桃树街开了第一家摩托车和手机销售店。步入商海的他如鱼得水，2007 年，他创办的万福超市在修水县城正式亮相，由于善于经营，开始在业界崭露头角。经过 10 多年的奋斗，万福超市变成了万福集团，现有村级电商服务站点 150 个，包括广东、九江等地，共有 60 多家连锁加盟店。成了全国工人先锋号、中国 AAAA 物流企业、江西省服务业龙头企业、江西省百强重点零售企业、江西省重点商贸物流企业和九江市农业产业化龙头企业。

企业发展了，但是周卫星的初心不改，在服务社会服务农业上持续发力。按照"强龙头、创品牌、带农户"的思路，他为农户注册了"上奉山背""修江宁红""赣鄱宁红" 3 个商标，为农户创建了品牌，提高了产品质量和价格，增加了农户收入。在为农户建立品牌的同时，还为农户办理了 SC 食品生产许可，有了生产许可，产品可以走向全国，公司还建立了农户扶贫利益联结机制。如，帮助上奉镇沙州村销售稻谷 30 万斤，捐赠马坳镇峡口村和何市镇火石村各 5 万元，支持其产业发展。

为解决蔬菜供应问题，近年来，周卫星投资近 3000 万元，在修水县何市镇国家农业科技产业园打造 1000 余亩有机蔬菜基地。2020 年，万福集团何市镇蔬菜种植基地成绩显著，在九江市"三农"工作会上被评为优秀企业，周卫星被评为江西省种植大户。万福集团的有机蔬菜在各大超市有售，让消费者吃上了放心的绿色有机蔬菜。2019 年，为解决农副产品销售难，周卫星又增资 1000 余万元，为江西福展农业发展有限公司办理了农副产品生产许可证，加工、包装、销售蔬菜等农副产品。同时，每年种植、收购、销售全县1000 亩以上的蔬菜，带动周边县市近 3000 亩蔬菜及其他农副产品销往北京、河北、河南、陕西、浙江、广东等省市。值得自豪的是 2024 年 1 月 29 日，江西省首批蔬菜直供澳门的发车仪式在万福集团总部隆重举行。从此，修水蔬菜可直供澳门特区。

2020 年初，修水恒丰花园出现首例新冠病例，万福集团突然接到生活用品保供任务。为做好这一工作，万福超市每天分两次将大米油盐和各类蔬菜送货上门。那年，接着几个小区封闭管理，压力很大，但周卫星始终以百姓的事为重，克服困难，保障供给。配送地点远的已经延伸到水源、渣津、马坳、白岭等边远村落。面对疫情，周卫星始终坚守一线，采取各种措施，组织货源，控制物价，承担了全县 70% 的配送任务。同时还主动为抗疫捐款 15 万元，为一线工作者捐赠物资 10 余万元，出色完成了疫情防控的保供任务。一位县领导高度评价周卫星在服务社会、支持政府民生工作方面做出的贡献。

对自然灾害的救助，以及弱势群体的抚恤也不甘落后。2018 年 6 月 23 日，修水县遭受百年一遇的洪水，全县 36 个乡镇不同程度受灾。当时周卫星正在外地参加商业活动，看到受灾新闻后连夜赶回家，调度救灾物资。在他的安排下，6 月 24 日凌晨 2 点，所有救灾物资准备妥当。天刚蒙蒙亮，周卫星就带领员工赶到受灾严重的西港等乡镇，走街串户，为受灾户送去价值 30 多万元的方便面、大米、食用油、电饭锅等急需生活物品。他以实际行动关爱孤寡老人，践行了尊老、孝老、爱老、助老的优良传统。他经常开展敬老院走访慰问活动，为孤寡老人送去生活物资。据不完全统计，近年用于这类抚恤捐赠累计 100 余万元的钱物。白岭镇民政所所长卢正群说："周卫星用实际行动践行了社会主义核心价值观，用朴素的情怀和高尚的情操，谱写了人间自有真情在的感人篇章。"

因其诚信经营获得了社会的广泛认可，2017 年万福集团顺利中标，并成了全县 4 万多名学生营养餐的食材采购配送单位。学生营养餐是政府的民生工程，他在公司会上强调："尽最大努力，尽最大能量，尽最大爱心，把全县营养餐配送到位"。为保证每天早上9点前配送到校，公司设计出一个解决方案，加工中心及时把检测好的食品加工完好，WMS仓储管理系统及时准确地把商品分拣好存放到周转筐，配送车队用冷藏车按规划好的线路及时送到100多所学校，让学生及时吃到放心安全的食品，赢得各学校的赞誉。

他热心教育事业，作为九江市政协委员，他经常下乡到各村镇调研，来到渣津镇长潭小学、白岭镇大庄小学、义宁镇第六小学等学校调研时，了解到学校电教设备和体育用品陈旧短缺，主动无偿捐赠10多万元，先后为这些学校购买了电教设备和体育用品。10多年来，先后为扶贫助教捐款捐物120余万元。

周卫星的爱心之举，可以说数不胜数，从他最初的创业，渐渐走向成功的过程中，对社会的爱心也在逐渐发生变化，如果说最初的善举局限在个体，或较小的范围，但随着他视野的放大和站位的高远，帮扶从个体逐渐兼顾到更大群体的帮扶。比如，与何市镇高新农业产业园的合作，与上奉乡产粮区合作，即充分利用万福集团的商贸优势，以多种方式，从根本上解决农民增产增收的难题。

回顾他的成长过程，周卫星有过很多梦想，而这些梦想也从淳朴变得宏伟。父亲在世时对他很严厉，当时他有个很朴实的梦想："能不挨打，能吃饱穿暖，能上学读书"；到乡里读中学后，他的梦想是："到很远很大的城市去上学"，但可惜的是，他的大学梦碎了；在东莞打工时，他又生出梦想，"我要创业，我要当老板"，时过20年后的今天，周卫星创业梦想终于实现；现在他又有了新的梦想，那就是"进一步加强企业与公益的对接，积极履行社会责任；加强农业与超市的对接，解决农产品销售难题；加强脱贫与发展的衔接，健全长效帮扶机制。把企业做强做大，并争取主板上市。"

周卫星如是说，"一人富不是富，大家富才是真的富。一个优秀的企业家要有家国情怀、要有良知大爱，要带动大家共同富裕，这是我的追求，也是社会对每个企业家的期待"。

明月又照彩云归

□ 罗贤华

匡美建，男，汉族，江西修水人，1975 年 11 月出生，1996 年考入九江师专中文系，1999 年参加工作，中共党员。

匡美建牺牲后，江西省委授予他"全省优秀共产党员"称号。2017 年 7 月，中央文明办发布 7 月"中国好人榜"，匡美建光荣上榜。2018 年 1 月，江西省人民政府同意评定匡美建同志为烈士。

2024 年 6 月 23 日，修水县突降暴雨，杭口镇全体干部群众投入紧张的抗洪抢险行动中。3 天后，雨霁云收，杭口集镇附近的杭山明月低垂，彩云缭绕。取得抢险胜利的群众突然想起，7 年前的 6 月 23 日，也是雷电交加、风雨如注，杭口镇党委书记匡美建带着同事乘皮卡车在第二天凌晨赶往抗洪现场，不幸被山洪冲走，3 人被救，匡美建、邓旭、程扶摇 3 人下落不明，后邓旭、程扶摇遗体被找到，而匡美建如彩云消逝，至今未归。

刚刚获得抗灾胜利的人们，望着杭山上的彩云，深信是匡美建书记来看望大家了，陷入深沉的思念中。

心中永远装着人民

2017 年 6 月 23 日，下雨。忙完一天的匡美建想到母亲的头痛有加重迹象，交代完镇党委几个班子成员，驱车回 20 公里外的母亲家。待安顿好母亲，已是 24 日凌晨 2 点。想起杭口多数村子濒临修河，境内还有几处山塘，尤其是双井村水源塘水库，已经检测出数处安全隐患，镇政府虽然确定了维修方案、安排了维修经费，准备实施，谁知遇到这样的暴雨？匡美建马上打电话给镇长万民福，了解水库的汛情。预先赶到水源塘的万民福告诉他："水源塘的水位再上涨半尺就到溢洪道，情况紧急，我已经组织干部转移水库下游群众，书记请放心。"匡美建想着杭口的群众，看看熟睡的母亲，没有道别，只是轻轻掩好母亲的房门，撑着雨伞跨进暴雨中，启动了汽车。匡美建进入镇政府办公楼时，见灯火通明，电话铃声此起彼伏，干部们紧张有序开展工作。他深深感到欣慰。大家看到匡美建惊诧不已，问他这么晚怎么回来了？匡美建说，"这么大的雨下了十来个小时，已经成灾，在洪灾面前，我怎么能不在岗位？我放心不下水源塘水库。"马上通知镇政府司机，启动那辆皮卡车，他要赶到现场去。匡美建没有说其他的话，以无言的行动引导大家，在场的副镇长邓旭、扶贫专干程扶摇几个先后上车。

皮卡车的灯光刺破厚厚雨幕，直向双井村方向而去。在经过一低洼路段时，一股汹涌山洪冲来，皮卡车如落叶般，轻飘飘地随着洪水奔流，车内数人迅速开展自救。匡美建自小在修河嬉戏，水性极佳，他没有丢下自己的同志，镇定指挥大家离开驾驶室，直到又一波浪涛涌来……

心里装着百姓，把群众的安危与利益永远摆在第一位，是匡美建工作中不变的信念。2001 年，匡美建在乡镇工作中入党。回顾他的工作往事，就不难理解他的这次选择。

2008 年初的冰冻灾害，给东港乡黄荆村村民带来困难。黄荆村是东港乡最偏僻的村子，距乡政府 14 公里，到该村需要翻过一座陡峭的山岭，交通非常不便。长时间的冰冻，黄荆村电停了，十多户村民囤积的粮食、油料告罄，村干部打电话给乡政府求救，说要安排几个年轻村民到乡政府挑粮油。时任乡政府常务副乡长匡美建肯定答复，粮油会在一天内送到，不需安排村民领取。

待看见匡美建带着其他两位干部挑着粮食、食用油及一些生活必需品，一步一滑走到村部时，村干部心痛不已，责怪他不该自己来。匡美建拍着湿漉漉的裤子（上山时路滑摔倒在路上）说，"这样大的自然灾害，怎么放心把你们丢在山里不管？除了米、粮，老百姓还需要什么，比如有没有生病的？

大雪压断树木，树木砸到房屋没有？不一户户看看，放心不下。"说完，在村办公楼放下东西，匡美建请村干部带着他去看望村民。直到第二天，匡美建摸清楚黄荆情况，回乡政府向书记、乡长作了详细汇报，提出解决问题办法，为黄荆平安度过冰冻灾害发挥积极作用，也为深山乡镇怎样抵抗自然灾害提出建设性意见，得到相关部门肯定。

2016 年 6 月，匡美建被调到杭口镇任党委书记。其时，正是脱贫攻坚进入"啃骨头"的关键时期。

杭口镇集镇地处国道、省道交界，商贸繁荣。根据规划，杭口镇政府在茅坪村建设移民安置点，集中安置贫困户。安置点紧邻集镇，设计为通街商铺，一楼为商铺，二、三楼为住房。有的投资商瞄准商机，找到镇政府并愿意一次性购买或租赁所有一楼商铺，愿意一次性交付 200 万元的费用。负责安置点建设的镇干部满口答应，投资商对匡美建说，出售或租赁商铺既可以弥补镇财政缺口，又可以活跃集镇商贸。匡美建没有回答，而是详细了解即将搬迁到安置点贫困户的情况，又到安置点走了几次，最后召集班子会研究茅坪安置点一楼店铺处置办法，多数班子成员同意一次卖掉，或者镇政府留着做固定资产用于出租。待大家发表完意见后，匡美建问，"国家推动脱贫攻坚的最高目标是什么？帮助贫困户脱贫。贫困户为什么难脱贫？最根本原因是没有产业。他们为什么没有产业，有身体原因、有智力问题、有因病致贫等等，现在我们把他们搬离故土，给他们新房子住，但他们以后靠什么生活？大家想过这个问题没有？"匡美建看着沉思的干部，提出建议，"我们能否把安置点一楼送给贫困户，我相信，他们有能力的会自己经营，卖点零杂也行；没有能力的会租给别人，就有了一份稳定收入。这样，他们就真正实现了从移民到市民的转变。"班子成员热烈讨论后，通过了匡美建提议，于是，24 户搬迁到茅坪安置点的贫困户不仅有自己的安置房，而且家家户户都获赠了一间 20 平方米左右的临街店铺。

重情重义的人

2017 年 6 月 18 日下午，杭口镇召开镇村干部大会，总结上半年工作，部署下半年工作。会议结束，匡美建突然问："哪个人知道，今天是什么节日？"

镇村干部面面相觑，一会，匡美建才说出答案，"今天是父亲节，我对已经做了父亲的道声节日快乐，并请你们回去，真心祝福自己的父亲。"全场爆发出热烈的掌声。

匡美建是一个对父母至诚至孝的人。他的母亲早年在公路旁遭遇车祸，致颅脑损伤，有时糊涂，有时头颅疼痛难忍。其时，他早已在县城买好房子，计划带妻女搬迁新居。但考虑到两个哥哥均在县城工作，如果自己一家搬迁到县城，父母只能孤独地生活在老家，没有一个儿子能在身边照料。匡美建与妻子商量依然留在离父母仅千把米的渣津集镇居住，妻子委屈地说："我在哪都行，只是女儿不能在县城小学读书，哪个不清楚县城学校教学质量比乡镇好？"匡美建细心安慰好妻子。只要有空，他就回家陪伴父母，只要父母想吃什么，他就买了送去。星期天、节假日，他带着妻女回家给父母做饭，陪父母聊天，在左邻右舍眼里，匡美建就是新时代的大孝子。

在同学同事眼中，匡美建是好兄弟、好哥们。

读九江师专时，匡美建的家境在班上算上等，他父亲是供销社退休干部，两个哥哥都参加了工作，对唯一的弟弟疼爱有加。他利用这个条件帮助班上困难同学，有时给点钱，有时送点饭菜票，有时买点东西，好几个同学得到过他帮助。他看到一个同学头发长了也不理，显得邋遢，催过几次就是不听。他百思不得其解，某次醍醐灌顶，醒悟过来的匡美建利用假期邀那同学进了理发店，急匆匆交了两个人的钱，那同学才安稳坐下来理发。以后，匡美建每次理发都带着这位同学。到了冬天，他见这个同学的棉衣袖子、领子都破了，到处是斑驳的污渍，裤子也好不到哪里去。匡美建想给他买套衣服，省吃俭用依然不够。放假回家，他一眼瞄中了大哥一套新买的衣服，开口要大哥送自己，大哥爽快给了他。之后，大哥见他没有穿过一次，忍不住询问。匡美建说了实话。大哥表扬了弟弟，并带弟弟推开自己的衣柜，说看中哪件就拿哪件。这也给匡美建一个启示，只要两个哥哥替换下来的衣服，他就带回去送同学，不明真相的同学以为他在倒卖服装。

大学毕业后，同学们各奔东西，匡美建走上行政岗位，渐渐成长为乡镇领导，但他关注同学们的状况，尤其是生活困难的同学。他们班樊学良的父亲得了癌症，治疗耗尽家里积蓄，处于借贷无门的处境。匡美建从同学处获得消息，马上打电话给樊学良，约在渣津农村信用社见面，把自己卡上 5 万元一次性取出给樊学良。樊学良要打借条，匡美建坚决不让，还说，如果少了他担保，就在信用社贷。

敢叫乡镇变新颜

2011 年至 2014 年，匡美建担任大桥镇党委副书记、镇长，这为他大展宏图提供了平台。大桥是修水西南方的一个大镇，人口 3 万多人，毗邻湖南平江县，向来以商贸繁荣著称。但一段时间以来，大桥集镇基础设施落后，道路狭窄，市场规划不合理，市容脏乱差，导致不但湖南的顾客不来大桥，而且大桥的百姓往湖南去，一个边陲商贸重镇变得冷冷落落。

匡美建上任后，花了大量时间调研，走访多方面群众，最后在班子会上提出，完善老区基础设施，建设集镇广场；拓展集镇面积，规划集镇新区。这个建议得到班子成员一致肯定，一系列工作有条不紊展开。首先，依托集镇老区，规划建设一个 2000 余平方米的广场，广场周边建设商贸、娱乐、住宅小区。镇政府通过广播、电视、流动宣传车，走村串户宣传这个规划，欢迎社会各界投资置业。这个规划得到认可，在广场建设的同时，周边商贸、娱乐、住宅小区如雨后春笋蓬勃生长，并顺势带动新区建设，许多平江籍人士到大桥投资置业，取得社会效益与经济效益双赢，大桥集镇建设成为在全县叫得响的品牌。

正是因为看重匡美建工作中的创新精神、破解问题的能力，2014 年，县委把在大桥镇长岗位上干得热火朝天的匡美建调往东港乡担任书记。

匡美建是在东港成长的领导干部，他自 2002 年到 2010 年历任东港乡副乡长、乡人大主席，2010 年调出东港到其他乡镇任职。东港是红色老区，是彭德怀元帅、萧克将军战斗过的地方。匡美建对东港怀有深厚的感情，他没有计较从大镇到小乡、从繁华的街市到偏远山区的差距，愉快接受组织任命。

因为对东港情况全面了解，匡美建到任不久，召开班子会提出拓宽进乡道路的设想。他详细说明了理由，要想富，先修路，目前进乡公路十分狭窄，会车都困难。春节期间因为车辆增多，到处发生堵车，有的地段一堵几小时，可谓天怒人怨，谁敢到东港投资兴业？加之急弯多，安全隐患极大。同时，新的道路一建设，就会拓宽新的空间，改变当前集镇格局，为商贸发展奠定基础。匡美建的提议得到全体班子成员的热烈响应。之后，匡美建东奔西跑省市县相关部门，争取到 500 万元资金，马上开展进乡公路改造提升。改造后的公路符合三级公路标准，路面由原来的 5 米拓宽至 6.5 米，新修东渡港、龙湾和万家坪三座大桥。更让东港村民欣喜的是，一条长 1.6 公里、宽 7 米至 9 米的新修公路绕开集镇，向山里延伸。立在路边的规划图上赫然标着乡医院、乡中学、农贸市场等的位置。有好奇的村民对照图纸，在荒芜的山地上指点，乡医院以后就在这里……学校在那个地方，真好！

新修一条路，搅动全乡干部群众的思想，让东港这个偏远乡的人民产生美好期冀，匡美建是一个懂得群众需要的人！

2016 年，县委任命匡美建为杭口镇党委书记。匡美建觉得肩上的担子更重，他深知，杭口镇是城关镇，所属的双井村即将上马全县重大文旅项目黄庭坚文旅小镇，征地、拆迁任务非常重；脱贫攻坚进入关键时期，杭口的产业项目如何推进？他带着一系列思考，踏上杭口土地。他深知，无论在哪个乡哪个镇，他将奉献自己的一切甚至生命。他是这样想的，也是这样做的。

山川终古念斯人

□　朱求荣

一

　　时隔8年,修水县在党和政府的规划建设中,山更美了,水更清了。8年前,这里经历了一场人间劫难,杭口镇的三位镇领导为转移群众,在抗洪抢险的路上同时被洪峰卷走,付出了年轻而宝贵的生命。邓旭是镇里的中坚,永修人,他把修水当成了家乡,把修水的人们当成了亲人,在这片土地上兢兢业业工作了整整6年,以平凡朴素的身影历经了三个乡镇,与这片土地结下了不解之缘。但不曾料想,他会遭此不测,将生命交付给这方土地,永远地躺在了修河深处! 这里的人们不会忘记他,山川也不会忘记他。

　　时光荏苒,悲情不忍怀念,又不容不念。同是世间父母的儿子,老父为之号啕失态;九旬爷爷为之几天拒食;三岁女儿懵懂天真,爱妻悲不能语;2000多村民含泪呜咽,沿河呼唤;昔时场景,触目岂不伤情!

二

　　2017年6月23日,整个修水出现连续20多个小时的特大暴雨。修水县是一片群山环抱的地貌，山间急雨，可以短时间造成洪涝灾害。本县的杭口镇因地势较低，而且上游各支流的水都汇集流经此处，是灾情最严重的乡镇之一。

2016年，邓旭以党政班子投票和民主测评最高得票，作为年轻干部被提拔到杭口镇任党委委员、副镇长，分管农、林、水利工作。

2017年6月24日凌晨2点左右，修水县传来洪水预警——上游洪峰即将通过杭口镇杭口村。作为防汛重地的领导，邓旭在党委书记匡美建的带领下，为紧急疏散村民，偕同主任科员冷春生、大学生村官程扶摇、城管队员郭礼华、桑管员唐文六人乘坐皮卡车，冒雨紧急赶往抗洪一线。当车子开到杭口老桥时，路面已有积水现象，但他们心中挂念着群众，根本未顾及自身的安危，仍想以最快的速度出现在群众的身边。

人自有情，流水无情，洪水很快涨了起来，淹没了路面，六人见状立即从车窗爬到了车斗上，仅在一刹那，一波洪峰卷向车斗，唐文、冷春生、郭礼华直接被冲走。唐文很幸运，随手抓到一捆漂在身边的蛇皮袋，随着水流，漂向了玉米地。借着微弱的光线，唐文依稀看到匡美建、程扶摇和邓旭还在皮卡车旁边，危急无助，冷春生和郭礼华被冲到了另外一边。手机因为洪水的浸泡，早已无法使用，唐文沿着玉米地一路狂奔，在附近村民的猪圈里，找到了几个泡沫箱，便急忙返回去，想救危难中的同志。但没走几步，洪水又淹没了他来时的路，洪水滔滔，夜色茫茫，已经看不到邓旭等三人的身影。

冷春生、郭礼华略通水性，得以逃生后，也随即找来了村民和渔船，但由于水势太急，渔船也难以在凶猛的急流前快速前行，半个小时后，当渔船到达皮卡车边时，眼前已是空茫一片！他们对着夜空高呼，除了咆哮的江水，哪里还有同志的回声？

三

事件发生当晚，修水县党政部门马上组织救援力量，临阵指挥搜救。杭口镇和宁州镇的广大群众听说邓旭在防汛抢险中失联的消息，也都自发来到修河两岸寻找。

自2013年起，邓旭从黄龙被调到宁州镇，主要负责黄田里组团城市开发工作。工作中的他从不摆架子，且学得一口流利的修水话，群众有事都乐于找他商量。黄田里建设征地拆迁款项发放，一个多亿的资金，由他经手，各户款项都分毫无差地发放到拆迁户手里。邓旭常常把白天没干完的工作带回家，晚上加班到深夜，生怕出一丁点儿差错。由于时间大多花在工作上，没有更多的时间去顾及其他，甚至好几个月没有理发，领导开玩笑说：你也得注意一下形象。他不以为意。常常骑着电瓶车，背着挎包，带着塑料水杯，出现在田间地头、拆迁现场和农户家中。电瓶车后备箱里放着雨衣。这行头被群众戏称为"带着'四件宝'的乡镇干部"。因在宁州镇工作的三年时间里，邓旭严谨务实的形象赢得了黄田村村民们的认可。

他的失联消息一传出，便牵动了修河上下两千多民众及公安民警、救援队员的心。大家都希望有奇迹发生，希望邓旭能抓住某件漂浮物，在某处岸边得以生还！一小时、两小时、半天、一天……大家心里始终绷着一根弦，望眼欲穿！搜寻队伍在各自的河段夜以继日地进行拉网式搜救。村民们眼里噙着泪水，都说："邓旭是个好人，我们一定要找到他！"

然而，苍天不佑斯民，当河水回到正常水位时，搜寻队员们找遍了修河上下的每个角落，依然没有找到逝者的遗体。我们身边的好同志——邓旭永远躺在修河，对这方土地有感情，没有走远……

四

邓旭是邓世文夫妇的独生子，1985年12月出生于永修县马口镇。父亲是永修县血防所的一名职员，母亲是一名教师。由于父母都在单位工作，邓旭是在爷爷身边长大的。邓旭从小乖巧懂事，各科成绩优秀，从不惹爷爷和父母生气。他上学要步行近四公里路程，途中还要经过一条铁路。读五年级时，在放学路上，看见一列火车鸣着汽笛由远而近开来，横跨铁路的公路口，有一位老人由于耳聋听不到火车的嘶鸣声，正往铁路走去。邓旭见状疾步冲上去，一把将老人拉开。事后，老人的家人还专程上门道谢，对邓旭父母称赞说："你家邓旭真是好孩子，不是他，我家的老人可能就不在人世了。"

邓旭读初一的那年，刚入学不久的一天中午，邓旭在吃饭时向父亲要

200元钱。父亲有些惊讶，问他要这么多钱干什么？邓旭说："班上有一位要好的同学家里人生病，花去很多钱治疗，没有钱交学费，我想帮助他。"邓父迟疑了片刻，随即掏出200元交到邓旭的手里。那时邓家并不宽裕，但看到儿子有乐于助人的爱心，邓世文夫妇打心里非常高兴。接过钱后的邓旭更是高兴极了，跑到学校替同学交清了学费，老师对他称赞有加。邓旭自小养成的优良品格，为他一路展现光亮人生奠定了基础。

2002年9月，邓旭以优异的成绩被一类本科学校——江西师范大学生命科学学院录取，向父母交了一份完美答卷。大一那年，正遇上学校组织学生献血，邓旭踊跃报名，医生看了他的简历后，说还不满十八岁，不能献血。大二时，由于各方面优秀，加之写作能力强，邓旭被聘任为学校团委学生会宣传部部长。大学同学柳峰回忆道："他有强烈的集体荣誉感，总是力所能及地热心帮助同学，且很细心。虽言语不多，但对身边的同学帮助不少。"

在大学生活中，邓旭不断积蓄自身成长的力量。他具有超强的自律意识和坚韧的毅力，从入学军训那天起，他就按照军人般的要求安排自己的学习和生活。他总是把自己的床铺和桌子整理得整整齐齐，个人生活物品从不乱摆乱放。大学辅导员李非老师评价他说："邓旭为人忠厚老实，对待工作也勤恳踏实。他做事有始有终，认准的事就从不放弃。"

经过5年的不断努力和积淀，他懂得了人生的意义是什么。"学优则仕"的儒家思想在邓旭心中树立起来。他确立了自己的目标——当一名公务员，去服务社会并实现人生价值的理想。这对他往后的工作产生着积极而深远的影响。

五

江西师范大学毕业后，邓旭被分配到龙南中学教书。父亲送他去报到，而刚到学校，邓旭突然改变主意，说自己不愿意教书，想去考公务员。同时也考虑到龙南离家乡很远，怕将来不方便照顾父母。当他将自己的心思吐露后，父亲邓世文感受到了孩子的孝心，以尊重他的理想为念，签署了放弃就职的声明。

起初，满怀理想的邓旭在求职考编的路上并非一帆风顺。第一年在永修县考公务员，差了 0.02 分。接下来，连续三年都没有考上。第四年，邓旭考虑来修水考公务员，修水是一个大县，岗位比较多，而且离家乡不远。2011年 10 月，邓旭如愿考上了黄龙乡的公务员。也许是他与修水有缘分吧。有了工作岗位，邓旭便有了施展才华的空间。他热情洋溢地投入工作中，半年后便得到领导的肯定和赞扬。

两年以后，邓旭因成绩显著被调到宁州镇政府工作，与其他几位政府领导一起主管黄田里的开发项目。在南圳大桥开工建设前期，桥下游有片荒芜的沙洲地是必须征收的地块，这地块涉及四个村民小组，而且各组之间四界模糊不清，利益矛盾纠纷很多，矛盾处理难度很大。那段时间，镇里组织召开的协调会不下 50 余次，每次会议的组织、会务保障工作全部由邓旭一人负责，他总能办理得井井有条。宁州镇常务副镇长余小明说："那地块的顺利征收，南圳大桥的顺利开工建设，邓旭功不可没。"

黄田里安置小区在建期间，邓旭负责监督工程的进度和质量，他认真收集和听取安置村民的意见，尽心尽责做到让村民满意。每幢楼的地基深度，柱子宽度，他都要亲自测量。有时停电，他半夜骑车到工地绕一圈，担心建筑物资被盗。他完全把群众的事当成自己的事来对待。

邓旭有一种不怕苦不怕累的精神，经常加班加点而毫无怨言。在他所分管的工作上全身心投入，事无巨细，皆亲力亲为。因为责任心强，工作踏实，又为人厚道，深受领导和同事的信任，同时也深得民心。

2013 年 1 月，邓旭结婚了，爱人梁梦是修水西港镇的姑娘。当时妻子还在黄港镇工作，黄港镇离宁州相距 30 公里。蜜月期间，邓旭下班后，有时骑着摩托跑 30 公里去见妻子，翌晨又骑车返回工作岗位，风尘仆仆中见证了爱情的力量。面对生活方面的困难，邓旭从未向领导道过一声苦。他一心扑在工作岗位，所有时间都排得紧密无隙，考驾照的事都拖了两年才完成。

2014 年，妻子在南昌进修期间接近临盆，邓旭工作忙不开，就打电话将照顾妻子的工作托付给父母。6 月 8 日，在永修老家，他们的女儿出世，邓旭却抽不出时间去看望妻子和女儿，无疑在大丈夫内心深处留下了深深的遗憾。后来，当妻子被调到县城工作时，邓旭则每天坚持接送妻子上下班，以期弥补内心亏欠。出事后，妻子在朋友圈中深情写道："恳请大家不要怀同情、怜悯之心对我，我是幸福的，我遇到了一位把我宠成公主一样的完美老公。"

六

2018 年 1 月，中共江西省委授予了邓旭同志"全省优秀共产党员"称号，同时被评定为烈士。邓旭是受之无愧的。

英雄此去，是修水人民的不幸！

他以公仆之情怀，将青春奉献给了修水，将生命奉献给了修水！

邓旭，名字中多好的寓意——初升的太阳。你践行着生命的箴言，如早上的旭日，放射着红艳的光芒，照遍修江两岸黛青色的山川，使修水的山川格外迷人。是啊，曾经将汗水尽情挥洒，与这方土地早已水乳交融！在与群众交谈的往日照片里，你笑得多么灿烂。你的笑容印在了人们心里，也印满了义宁山川，任时光再远，岁月再长，都不会褪色。群山高耸，像是举着你的精神火炬，在照耀前进中的修水！

我们不会忘记 2017 年 6 月 24 日这个悲伤的日子。在那个咆哮的夏夜，三位抗洪抢险中牺牲的英雄以同样的方式亲吻了修水的土地，与亲人作永别！各级媒体都作过血泪报道。三位烈士，同受敬仰。另外两位，有贤者写传于前，于是我哀呼，能以什么来祭奠邓君？

生作人杰　死为鬼雄

□ 王辅民

一

清晨第一缕阳光透过江西东华理工大学校舍的窗子涌进来，虽然经过窗帘和玻璃的过滤，但光线依然很强，从雪白的墙壁照射出的亮度，足够把程扶摇唤醒。他从梦幻中醒过来，把身子躺平，揉了揉眼睛眨了两下，双手向后撑起身子，想着昨晚的梦，他梦见祖父带自己走进家乡的红军洞，指着洞壁上许多机枪子弹射击的小洞，说："这是国民党保卫团用毒气熏杀300多名赤卫员的'红军洞'，你要继承红色革命传统，大学毕业后回故土建设好家乡。"程扶摇忍不住在心里笑道，奇怪！自己的灵魂还急着回去修地球哩！他瞬即想起昨晚睡下不久脑海就浮现似梦非梦的幻觉，好像自己回到了故乡的农村，在村长带领下到山下农户家走访调查，看到农民在积极改造低产稻田，人们有的开荒扩地，有的扶犁耕田，有的在狭窄的小路上挑着粪桶给水稻追肥，有的在山坡上栽种树苗……

"程扶摇，那你的梦幻就是你的梦想！"学长说完，同室另一位学友神秘兮兮地一笑，说，"听说程扶摇毕业后志向填写回家乡建设新农村，在即将奔向海阔天空的农村圆梦吧？"

大学毕业了，都要告别学生时代，程扶摇心里清楚，大学毕业如果不读研就意味着学生时代结束，自然要走向各自的工作岗位，他脸上露出了难分的表情说："我们大部分同学即将奔赴建设农村第一线，这不是梦想是现实。"他似乎觉得自己的话没有结束，想想又补充一句，"今后在工作中遇到困难，我们都要告知学友一声，大家尽力帮助。"

程扶摇告别了少年和青年时代，带着还有些稚气的梦想走向最朴实无华、最能磨炼意志的农村。他被安置在修水县杭口镇杨坊村当村官。这是程扶摇决心将热情和汗水洒在故土大地上的第一步，他用自己所学的知识服务于挚爱的农民朋友。也许他对乡土的认识还是那么陌生，或者说还是凭着童年和少年的那种片面的印象。所以，他要行走在田间地头，探索农作物生长特点；行走在高山平地，观察荒原草地开发前途；行走在民房屋宇，走访群众了解民情。他要急农民所急，帮农民所需，走进最底层人民心灵世界，把自己的心交给黎民百姓，去村组干部和平民百姓那里获取改造农村面貌的实践经验。

在程扶摇进村的这天，杨坊村党支部书记饶石生，接到镇党委书记匡美建电话：县委组织部通知，程扶摇任杭口镇杨坊村村主任助理（大学生村官）、扶贫专干、茅坪村扶贫工作组组长。

噢！饶石生听到这个消息，在疑惑中沉思下来，拿着电话思考片刻，这个大学生来农村扶贫，也许他的梦想包含太多的好奇心，不过，来到乡下尝尝在刺骨寒风里爬山越岭，在狂风暴雨中走村串户，磨炼磨炼也好。但愿他是爬山越岭的爱好者，或许是访贫问苦的热心人，这种异想天开的幼稚思维，真令人感觉不可思议！

让一个刚出茅庐的大学生来我村扶贫？笑话！但愿梦想成真。不过，我们真希望上面派出实干英才下农村扶贫，农村老百姓真是梦寐以求。当然，我们还是感谢县委的关心照顾，将大学生安排来我村任村长助理。饶石生接到匡美建电话在心里道，他是个性格开朗的村支部书记，他在电话里对匡书记说，东华理工大学生来当扶贫组长，他不得不咬着嘴唇好让自己不对着手机笑出声来。他的反应跟他的预料一样：一头雾水还有点怨气，把一个书生安排给了杨坊村。他眉头一皱，双眼紧闭就笑着把自己的想法全向匡书记说了。

"人还没来你凭什么对人家说三道四的？"匡美建简直不敢相信自己的

耳朵，心想，一向言语慎重、处世精明的饶石生竟说出这番话来，不管怎样，他把心里话说出来比背后抵触好。匡美建心里明白，杨坊村书记讲出这样的话，完全出于对现行教育脱离实际的考虑，但他这种千篇一律的想法是错误的，很多大学生成为国家建设、改变农村贫困的栋梁，那程扶摇怎么不会练成国家栋梁？苏联小说拍的电影《钢铁是怎样炼成的》就说明人是从逆境中磨炼成为人才的。

饶石生满脑子想的都是自己没办法阻止的上级安排书生进村的事。他不禁为自己过去的想法暗自疑虑，就是这个疑虑引起他许多不可解释的想法，一个大学生还是理工大学毕业生，不可思议，他下农村当村长助理的目的是什么？如果以农村村官作跳板，那为何不当村里一把手？选择职业这是关系大学毕业生前途攸关的大事，工作入门的重要性甚至超越了十几年寒窗苦读，那些与他同在大学读研的学子，那些与他同室的学友，他们都进了国家权力机关，即使没到国家行政部门的也安置在国有企业。这个程扶摇为什么与众不同，真摸不清他的梦想是真是假？如果他真是情系热土、志洒故乡而奔赴农村，在当今社会有这种精神的学子实在可贵，很难得有这样的大学生。饶石生想到这里才决定协助程扶摇工作，为他也是为自己实现摘去后进村帽子，这可是农民期盼多年的梦想啊！他在心里反复分析后沉思一会儿，就按照镇党委匡书记交代好好接待，首先自己抽出时间，或派出一名副书记陪同他到全村了解熟悉情况。下乡调查是观察他的行动真假的机会，只要他真的为民着想，真的心怀热土就要尽力配合。

第二天上午，程扶摇在镇党委组织委员、副镇长邓旭的带领下来到杨坊村，村支书饶石生带着村委会一班人予以热情接待。随后介绍了全村的基本情况，程扶摇认真听完饶石生的介绍，他暗自摇了摇头，脑海中浮现令人叫难的贫困村画面。他重新调整原先设想的改造目标，从这个村的人口、劳力、水田、旱地、茅山面积，劳动力年均收入，人口年均粮食，这些基本数据分析这个村多年上不去的原因所在。他先将这个村的基本情况在脑海里储藏之后，又在心里细细盘算了一番，经过反复考虑两遍，心中有了一定的底，然后满脸露出笑容对村委们说："从杨坊村现有的基本状况看，基本特点是'茅山多，田地少'，也就是耕地面积少，茅草山面积多；从事农业生产的少，搞副业做生意的多。"他说完觉得这样概括不全面，朝村委们逐一看了看，他的眼神有一种让人不得不微笑的魔力，在大家想要把目光移开的时候，他用一种代替听话人说内心话的口吻说，"你们会在心里说，你的'两多两少'概括不全面是吧，对，是概括不了这个小丘岭村的特色，对于这个村最大的特点来说是茅草面积大。这个特点既隐藏着巨大潜力，又涵盖了开发的重大困难。"

奇怪，饶石生在心里说，他进村不到两天，怎么对全村的基本情况就掌握了？是的，程扶摇进村时所看见的是头脑一片空白，经过路上观察和跟村民聊天，他将收集的情况在脑海分析，想象填补了视觉上的空白，他仿佛看到了改造杨坊村的希望和前景。这时，他旋即含着笑容却用严肃的口气说：

"明天起我与饶书记到村组和农户走访座谈，全面听取全村农民的意见，农村的事老百姓最有发言权，待我们掌握情况后，请村委们开一个诸葛亮会，大家拿出主意挖挖潜力。共产党员带头找短板，挖潜力，凝聚全村人民的力量，改造杨坊村面貌应该有信心和希望。"

会后程扶摇与饶石生进行了长时间交谈，他们的话题主要围绕杨坊村的短板和潜力，程扶摇还询问了全村老百姓的生活情况，详细了解特困户的生活状况，探讨特困户的贫困原因和改进措施。程扶摇根据村委会讨论情况，通过对个别村民小组调查了解，他对村支书和村长提出了几个涉及老百姓生活的问题研究："老百姓的事就是共产党员的事。"程扶摇说，"我们得先拿出可行性的意见扶贫。"

"这……"饶石生带着疑惑的表情笑道，"那，你经过大小会座谈，调查有关农户，听取了各方面的意见，你脑海里一定有初步设想吧。"

"那我就与你商量初步设想。"程扶摇露出蛮有信心的笑容说，"挖潜力改造后进面貌分三步走。"他直视着饶石生的眼睛，稍作迟疑转换语气说，"第一步，深入到全村 11 个村民小组，逐户走访调查，摸清每户人员结构、住房条件、经济收入，家庭有无病人，急需解决的问题和要求。"

"那，第二步呢？"

"第二步，提出挖潜改造的实施方案，召开村民小组长或村民大会，由村民提出拥护或反对意见。"

"一、二步的做法很得民心，那请将第三步的做法讲述一下。"

"第三步，召开全村村民动员大会，提高思想认识，统一步调，投入实施改短板、挖潜力、改造和建设杨坊村的规划。"他说到这里用坚定的语气说，"我把初步设想端出来，这个盘子里的东西，符不符合村委和村民的口味，得由你饶书记拍板。"

"程组长，你的思路清晰，设想得非常周到全面。"饶石生说，"我再考虑考虑，看有没有补充意见。"

第二天，程扶摇和饶石生开始走访调查，他们每到一个村民小组，逐家逐户上门询问村民的生活情况:调查了解各个家庭的经济收入及其来源，其中，农业收入、家庭副业收入各占的比例？调查了解杨坊村最大的短处和最大的潜力是什么？怎样挖掘潜伏的潜力？

程扶摇感觉在自己铺设的心路上穿越时空，情溢热土，好像生出一种与老百姓同呼吸共命运的牵挂。他每走进一个村庄，每走进一个偏僻的荒原山沟，那种泥土芳香更感觉是真的情洒热土，心回故乡了。因为他对出生土地的难舍和依恋，这里的山水土地像是他出生的故地。故乡味道在这块热土里，故乡的山庄被多而峻的山峰、长而清的溪河环绕着的美感在心里涌动。他踩着满是黄泥包装的小圆石，他踩着弯弯曲曲的山路爬行上去，一直走到火石窝水库。

二

程扶摇问饶石生:"饶书记，通过走访调查，同老百姓面对面交流，对改造杨坊村你有了新的思路吗？"

"还没有想好，你认为我们村最大的阻力是什么？"饶石生反问道。

"是思想观念局限在私欲上，缺乏家国情怀的精神状态。"程扶摇说，"这种精神状态主要表现在三方面:少数人想发财，而且想发横财的欲望非常浓厚，如打鱼贩卖食品，乱砍林木，只顾眼前利益，没有长远眼光;多数人悲观失望，看见他人贩买贩卖暴发了，自己一无资金，二无门路，对于发财只是望空感叹;弃农外出打工，留守老人能带着孩子就很为难，哪有能力耕田种地。上述三种因素使杨坊村耕地荒芜，这种荒田荒地的趋势将使农村重归于贫困。"

"那如何扭转这种状态呢？"饶石生想把程扶摇的想法全部套出来。

"改变因循守旧的思路，通过调查摸底发现因循守旧的观念非常浓重。

根据这个特点，应从开发茅草山上种茶挖潜力。"

"茅草山有潜力可挖？"饶石生露出惊诧的表情说，"但这里有头脑的人做生意赚大钱惯了，哪能转向去开发茅草山种茶？"

"你说的这种情况也存在，而且茅草山开发种植茶叶困难重重。"程扶摇说，"我们共产党人就是依靠做政治思想工作，同老百姓同心同德，同甘共苦发展起来的。那我们就用共产党的传承来教育群众，提高村民们的认识，自觉行动起来开创新项目，自主创新，克服发展中的阻力。"

他把眼神投向饶石生继续说："挖掘适应杨坊村茅山的特点，唯有种植茶叶。"

"你这种远见卓识的设想好是好，就怕行不通，因为摆在眼前的三大困难是无法解决的。"饶石生说。

"这样吧，"程扶摇说，"我们先把困难和出路提出来，交到村委会讨论，在统一思想认识的基础上，再具体分工负责。群策群力，总能闯出一条扶贫的路子来。"他停顿片刻说，"对于三大困难，你和村民也解决不了，这项任务我来想办法找同学帮忙解决。现在要做的是思想认识和统一行动的问题，这项工作得由你这个书记来担当啊！"

"这项工作按理当然是书记的责任。"饶石生说，"但是，我这位土生土长的书记说的话村民听惯了，老百姓会左耳听进去右耳就出来了。没有过硬的，或者说与经济利益挂钩的措施，思想工作凭嘴巴说服很难奏效。"

"啊！思想工作还要与经济利益挂钩？"饶石生的话引起程扶摇沉思，他想了想接上说，"经济不能与思想教育挂钩，挂钩了只会更加刺激私欲观念膨胀。人的私心欲望是填不满的，越填欲望越高，私欲永无止境是人性本能。"

"按共产党的初心，道理应该是这样说，"饶石生微笑着说，"如今提倡让少数人先富起来，让个人富裕必然产生和增加私欲，个人欲望多了，社会人的私欲叠加起来就形成一股大气候，整个社会私欲膨胀起来了，犹如空气一般到处流动，到了无孔不入的地步。我们一个村庄再教育也于事无补啊！"

"中国老百姓骨子里还是有传统文化基因的，绝大多数党员干部还是有共产党信仰的。"程扶摇说，"这样吧，思想教育工作我来抓，组织村民开荒种茶，你先考虑一个方案。"他说着，把在全村开展三个教育设想摆出来：一要进行中国传统文化道德教育；二要进行家国情怀教育；三要进行长远利益教育，给子孙后代留下青山。在进行"三个教育"的同时，开展"三个禁止"：即禁止损公肥私、乱砍滥伐林木，破坏绿地资源捞钱致富；禁止无证网捕鱼、毒炸鱼，防止河流资源流失；禁止散布消极言论，抵制党组织决议的行为。工作开展后，村委会要带头执行村委会决定，及时发现和表彰先进典型，批评教育或惩罚逆反言论，对抵制党的决议的典型人和事予以制裁。他沉思片刻说，在开展教育过程中，要请老党员、老干部，现身说法地讲革命传统，讲老红军、老赤卫队员，他们在极其艰苦的条件下，冒着生命危险为共产主义事业，为老百姓利益奋不顾身，勇往直前的感人肺腑的英雄事迹。以本地的事例感化年轻一代，为国家，为社会，为本土百姓出一分力，流一滴汗。

"那，我们先开个村委会统一思想，作出决定交党支部讨论通过。"饶石生说。

"这样好。"程扶摇说，"我把扶贫杨坊村的设想和安排，向镇党委汇报后组织实施。"

匡美建听了程扶摇的汇报，安排他在镇党委会上报告扶贫杨坊村的设想和村党支部集体通过的决定,得到了镇党委的肯定与支持。匡书记高兴地说："程扶摇从大学下来不到三个月，就跑遍杨坊村每个村民小组，深入每户老百姓家走访调查，了解和掌握了全村的基本情况。"他把赞赏的笑容投向程扶摇继续说，"杨坊村饶书记说他被你的事业心感动了，我们党委班子也感动了。不仅是杨坊村的老百姓看见你和村书记在大雨天走进老百姓的屋宇田间，看见你们头天走村串户，深入田间地头，第二天清早又打着雨伞，穿着凉鞋走在育秧田间，晚上深夜还找老百姓交谈。"

匡书记停顿一会，朝党委成员扫了一眼，说："我们大家要学习他这种精神，一个刚毕业的大学生，怀着高尚风格和思想境界，来到农村当村官，创造扶贫条件改变后进面貌。"他脸上露出满满的笑容，最后说，"程扶摇，镇党委全力支持你的工作，你和村书记提出的找短板、挖潜力非常实际。你们找准了杨坊村的短板，也挖出了杨坊村的潜力，万事俱备，只欠东风！相信你会借国家建设新农村之东风，点燃改变杨坊村农民心中的烈火，齐心协力开发杨坊村绿茶产业。"

当天夜里，程扶摇躺在床上浮想联翩，彻夜未眠，第二天，他就回大椿老家到大椿绿茶研究所，请来冰池茶厂法人代表、制茶师傅李冰池向村委会成员和村民小组长介绍发展茶叶产业的经验和技术。杨坊村民听了李冰池的介绍积极性很高，随后就组建了不同形式的茶业生产合作组织，两个月就开垦荒山 300 多亩，当年种植茶苗 500 多亩。国家检查验证后，拨发了茶叶生产基金。第二年杨坊茶业生产基地发展到 1000 多亩。

茶树需要经常浇水，杨坊水田大部分从修河抽水灌溉，茶业基地长年抽水不仅耗电而且占用人力。程扶摇决定到上游引水，安装自动喷射龙头，定时自动向茶苗旋转喷发雾水。一日，他步行走山路到叶源找水源，他一边走一边观看，那茂密的茅草夹杂着松杉。他看到这块茅草资源脸上满是吃惊的表情，心里是真的吃惊不小。这不是他预料之中的答案，他原以为杨坊、茅坪两个村茅草山坡多，这里的大山坡茅荒土地资源，可以开发种植茶叶或油茶树，不需 5 年杭口镇就可以开发成江南绿茶生产基地。

那天下午看不到太阳，遮蔽天空的云层显得轻飘飘、毛茸茸的。程扶摇大步流星般向叶源上游走去，他突然停住了脚步，像是路岩下传来断断续续的呼救声。"救命……啊！"他赶紧跑到路边，伸头往岩下看去，看见岩下一块平地草丛里躺着一个中年男子。他转过身子朝路边搜索一遍，发现路旁周边地上有高压电线，他拿出手机呼叫供电所关掉叶源线路的电源，但山沟里没有信号，电话打不通。他只好从路旁拿根小树枝，将掉下的电线撑起来，以免行人不小心绊着高压电线。然后，他从路边下去救受伤的中年男子。

程扶摇抱起受伤男子躺在草地，撕开男子衣服发现他腰、腿、手受伤流血不止，咬着嘴唇不断叫痛。程扶摇脱下自己的衬衣，撕成绷带给受伤的男子包扎好。这时，他开始问他姓名和触电经过，他说他叫王志刚，是西港东山村人。因绊着电线幸好自己穿着胶鞋，被高压电流弹到路边跌入悬崖受伤。他说他极力想爬上悬崖，可连站都站不起来了。他说着就号啕大哭起来，似乎竭力想哭出内心的悲伤。

"别哭了！"程扶摇的目光依然没有离开他的脸，见他小心翼翼做出一副无奈的表情说，"你下来救我吗？"他满脸流着求助救援的眼泪，说，"如果能救我上去，我永远感谢你。"

"你家离这里远吗？"程扶摇问，"你家人知道你来这儿吗？"

"我家靠杭口皂源村，离这里大约有 6 华里。"他说着停顿下来答非所问地说，"同志，你是不是巡山检查林业的？你可能不是本地人，怎么走这荒原野岭的山路？"

"我步行来察看这里的水源。"程扶摇说，"你怎么伤成这样子，还惧怕林业检查人员？"

受伤的王志刚脸上挤出一丝笑意，然后老老实实地对程扶摇说："我看你是个好人，我就掏心掏肺说吧，这里村民偷砍邻村的树是常事，可是……啊，啊哟！"他说几句就喊痛，伤口痛。

程扶摇想扶起他慢慢走，王志刚不断叫痛站立不稳，程扶摇只好背着他沿斜坡往上爬。当程扶摇背起他爬上一处斜坡的时候，他胸口的压迫感越发严重，走到悬崖时，这股压迫感开始移到肺部，移到腹部，脏腑里面一阵翻腾，感到四肢酸胀。他在心里告诉自己，没事！一定要坚持爬过峭岩。一定可以把他背上峭壁。当他顺着一段陡直的土壁，他迫切需要抓着前边的青藤小树，他一寸移近一寸，一尺爬近一尺。不断爬向青藤小树。每爬近一尺，他身上的汗水从每个毛孔涌出。汗，湿透了衣服；汗，浸透了裤子；汗，擦洗了皮肤；汗，流进王志刚心里。

王志刚在他背上想挣扎下来，但他稍动一下伤口就刺痛难忍。他忍不住想哭泣，这一切都是自己的错，却连累了这位陌生的青年！他在程扶摇背上羞愧得很，再不忍心让程扶摇背着自己爬过岩峰。程扶摇对他说不要乱动，跌下来会造成二次伤害，很危险。他悔不该独自上山砍树，他没有脸面解释，丑陋的脸隐在他后脑，灰色的天幕笼罩其上。黑色岩石打破了一望无边青草杂树的绿色。一片空旷，荒无人烟。此刻风声稍息，仅停顿那么几秒钟。就在这时，因两人体重超出岩石承载力，程扶摇脚下石头松动，手从抓着石缝滑出，他们再次滚跌岩底。

程扶摇左手骨折，多处擦伤流血不止。王志刚伤口重创，动弹不得，不停地叫着"痛死我了"。

"王志刚，你忍着点。"程扶摇说，"这里无信号手机打不出去，无法求助救援。虽然疼痛无比，也得咬着牙关想办法自救。"他说着向天空扫了一眼，乌云密布的天空开始阴沉。心想，必须抓紧时间在下雨前爬出去。他说，"王志刚，忍着伤痛再加把劲，我背你重新爬上去。"

"不！"王志刚不忍心再拖累他，"你一个人爬上去，出去后给我家里打个电话就是。"

"不行，我必须把你救出去。"程扶摇说，"等我出去打电话，不知跑多远才有信号，再说，你家人又不知道你跌在这岩下？你的伤不能拖时间。"

程扶摇重新察看周围的地形，他突然发现草丛里有一条小路通向山外，他愁眉的眼睛一亮，说："有了！"他一只手扶着王志刚的身子，另一只手指向斜坡旁的草丛，说，"从那里走，有办法出去。"

程扶摇将受伤包扎的左手用藤条吊在胸前，右手拿着石头砸断一根根藤条，把砍树的人剥下的杉皮扎成一块拖垫，扶起王志刚躺到拖垫上，他扎两股藤条绳子在前边拖，他边开路爬行边拖着王志刚。他心一横，顺着小路全力朝山外拖去。一米、两米、五米、十米……他向前俯着身子，用受伤的左手扶着藤绳，右手拿着竹片当刀除草开路，他用尽全力往前拖。左脚踩在地上拖一步，右脚踩在地上拖一步，身子向前借力拖一步，右手抓住小树借力拖一步。藤绳磨破了衣服，肩膀皮肤磨破了，皮肤、肩膀、臀部和腿的痛感渐渐扩散。他忍不住叫出了声，身体依然保持向前俯拖的姿势。

王志刚哼着撑起身子，看见程扶摇伤口上不断涌出的鲜血，随着他用力往前每拖一步，鲜血就喷涌一下，凉风吹着飞溅的血滴粘到他脸上。他内心更加疼痛，咬紧嘴唇，闭着眼睛，极力撑着身子试图滚出路下寻死。

"你不能乱动。"程扶摇解下拖藤，走过去扶正他身体说，"你会没事的，现在快出山沟了。"

王志刚不动了，他的内心世界似乎绝望了，躺在拖垫上的姿势变得迥然不同以前了，已经麻木了，没有任何动作了，他也从未想过自己会落到这个地步，他没有准备自己还会活着。

程扶摇拖着王志刚开始下山，他全身所有力气全耗尽了，步子踉踉跄跄，脚下泥沙松散打滑。他紧紧拉着绑在王志刚身上的藤绳，虽然藤绳绑得很紧，但王志刚身子像块石头放在杉皮做的拖垫上，程扶摇时刻注意防止他在拖垫上滚动。他拖着拖垫缓缓地，慢慢地，小心地下坡路打滑移动。突然，他的一条腿陷进泥凹里，另一条腿弯下了，支撑不了拖着拖垫的重量，随即栽倒。拖垫自动往山坡滑去，眼见王志刚会滚出拖垫摔下山坡。程扶摇是足球队员，他纵身一跳朝王志刚扑过去，他们俩一起向山坡出口滚去。

"喂……"程扶摇在昏迷中听到手机响，他挣扎着从王志刚身下抽出手，忍着疼痛慢慢拿出手机，用轻微的声音喂了一句，说声"是……"他又昏迷过去了。

"喂！程组长，你在哪？"

"饶书记……"

"是啊，"饶石生焦急地说，"我发信息、打电话，总是无人接听，你现在在哪？"

"哦……饶书记，"他急速地换口气说，"我，我进叶源到上杭地段找水源，发现一位触电受伤的农民，我去救援时滚下山坡。"他停顿一下，说，"你叫两位年轻人用担架把他抬到西港口公路，你打电话给120来救护车接去医院抢救。"

"程组长，你的伤情怎么样？"

"没事，只是。"程扶摇说。

"只是什么？"饶石生意识到程扶摇伤势严重。说，"程组长，坚持一下，我带医生就会赶到。"

"饶书记，我没事。"程扶摇再度清醒了，说，"只是，被我救助的王志刚三次受伤，第三次滚下山坡后昏迷不醒。"

饶石生很快与副镇长邓旭带着救援人员赶到，随即将他们抬上担架走了5华里山路才到公路，医生在车上简单为他俩做包扎手术。

"伤成这样，好险啊！"饶石生和邓旭扶起程扶摇，脸上露出心痛的表情同声说。

"没事，马克思骂我没完成扶贫任务，一脚把我踢了回来。"程扶摇向邓旭咧嘴一笑。

"你的事业还刚刚开始就去那个世界，马克思当然将你打回来。"邓旭也用幽默的语气说，"不过，你得放下一切，躺平三个月。"

"躺平三个月？"程扶摇尽量不让自己的声音带出全身的刺痛感，吃惊地说，"什么意思？要我在病床上躺三个月？还有很多工作等着我去做。"

"你没听说伤筋动骨一百日吗？伤成这样还想马上去工作。"

"我不管！杨坊村的绿茶还没办注册商标，还没推销到大城市，我怎能撒手休息？"

"我明白，但你是人不是机器，设备损坏了可以加速维修，人体损伤得遵循生命规律。"

"我们的工作还刚开始,我这点伤挺得住。"

"好吧,去医院配合医生治疗,争取早日康复。"邓旭再次伸出双手扶起他,一股感激的情感在他心里升腾,这样见义勇为、忘我救人的大学生是难能可贵的。国家和人民正在树立这样的典型。他满脸微笑着只说一句激动的话:"好好休息,保护自己的生命,把身体疗养好也是革命工作,你的生命,你的身体不仅是个人的也是国家的。"

"我去医院会尽力配合医生治疗,争取一个月回来工作。"程扶摇说着将受伤的眼睛转向饶石生,说,"我们的工作还刚开始,我这点伤挺得住的,我在医院打电话给大学同学到国家商标局催办双井绿茶商标。"他停顿片刻后接着说,"拿到注册商标就可以向大中城市乃至国外销售。"

"是的,请你安心去医院治伤。"饶石生感动地说,"你放心,我会抓紧落实第三次村委会确定的各项目标。"

三

2017年6月22日下午,程扶摇正在办公室看大椿绿茶发展资料,天空突然黑了下来,北风越刮越猛,程扶摇顿时从心里涌出一股山雨欲来风满楼的预感。他忙拿出手机查看天气预报,看到江西气象台发出紧急通知:"赣北九江地区三天之内有大暴雨,修水县有特大暴雨。各地各级政府要立即投入抗洪准备工作,切实做好抗洪的人力、物资安排。从现在起,各级党委、政府主要负责人,要深入到抗洪工作第一线,积极带领人民群众做好抗洪抢险的预防工作。"

程扶摇看见气象台通知,考虑杭口镇位于修河的东津河与溪口河汇合处,杨坊村处于双河水低洼地段,而且杨坊上游叶源有座火石窝水库,连续几天大暴雨,杨坊将会遭受洪灾。他急忙赶回杨坊村与支部书记饶石生商量部署抗洪抢险工作,尽快组织村民加固火石窝水库的库坝和杨坊地段的修河河堤。他犹豫两个小时之后,见天空乌云密布又打电话询问在江西气象局工作的同学李文情,要求她核准修水杭口镇近期的天气情况。她查证了赣北近期天气资料回复电话:"我上次给你的天气预测是准确的。在6月20日后长江中下游湘鄂赣连续一周大暴雨,洪水泛滥地区基本以赣北为主，你要做好特级防洪的准备。"

6月22日下午，程扶摇正和饶石生安排抗洪救灾工作，外边风势却大了起来，他把目光投向窗外，发现天空原来火辣辣的太阳没了，换成了黑压压的云层，那重叠的云块仿佛万马奔腾，从南方天空向杭口上空疾驰而至。很快，整个杭口镇的上空似乎泼了一层墨水，黑得伸手不见五指。他望着越来越阴沉的天空，心想，空气湿度过大，就预示着要下大暴雨。他最担心的是火石窝水库的库坝，他接到省气象局同学的电话后，去检查发现该水库的堤坝多处松动，隐现许多裂痕，存在许多隐患，在洪水冲击下有垮库坝的险情。

他想到这里不由得心里一愣，觉得必须在暴雨到来之前采取紧急措施预防。一旦整个修水县都下起大暴雨，那杨坊村上游的火石窝水库被冲开的危险就会发生。如果出现叶源河道溃堤，修河水满，整个杭口镇大部分地方，特别是低处的杨坊村将会成为一片洪泽，老百姓将遭受惨重的损失甚至危及生命！

这种预见性的险情再不容许他犹豫了，他去查找修水水情资料的时候，窗外原来的大雨转为暴雨，而且黑压压的乌云把原来微弱的光也遮住了，黑色云块像万马奔腾似的从天边疾驰而来。很快，整个杭口镇上空黑压压的，杨坊的村庄好像与天上的乌云连成一块了。乌云让夜晚来得格外地快，黑漆漆的天上与地上连成一片，似乎分不出天与地的连接界线了。他心里不由得更加焦虑，再次把眼睛投向远处山外的天空，见远方的天空也黑得吓人，而且这时的暴雨更猛了。他想这么大的雨，天气反常地闷热，空气湿度很大，这是大暴雨要连续下的预兆。他拿起手机拨通饶石生电话，要求他快速通知正副村长赶到村部，立即安排分工抗洪抢险。他觉得现在是与时间赛跑，赢得时间就是赢得抗洪的胜利。心想，洪水袭来之前时间是珍贵的。时间就是命令！他命令自己立即组织群众抗洪抢险！集中全村一切力量投入抗洪行动。他瞬即快速谋划抗洪抢险步骤：第一，马上动员广大群众积极投入抗洪抢险。在动员群众主动抗灾自救的同时，向全村党员、干部呼唤：这是关乎杨坊老百姓生命财产安全的关键时候；这是考验共产党人入党誓词，入党为民的初心时刻。第二，组织分工负责抗洪救灾工作，人力、物资。第三，落实每位村委干部抗洪责任，共产党员全部投身到抗洪第一线。

程扶摇在此刻此时，心里只有党和人民的事业，面对关乎全村、全镇人民生命财产安全，他将老百姓的利益刻在心坎上，义无反顾地负起抗洪抢险重任。这就是共产党人最大的、最实际的职责所在。他刻不容缓地组织村干部和群众抗洪抢险。心想，一旦大雨连续下三天三夜，火石窝水库溃坝破裂，库内和山洪泥石流组合成排山倒海的洪峰，冲到低处杨坊村村民的生命财产就非常危险！他决心自己组织村民去杨坊村上游的火石窝水库，加固库坝排除隐患。让饶石生组织村民搬迁出低洼地，住进临时帐篷。

程扶摇把一切抗洪力量安排好后，自己就带着村民奔向火石窝水库，去亲自加固堤坝。他心里总是担忧，一旦整个赣西北及鄂东南都下起了大暴雨，那修河水就堵满了，杨坊上游的火石窝水库若库坝溃堤，泥石流伴着山洪冲向杨坊村，加上修河上游山洪暴发，杭口镇尤其是杨坊村将会成为一片洪泽，严重地威胁着几千乡亲的生命财产安全！他不敢怠慢，他一边督促村支书抓紧地势低的农户转移，一边要求民兵连长派出10名青年民兵上火石窝水库护库坝。他与村长刘根检查库坝中发现几股山洪汇入水库，水库容量超负会导致库坝泄洪。他与村长立即组织民兵用袋装沙石堵固库坝。可是山洪流向水库的洪流凶猛异常，沙石袋堵不住缺口，必须用钢管扎树干大量倾倒麻袋装石土强行拦堵。在危急关头，容不得犹豫，他立即指挥民兵就近砍伐松杉杂树拦堵洪峰。他身先士卒带头跳进洪流插扶树杆，经过连续奋斗5小时，涌入水库的洪水排开了，库坝缺口堵住了。他脸上、身上、头上，早已经糊满了水泥浆和杂草。

雨越下越大，水库水位已超过警戒线，而且还在上升。程扶摇没吃晚饭就跑到叶源河堤和火石窝水库坝上巡查，连续拼搏了7个小时连水都没喝一口，他不知疲倦地奋斗着，坚持着。刘村长劝他休息，他推辞说："水库的水位还在上升，库坝还有溃涌，杨坊村1000多人民，全镇上万老百姓生命财产受到威胁！"他凭着坚强的意志背着百多斤重的沙石麻袋，张嘴呼吸着粗气说，"我这个扶贫组长岂能休息。在洪灾袭来的紧急关头，大家都要发扬连续作战的作风！"

他说着又忙碌起来。群众听了他的话眼睛都红了，他们热泪盈眶地说："这个大学生村官不是镀金的，他用行动谱写出真心为老百姓利益着想，诚恳与老百姓同甘共苦干的实事。"凌晨两点了，所有抗洪群众都感到撑不住了，程扶摇叫大家休息一下，喝点水吃些干粮。这时值班巡查员大喊，水库坝堤出现管涌！程扶摇一听，扔掉手中的面包和矿泉水瓶拔腿就跑了过去，他抓起一袋水泥拌的沙石奔向管涌，群众跟着背起一袋袋水泥沙石堵向管涌，一会儿涌喷的管涌堵住了。

23日这天，程扶摇安排村长带6名民兵在库坝巡逻检查，发现管涌或坝溃立即用水泥沙石堵住。他与村支书饶石生到搬迁后的村民家检查慰问。

程扶摇在抗洪第三天，也就是2017年6月24日凌晨，杭口镇党委书记匡美建接到双港村告急电话，程扶摇又跟书记匡美建、副镇长邓旭乘坐皮卡车去双港抗洪抢险。因修河洪水浸漫了路面，他们乘坐的皮卡车被洪水围困在杨坊村路段，突然，一个洪峰旋转起来将皮卡车移向低洼处。在危险时刻，程扶摇、匡美建和邓旭三名共产党员先让车上非党员下车自救。这时洪峰将皮卡车推翻，匡美建、邓旭和程扶摇被洪峰卷入奔流的修河漩涡。三位抗洪英雄勇敢顽强与洪水搏斗10多分钟，他们挣扎着游向河岸，终因洪峰太深太猛，他们被漩浪卷进深渊。他们再也没有爬上岸，回杭口镇工作岗位了。洪灾过后，县委组织10支搜寻打捞队，发现程扶摇被洪水冲到义宁镇南圳沙滩上。江西省政府决定追授程扶摇优秀共产党员、抗洪英雄、烈士。中央文明办与中国文明网推荐他们为人民公仆、荣登"中国好人榜"。

西海孤岛上的教育摆渡人

□ 刘　央

　　巍巍幕阜山下，滔滔修江水畔，有中国最美小城武宁。武宁山清水秀，风光旖旎，这里的人们淳朴厚道，尊师重教。武宁县"山背"片区横路乡小小的孤岛上，有一所只有一名教师的学校，这所学校是"全国优秀教师"熊贻华独自坚持执教一辈子的地方。熊贻华一师一校，先后辗转于蛇坑、刘埚、丰良三个教学点，整整40年教书生涯，他用全部的爱和最大的耐心抒写了乡村复式教育的传奇，托起西海孤岛上孩子们的求学梦想，他以大善情怀大美旋律，奏响一曲教育的颂歌。

青春点燃教育之火

　　熊贻华，武宁县横路乡蛇坑自然村人，1954年出生。当时新中国还很年轻，百业待兴，国家并不富强，不过国泰民安，教育教学点遍布祖国大地，连乡村旮旯处都能听见琅琅读书声。出身清贫的熊贻华非常幸运，在家乡读完小学又外出读了初中和高中，1973年底高中毕业回到家乡蛇坑村。

　　殊不知，随着柘林水库的竣工，西海水位上升，昔日的家乡小学已沉溺西海水底，当下的家乡娃娃们要想读书，必须山一程水一程去遥远的株林小学，否则只能嬉戏在家。村民们忙于生计，日出而作，日落而息，哪有时间天天接送孩子上下学。恰好熊贻华高中毕业回到家乡，蛇坑的父老乡亲一致推举他当蛇坑的民办教师，以便解蛇坑适龄儿童上学的燃眉之急。

那时在农村，像熊贻华一样的高中毕业生根本没几个，假若他想到县里或乡里某行业某部门谋个职并不是不可能，如果他想当老师也完全可以去县里或乡里的大学校。然而，蛇坑是生他养他的地方，他看不得家乡适龄儿童无法入学，荒废光阴。他不想辜负乡亲们的信任，全然不顾个人得失，欣然接受家乡民办教师一职，独自一人支起了蛇坑教学点。熊贻华成了乡村教育的火炬手，他用自己的青春点燃西海一方小岛的教育之火，从此，五星红旗在蛇坑教学点高高飘扬。

1974 年 2 月，蛇坑教学点开学啦！

没有校舍，熊贻华把学校设在自己家里；没有打铃人，熊贻华兼着司铃员。这里只有熊贻华一个老师，他一、二、三年级全教；此处只有熊贻华一个老师，语文、数学、音体美劳他全上。半个堂前的教室、几张高低不齐的课桌、几条长短不一的板凳、一块长方形木质黑板由木头架子支起斜靠在墙壁上，写起字来有点摇摇晃晃，嘎吱作响……办学设施可谓极其简陋，但并不妨碍老师教书育人，也不影响学生读书写字。如此这般，熊贻华领着三个年级大大小小十五个孩子其乐融融地开启乡村教育拓荒之旅。

一生坚守教师初心

蛇坑村一面环山，三面环水，是庐山西海八千岛屿中极为偏僻的孤岛。任何人出岛，都得走水路，交通特别不便。蛇坑村闭塞的环境注定条件艰苦，艰苦的条件注定它很少有人问津。唯有蛇坑人熊贻华多年如一日默默为之奉献自己的青春与热情。

熊贻华坦言道，自己当初受乡亲们的举荐创办蛇坑教学点时，根本没想那么远——当一辈子老师，也根本没想到会一直坚守在乡村教学点。只是一直以来，村外无人愿意到孤岛蛇坑村来教书，村内又找不到合适的人选来接替自己。熊贻华在孤岛上坚守了一年又一年，送走了一批又一批学生，不知不觉中，他早已离不开那些童稚无邪的孩子，潜意识里，他早已深深爱上了教师这个职业。不知何时起，耳畔一直有个声音在告诉他：教师，是自己一生要坚守的初心!

　　1977年，国家恢复了高考，文化基础挺好的熊贻华本该做高考大军里的一员，家人也劝他专心复习参加高考，努力考取大学，走出孤岛，改变命运。因为蛇坑村是个一师一校的教学点，老师哪怕离开一个小时，孩子们就没人管，熊贻华终究还是不忍心丢下孩子，既没有分心去复习，也没有去报考。另外，1986年开始，民办教师转为国办教师招考了很多年，熊贻华也没有去参考，他明白，孤岛的孩子要读书，就需要他的坚守。

　　武宁县是中国装饰之乡，号称有10万武宁人投身全国各地装饰行业，中国装饰教父式的人物余工即余静赣就是武宁县横路乡丰良人，可以说熊贻华是余工的隔壁邻居，于是他很多亲戚朋友、同学甚至学生都是从事装饰行业，他们随随便便一年赚的钱就相当于熊贻华几年的工资，他们对熊贻华拿那么一点工资还要坚守在孤岛上实在不能理解，纷纷劝他辞职，跟他们一起到外面去赚大钱，可他每次都是以"我走了，学校的孩子们怎么办"婉言拒绝别人的好意。

　　2002年，最后一次民办教师招考刚好在暑假，熊贻华才得闲备考，以高出分数线几十分的成绩转为公办教师。转正为公办教师后，横路中心完小邢斌校长多次关心地问他是否有调动的想法，熊贻华脱口道："只要学校还在，我就一直会坚守在这里，尽我的力量教育一群孩子，肩负一份责任，让国歌每天在孤岛响起。"

　　他如是说，也是这样做，在一师一校的教学点，一直坚守到2014年光荣退休。

活学活演教学角色

　　熊贻华本性善良，性格温和，瘦高个的他挺直腰杆就是孩子们的领头羊，俯下身子就能与娃娃们打成一片。但他深知，作为一名教师，光有爱心是远远不够的，那还得有责任心，最重要的要有躬耕于三尺讲台上的真功夫、真本事。

　　熊贻华是20世纪50年代的人，非常难得的是他靠着一本新华字典能全部采用普通话教学，教学成绩也挺不错，他所教的学生无论是语文还是数学在全乡评比中一般都能进入前三名。当别人问起他遵循什么教学理念、有什么好的教学方法时，他总是谦虚地说："我不懂什么先进的教学理念，也没有特别的教学方法，我只有一个念头：认真教书，想办法让学生喜欢读书，听得懂课，养成好习惯，按时完成作业，学得开心，读得快乐，健康顺利地升到完小的高年级去。"

熟悉熊贻华的老师都知道，他常常把爱生的本性、育人的天职融合在教育教学工作中，这可谓是他教学的一大特色，并且时不时有意想不到的收获。然而有谁清楚？熊贻华最难的是他一个老师教三个年级，尽管学生人数少，但三个年级的语文、数学、音乐、体育、美术、劳动样样都得教。

熊贻华爱学习勤实践，早年间，他喜欢听收音机的教育频道，后来在电视里头看中央教育电视节目，让自己活学活用，常教常新，一人扮演多个教学角色。在长期的教学实践中，他摸索出同堂异向、同堂异科的教学方法，并自制教具，培养小助手帮助教学，取得很好的成效。熊贻华还设计出课堂教学"五步法"，并突破传统复式教学一动一静的做法，采用两动两静，三动三静的模式，丰富活跃了课堂教学，受到了广泛的好评。

熊贻华既沉稳又乐观，从不轻言工作生活的难与累。复式教学即一个人教几个年级教几门科目，谈何容易？他却如此认为：一人教几个年级任多门学科时间紧，任务重，劳动时间长，工作强度大，难以按常规去组织教学，但是教学点的教学也有优势，那就是学生少，感情好，容易沟通，便于个别施教。老师和学生从早到晚都在一起，一起上课，一起游戏，一起吃饭，一起放学，随时都可以施教，到处都是课堂。在他看来，这既有传统的个别教学法的传承，又符合素质教育和新课改注重实际、联系生活的要求。几十年来，他所在的教学点学生参加全县、全乡抽考中排名均靠前，取得不错的成绩，在全县20个教学点教育工作评比中连续多年被评为优秀教学点。

蛇坑、刘埚、丰良是熊贻华先后任教过的三个教学点，这三个地方有个共同的特点，都是一师一校制。无论在哪个教学点，每天到校第一件事，熊贻华便组织孩子们在国旗下列队、敬礼、高唱国歌。正式上课时，上午一般上语文、数学，下午一般上音体美劳。在课堂上，熊贻华便有条不紊地忙开了，一会儿教一年级小朋友诵读"鹅、鹅、鹅，曲项向天歌，白毛浮绿水，红掌拨清波"，一会儿让二年级孩子们背乘法口诀，一会儿给三年级学生们讲童话故事《卖火柴的小女孩》……课后与孩子们在一起，他还时不时地吟哦李白的诗、苏东坡的词，很是陶醉，给孩子们美的熏陶，这些偶尔会随风飘入孤岛田间地头村民们的耳中，频频有村民停下手中的活，微笑着点点头，自言自语道："村里有熊老师在，大家的孩子有福啊！"熊贻华这位"全能型"老师好似一个超级魔术师，适时变换自己的角色，一丝不苟地授予孩子们知识，不厌其烦地陪伴孩子们向善向美向未来，放飞孩子们的梦想，燃起了全村人的希望！

爱民为民教化一方

在熊贻华家书架上，书不多，其中《三字经》《增广贤文》《大学》与小学语文数学课本摆放在一起，明显有多年翻阅旧损的痕迹。当熊贻华被问到是否在课堂上用到这些书时，他不无自豪地说，不直接当课本，但里头有些话会穿插在讲课中教给学生，比如《三字经》中的"人之初，性本善"。还有《增广贤文》里面的"一年之计在于春，一日之计在于寅。一家之计在于和，一生之计在于勤"。至于《大学》深奥些，是自己喜欢的书，其中"大学之道，在明明德，在亲民，在止于至善"。就一直勉励自己克服私心杂念坚守本职工作。

熊贻华20岁选择了留守家乡当一名民办教师，是爱民为民；熊贻华全心全意教书，一点一滴育人，是爱民为民；熊贻华一辈子坚守孤岛，是为老百姓着想，为孩子们着想，更是爱民为民，至善至美！

1974年，熊贻华创办蛇坑教学点一待就是7年。1981年，熊贻华被安排到大的教学点刘垴，有关部门曾派过民办教师或代课老师到蛇坑，但都因岛上条件太差，交通不便，他们没待多久就跑了。1984年，蛇坑教学点无法办下去，孩子们面临辍学，熊贻华看在眼里，急在心里，没有豪言壮语，而是主动提出用自己家的小船把孩子们接到刘垴教学点去读书，这是在为老百姓分忧，在替孩子们未来考虑啊。从此，蛇坑教学点被并入刘垴教学点，同时，一叶小舟连起了两座小岛。熊贻华每天花在接送孩子的时间一般要两个小时以上，为了学生行船安全，他还自己掏钱为学生购买救生衣。几十年来学校没有出现过一次安全事故，家长们都说把孩子交给熊贻华，他们一百个放心。

多年来，熊贻华每天驾一叶小舟载着孩子们去上学，成为西海湖面上一道亮丽的风景。

2002年，丰良教学点由于请不到老师，上面又派不来老师，只好将熊贻华调到丰良教学点，同时将刘埚小学并入丰良小学。熊贻华从蛇坑教到刘埚，从刘埚教到丰良，教的都是蛇坑、刘埚、丰良的孩子们，为的全是这一方百姓。

到了丰良小学后，熊贻华为了节省时间，基本上以校为家。占地60多平方米的丰良小学总共两间房，一间是教室，另一间是办公室，白天熊贻华在办公室里办公，到了晚上把铺板一铺就成了他的宿舍。由于很多孩子父母外出打工，学生中留守儿童偏多，有的跟爷爷奶奶，有的跟外公外婆，有的孩子老人管不了，熊贻华不嫌麻烦、不怕累便带着他们一起在学校生活，纠正他们不少的坏毛病，让他们慢慢有了好习惯好性格。家长们个个感激不已，把熊贻华视若家人，对他敬重有加。

你若真心待人，人必真诚待你。熊贻华在村民们中享有崇高的威望，谁家来了客人总要把他请去喝一杯酒，谁家的孩子上大学总被请去坐大位，谁家有矛盾也喜欢请他去说合，熊贻华不仅是孩子们的老师，也是村民们的老师。村民们慢慢地认同熊贻华"生而养之，养而教之，教而善之"的养儿育儿观念，外出打工的父母会尽量抽时间回家看看，多陪陪孩子。教书教到能教化一方、影响一方百姓，想必是一位教师教育的极高境界，实在难能可贵。

岁月不居，时光如流。一晃，熊贻华已退休10年，如今在武宁县城与儿子同住，安享晚年。武宁县横路乡蛇坑、刘埚、丰良三个教学点也经过一并再并到最后撤销，现在连熊贻华退休前所待的最后一个教学点丰良小学也不复存在，但怎么也不可能抹去熊贻华40年的默默奉献，40年的独自坚守。曾经先后有不下10名教师来过孤岛，坚持时间最长的也没超过两年，只有熊贻华一直坚守在这里，40年不离不弃，40年尽心尽力。这是责任使然，这是爱心守护，更是敬业乐业无私奉献的写真。他无惧艰苦扎根乡土，为中国乡村教育事业添砖加瓦；他不嫌工作琐碎，坚守三尺讲台，甘当学生的摆渡人。古有一苇渡江，今有熊贻华在光阴里以教育的方式摆渡学生去往梦想的彼岸。渡人渡己，西海水见证了伟大的师魂。

永葆本色初心孺子牛

□ 徐 平

一

　　黄修仁出生于20世纪30年代初中期。从他上溯祖辈数代，都是穷苦的务农人家。到他出生之时，更是变得家徒四壁，田无一分地无一块。在整个儿童少年时期，黄修仁一直生活在衣不蔽体食不果腹、饱受当地黑恶势力的压迫盘剥之下。用他的话说，从没有吃过一顿饱饭、穿过一件新衣、盖过一床完好的棉被。为了生存，他从小就给人放牛做雇工，一年到头尽管累死累活，但工钱总会被无端扣得所剩无几。加上多如牛毛的苛捐杂税，每到灾荒年成或青黄不接之时，他就只能与母亲一道去四处乞讨。长到14岁后，为了躲避被抓壮丁民夫，他更是活得提心吊胆，有时甚至几日几夜藏身深山密林，如野人般忍饥挨饿不敢归家。

　　一唱雄鸡天下白。是新中国政权带来的庇护，是中国共产党的教育培养，黄修仁从一个生活在底层的穷苦之人，不仅走上了幸福光明的人生道路，而且成为替民当家做主掌权的基层领导干部。黄修仁说，从走上革命工作岗位，在鲜红的党旗下庄严宣誓的那天起，他就在心中立下志向宏愿，一定要用终身的努力，好好工作报效党和国家的恩情，做人民群众信赖放心的勤务员和公仆。黄修仁理解为共产主义奋斗，就是为全体民众都能过上美好幸福的生活而奋斗；为人民服务，就是自觉心甘为人民群众多做好事、善事、实事。

从此，黄修仁本着一颗感恩思报之心，踏踏实实一步一个脚印做人做事，不断获得了党和人民群众的信任、托付和认可，先后担任武宁县多个区乡人民公社党委书记，直至升任为武宁县委常委、组织部部长、纪委书记，武宁县人大常务委员会第一副主任，先后获得县、市、省、国家级各类先进英模人物表彰奖励 48 次。

二

做事还需先做好人，而做人首要的是对人真诚和热心，这是黄修仁一直奉行的人生信条。

作为一个领导干部，黄修仁认为，忠于职守，出色完成本职工作，这用领导干部需德才兼备的标准来衡量，也仅只做好了分内的事，具有了才。作为走上领导岗位的人，还应具有德。这个德，不仅是自身需要廉洁奉公，还要具有广博的同情心和爱心，对待人民群众要像对待自己的亲人一样态度和蔼热情，时刻心系民众的所盼所需所急，为他们主持公道正义。

1959 年至 1961 年，是共和国政权成立后经济状态面临最艰难的时期。当时，我国不仅要偿还巨额外债，而且在全国范围内连续遭受了大面积的各种严重自然灾害，许多地方农业生产因此显著减产歉收，甚至绝收。那时，黄修仁正在时称大桥人民公社，后升格为大桥区担任党委书记，该地区也遭受了严重的干旱。

针对部分干部群众面对天灾缺乏战胜困难的信心，一方面，黄修仁正确领会和执行党和国家的方针政策，以身作则深入田间地头，带领和鼓励广大干部和群众积极开展抗旱自救。几年间，当地的农业生产不仅没有下降减产，粮食增产反而保持了平均 7% 的幅度，生猪和食油产出也有一定程度的增长。至 1962 年，该地群众口粮供给人均达到了 495 市斤，猪肉供给人均达到了 16 市斤。这在当时是非常显著难得的政绩，为确保一方百姓生活安定，对党和年轻共和国政权保持拥护信心，做出了一个基层地方领导者的突出贡献。

为此，黄修仁在 1963 年获得了中共武宁县委授予的"模范区委书记"嘉奖。另一方面，黄修仁还深深牵挂着普通群众的冷暖温饱，经常入村入户访察民情，及时为他们解决实际生活中遇到的困难疾苦。

普通社员刘明南，偷偷多拿了一些生产队的红薯。事情被队村干部察觉后，就粗暴地把他家的被盖和蚊帐全部拿走。黄修仁得知情况之后，亲自来到该社员家中调查，果然是锅清灶冷无余粮。黄老实事求是，除责令相关干部退回物件外，还帮助他解决了渡过饥荒的口粮，使他全家感动不已，感受到了党和国家爱民的温暖。

有一次，黄修仁深入一个队村去检查工作，发现有位名叫刘诗毫的社员身染重病无钱医治。黄老不仅亲自帮他联系请医生，还多方为其筹集医药费用。病愈之后，该社员一改原先对集体事业不大热情的状态，积极投入生产劳动中。

天地之间有杆秤，秤砣就是老百姓，当地群众都称赞说：黄区委是个好干部！

工作地域变化，职务升迁，黄修仁乐于助人的情怀始终不变。

中国实行改革开放大力发展经济后，黄修仁也肩负起了更重要的工作责任，走上了中共武宁县委主要领导干部的岗位。在他出任武宁县委常委、纪委书记期间，一次来到该县罗坪镇调研工作时，得知该镇民办企业家袁良友，在创办经营泡沫塑料厂过程中，遭遇到一些不良地方势力的干扰阻挠，当地政府有关干部也没有给予相应的重视支持，使该企业生存发展陷入了举步维艰的境地。黄修仁一片公心和爱心之情油然而生，一方面与当地政府主要领导反馈情况，指明发展和扶持民营经济的重要性，一方面敦请公安维稳部门介入保护，使袁良友重新树起了信心，鼓起了干劲，企业一步步发展壮大，从乡镇迁至县城，后来还在湖北武汉市设立了分厂，产品远销到省内外。

与黄修仁相熟或打过交道的人都说，他热心助人乐于做好事，绝对是发乎内心自然。无论是公务还是生活外出，只要遇见了认识的民众，黄修仁都会主动热情打招呼，从不摆领导干部的架子。人们只要有事找到他，他都会热情接待，耐心听人讲述。原则和能力之内的，他一定能帮则帮，否则至少也会给予同情、理解、宽慰。

三

黄修仁感觉他人生最遗憾的事，就是幼时因家贫而失学。如果参加革命前就有较好的文化基础，那么为党和人民工作起来就会得心应手许多。因而，黄修仁 1994 年从领导岗位退休后，就挑起了武宁县关心下一代工作委员会主任的担子。当时，关工委刚刚成立，没有专职人员，办公经费也十分拮据。但黄老迎难而上，不等不靠不退缩，甚至先自掏费用去开展工作。

一日之计在于晨，一年之计在于春。黄修仁认为，青少年是人生的开端，如果此阶段留有缺憾，必将会影响终身。所以，从进入关工委开始，黄修仁就全身心投入对青少年的助学和帮教之中。

2003 年秋季，黄修仁收到了一封对他充满真挚感激之情的书信。来信者是当年考上南昌大学历史系的青年学子付林武。原来，小付 8 岁时因一场意外失去了双腿。但他身残志不堕，学业一直优良，考入本县重点高中武宁一中后，黄修仁得知他家境困难，连续三年每到新学期开始之际，总会带领关工委几位老干部，及时给他送去整个学期的学杂费，使他经济上无后顾之忧地完成了高中学业。高考前夕，黄修仁更是细致入微，为了使小付将来继续深造学业，或投入社会时没有行动方面的障碍，便联系县残联在一中开展一次特别募捐活动，筹款 6 千多元为他安装了假肢。非亲非故，关怀备至，怎不叫人刻骨铭心、牢记情义？

桃李不言，下自成蹊。类似付林武的情形还有：1999 年考上中国农业大学的陈可可，2001 年考上江西师范大学的戴逢国，2003 年考上北京对外经济贸易大学的叶征东，及从读初中起就得到黄修仁生活接济后来也考上了大学的林江江，和从小学五年级起就受到黄修仁关爱后成为武宁某中学教师的卢再武等，当地一批优秀贫困学子，无不是在黄修仁的爱心相助下圆了大学之梦，走上了人生的坦途。

有大爱之心者，必有广爱之行为。黄修仁对在思想品行成长方面出现偏差的青少年，也同样投入了真情的关切。

在校学生翁某，不遵守校规纪律，经常与同学吵架闹事，生活习惯不良，校方与家长屡次批评教育不改。黄修仁得知情况后，主动与他的家长取得联系，对他们家教存在的问题提出改善建议，同时对他耐心进行教育引导，使翁某思想行为发生变化，后来成了三好学生。

社会青年王某，失足颓废，不务正业，黄修仁主动与他结成帮教对子，经常找他谈心，交流正确人生观念，并送一些法律和道德教育方面的书籍供其学习，持续三年不间断，使他终于受启发觉悟走上正路。

2004年3月，三名未成年学生，受社会不良因素诱惑，一时冲动结伙行劫。黄修仁知悉后来到收押他们的看守所，与他们促膝谈心，在指出他们的行为对社会和自己人生有危害的同时，多次与当地法院协商，共同制定帮教方案。后来，法院为之作出缓刑判决，使他们最终都能改过自新。

停车坐爱枫林晚，霜叶红于二月花。黄修仁在武宁县关工委10余年的无私奉献，也获得了党和广大人民群众的肯定和褒扬。2005年，黄修仁被国家关工委评为"全国关心下一代工作先进个人"。2010年5月，黄修仁又荣登中央文明办主办的"中国好人榜"，使他的人生又添上了一笔浓墨重彩的绚丽夕阳红。

四

黄修仁为什么能始终不褪本色、不改初衷为革命作贡献，为人民做好事，这不仅是因为他对党和国家从根底上充满了深情，对初始的信仰忠贞不渝，从反复翻看黄修仁提供给我借阅的资料中，我还找到了另一个答案。这些资料，有剪贴下来的报纸书刊内容，也有黄修仁早期参加各种会议和学习时纸质发黄繁体字印刷的材料汇编，还有他亲自执笔书写的有关思想道德修养方面见解的文章。它们都无声证实，黄老行为的动力，和他能保持与时俱进、坚持不懈学习有关。

参加革命工作之前，黄修仁并未正式进过一天学堂念过一天书。特别是参加革命工作后，利用到党校和干部培训班学习机会，他一方面认真学习领会党和国家的方针政策与革命理论，另一方面便借机努力学习文化知识。集腋成裘，逐渐地，黄修仁不仅能顺利读书阅报，还能亲自提笔书写工作报告。数十年来，黄老从没有放松自我学习，坚持天天看书读报，并养成写下相关心得体会的习惯。多年积累起来，黄修仁共计写下了约40万字的笔记。每每遇到教育意义深厚的文章，黄修仁总会或把它剪贴或复印下来，既方便自己反复学习领会，也常出示给子女亲朋共勉观阅。

追求高尚精神的人，必在物质需求上保持简朴。来到黄修仁家，他仍然居住在二十世纪八九十年代建造的普通平房中。没有富丽堂皇的装饰，见不到豪华贵重的家什，而在他居室兼书房中，却摆满堆放着各类书籍报刊资料。望着年迈已过90高龄、穿着普通衣料的服装、身躯有些佝偻、行动略显迟缓，但思路仍较清晰的黄修仁，我从心底由衷升起一个祝愿：祝好人永远幸福平安！愿他健康长寿超百岁！

大 爱 无 疆

□ 邹 冰

农民工致富的引路人

2010 年十一长假，当人们尽情享受节日欢乐的时候，武宁县横路乡株林村的一处建筑工地上却是一片热火朝天的景象，正在施工的不是建筑工人，而是正在接受培训的农民工，上课的老师则是庐山西海国际艺术学院的院长余静赣。余静赣说，现在农村缺少建筑方面的专业人员，也缺少技术过硬的工程队伍，我们现在培养他们，就是想打造这样一支队伍，既能做设计又能做工人，管理也在行。实际上，余静赣利用假期培训农民工已经有 7 个年头了。7 年前，余静赣把在广州的生意交给妻子，自己回到武宁县老家建立一所建筑艺术职业学校，办学之余，他还为缺一技之长的农民工办起了免费的培训班。那么，余静赣为什么放弃好好的生意不做，回到家乡办教育搞培训？

余静赣说："我从小就得到村里人的帮助，那一年，乡亲们听说我要成立建筑装饰公司，他们凑了一麻袋的钱，我知道这些钱来之不易，农村人节俭，一分钱差不多要掰成两半来花，他们省吃俭用，把抠出来的钱资助我办公司，我永远不会忘记乡亲们的恩情。"钱到位了，公司开了起来，余静赣成为我国建筑装饰行业第一个吃螃蟹的人。

滴水之恩，涌泉相报。在广州，每当看到乡亲们因没有技术找不到工作时，余静赣不是把他们招进自己的公司，就是免费为他们培训后再输送给别的单位。余静赣的为人在广东的老表中很快传开了，越来越多的农民工找到了他，这让余静赣产生了回乡办学的想法，他觉得办艺术装饰学校，能让更多乡亲成为建筑行业的香饽饽。余静赣是个急性子，他未经妻子同意就回到武宁。从余静赣回到武宁办学的那天起，他每年要从广东的公司里拿出 100 万元的资金补贴到学校或培训班里。妻子当时不能理解他，因为广东的条件那么好，武宁的生活这么艰苦。但是，看到他办学改变了很多农民工子弟的命运，妻子慢慢地理解了他。

武宁还有很多农民工年龄偏大，文化低，没有报考技校的资格，这让余静赣想到了利用寒暑假和十一长假为农民工培训。假期一到，余静赣就利用网络、电话和张贴海报等方式发布培训通知。村民严声华经过一个星期的培训，初步掌握了搅拌水泥和砌砖粉墙的技术，为了感谢余静赣的无私奉献，他悄悄留下 200 元钱作为学费，余静赣知道后如数退了回去。

人们都说余静赣有家乡情结，可余静赣说，我的家乡情结就是让农民工走到哪里都是香饽饽。

为了亲人的微笑

余静赣，人称余工，江西省九江市武宁县人。联合国国际生态生命安全科学院院士，清华大学建筑学硕士、北京师范大学哲学博士，北京大学研究员；复旦大学、四川师范大学、重庆建筑大学等十几所大学客座教授；庐山西海国际艺术学校、庐山艺术特训营、江西美术专修学院创始人；广东星艺装饰集团、华浔品味装饰集团、名匠装饰集团、三星余工楼装饰集团创始人，广州艺邦投资股份有限集团公司董事长，九江百艺文化董事长；中国装饰协会设计委员会委员，江西省室内装饰协会名誉会长，IFDA 国际室内装饰设计协会中国区副会长，广东省建筑装饰行业协会副会长。

1978 年，余静赣以 26 岁的"高龄"跃过高考"龙门"，成为恢复高考后的第二届大学生。他选择建筑行业的理由也很简单，"因为建筑有可能帮助家乡人富起来"。

余静赣从重庆大学建筑系毕业后，分到了建设部机关工作。1989年底，外出打工的浪潮风起云涌，大批江西老乡来到了广东。余静赣为了帮助老乡找工作，他特地调到广州有色金属研究院。在广东的家里，余静赣每年接待的老乡达到700多人。每逢周末，他就骑上自行车为老乡找工作，最远的到了珠海，有时候骑车到东莞，当天还要赶回来。几年时间，经余工介绍到广东打工的老乡大约有四五千人。

余静赣是一个执着的人，人生的每次选择，"能否帮助家乡致富"成为其考虑的重要因素之一。国家建设部不能实现抱负时，他放弃了"金饭碗"；设计院有工程做，他带领四五千人出来打工；但当他看到老乡们过着不像人样的生活时，身高1米8的男子汉哭了，隔天就辞职下海。

"选择家装行业是因为看好这个市场，但潜意识里离不开这个根本。做大型联合企业，可以帮助更多的乡亲。"余静赣表示，当时想做40万人以上的企业。

创业之初的星艺基本上由江西人组成，余静赣自己出资让员工进修，现在，一同创业的乡亲大多已成为公司高层领导。在星艺，余静赣一直鼓励员工做股东，为自己努力，他坚信："只要员工过得好，公司一定办得好。"

现在的武宁已经脱离贫穷与落后，年收入达几十亿，到处都是新楼房，但余静赣依然在家乡兴办教育，让更多的贫穷孩子上学。

我要走前人没有走过的路

20世纪90年代初，人们基本不知道什么叫"家庭装饰"，三百六十行里更没有提到这个行业，甚至还有人认为，这个行业还需要时间培养，但余静赣喜欢这样的挑战，用他自己的话说："我的强项是创新，我喜欢做社会上还没有的事情。"

星艺装饰（原名广州三星建筑设计艺术中心）作为中国第一家民营装饰企业，创业初期困难重重，"没资质、没经验、没方法、没市场……"然而余静赣最头痛的莫过于没人才，那时的集美组将艺术与商业接轨，由广州美术学院提供令人羡慕的人才资源，但余静赣说："我没必要做第二个集美组，跟在人家后面，我肯定不行。"而事实上，他后来所采取的一系列营销措施让他人财兼收。

在余静赣的学校里，总有一些别开生面的情景，这也成为他创新的最好体现。他的学校，有山有水，能种菜，能养牛和羊；在这里，教育实行七年制，前三年国内学习，两年实践，最后两年国外求学；在这里，学生都要画水彩做陶瓷，将毕业后的困难都分解到每天下午……

余静赣善于谋划与布局，他说他每天都在思考，也承受着巨大的压力，"但我的策划、思考、远见能力都比较强，我相信我们一定会做成功的。"

企业家·诗人·哲学家

充满诗人和哲学家气质的余静赣，是一位善于将现实升华到理想境地的人。他的许多艺术作品，都呈现出一派蓬勃的生机。万物皆有灵和情，他用哲学家的思想理解建筑艺术，他认为，建筑艺术代表着一个国家和民族的审美取向和历史文化的发展，每一座建筑都有它的故事和生命源头，这正是艺术家应展现的重要部分。他用不同常人的眼光去探寻中国与世界的文明，用画笔诠释中国人文胜景及各国建筑艺术。余工的建筑速写有着深厚的功底，在他的笔下，世界上形态各异的建筑风貌显得韵味绵长，自然而浓郁的人文精神跃然纸上。那一幅幅富有节奏感的建筑速写，是他多年来游历世界所积累的体验与感悟。

余静赣不在乎名与利，与董事长这个名头相比，他更喜欢把自己定位在"建筑师"这个角色上，他说他干的就是建筑师的活。一直以来，他都在追求世界级的专业水平，并坦言即使头发白了也不能在专业上画句号。

他所做的事情讲出来没人相信，同事、同学都不相信，连他的子女也觉得毫无必要。当初舍弃建设部的"金饭碗"就是为了帮助更多的老乡。在老伴"你一年不如一年"的质疑声里，他依然坚持用三年的时间拓垦荒原，投巨资开辟了融艺术建筑和自然风景为一体的艺术学院。

余静赣帮助了无数贫困地区的孩子们实现了上学的梦想，为他们的未来撑起一片天。

然而，正当余静赣的事业再度蓬勃发展之时，2008 年汶川地震的发生彻底颠覆了他的计划。面对灾区人民的痛苦和无助，他毫不犹豫地欣然前往。

他组织起志愿者队伍，驱车全力赶赴灾区，与其他志愿者一起投身于救援工作。他们默默无闻地埋头苦干，用一双双有力的手臂，重建起灾区人民被摧毁的家园。经过三年努力，余静赣和他的团队建造了数千所新房子，让失去家园的灾民重新拾起信心。

余静赣的善行没有被遗忘，这些年来，他先后被评为"江西省十大创业先锋"以及"九江市十大感动人物"。这些殊荣是对他卓越成就的褒奖，也是他无私奉献的见证。

2016年6月7日，余静赣被联合国生态生命安全科学院授予院士的荣誉。这个荣誉的背后，是他在人类生存和发展领域的突出成就和卓越贡献。

余静赣用他丰厚的物质和精神财富，悉心帮助他人。在他的行动中，他不仅是施舍者，更是传道者。他懂得，授之以鱼，不如授之以渔。他像一颗光辉的星星，照亮了千家万户的梦想。

每当回顾余静赣的辛勤付出和努力，我不禁想起那些黯淡无光的日子，曾经，武宁县横路乡花园村的人们生活在一片贫穷和落后之中。他们被困在经济的低谷，不知道如何改变自己的命运。余静赣的出现宛如一束绚丽的阳光，照亮了他们前进的路。

无论是帮助乡亲们找工作，还是创办装饰品牌公司，余静赣都以无限的关怀和热情，撒播希望的种子。他的付出不止于表面上的物质帮助，更在乡亲们心中播种了一种自强不息的精神。他教会他们如何捕鱼，而不是简单交给他们一条鱼。正是这种持久的帮助，让60万人长期受益。

公益事业，永远在路上

事业发展了，余静赣没有忘记对家乡的承诺。余静赣把装饰业变成家乡的经济增长点，由此提升整个乡镇的经济基础。多年来，余工就这样带动江西武宁十几万人致富。余工成功扶持3000多家企业创业，培养业界10000多名设计总监。因为群体效应，武宁也因此有了"装饰之乡"的美誉。余工由此被《纵横》和《人民日报·海外版》誉为中国装饰业界奇才。

2003年，正当装饰事业风生水起之时，余工作出了一个决定：淡出艺邦集团领导层。余工从管理层退下之后，足足花了6年时间，筚路蓝缕，拓垦荒原，投巨资在武宁县柘林湖畔创办了庐山西海国际艺术学院。

余工办教育起点很高，看得很远。办学愿景是一定要做强中国艺术设计，为国家为业界提供人才支撑。庐山西海国际艺术学院和广州分院开设了适应社会发展的 30 余个专业。2005 年，是余工教育事业的又一个里程碑。这一年余工在一期校园面向初中、高中学生招生的基础上，开始创办二期的庐山艺术特训营，面向全国 600 多所高校艺术设计类大学生展开博大的手绘艺术特训，十几年来为国家培养了 10 多万优秀设计人才。

选址武宁县横路乡丰良自然村的庐山西海国际艺术学院，对贫困学生学杂费全免，还开设了"扶贫班"。他发动星艺集团员工建立"一帮一"的助学工程，累计有 1 万名毕业生全员对口输送到全国各大装饰公司就业创业。2005 年，创办庐山艺术特训营，已帮助 15 万大学毕业生就业培训走上工作岗位。

克己助人，永葆普通劳动者本色

一位物质与精神相得益彰的富翁、一位著名企业家、一位真正的艺术家，余静赣，他永葆着普通劳动者的品质。功成名就的余静赣，富贵不淫，始终过着平民生活，不配秘书、不配专车、不接受吃请、不进舞厅酒吧。春夏秋冬的廉价衣裳年复一年穿着，有的人说他"怪"，也说他"抠"。在汶川义务抗震救灾三年，与员工同睡地铺三年，出差也和同事住标间。最常见的餐食是盒饭或馒头加矿泉水，出行以步代车或打的或乘坐公共交通工具，始终保持着简朴清正的工作和生活作风。

日 出 东 山

□ 付赛鹰

谭翊泉头上的光环无数，年纪轻轻却享誉全国。当初，我与他发信息的时候，他好久才回我，我心想："他现在是大名人了，采访他的人不但数量多，而且档次也高，连中央电视台的都有，他会不会产生受访疲劳呢？"后来我们终于约好了在星期二下午见面。

那天中午，阳光和煦。我与妻子驱车到西海服务区，来到了东山村。一路上，只见绿岛如莲，水波潋滟；改造一新的民宿，别具一格，错落有致；一幢幢钢架结构的厂房，巍然矗立，气势雄伟；金黄的油菜花随风摇曳，一垄垄，一片片。一切的一切，把东山的春天点染得生机盎然、美妙绝伦。

到达村部时，大约是一点四十分。我猜想，谭翊泉可能在村部的办公室或某个房间里休息，所以我没有打电话打扰他。

这时村部来了一个年轻人，30来岁，精明能干的样子。原来是东山村党支部的魏副书记，趁这个间隙，我与魏副书记闲聊了起来。我问他，是什么力量促使你来东山呢？他笑着告诉我："我也是东山人，我与小谭书记有许多共同之处，我俩都是南昌大学的校友。这几年，尽管我比较辛苦，但我感到很值。我庆幸，我能与小谭书记共事，拥有一个学习小谭书记的机会，学习他放眼世界、心怀天下的博大胸怀，学习他小家不顾、一心为公的人生格局……"魏副书记可谓出口成章，他的眉宇间洋溢着对小谭书记的崇敬和赞美。

这时，我收到了谭翊泉发来的信息：我在横路乡办事，大约下午3点半到官莲乡政府。看来他的行踪与我的想象大相径庭啊！我以为此时他在某处休息，没想到，他一直在工作！

官莲乡政府地方不大，但庄严、肃穆而典雅。下午的阳光柔和地覆盖在这片宁静祥和的建筑物上。仲春的花草树木都披上了盛装，散发着蓬勃的生机。小鸟在树枝上叽叽喳喳地跳跃着，好像在欢迎我这位陌生的客人。小谭书记惜时如金，他已提前几分钟赶到。

在进入他办公室之前，我曾对他办公室的摆设及我俩相见的情形做了无数次的设想。他的办公室一定宽大敞亮，办公桌一定豪华大气，他说话时可能拿腔拿调，官气十足。但没想到，他的办公室很小，以致办公桌只能侧对着门摆放，同时也不是那种豪华霸气锃亮的老板桌，光窄小不说，还陈旧，甚至有的地方还掉皮了，露出了白森森的石灰底。桌面上摆放着一台电脑显示屏，显示屏的右侧是一堆七七八八的文件，左侧则摆放着《习近平谈治国理政》《习近平新时代中国特色社会主义思想三十讲》等几本政治理论书籍。谭翊泉皮肤白皙，长着一张娃娃脸，目光深邃、从容而和善。刚开始，我俩都不知说什么才好，气氛有点尴尬，但后来随着话题的深入，谭翊泉的话匣子慢慢打开了。他思路清晰，谈吐亲切自然，不时还露出大男孩般的微笑。我发现，他的身上没有官气，只有一种坚如磐石的志气，一种含而不露的底气，一种难以抑制的青春朝气。

从家庭情况到求学经历，从高中的成绩平平到后来的逆袭蝶变，从入职大学当老师到受命下乡扶贫，从对学习工作的感悟到对党和国家政策的理解和感恩，谭翊泉如数家珍，娓娓而谈。他讲得有声有色，抑扬顿挫，让我就像聆听一场气势宏伟的音乐会，或小桥流水，或惊涛拍岸，我正襟危坐，洗耳恭听，生怕错过哪怕一个小小的细节。但在这个过程中，谭翊泉的手机不时响起，导致他的讲述不得不经常中断。与他沟通的，要不就是乡村文化的创建问题，要不就是山林土坎的权属问题，要不就是商讨开会的事宜等等。我似乎明白谭翊泉为啥那天不能及时回我信息的原因了，他无时无刻不在工作啊！

谭翊泉说，百姓是村庄发展的基础，赢得了百姓的支持才能推动村庄的持续发展。东山村是一个典型的移民村，村里住着来自浙江、安徽、湖北等

16 省份 108 个姓氏的移民，矛盾纠纷多，利益多元化，工作协调难。起初，村民并不看好这个来自城里的年轻人。

用事实说话，给村民一颗定心丸。谭翊泉以"不当局外人"勉励自己，进村报到后的很长一段日子里，他吃住都在村里，他每年坚持驻村不少于 300 天，先后 60 余次入户调研，和村民同劳动、同生活，想办法让自己融入东山村这个大家庭，在行走间了解村情民意。走访中，村民一句句质朴的话语、一双双期盼的眼神，让他感到沉甸甸的压力与责任。

东山村三面环水，一面靠山，拥有丰富的山水资源，但交通不便是制约乡村发展的一大因素。为了解决村民的出行难题，小谭书记带领党员干部，用"松树打桩"的办法，修成一条 4.8 公里的沿湖路，并争取资金修建道路 12.8 公里，结束了村里只有水路的历史。路修通了，水电等基础设施逐步提升，东山村于 2017 年成功脱贫。

焕然一新的东山村让村民们感受到了这个"第一书记"的细心与用心。而谭翊泉早已把东山村当作自己的家，平日里不是在田间地头，就是在村民家中，用脚步丈量村里的山山水水，将青春的汗水挥洒在希望的田野上。

徜徉在东山村柏油路上，流连在东山村的田间地头，只见村容整洁、山水相绕、鸟语花香，大家很难想象 10 年前的这里竟是一个出行不便、垃圾成堆、穷山恶水的贫困村。

"物质"脱贫了，"精神"也要紧跟其上。作为高校教育工作者，小谭书记深知文化知识在扶贫工作中的重要性，只有科技扶贫、智力扶贫与物质扶贫齐头并进才能让村民彻底脱贫。在九江学院党委的高度重视下，谭翊泉带领驻村工作队，结合学院实情和东山村实际，连续 9 年开展大学生暑期"三下乡"社会实践、送文艺下乡等活动，丰富了村民精神生活。

驻村近 10 年，居家养老服务中心、国学馆、移民文化广场等民生工程先后建成，村容村貌焕然一新。谭翊泉发挥高校资源优势，在村里积极组建了 13 支志愿者服务队，开展各类文体志愿服务活动 230 余场次。成立了村级工会组织。依托新时代文明实践站，坚持开办老人免费理发店 9 年，在全村选树了"中国好人""江西好人"等 3 名先进典型。新冠疫情防控期间，小谭书记作为村党支部书记，更是一马当先，坚持把"好人"精神贯穿于疫情防控工作的方方面面，积极制作防疫防控宣传折页，在村庄出入口、文化广场等场所进行防疫知识宣传解读，上门入户做好居家隔离的百姓情绪安抚，逐户进行摸底调查、疫情信息收集、疫苗接种接送、对出入人员车辆检查登记等，展现了一名优秀共产党员应有的担当。

扶贫更要扶智、扶志。鉴于东山村缺乏专业规划和产业支撑，谭翊泉大胆提出了将东山村打造成"庐山西海滨湖第一村"的构想。根据这一构想，九江学院选派了由15名成员组成的博士团队，对东山村进行了旅游规划、村庄规划和产业规划，从多角度指导乡村振兴。

为更好地激活和调动村民的思维，作为团中央"青年讲师团"成员，谭翊泉每月定期走进每个村小组开展"春风行动、乡村振兴"宣讲，让村民们大开眼界，受益颇丰。同时他还受邀奔赴全国各地，进行脱贫攻坚、乡村振兴宣讲400余场，受众人数达3.5万人次。

"路是走出来的，事业是干出来的。"谭翊泉深深地明白只有产业引领，才能让村民彻底脱贫，促进乡村振兴。

火车跑得快，全靠车头带。如何打造一支打不走的驻村工作队是小谭书记一直思考的首要问题，更是产业发展的前提。借助村"两委"换届契机，优化了班子结构。"明明如月，何时可掇"，谭翊泉不拘一格四处招揽人才，现如今东山村"两委"班子共6名，全日制大学生5名，平均年龄36.3岁。同时吸引了30多名大学生创业就业并落户东山村。"友好青年万里牵，谊结东山两相连。深居岂是中华客，远涉西海共揽天。"谭翊泉满怀深情地在扶贫日记本上写下了这首藏头诗，展示了他求贤若渴的诚心和"不破楼兰终不还"的坚定决心。

村里有2万余亩林地，5500多亩水域，如何将绿水青山变成金山银山？谭翊泉找到了一条"旅游＋生态＋产业"的发展新路。近年来，东山村做足"水文章"，围绕打造庐山西海"滨湖第一村"，全省首创成立了村级乡村振兴促进会，募集产业发展基金5000万元，推进整村田园综合体建设，建成近1000平方米的游客集散中心；投入1000万元建设美丽乡村，发展休闲农业渔家乐、特色民宿14家，每年接待游客达6万人次。

谭翊泉趁热打铁，稳步推进有机蔬菜示范园区、食品生态产业园、数字经济产业园等建设，重点发展生态种养、农产品深加工、数字经济等产业，东山村实现产业转型升级，全村累计培养13名党员致富带头人，解决脱贫户就业 354 人次，人均每年增收 5000 多元。

筑巢引凤栖，花开蝶自来。看到家乡发生了如此大的变化，不少在外打工的村民也纷纷回村办起了民宿和农家乐。如今的东山村，处处可见"旅游产业串线，瓜果花菜连片，民宿错位发展，鱼虾活跃水面"的兴旺景象。"滨湖第一村"成了东山村发展旅游的新名片，东山村正向乡村振兴的梦想迈进。

经了解，谭翊泉系全国扶贫先进典型，扎根基层帮扶 10 年，担任第一书记 7 年，四次驻村三次留任，两次被全村党员挽留并全票推选为村党支部书记，除获"中国好人"荣誉称号外，还荣获"全国先进工作者""中国青年五四奖章""全国向上向善好青年""江西省优秀共产党员""江西省脱贫攻坚贡献奖""江西省定点帮扶先进个人""江西省学雷锋岗位标兵""江西青年五四奖章"等多项荣誉。他所带领的东山村，也先后获得"全国脱贫攻坚先进集体""全国文明村镇""全国乡村治理示范村"等光荣称号。

谭翊泉告诉我，随着农村发展得越来越好，老百姓的见识也越来越广，视野也越来越宽。如果不加强学习，跟不上时代的步伐，便满足不了老百姓日益增长的需求。在组织的关心下，他于今年 9 月将前往中国人民大学读博，他报考的专业是农林经济管理，他暗下决心：把青春融进山水，用知识改变乡村。谭翊泉激动地说："作为一名普通的扶贫干部，作为一名习近平扶贫发展理念和乡村振兴思想的拥护者、传播者和践行者，我只不过做了一些理所应当而微乎其微的事情，党和国家却给了我这么高、这么多的荣誉。我深深地体会到，只有听党话、感党恩、跟党走，把老百姓当作自己的亲人，一切为了人民，为了人民的一切，我们的路子才会越走越宽，国家就会越来越富强，民族就越来越有希望！"

谭翊泉越说越激动，我似乎看到，日出东山，霞光万丈，辽阔的山川田野笼罩在一片祥和、希望的金光里。

· 邓小金 ·

她有一颗金子般的心

☐ 钟新强

　　冬日的早晨，久违的太阳出来了。和煦温暖的阳光透过窗户穿入屋内，暖洋洋的，让人无比舒适、放松。"好几天没带丈夫出门逛逛了"。说罢，邓小金搬出自己省吃俭用买下的轮椅，熟练地将丈夫陈鹏从床上移到轮椅上，推着丈夫到小区院子里逛了起来……多年来，只要天气好，邓小金都会推着丈夫出来看看。"老闷在屋里也不行，出来呼吸一下新鲜空气，看看风景也是挺好的。"她说道。照顾好瘫痪的丈夫，这是邓小金每天的"必修课"。

　　一年四季，每天一大早起床，邓小金就帮助丈夫陈鹏穿衣、洗脸、刷牙。冬天，穿一次衣裤要花上半个多小时，有时累得她满头大汗，可她从不抱怨。做好早餐，常常先要把丈夫喂饱后她才吃。为保持丈夫身体的干净舒爽，邓小金每天都给他擦洗身体，每次都要擦洗半小时以上。

　　为了不让丈夫陈鹏在家胡思乱想，抑郁沉闷，从他瘫痪起，只要不刮风下雨、打雷飘雪，邓小金每天都用轮椅推着他出门，前往湖滨路、文化广场、街头闹市，或观花赏景，或呼吸新鲜空气，目睹着武宁县城日新月异的变化。经过20多年的"修炼"，照顾丈夫陈鹏的事情，对邓小金而言，早已驾轻就熟。20多年来，邓小金把自己的美好年华献给了她的爱人陈鹏。她就这样不离不弃地照顾着丈夫，赡养着老人，把儿子培养成才，深刻诠释了"执子之手，与子偕老"的真正含义。

因为长时间用力推丈夫出行，邓小金的右手已有些变形，中指上鼓出一个包。这么多年时间，邓小金推行丈夫陈鹏行程超过两万公里，"这种不离不弃的感情才是真爱啊！"人们不禁赞叹道。问及长年照顾瘫痪的丈夫会不会产生过厌烦情绪，邓小金说："做人总得面对现实，我只想好好照顾老伴，相依相伴，让他过好晚年。"

左邻右舍对这对相濡以沫的夫妇高度评价："邓小金任劳任怨照顾瘫痪的丈夫这么多年，真是一个贤惠尽职的好妻子，从她身上让人看到了中华民族的传统美德。"这真是"久病身旁有贤妻，修河之畔有情人"。

邓小金，女，1963年1月出生，江西省武宁县人，以"好军嫂照料瘫痪丈夫26年"的事迹，荣登2023年第四季度"中国好人榜"。

刚刚年过六旬的邓小金，个子偏小，皮肤黝黑，面容憔悴，比同龄人更显得老态。是的，她太不容易了，生活给了她太多的磨难，太多的考验。想当年，她也有过青葱的岁月，如花的青春。她的自幼刻苦勤奋、敏而好学。高中毕业后随父在横路中心完小任代课老师，深受学生爱戴。她在教育岗位上，努力工作，忘我奋斗，不知不觉就过了30岁，犹待字闺中。1994年，经人介绍与转业军人陈鹏相识。

邓小金一直以来很崇拜军人，看到年长自己两岁的陈鹏英姿飒爽的军人气质，顿生好感。两个人就开始交往了。交往中，邓小金发现陈鹏为人谦和又有才气。慢慢地，陈鹏走进了她的心房。

后来，陈鹏如实告诉她，自己曾经在部队训练时因救战友于危险之中头部受过重创，留下严重后遗症——癫痫，偶尔会发作。

说实话，这事搁在很多女子身上都会打退堂鼓，但邓小金没有嫌弃，没有转身离去，反而是心疼恋人的遭遇，为他舍己救人、不欺不瞒的诚实人品而感动，她选择和陈鹏继续交往。这时，邓小金的亲友好心地劝她慎重考虑，不要"因小失大"。但经过一年多的相识、相知，邓小金认定陈鹏就是自己生命的另一半，不顾亲友们的劝阻，铁下心来，要和陈鹏好。1996年，两个人牵手步入婚姻殿堂，组建了一个幸福的家庭。为了更好地照顾丈夫，邓小金放弃了代课工作，专心在家。

1997年，邓小金如愿怀孕，一切朝着美好的轨道运转。但天不遂人愿，正当一家人沉浸在幸福之中时，一个巨大的灾难却悄然而至。同年3月20日晚，陈鹏突发癫痫倒地，医院的诊断结果是旧伤复发，很有可能永远站不起来。

"当时听到这句话的时候，我整个人都蒙掉了，不知道怎么办。有很多人劝我把孩子打掉、离婚，但是我就觉得既然嫁给了他，我就一辈子认定他了。"邓小金说道。在医院治疗的84天，邓小金不顾怀有身孕，日日夜夜守候在丈夫身旁，细心地照料，诚心地祈祷，希望用爱唤醒昏迷的丈夫，只是奇迹并没有发生。丈夫的病情得到控制后，她拖着疲惫的身体，将丈夫带回了家，这个时候，儿子出世了。本来需要别人照顾的邓小金，却当起了超级保姆，不但要照顾孩子，还要照顾丈夫。其中的艰难可想而知。但是她并没有怨天尤人，而是勇敢地面对一切。

陈鹏在床上一躺就是两年，邓小金多么希望丈夫能够恢复健康。这时，陈鹏的战友、同学也纷纷伸出援助之手，为他筹集了5万余元。邓小金怀着希望带着丈夫远赴山西求医。她的真情打动了医务人员，大家都悉心关照这对苦难夫妻。

不懈的坚持，终于换来了一丝回报。经过70多天的治疗，陈鹏的病情稍有好转，但依旧无法站立起来，还是不得不依靠轮椅才能行动。

生活重担还是要邓小金独自挑。有人劝她打退堂鼓，但她坚持自己当初的选择，表示无论多么困难，都要和丈夫厮守在一起，哪怕他再也站不起来了。

本该是与丈夫共创美好生活的时候，但她却不得不独自挑起家里的重担。出院后的陈鹏生活难以自理，在邓小金眼里丈夫依然是那个英姿飒爽的军人，她觉得自己照顾丈夫义不容辞，也无比荣耀。

凌晨2点和6点是陈鹏癫痫病发作的危险期。常常是这样，半夜2点钟喂丈夫吃完药后她才睡觉，早上5点不到扶丈夫起床锻炼或推他出门去逛逛。7点准备早餐送儿子上学，上午用收音机、电视机给丈夫放部队节目，中午回家给丈夫煮饭喂药，晚上为丈夫洗漱、擦身、按摩，这就是20多年来邓小金生活的真实写照。面对常人难以想象的困难，邓小金从不喊累、喊苦，也不曾想过放弃。她心中有一个坚定的信念：我既然选择了，做一名军嫂，选择了这样的命运，就应该义无反顾，一如既往，无怨无悔。

那些年，为了给丈夫看病，邓小金欠下5万元外债。对于一名无正式工作的农村妇女而言可算是天文数字。为了还清债务，也为了维持自己的家庭生活，邓小金每天没日没夜地操劳着。早上起来，除了出来照顾丈夫外，她还做一些"山背馒头"，待到将丈夫和儿子安置妥当之后便会到街头叫卖。勤俭的邓小金，只能依靠勤劳的双手赚取生活费用。如此高强度的劳动，让本就柔弱的邓小金一天天地憔悴下去。为了这个小家，她不知摔过多少跤，不知咽下多少泪水，素衣简食挡不住她对丈夫的爱。邓小金一天天地憔悴了，但为了这个家，邓小金明白光有爱是不够的，还需要希望和勇气。她始终心中怀着美好的梦想——她梦想丈夫有一天会站起来，她梦想把儿子陈邓亮培养成才……

家贫不忘教子，孩子一天天长大了，学习成绩不错，邓小金很是欣慰。邓小金告诫儿子最多的一句话是："人穷志不穷，穷且益坚，不坠青云之志。"父母是最好的老师，言传不如身教，邓小金爱夫如命，长久的坚持也让儿子学会了如何关爱家人，什么是担当。

从小学开始，陈邓亮每天放学回家第一件事就是给父亲喂药、端饭，帮父亲换衣服，扶他上下楼梯锻炼身体，总是希望能够减轻母亲身上的重担。陈邓亮知道母亲最大的心愿是希望自己能有好的前程，他在学习上一刻也不放松，2015 年如愿考上了大学。从小目睹父亲饱受病痛困扰，陈邓亮在填报志愿的时候没有丝毫犹豫便选择了医学。"是丈夫的病改变了儿子从军的理想，他说当一名外科医生能够改变许多像爸爸一样的病人的命运。"提起儿子，邓小金脸上洋溢着幸福。当接到儿子的大学录取通知书时，邓小金一家终于洋溢着幸福的笑容。

亲身经历过才明白，军嫂邓小金家贫不敢忘人忧，始终怀着一颗感恩的心。2015 年，邻居黄朝华因车祸而高位截瘫，有着丰富经验的邓小金忙前忙后帮忙打理，她的儿子还捐出了自己的零用钱。

邓小金不仅是对身边人好，对陌生人也是能帮尽力帮。2016 年 5 月，一名山东马戏团的小伙因降落伞失灵在长水大桥遇难。非亲非故的邓小金参加了打捞活动，还帮遇难者购置了衣服和死后的一切用品。

敬老孝亲，团结互助，邓小金不但把自己小家庭打理得井井有条，儿子培养得懂事上进，同时还尽心照顾陈鹏的老母亲。邓小金的 5 个兄弟姊妹都常年外出务工，邓小金又主动承担起了照顾 6 个孩子的重担。80 多岁的母亲有高血压、脑梗及心脏病，平时喂汤喂药主要是靠邓小金。病情发作便动弹不得，这个时候，背母亲进医院的还是邓小金。

自 2003 年以来，不论寒来暑往，邓小金都是骑着电瓶车接送孩子们，按时做好饭菜，不让兄弟姊妹们有后顾之忧。在她的精心照顾下，其中 5 个侄子侄女已经考上大学。

虽然邓小金家庭非常困难，但因为 20 多年来，经常受到当地政府、社会以及无数爱心人士的真切关爱和热情帮助，一家人常怀感恩之心。邓小金加入了县生态文明志愿者协会、县义工联。经常是这样，邓小金携带一把钳子、一个口哨、一块抹布、一双手套，或耐心劝导沿街商户将摆放在店外的商品和杂物清理干净，或劝导行人规范停车、文明出行，有时还要擦洗垃圾桶、宣传栏等。

2021 年 7 月 1 日，大学毕业的陈邓亮兑现承诺回到家乡，在武宁县人民医院当了一名外科临床手术医生。2021 年 8 月 28 日晚上 11 点左右，武宁县城街头有一女子突然昏厥倒地。虽然有人上前查看，因不明情况，不敢救助。正当大家惊慌失措之际，在医院上完夜班的陈邓亮正好路过。他快速上前，发现该女子意识丧失，心脏骤停，便跪地为她进行心肺复苏、吸痰抢救。经几分钟专业救治，女子终于渐渐苏醒。该女子成功获救，武宁县人民医院专门发文表扬陈邓亮，"武宁发布"报道该事迹后，被多家新媒体转载。

在武宁县创文活动展开以来，邓小金积极主动地参与社区志愿活动。她多次前往社区开展道德讲堂宣讲、环境整治和入户宣传等各项工作，为社区的建设贡献了自己的力量，为社区营造了和谐文明的良好风气。

"20 多年来，说不辛苦是假的，但幸运的是一路上我得到了政府和社会的很多帮助。现在我丈夫的病情比较稳定，儿子也在县人民医院当医生，我也算守得云开见月明了。二十七年了，我一直觉得自己苦点累点没什么，只要丈夫还在，只要孩子成才，我的心就是快乐的。"邓小金说道。

20 多年的坚守，是苦难，也是幸福。"对己苛刻，对他人大度"已经成为邓小金家庭身上明显的标签，这也体现了一个平凡家庭身怀感恩之心倾情回馈社会，让爱的正能量不断传递，带动更多家庭参与起来，引领了社会新风尚。

一 盏 心 灯

□ 余慧琳

从泉口镇出发，翻过一座又一座青翠的高山，枣源村就静静地坐落在群山的怀抱中，犹如一位娇羞的少女，遗世独立，却又风华绝代。陈燕燕的家乡就在这风景秀丽的地方，和大多数中国的山村一样，景色宜人，民风淳朴，在这里她度过了无忧无虑的童年和少年时期。

陈燕燕的父亲是乡村医生，母亲是乡村教师。在那个物质相对贫乏的年代，行医救人、教书育人。村民没钱看病了，父亲就免费为他们送医送药；村民缺吃少穿了，母亲为他们送去衣物和吃食……父母的一言一行深深影响了少年的陈燕燕，在她心里，为需要的他人送去帮助，跟日常的吃饭穿衣一样，是理所当然的事情。

她以诗化人，引领孩童抚触文字之美，让3000余名留守儿童过上诗意童年；

她以心理咨询之力，劝和200余对夫妻，使得濒临破碎的家庭得以挽救；

她以真心行公益，为灾区筹得抗灾物资300余万元……

任光阴流转，她如一盏明灯，不断播撒着光与爱。

她被授予2024年第一季度"中国好人"、江西省最美军嫂、九江市三八红旗手等荣誉。

在一个火热的夏日，我们走近陈燕燕，近距离感受她的人格魅力，感受她胸中像奔涌的岩浆般喷薄而出的磅礴大爱。

60万的文字，无数次苦口婆心的劝说，为300多位军嫂答疑解惑

2011年，25岁的陈燕燕经人介绍，与一名空军军官相识。"我无房、无车、无存款，你敢嫁给我吗？"军官的坦诚直率打动了善良的陈燕燕，一个月后，俩人领证结婚。

很快，陈燕燕就领略到军婚的不易、军嫂的苦楚。丈夫领完证就到部队去执行任务了，一走就是半年。临走的时候对陈燕燕说："你不要打听我的工作，我也不能随时接你的电话。"从此就消失在陈燕燕的眼前。当孤独和思念排山倒海般涌上心头时，陈燕燕心里再也不能像往常一样平静了。

为了缓解心中的焦虑，陈燕燕报名学习了心理学，并考取了国家二级心理咨询师的证书。

自从学了心理学，陈燕燕的心里安定了许多。于是她想到，广大军属可能会遇到她一样的问题，会有她一样的困惑，她们心里同样需要安慰。那么，她可以用自己所长，为在婚姻家庭里遇到麻烦的军嫂，解决一点心理上的问题。当她把自己的想法告诉身边的军嫂时，得到了大家的一致认可。

于是，她利用自己心理咨询的特长，同其他几位有正能量的军嫂一道，共同成立了"军嫂互助团"和"军嫂解惑"情感专栏，为广大军嫂姐妹舒缓情绪、排忧解难。在"军嫂club"平台上，陈燕燕书写了60多万字的散文、小说和情感专栏文章，旨在唤醒军嫂的善与美，引领军嫂们提升自己、成长自己。

2017年，陈燕燕在这个平台上收到一个类似遗言的帖子，一位怀孕38周的军嫂，因为和婆家人闹矛盾，一时又联系不上在驻地的丈夫，情绪激动之下准备跳楼。陈燕燕看到帖子非常着急，她很担心这位军嫂会做傻事。通过各种渠道，陈燕燕终于联系上了这位军嫂。最后通过激发她心中的母爱，让她离开天台，回家安心待产。后来，小军娃顺利出生，名字还是陈燕燕起的……

10年来，陈燕燕利用军嫂互助平台为患重病需要救助的军属募集善款，为生活困难的家庭送去生活物资，为情感上遇到困惑的军嫂答疑解惑，减少家庭矛盾，维护了军婚的稳定。

劝和 273 对夫妻，大大降低了冲动离婚率

我不想做一大家人的年夜饭，太辛苦了，老公又不体贴；

他连纸尿裤都不会换，不是合格的父亲和丈夫；

他把我的东西弄丢了，还不认错；

我不想她要去参加同学会；

……

这些都是来陈燕燕所在的婚姻调解工作室调解的离婚理由。

2020 年 5 月，陈燕燕成为武宁县妇联婚姻家庭调解工作室的首席调解员。工作当中，她接触到数百对闹离婚的夫妻，其中有很大一部分并没有感情破裂，而是因为赌气和冲动闹离婚。"绝不能让负气离婚，造成一个家庭的破裂。"陈燕燕下定决心。

"你帮帮我吧，我老公要杀我！"就在工作室成立后的一个月，调解员陈燕燕就接到一对来办离婚的夫妻。此时天气炎热，细心的陈燕燕发现，丈夫不合时宜地穿着厚厚的外套。经过询问，妻子告诉她，她的丈夫随身带着刀具，扬言若要离婚就杀了妻子。

这对中年夫妇丈夫身体有疾病，不能从事重体力劳动。家里还有一个正上高三的女儿，家里生活拮据，让妻子萌生离婚的念头，而丈夫则坚决不同意离婚，为此闹得不可开交。陈燕燕一边安抚双方的情绪，一边帮妻子分析，丈夫虽然不能赚多少钱，但心里还是很爱她，很珍惜这个家庭。叮嘱双方为女儿着想，为她营造良好的学习生活环境。经过一番调解，双方的情绪都得到缓和，认识到自己的错误，心平气和地回家了。

"这样的例子太多了！"陈燕燕介绍，"前来办理离婚手续的夫妻中，赌气和冲动占了一部分比重，我们充当他们的'泄气阀'和'缓冲带'，为劝导当事人打消离婚念头起到一定的积极作用。"

做好倾听者，在倾听过程中，陈燕燕利用自己的专业知识为当事人答疑解惑，进行心理疏导，并提供婚姻家庭关系辅导、纠纷调解、法律援助、权益维护等相关服务。当事人被她的态度所打动，纷纷敞开心扉诉说内心最真实的想法。

"将心比心，把当事人的事当成自己的事，让他们感受到真诚，调解就

成功了一半。"陈燕燕如是说。

自 2020 年 5 月份以来，陈燕燕共接待夫妻 308 对，调解成功 273 对，成功率达 88.6%。在婚姻调解领域，这样的成绩相当喜人。

"劝和一对夫妻，幸福一个家庭，维系一方平安"。陈燕燕充分利用自己的专业知识，切实将婚姻家庭矛盾化解在源头，化解在萌芽状态，通过倾情、倾力、倾智，定会让更多触礁的婚姻重回航道、重回港湾。

采集童诗 3000 多首，让 3000 多名儿童有了个诗意的童年

与很多内陆山区一样，武宁县农村青壮年大多外出务工，产生了大量留守儿童，外出务工的父母会尽力满足这些孩子的吃穿用度，但给予的心理关爱却较少。

"作为心理咨询师，我能为这些孩子们做点什么呢？"陈燕燕心里想。

"干巴巴的心理咨询，容易让孩子们产生抵触；而活脱脱的诗歌，或许可以成为一把钥匙，叩开孩子们的心房，诗心润童心。"陈燕燕道出了自己发起"采童诗"的初衷。

起初，许多人对这个想法表示怀疑。且不说活动缺策划组织者，活动经费也不知从哪来，更何况，山里娃对诗歌接触本身就少，更别提什么系统训练了……孩子们真的能写出像样的诗？

面对质疑，陈燕燕没有放弃。

如何走进孩子们的内心，让他们敞开心扉吐露心声，激发写诗的意愿？

2020 年 5 月，爱好文艺的陈燕燕跟一些文学爱好者到语言大师余心乐的家乡——鲁溪镇张岭村阚家庄采风。余心乐教授数十年传播读书的种子的经历触发了热心公益的陈燕燕：是不是我们也可以接过余教授的薪火，在孩子们之间采集充满童趣的诗。由此，陈燕燕开启了自费的采诗之路。

陈燕燕首先策划了鲁溪镇梅颜村的采诗活动。

没想到，效果出奇地好。孩子们在趣味游戏之后，走田野、进荷塘，放飞思绪，写出"我想变成一片荷叶，给小青蛙当成歌唱的舞台""我还想变成知了，吱吱地唱着摇篮曲"等富有灵气的童诗。

陈燕燕精选了其中的 12 首诗，配上小作者的头像和采诗的合影，发布在

微信公众号"江南风雅颂"上，引发了强烈反响。

有了这次出乎意料的成功，陈燕燕和志愿者们在采诗路上信心十足。围绕节气和节日，他们奔赴山乡和孩子们一起采诗。春天的山花、夏天的荷塘、秋天的田野、冬天的落雪，都成了孩子们创作的素材。

我是一棵苗壮成长的小树／春天我给小草弟弟、小花妹妹挡雨／让他们免受大雨的惩罚／夏天，我给孩子们带来阴凉／让他们在树下玩游戏，我仿佛都跟着动起来……

这首充满童真却又温暖的小诗，是澧溪镇郭坑小学四年级小朋友杨宇恒在一次采诗活动中写下的。

参加采诗活动的大都是 10 岁以下、没有受过任何诗歌训练，而且平日里都是调皮捣蛋的留守儿童。杨宇恒就是其中的一位。杨宇恒父母都在外地打工，平日里跟着奶奶生活，采诗那天，陈燕燕让小朋友可以思考我是谁，别的小朋友都交作业了，他一个字都写不出来，急得号啕大哭。陈燕燕拥抱着他，告诉他，奶奶很爱他，他跟别的小朋友一样，也是这个世界上最可爱的孩子。在陈燕燕的鼓励下，杨宇恒写下以上温暖又充满力量的小诗。

5 年来，陈燕燕自费数万元，开展各种采诗活动 60 余次，足迹遍布武宁的山山水水、赣鄱洪区、甘南灾区等，采集诗歌 3000 余首，让 3000 余名儿童拥有一个充满诗意的童年。

"采童诗"项目获评省级新时代文明实践社会化志愿服务一类项目，多名小诗人获得了全国少儿诗歌大赛的一、二、三等奖。

孩子们的童年，正被诗歌照亮。

300 多万元，1000 多个日夜，为灾区、疫区送关爱

2023 年 12 月 18 日，甘肃临夏州积石山县突发 6.2 级地震，造成甘肃、青海两省百余人遇难，灾情牵动着全国人民的心。

当时陈燕燕正在兰州，了解到灾区紧缺御寒物资，心急如焚。她利用平时积累下来的人脉关系，与一些爱心人士取得联系，把灾区需要的御寒物资通过自己的微信发布，得到不少爱心人士的大力支持。短短的一天时间，就筹集爱心物资及现金 62 万元。

带着这笔来自全国各地爱心人士深情厚意的爱心款，陈燕燕费尽周折，终于购得帐篷、军大衣、保暖内衣、方便面、矿泉水、药品等救灾物资，同时汇集了 11 位心理咨询师、医生等志愿者。22 日清晨 5 点，她带着两辆货车，冒着余震的危险，用了 5 个多小时的艰难跋涉，才赶到积石山刘集乡八沟咀村。为灾民们送上急需的御寒物资和生活用品。

面对随时可见的危险，这不是陈燕燕第一次选择逆行。

"洪水在哪里，洪水在牛的尾巴上；洪水在哪里，洪水在屋顶上；洪水在哪里，洪水在解放军叔叔的肩膀上……"

陈燕燕念着念着，泪水情不自禁地从眼中掉落。提及自己参与 2020 年九江抗洪救灾的情形，陈燕燕至今难以忘怀。

2020 年，九江发生罕见洪涝灾害，为了防范和疏解受灾群众灾后心理应激问题，陈燕燕走访多个安置点，积极对受灾群众进行心理干预，化解他们的精神压力。

上面的诗作就是抗洪救灾期间，她启发其中一名 8 岁小男孩写的诗，简短几句诗作，让人为之动容。

"陈燕燕是最活跃积极的，哪里有心理援助需要，哪里就有她的身影。"同样在武宁从事心理咨询的戴丽莉说。

2021 年 10 月，一名因疫情封控在校的失恋女大学生，在深夜通过群聊加了陈燕燕微信，诉说自己生无可恋。整个晚上，陈燕燕都在与这个女孩积极沟通。

第二天，陈燕燕终于等来了期盼已久的电话，这个女孩说："新的太阳出来了，我想重新开启自己的人生。"

陈燕燕说："心理援助有时就是这样，你不能帮助他人直接解决痛苦与无助，但是可以听别人诉说，提供一个情绪宣泄的窗口，给他心灵慰藉。让人感觉到再苦再难有人陪伴、有人诉说，一切就都没那么难受了。"

从枣源出发，到最美小城武宁，再到西北兰州，无论是为军嫂答疑解惑，还是家庭婚姻调解，抑或是童诗采集使者、心理志愿者，张燕燕都用自己的专业知识，在轻言细语间，用自己独具魅力的微笑，汇聚一切爱的力量，如灯光般照耀迷惘者的心房，如春风般融化人与人之间的隔膜，让他们的内心洒满阳光。

照料"残疾"儿子　唤醒植物人丈夫

□ 张玉周

面对智力缺陷的儿子，她说"我虽然给不了他全世界，但我的世界全都给了他"；面对意外卧床的丈夫，她说"不管怎样我不会丢下他不管"。命运多舛，瑞昌市大德山公益林场高源村团庄的何金竹选择用柔弱的肩膀去直面生活的困苦，去对抗生活的不公，以数十年如一日的坚守，诠释着一位合格的"好媳妇"，一个顶天立地的"好母亲"，一名任劳任怨的"泥脚组长"。她爱山爱村更爱人，以爱的名义，演绎出人世间一个平凡而动人的故事。

我虽然给不了他全世界，但我的世界全都给了他

凌晨的瑞昌市大德山林场高源村团庄，有一个声音是属于何金竹的。每天早上5点多，房间总会响起她的声音："崽伢，起床穿衣服咯，去拿牙刷，脸记得洗哈。"这是何金竹每天跟20余岁的儿子的日常对话。

何金竹的娘家远离瑞昌千里之外，花样年华的她远嫁到瑞昌市大德山公益林场高源村。丈夫的温情体贴，家庭的和睦美满，让年轻的何金竹对未来生活充满憧憬与期待。理想与现实生活总会有差距。婚后不久，年仅两岁的大女儿发高烧，由于交通不便、村里缺医少药，大女儿未能得到及时救治而夭折；两年后一个狂风暴雨的晚上，何金竹发作生产第二胎，因难产且交通

不便，救护车无法上山，男婴最终也胎死腹中，接二连三的厄运，压得何金竹抬不起头来，整日以泪洗面。婚后第7年，何金竹迎来了自己的第三个孩子，是个大胖小子，这让她重拾对生活的信心。

正当一切欣欣向荣时，变故再度袭来。刚满两岁的儿子突发高烧因未能得到及时救治而耽误了病情，最终患上了小儿麻痹症。自此，孩子的智力落下了残疾，生理发育也异于常人，生活不能自理。面对这样的噩耗，何金竹没有丝毫埋怨。虽然孩子患病，但在何金竹心里，孩子就是她的心头肉，只要有一线希望，她就决不放弃。为了给儿子治病，何金竹东奔西跑，求医问药，进省城、上北京、拜名医、找偏方，凡是对孩子的病情有好处的，无论路途多远、价钱多贵，她从不犹豫。在她的不懈努力下，当时年仅8岁的儿子终于学会了走路，让她再次落泪，但这次却是欣喜的泪水。长年的求医问药，使得家徒四壁、负债累累，但何金竹无怨无悔。

坚持就会出现"奇迹"，这是何金竹自儿子患病后一直坚定的信念。为了不让儿子在身体机能方面有所偏废，何金竹开始有目的地对儿子进行训练。除了每天雷打不动的"唤醒"服务，夜里更是起夜数次，检查儿子是不是蹬了被子、想不想喝水。有时碰上儿子半夜做噩梦嗷嗷叫，何金竹立马将儿子揽在怀里轻拍背部，直到儿子平静下来再度进入梦乡，她自己则整宿守在床前不曾合眼。为了锻炼孩子的平衡力，她狠下心放开手让孩子尝试着独自行走。孩子一次次跌倒，她就一次次扶起，有时累得腰都直不起来，可她仍然咬牙和儿子坚持着，在一旁为儿子加油打气。她期望有一天，儿子能过上和正常人一样的生活。

"说不定哪天就好了呢，我虽然给不了他全世界，但我的世界全都给了他。"她给自己鼓劲。

她给了我第二次生命

儿子的意外，让何金竹意识到村子修路的重要性，于是，她成为组长后的第一件事，便是带领全庄的村民们翻修村路。

就在她踌躇满志时，一场突如其来的灾难再次袭扰了何金竹一家。2008年，何金竹丈夫在村道修路时，意外被大树砸中脑袋当场昏迷，伤势严重。

正带领村民修路的何金竹踉跄着赶往事发地。经抢救，丈夫的命算是保住了，但成了植物人。以往，儿子得病，夫妻俩共同照顾还能勉强维持，现在，家中的顶梁柱倒下，何金竹心态几乎崩溃。

就在众人议论这个家要散了的时候，何金竹用行动让大家闭上了嘴。整理好情绪的何金竹回归到家庭的日常，工作也从以前的独一份变成了沉重的"双份"，一边是卧病在床的丈夫，一边是没有自理能力的儿子，压在她身上的重担比以往更重更沉。丈夫躺在病床上前三个月的时间里，大小便不能自理，吃喝拉撒全在床上。看着曾经健壮如牛的丈夫变成现在这副模样，何金竹的心就像被刀割一样。为了不让丈夫身上生一块褥疮，她不管多累，每天都定时帮他洗脸、擦身、按摩、喂食。空闲时，何金竹就坐在丈夫一旁和他聊天，分享村中近来发生的事情：儿子会自己熟练地穿衣服；村里的道路还在修，年底就要通路了；今年田里庄稼大丰收……如果丈夫的表情出现变化，她就高兴得掉眼泪，她知道，自己的努力没白费。

经过近3年的精心照料，奇迹终于出现了。一次，在医生对何金竹丈夫进行例行检查时发现，她丈夫身体的各项指标正在恢复中，第一时间听到这个好消息的何金竹，喜极而泣。不久，丈夫终于在昏迷中醒来，何金竹做的第一件事，便是搂着丈夫大哭了一通，将这几年积攒的情绪一股脑儿地宣泄出来，个中辛苦和委屈只有她自己心底清楚。自此以后，她做事劲头也比以往更足，每天除了给丈夫按摩身体，没事就扶着丈夫下地走路。随后一年，在医生的专业指导下，何金竹引导丈夫做康复训练。奇迹再次发生，丈夫可以独自下床拄杖缓慢行走。

"当时村民都担心这个家要散了，但是何金竹没有抱怨，她让丈夫和儿子过上正常人的生活，只不过她付出了常人难以想象的努力。"时任大德山公益林场党政办副主任柯善志回忆道。

没多久，何金竹把丈夫接回到村中生活。回想起这几年，何金竹的丈夫感慨万千。"她给了我第二次生命。"他说。

就是砸锅卖铁，我也要把路修了

高源村海拔约570米，距离大德山公益林场驻地13.5公里，长久以来，是一个靠步行才能到达、靠天才能有水吃的小山村。

2007年，她被全庄人推选为小组长，修路一事一直是她心头的痛，这次再怎么样也要把路修好。但村民一听自己还要集资就不情愿，积极性降了大半。何金竹每天忙完家中琐事，安顿好丈夫和儿子后，便上门挨家挨户苦口婆心做工作，其间遇到种种困难、阻挠，一度让她打起了退堂鼓，修路到底是好是坏，何金竹一度产生了疑问。但一想起儿子落下的病根，何金竹的勇气便又增加了几分："就是砸锅卖铁，我也要把路修了。"起初，村民大多不予理睬，以各种借口推诿，就是不配合修路工作，但何金竹没有丝毫放弃，仍日复一日上门和乡亲们拉家常，晓之以理、动之以情，阐述其中的利害关系。村民被她执拗的性格和真诚所打动，修路事宜很快被提上日程。动工前，她忙前忙后做着准备，联系车队、购买材料、记录费用，有不懂的地方，她主动向村里长辈请教，费用支出明细她第一时间在村委会上向大家公布。动工当天，何金竹扛着锄头跟大家一道，加入施工队伍中。她做的这一切，村民看在眼里，内心不免让人动容。最终，在大家的共同努力下，高源村团庄有了可以通汽车的水泥路。通路后，大家对何金竹的印象有了极大改观："何金竹是家里的顶梁柱，也是村庄里的领路人，里里外外都是一把好手。"

高源山上水源严重匮乏，村民过去都是靠吃天水，每逢干旱年月，得去很远的水井担水。出于对之前修路的这份信任，何金竹一提出建蓄水池的想法，便得到村民的全力支持。确定好建造场地、费用等相关事宜后，何金竹又身先士卒，积极带领村民在高山饮水项目点担水泥、挑沙子，为施工队的后勤保障助力。终于，团庄各家各户接上了山上的自来水，村民自此摆脱了靠天吃水的困境。很多人打心底里佩服她，"家里就够她忙活的，还愿意跑工地，带着村民们修路"。"20多年前要是有条好路，我的大儿子也不至于落下个小儿麻痹，这是我心中永远的痛，我真不想看到这种事在其他家发生。所以，修路是急事、是大事、也是全庄人的愿望，耽误不起！"她动情地说道。

20多年过去了，何金竹熬过了最艰难的日子，她的大儿子由最初的完全不能自理到现在能简单地生活自理，丈夫也已清醒过来，她用苍老的双手和消瘦的身形诠释了什么是坚守，什么是责任。而年过知天命的何金竹，仍以不亚于年轻人的工作干劲和进取精神，默默坚守组长岗位10年，用柔弱的肩膀扛起所有责任与担当，一点一滴都是对村民们真挚的情、对这片土地深切的爱。

生命虽短暂，浩气永长存

□ 杜瑞赟

鲁信，男，汉族，贵州安顺人。1996 年 12 月出生，高中文化，2012 年 5 月加入中国共产主义青年团，2015 年 9 月应征入伍，下士警衔。2017 年 10 月 31 日，在江西省九江市瑞昌市檀山凹车辆事故抢险救援行动中，为抢救被困人员生命，不幸壮烈牺牲，年仅 21 岁。

2017 年 11 月 2 日，江西省公安厅给鲁信同志追记个人一等功，追认鲁信同志为中国共产党党员，江西省公安厅党委号召全省公安现役官兵向鲁信同志学习。九江市人民政府追授鲁信同志"九江消防卫士"荣誉称号，共青团九江市委追授鲁信同志"全市优秀共青团员"荣誉称号。

2017 年 11 月 3 日，公安部批准鲁信同志为烈士，并颁发献身国防金质纪念章。

2018 年 1 月，入选"中国好人榜"。

从军 3 年，鲁信同志牢记使命、坚守初心、爱岗敬业、无私奉献、心系群众、英勇顽强，先后被评为优秀士兵、优秀共青团员，2016 年因工作突出被大队嘉奖一次，在党的十九大消防安保期间被九江市公安消防支队（现九江市消防救援支队）评为"二星标兵"。生命虽短暂，浩气永长存。他用尚还稚嫩的肩膀扛起了人民群众生的希望，他用自己年轻的生命诠释了一名消防战士的担当。

青春定格，21 岁的年轻消防战士壮烈牺牲

2017 年 10 月 31 日 20 时 23 分，九江市瑞昌市檀山凹处发生一起车辆事故。瑞昌市公安消防大队（现瑞昌市消防救援大队）迅速调集 1 辆抢险救援车、1 辆水罐消防车、14 名消防救援人员到场处置，身为综合班副班长的鲁信随车出动。

到了事故现场，看着被困人员微弱的生命体征和顽强的求生欲望，鲁信心急如焚，先后三次钻入事故车辆底部试图救出被困人员，并多次更换救援工具，当发现所有工具在狭小空间均无法施展时，他选择了徒手刨土。两下、三下、四下、五下……手套磨破了，手掌划出了口子，他没有停下来；指甲划破了，手指出血了，他还是没有停下来。他的心里只有一个想法，早一秒把人救出来，就多一分生的希望。

正当鲁信全力施救时，被吊起的大货车向一侧滑坠，大货车车头砸向了正在救援的鲁信。一同进入的其他战友发现鲁信被车头砸到，试图把他往外拖，鲁信只说了一句话"人马上救出来了"！

当起吊车再次将滑坠的大货车吊起时，鲁信抱着胸口动弹不了，战友们急切地问他怎么样？他说"很痛，但是能扛得住，先救前面那个"！队友王洋洋抱起鲁信，将他就近放在工程铁皮板上，战友们用铁皮板把鲁信抬上警车送往医院。

在送往医院的途中，战友们握着他的手，不停地叫着鲁信的名字，对他喊"坚持住、坚持住"！鲁信努力地回应着。到达医院后，瑞昌市中医院立即展开救治，随后九江学院附属医院 3 名专家赶赴协同救治。但鲁信因胸部被压，导致肝、胆、脾多处受损，形成内伤，且左右肝脏和肝血管破裂严重，虽经全力抢救，仍壮烈牺牲。

战友痛惜，"我们一直在等他收队"

得到消息后，整个大队官兵都沉浸在悲伤的氛围中，战友们眼圈红红的，一个个都不愿意说话。中队长万里翔说："因业务好，综合能力强，入伍第三

年鲁信就被任命为综合班副班长，每次出警，哪里最危险，哪里就有他的身影，总是冲到最前头。"陈智博已经记不清这三年来，他和鲁信副班长一共出了多少次警，当天晚上他也参与了救援，没想到，这次居然成为两个人最后一次并肩作战。陈智博说："副班长一直是我们的表率，遇到支队集训就抢着报名，还主动请缨参加了 2017 年 6 月的修水抗洪抢险，但是这次没有跟我们一起收队。"

鲁信再也没有回来。但是在瑞昌大队，鲁信好像也从来没有离去过。他住过的战斗二班宿舍现在叫鲁信班，他的床空在那里，依然整整齐齐，他的室友杜嘉成当了班长，是优秀士官，获得了 9 次嘉奖，他说要把每一天过成两天，自己一天，鲁信一天。回想起 2017 年的那场意外，战友王洋洋至今还难以释怀，他说要是鲁班长没有那么着急救人，也许他现在还在站岗。"当时我离班长只有 30 厘米的距离，大货车滑落下来的时候我被巨大的冲击力冲到一旁，回头再看班长时，只看到他的安全帽"。

鲁信同志走了，告别了红色战车和银色水枪，告别了亲人和战友，他用最壮丽的行动展现了一名消防员竭诚为民的担当，用最宝贵的生命诠释了对党和人民的赤胆忠心。

特殊的入党仪式

如果不是这次意外，鲁信的父母不可能这么快就踏上江西九江这片土地。这是一次悲怆的探访，路遥而凄凉。

没有刻意准备的仪式，甚至没来得及为儿子买点零食，只有一只沉沉的行李箱和满腔痛楚，鲁信父母赶来送儿子最后一程。几支蜡、几炷香，烧尽一生悲凉……

这是 2017 年 11 月 3 日，瑞昌大队综合班副班长鲁信同志牺牲后第 3 天上午的事。中队全体官兵怀着沉痛的心情整齐列队，迎接英雄的父母来队。

这是他们两天来第一次外出。相比刚得到噩耗时的悲痛，两天时间过去，两位老人的气色稍有些缓和。但红肿的眼睛和满脸的疲惫还是可以看出，他们并没有休息好。

这是鲁信父母及亲属第一次走进瑞昌市公安消防大队，走进儿子生前战斗过、生活过的部队。

其间，大队主官及中队干部介绍了鲁信同志生前的工作表现，并参观了鲁信日常生活、工作、学习的地方。

当鲁父鲁母看到儿子的床铺及床铺上叠成方块的被子，鲁信父母再也控制不住内心的悲痛，号啕大哭起来。在场的人无不动容，大家都跟着眼红了，眼睛开始湿润。鲁信父母的悲痛，让在场的人也抑制不住自己的眼泪。

鲁信父母抱着儿子的遗物久久不放手，母亲吴培秀抱着儿子的战斗服想再一次闻闻儿子的"味道"……

"我志愿加入中国共产党，拥护党的纲领，遵守党的章程……"鲁信牺牲的第4天，一场特殊的入党宣誓仪式在瑞昌市消防救援大队举行。鲁信的父亲主动要求代替刚被追认为"中国共产党党员"的儿子完成入党宣誓，并交纳特殊党费。鲁信父亲强忍着眼中的泪花举起右拳，代替儿子面对党旗庄严地宣誓，并亲手将1万元特殊党费交到了瑞昌中队党支部书记杨俊手上，并对全体战友说道："谢谢大家为鲁信同志圆梦，今天儿子终于成了一名光荣的中国共产党党员，这让我感到无比的骄傲和自豪，谢谢大家。"

战友眼中的好班长

"当时我离鲁班长只有30厘米的距离，大货车滑落下来的时候我被巨大的冲击力冲到一旁，回头再看鲁班长时，只留下戴着安全帽的鲁班长。"令大家都没想到的是，一向刚强无畏的消防战士此时却开始抽泣起来。

"我和鲁班长碰面的时候都会喊一声兄de（贵州口音），这是我跟他学的。"队友王洋洋说，虽然自己比鲁信年纪大一点，但在消防大家庭中，鲁信却像自己的大哥哥一样照顾着自己，生活中有什么困难都是鲁信帮着自己。"本来这是一次很平常的救援，如果没有发生意外的话，我们还能手牵手回到大队。"

王洋洋一直记得来到消防大队的第一天、见到的第一个人就是鲁信。"是鲁班长带着我走进营房的，带着我走进宿舍告诉哪张床是我的，是他告诉我该怎么做。"

意外发生后，王洋洋一路上一直紧握着鲁信的右手，告诉他坚持住。"当

时我们队长喊他的时候，他在病床上还保持着军人的坚强，大声回答一声
'到'。"后来，鲁信被送往手术室，王洋洋和其他战友就只能在外干等。

"当时不敢往那方向去想，后来队长要我们先回去休息，我一晚上没睡
着。"第二天一早，王洋洋被队长叫去接替其他战友的岗位，"叫我去接岗的
时候，我心想肯定没事。"

然而等王洋洋站完岗去医院询问值班护士时，却怎么也找不到鲁班长的名
字。"我问护士昨天受伤进来的消防战士在哪，叫鲁信，护士告诉我们说没有
这个人的名字，这个时候我还想会不会被单独安排在一间比较好的病房。"

但最后，王洋洋在医院的一间病房内看到了鲁班长。"他身上盖着红被子，
绣着鹤的模样，心一下就沉了，再也忍不住眼泪。"说到这里，王洋洋再次
悲伤地哭泣着。

有一次，有位战友问鲁信怕不怕，他说"怕肯定怕，但是责任在肩，我
们不就是为了人民的安全，才来做消防员的嘛"。王洋洋说，现在一想到鲁
班长，就马上想到和他碰面时的那句"兄 de"和他那真诚的笑容。"鲁班长
对得起自己身上的军装和警徽，我也要对得起自己身上的这身衣服。"王洋
洋说。

两次应征入伍，鲁信有一个当兵的梦

"两次应征入伍，他就是想当兵。"鲁信的妈妈吴培秀说，17 岁时儿子
就想入伍，但是年龄和体重都不够格，没有应征上。家人劝他考驾照去找一
份工作，他跟妈妈说还想再试试，不成功再去找工作。19 岁时，鲁信再次向
父母提出想当兵的愿望。吴培秀说，这一次儿子成功应征入伍，当上了一名
消防兵。回想起儿子入伍那天的情景，吴培秀的泪水再次夺眶而出，她哽咽
着回忆："那一天他戴着大红花，开开心心地跟我们拍了照片。"

2015 年 9 月 15 日，是鲁信入伍离开家乡的日子，全家人一起照了一张
全家福作纪念，这是父母最后一次看到儿子，也是全家最后一张合影。"鲁
信从小就老实听话，从来没有打过架，惹过事情，他很心疼家人，小时候就
会帮着拖地、洗碗做家务，很乖！"吴培秀一提起儿子就忍不住泪流满面。

2016 年，鲁信因工作突出被大队嘉奖了一次，2017 年，他给父母打电话

说"我想继续留在部队服役当士官"。吴培秀说她当时就在电话里跟儿子说，家里条件不好，什么事情都要更努力。2017年9月，鲁信打电话给妈妈，骄傲地说："妈妈，我成功了，我通过选拔当上士官了。"

出警前，他给妈妈发了最后一条微信

吴培秀说，儿子入伍以后天天会给她发微信，母子两个关系非常好，儿子每一次出警回来都会跟她报平安。

2017年4月4日，瑞昌一市民在粪池溺亡，鲁信去打捞。吴培秀说："那一次他没穿袜子，脚上起了泡。"2017年6月25日，鲁信去修水抗洪，给妈妈发了一条微信："在一线搜寻村干部，大水冲走了三个。"8月21日，瑞昌市民家里有马蜂窝，鲁信出警处理马蜂窝被蜇，吴培秀让儿子用土方法泡一下，鲁信说"蜇了就去医院了"……

2017年10月31晚上7时，鲁信开心地给妈妈发了一张表格，因为在"十九大"安保工作组表现突出，他被支队评为二星安保标兵，大队上报安排其在11月进行安保疗养，支队定于11月1日安排其上庐山疗养一个星期。

"这是他发的最后一条微信，我晚上8点发微信问他在不在，他已经出警了。"吴培秀哭着说，她当时还跟鲁信的父亲说，"看，名单上一个地方一个人，肯定是儿子表现优秀，部队奖励他。"没想到，母亲却再也等不回儿子的微信……

晚霞映红"太阳村"

□ 张　铭

我蒙授盖苍茫里，君自淋头烟雨中。——这是一位耄耋诗人对詹学银的感叹！雨中送伞，是中国好人詹学银一生的写照！

鄱阳湖上都昌县，有一个闻名遐迩的"太阳村"，村长詹学银，十几年如一日，倾情关爱来自四面八方的特殊儿童，上为党和政府分忧，下为困境群众解难，荣获全国劳动模范光荣称号，荣登"中国好人榜"。

行若在，路就在，开发荒山重特色

1948年，詹学银出生在江西都昌万年岭下一个农民家庭，孩提时代就饱尝了农村生活的艰辛。那时由于家境贫寒，小学没毕业就辍学在家帮助父母做些力所能及的活计，成年后被村民推荐到大港养路队当了一名养路工，过上了自食其力的生活。再后当上了一名交通稽征员工，他爱岗敬业，夜以继日忘我工作，每年工作4000个小时以上，被评为省、市劳动模范和先进工作者。

有一年国庆长假，詹学银回到家乡大港镇万年岭，发现万年岭这一带有几百亩荒山和水塘尚未开发，很适宜种植生态林和发展绿化花卉产业。联想到省、市稽征系统一直高度重视绿化事业，他似乎找到了自己后半生安身立命之地。于是，他怀揣自己创业的理想和创建稽征绿化休闲基地的报告，抓紧向省、市、县有关部门作了汇报。以退耕还林政策为依托，以创建江西稽征绿化休闲基地为内涵，以改变家乡生态环境为己任，获得批准后就与村里签下了承包土地50年的合同。他和妻子早出晚归，垦挖荒山，经过几年的艰苦奋斗，终于在几百亩的荒山上种上了60余亩果树，100亩花草苗木，开挖50亩鱼池，建造80亩"休闲山庄"和广场，其余空地则全部栽上风景树木。如今，万年岭山上果木成林，满山郁郁葱葱，山谷里的几口池塘鱼儿成群，花卉苗木基地上果茂林绿，鲜花盛开，每年吸引无数游客来"山庄"休闲垂钓。

情若在，缘就在，无私创办"太阳村"

"参加工作后，党和政府关怀我，单位领导和同事关心我，我无以为报，只有加倍努力工作，心里一直想通过扶贫济困的方式来回报社会。"詹学银是这样说的，也是这样做的。自1988年以来，他和妻子先后捡到三个路边遗弃的女婴，看到哭得撕心裂肺、嗷嗷待哺的女婴，詹学银心如刀绞。除了第一个女婴他自己收养外，另外两个分别送给了自己两个妹妹抚养。他收养的女儿早已大学毕业参加了工作，养女每次回家探亲见到詹学银，都要亲切地喊一声"爸爸"，他心里甜滋滋的。

2001年8月，詹学银得知左里镇农民蔡银山女儿被大学录取，苦于无钱上学，他先后慷慨解囊资助了23000元，让蔡的女儿完成了大学学业。2002年，都昌县第三小学办起了"特教班"，招收了20多名聋哑儿童。詹学银得知这一消息后，先后三次送去1600元助学资金。2004年元旦，他买了鱼肉菜等生活物资去学校食堂，同孩子们一起欢度新年，看着孩子们兴高采烈地打着手语的表情，他似乎看到了自身的价值。

2006年9月的一天，詹学银从新闻媒体上看到一条新闻报道，张淑琴女士不辞辛劳创办中国"太阳村"的感人事迹，让他激动得彻夜未眠，思想上也产生了共鸣。眼下他已退休，身子骨还结实，时间充足，是救助弱势儿童的时候了。第二天清晨，他以人大代表和劳模身份，只身去了北京"太阳村"，找到了心中敬佩的张淑琴主任，真诚地向她取经并申请在都昌县创办全国第五个"太阳村"。

精诚所至，金石为开。张淑琴女士被詹学银心地善良、无私奉献的精神深深地感动了，毫无保留地把创办"太阳村"的经验传授给他，并表示给予大力支持和帮助。随后在江西省慈善总会，都昌县委、县政府及县民政局等多个部门和社会各界爱心人士的共同帮助下，2007年4月3日，全国第五个"太阳村"在詹学银的家乡万年岭破土动工。詹学银不仅放弃了安逸的晚年生活，还把自己毕生积攒的积蓄投入了"太阳村"的基础设施建设，日夜吃住在工地上。为了节省每一分善款，凡事都是亲自动手，做搬运工挖坑植树，手磨起了老茧，累弯了腰，熬得又黑又瘦，但他一声不吭，埋头苦干，为的是"太阳村"工程尽早竣工。2007年6月1日，"太阳村"第一期工程竣工，建成5栋爱心小屋（即儿童宿舍）和一个可容纳200余人就餐的餐厅。第一批107名服刑人员子女、孤儿和农村留守儿童住进了"太阳村"。"太阳村"竣工后，詹学银非常欣慰，暗自发誓一定要给孩子们一个温暖的家，让孩子们重拾曾经遗失的爱，用真情温暖孩子们伤痛的心，在"太阳村"这个大家庭里幸福成长。

心若在，梦就在，桑榆非晚霞满天

"有生之年要尽最大的努力为社会做一些有意义的事。要天天看到孩子们的笑脸，创造自己有生命的价值。"10多年来，詹学银坚守和践行自己的梦想，把满腔热情和慈父般的爱给了"太阳村"所有的孩子们。他十分清楚，"太阳村"绝大多数孩子是服刑人员子女和孤儿，他们与普通孩子相比，既敏感又脆弱也难看管。

10岁的刘佳梅，父母双亡，是位智障患者，刚进"太阳村"时屎尿在身上，且从不开口说话，大家以为他是个聋哑人。詹学银多次送她上医院治疗。经过半年精心照料，这孩子终于走出了疾病缠身的阴影，第一次对着詹学银亲切地叫了一声"爷爷"。詹学银愣了一下又开心地笑了，原来这孩子不是聋哑人。从此"太阳村"又多了一个会读书唱歌的女孩子。

13岁的孤儿珍珍，刚进"太阳村"时脸色蜡黄，骨瘦如柴。经詹学银送她上医院检查，这孩子患有严重的肺结核，如果不及时治疗就会危及生命。对这个特殊的孩子，詹学银小心翼翼地护理，按时给她喂药喂饭，最终使孩子脱离了疾病的痛苦。

段和会与段和娜两兄妹，因爷爷、爸爸、叔叔入狱多年，从小遭母亲抛弃，和年迈的奶奶相依为命。由于长期在外流浪惯了，在"太阳村"不能安心学习和生活。一天夜里，段和会这孩子一人偷偷地离开了"太阳村"，詹学银知道后，立即打着手电筒到处寻找，一路反复打听，终于在几公里外的里泗桥村找到了他。詹学银心痛地把孩子揽在怀里，轻声细语地对孩子说："是爷爷不好，没照顾好你，让你受苦了，请跟爷爷回家吧，爷爷一定会好好疼爱你。"詹学银慈父般的爱深深打动了孩子。回来后，再也没有动过离村出走的念头，安心在"太阳村"学习和生活。

11岁的黄思琦刚进"太阳村"时又哭又闹，心里既痛恨妈妈从小就抛弃了她，又惦念着狱中的爸爸。詹学银多次找她谈心，和颜悦色给她讲故事，苦口婆心地劝导教育她："孩子，你还小，总有一天会理解你母亲的苦衷……"化解了她对母亲的恨意。每年暑假，詹学银带着小思琦到监狱看望爸爸，黄某看到自己的女儿长得又高又胖，按捺不住心中的喜悦，"扑通"一声跪在监狱长面前，表示一定好好改造，重做新人，衷心感谢党和政府对他的挽救，感谢"太阳村"对他女儿的养育之恩。从此，黄思琦心里充满了阳光，充满了希望，在班里成绩遥遥领先，年年被评为三好学生。

类似这样的故事在"太阳村"还有很多，不胜枚举。为了改善孩子们的生活，詹学银带领大家种植了蔬菜、水果，养了鸡、鸭、鱼、猪，还种了10亩水稻。为了"太阳村"的发展壮大，10多年来詹学银和"太阳村"理事长周裔开四处化缘，筹措善款，在他们的共同努力和社会各界的资助下，如今的"太阳村"一片兴旺景象，教学楼、爱心小屋、活动中心、接待室、图书室、运动场等设施一应俱全，孩子们的生活、医疗、教育保障方面日臻完善。村内绿树成荫，鲜花簇簇，蜂飞蝶舞，呈现出勃勃生机和活力。

詹学银还经常组织孩子们参加文艺培训、"夏令营"和社会公益演出活动，让孩子们充分融入广阔的社会大家庭。他策划开展"亲情帮教"活动，组织孩子们与狱中的爸爸妈妈相见。成立"太阳村"爱心妈妈俱乐部，吸引社会上200多名爱心女士加入，定期或不定期到"太阳村"看望自己结对帮扶的孩子或多个孩子，使"太阳村"的孩子们都享受到母爱的温情和关怀。

"太阳村"成立17年来，先后帮扶了全国十几个省市各类弱势儿童1800余人，目前在"太阳村"学习和生活的儿童有400多人。谈及这些变化，詹学银饱含深情地说:"江西'太阳村'这 17 年风风雨雨一路走来,离不开党和政府的大力支持,离不开广大爱心人士的奉献。'太阳村'一砖一瓦,一草一木,孩子们的学习用品和生活用品都充满着爱。从著名演员、企业老板到各级党政领导干部都热心关注这群孩子,并多次亲临'太阳村'看望孩子们,奉献爱心。江西'太阳村'在全国之所以产生巨大影响,充分说明了当代中国社会是有良知、有公德的美好社会。我个人的力量虽然是有限的,但是社会各界人士内心深处的爱心潜能是巨大的,正是有了这股巨大的爱心潜能集中爆发,我们大家共同拥有的'太阳村'才走向了今天的辉煌,广大弱势儿童才可以每天都生活在充满阳光的温暖中。"

谈及自己未来的打算,詹学银坚定又诚恳地说:"我将继续心中那颗炽热的梦想和愿望,一切为了'太阳村'的孩子们,我也将终老'太阳村',无怨无悔地奉献余生,和'太阳村'的同事们齐心协力托起明天的太阳,共同描绘孩子们明媚的春天。"

以身挡车，救人终无悔

□ 潘雪明

　　刘慧芳，女，1976 年 10 月生，汉族，都昌县土塘镇冯梓桥村村民。2018 年 4 月 27 日晚饭时分，刘慧芳坐在家门口，等待丈夫杨育华做完农活回家吃饭。马路对面的邻居杨春河关好小卖铺的正门，把停在门前的摩的开进刘慧芳这边的仓库。夜幕下，狭窄的村道上，远处一辆油罐车疾驰而来。杨春河看到有车驶来，急忙倒车后退。突然，杨春河未满两岁的孙子杨子文从侧门跑出跟到了马路中间，正在油罐车前方。情况十分危急！刘慧芳来不及细想，口中一边大喊，人一边冲上了村道。刘慧芳一把拉住孩子，还没来得及抽身离开，油罐车便撞了过来。在一声激烈的撞击声中，刘慧芳的身子扑倒在前方几米之外。油罐车当时没有刹住，车辆前轮又从刘慧芳双腿处碾压而过，导致其当场不省人事。万幸的是，经刘慧芳那一拉，杨春河的孙子无恙，只受了点擦伤。

　　附近村民和随后赶来的杨育华火速将刘慧芳送往都昌县人民医院。由于失血过多，刘慧芳被送到医院时，血压已经没有了。医护人员紧急抢救 10 分钟后，刘慧芳的血压有所回升。是夜凌晨 1 时许，刘慧芳又被紧急转送到了九江市第一人民医院。经过立即手术和抢救治疗，刘慧芳终于醒来了。她开口问的第一句话竟是："小孩有没有事？"当得知孩子没事时，她才如释重负地松了口气。

一个农村妇女，面对人命关天的危急时刻，不顾个人安危，果敢挺身而上，以身挡车，舍命救人。在脱离死亡醒来的时刻，想到的不是身上的疼痛，而是被救孩子的安危。刘慧芳这种奋不顾身的救人行为感动了周围无数人。2019 年 8 月，荣登"中国好人榜"。

冯梓桥村是都昌县土塘镇一个普通的小村庄，一条乡道穿村而过，连接着镇里的主干公路。自改革开放以来，这里的村民们从这里出发，谋生创业，走向五湖四海。三月下旬，正是油菜花盛开的季节，村周边田畴里一片金黄。近些年，农村的田地都承包给了种粮大户，冯梓桥村也是如此，刘慧芳的丈夫杨育华就是当地有名的种粮大户。见到杨育华时，他正开着一辆小面包车从自己的育秧大棚回来，他把车在自家大门前停稳了，掏出钥匙打开门，热情地把我让到屋里。刚过五旬的杨育华给人第一眼的感觉是沉稳老练。由于采访前我已说明了来意，所以，他两杯茶泡好，我们便坐下来，直接进入 6 年前的那个话题。

刘慧芳并不在家，要等清明节才回来。"自出事之后，经过近一年的治疗，她方才出院。万幸的是当年尽管车轮从两腿上碾压过，但并没有压断腿骨，但里面的肌肉损伤太严重了。现在两脚虽能行走，但留下的后遗症还是不少。"杨育华告诉我，从 2019 年开始，妻子大多时间在南昌帮儿子带小孩，但也时常回来。这段时间，家里都是杨育华一个人在家。他平时除了要管理承包下来的 500 亩水稻田，还要在家洗衣、做饭。说完杨育华不禁摇了摇头，有点无奈。但立马又笑着说，"生活还是要过的嘛，毕竟这世间好人多。""毕竟这世间好人多"这句话在我与他交谈的过程中，在杨育华口中出现了多次。

"杨育华自己也是一个好人。"在附近水塘边钓鱼的杨传福老人提起杨育华，便赞不绝口。老人是邻村人，他告诉我，杨育华是当地的种粮大户。国营供销社下岗后转产承包田地，创办了当地第一家"农民专业合作社"。平日里，杨育华夫妻在周边村庄的口碑非常好，夫妻俩待人热情、友善，与邻里的关系非常融洽。杨育华忙田地的活，妻子刘慧芳则在家开了个农资门市部，是丈夫创业致富的好帮手。女性的善良让她更显得乐善好施、乐于助人。夫妻俩凭着良好的人缘和勤劳的双手，把日子过得红红火火。

谈话中杨育华的电话响了，是大棚育秧田的事。杨育华笑着说："跟我到大棚去看看吗？"小面包车在略显窄小的村道上左转右拐，两分钟的时间便在路旁边一串大棚边停了下来。我跟着他钻进大棚里，杨育华蹲下来，轻轻地掀开一块秧板上的薄膜，"3月10日下的种，10天就长这么长，好吧。这6个大棚，每个棚的苗可种40余亩。另一半田种一季晚稻。"言语中透着小小的得意，更带着丰收的希望和喜悦，"慧芳昨天还问我呢，提醒我这几天天气变暖了，大棚要跑勤点。别看她在外，家里的农事人事她都惦记着，心里一清二楚。今天早上还吩咐我有空去看看杨万朋俩老人。"杨育华用手一指，老哥俩住在村子最里面。"正好你这城里人来了，一起去看看吧。"

车子钻进村里，杨育华把车停在村里一清澈的水塘边上，出来关好车门后又打开，从车上提下一箱牛奶："走吧，这些天忙秧田，有些时日没经过这里了，老哥俩一定也常念叨着慧芳呢。"跟着杨育华向村后边走去，这些年，随着乡村振兴稳步推进，农村的生活条件和居住环境日益改善。山清水秀，别墅庭院的美好景致在农村已随处可见。但由于杨万朋两兄弟情况特殊，现两兄弟都70多岁，均从未成家，老来相依为伴，家里条件可想而知。

一幢青砖旧瓦的老屋门是开着的，门前的晒场还算开阔，墙边堆着劈好了的柴火。杨育华未进门便喊着："万朋叔，在家吗？"屋里并没有人及时回应。杨万朋坐在屋里一小板凳上，头戴着棉帽，双手拢在袖子里打着盹。杨育华笑着对我说老人耳朵有点背。他轻轻拍了拍老人的肩膀，杨万朋这才抬起头来。

老人的弟弟杨万友并不在家，到地里干活去了。当杨万朋认清来人时，脸上立马露出笑容。一张饱经风霜的脸，如春风拂过湖面，岁月的沟壑如涟漪一般舒展开来。他想站起来，杨育华轻轻按下他的肩膀，顺手拉过一把小椅子在老人身边坐了下来。"你又来看我了，慧芳回来了吗？"杨万朋告诉我，说刘慧芳每次从南昌回来，都会抽空来他们家看看，她很细心，天晴时来，趁着晴好天气帮他们洗洗衣服，晒晒床被。逢年过节时来探望，听说他们两兄弟不太会做饭，有时在这里为他们做好饭菜方离开，有时便干脆把他们接到自家中团聚。"有一次傍晚下大雨，她也赶过来了。幸好那天她来了，发现了我床上湿了一块，原来是屋面上一块瓦溜了缝，漏雨，她便搬来梯子，把瓦向上推密实了。不然那晚我没地方睡了。这闺女良心好。"老人谈起这些琐事，记忆犹新，心存感激。

屋内并不大，两兄弟各住一边厢房，屋里小走廊墙上的横梁上挂着各种农具。外面晴日的光并没有使屋里变得更亮堂些。我推开一间房门，房间里很暗，看不清房间的情景。我想试着找一下门里面木板墙上的开关，用手机照着，都找不到开关在哪。这时杨育华走过来，伸手在里面一按，房间顿时亮了。房间很小，衣物堆放在床边一个木柜子上，显得有些凌乱。"她过几天就要回来了，没事，她会收拾整齐的。"杨育华看出了我想说什么，笑着说。

节后见到刘慧芳时，她早已在门口等候。短发，黑色上衣，满脸的笑，给人初见就是老熟人的感觉。我注意到她右肩背后的衣服，有一方较明显向外绷紧的凸起。

"九江脑神经科高医生说，我命大，那天夜里送来时刚好是他那个科室值班，争得了宝贵的时间。胸肋骨撞折了12根，头部重伤，当时保命要紧，肩膀肋骨虽已变形，无碍性命，就一直没再做手术。做那么多次手术，我真的是怕。所以后肩留下这么个'纪念'。"刘慧芳笑着说。

"当时救人时就不怕吗？"我问。

"来不及想，总不可能见死不救吧。我现在除了不能做重活，身体也还算行吧，不过变天时还是有酸痛感，挺准的。"她习惯性地用手拍了拍后背，一副不在乎的样子。

事实上，救人之后，刘慧芳真的就没有把这件事挂在嘴边。用她的话来说，事情过去了就没必要提起，她也从来没有后悔过。孩子现在也到南昌读小学去了。5年了，杨春河夫妻每次见到她时，大家都不提旧事，但言语中仍流露出对她的感激之意，这也让刘慧芳倍感温暖。每年寒暑假，杨子文回到乡下在屋里写作业时，刘慧芳如有空，也常站在孩子身后看着，进行适时的辅导。"子文很小的时候经常在我家，我是看着他一天天长大的，他现在见到我还是和以前一样，亲昵地喊我'阿娘'。"在刘慧芳平静的讲述中，我仿佛看到一幅爱的画卷在眼前温馨舒展。

刘慧芳读书不算多，高一只读了半年。生在农村，长在农村，她对子女的教育方式十分朴素。她不善于讲大道理，她对子女日常一言一行的教育方式，更多的是沿用老一辈的"古话"来言传身教。这种"老辈人说的话"在当地一代一代流传，很有说服力。其中真正蕴涵了中国几千年的传统美德和道德观。在女儿杨欣眼中，刘慧芳是一位十分尽职的好母亲。她说，母亲总是从小教导她兄妹"不能吃独食"，零食不管多少都要学会分享。兄妹之间要互相谦让，哥哥要保护妹妹，妹妹也要爱护哥哥。所以在小时候杨欣兄妹间出现矛盾时，母亲总是不偏不倚，总能一碗水端平。

"老人家要看得重，对老人要有孝心，牙齿和舌头总有相咬的时候，大人的事小孩别瞎打听，小辈终是小辈，要尊重长辈，一家人始终是一家人。"杨欣说，母亲这样教育他们，她自己也是这样做的。"我祖母是前几年去世的，当时已经九十多岁的人了，身患多种疾病卧床不起，赡养祖母本是我爷爷兄弟俩的责任和义务。为了减轻爷爷心头的担子，我妈就和我爸商量，将卧床的老祖母接到我家里来侍奉，祖母在我家生活得十分愉快，住了三年才离世，她逢人便夸我妈孝顺。"

"走在村里，看到认识的人要叫人，主动打招呼。做小辈要有礼貌，不能做'大头宝'。'眼睛要看事'，见到需要帮助的人或事，在保障自己的情况下，能帮就帮，不要事不关己高高挂起……"杨欣谈起母亲，有说不完的话，充满了自豪和骄傲。

以身挡车，舍命救人虽成过去，但刘慧芳的"好人"故事并没有结束。她在哪，乐善好施的美德就传到哪，恰如一缕缕春风相随。村民有困难需要捐款时，她第一个慷慨解囊；把合作社更多的务工机会优先让给腿脚不方便的脱贫户；在南昌时，顺带给楼上的老人买菜；帮忙照看邻家的小孩……她与我道别时笑着说，社会需要正能量，人活着也需要正能量。黄昏下，她的身形在车窗外渐行渐小，但一个平凡而高尚的女性形象却愈加清晰……

老 兵 新 功

□ 沈海斌

长江奔腾不息，鄱阳湖烟波浩渺。大江大湖的澎湃激情与包容胸怀，孕育了 30 万善良正直、开明大度、勤劳朴实的湖口人民。2010 年入选"中国好人榜"的退役老兵张辛巳，便是其中一位。

张辛巳幼年丧父，聪颖好学。初中辍学后，立志从军。在部队，英勇善战，三年两次立下战功。退役后，保持军人本色，立足岗位，乐于奉献，临危不惧，勇救落水船员。防汛抢险、疫情防控等危急时刻，一线奋战人群中均少不了他的身影。

他心怀人民，将见义勇为奖金悉数捐给敬老院老人，至今无偿献血 15 年。儿子出生，取名张军。希望子承父志，长大后从军报国。

一

1965 年出生的张辛巳，兄弟七个，他排行老六，还有两个姐姐，家里穷得经常无米下锅。自幼缺吃少穿的生活，造就了他勤劳俭朴的秉性。

父亲辞世时，张辛巳才 7 岁。他勤奋好学，记忆力强，善于背记，成绩出众。无奈家庭困难，读至初一辍学。13 岁开始在生产队做工分，没几年工夫，便学会耕田耙地，成了家中正儿八经的主劳力，种着家中 10 多亩田地。他无论学什么，都善于钻研、虚心求教。供销社里弹棉花，是把好手。学习杀猪，下手又准又快，从不费第二刀，人称"一刀准"。那年代，村里抽水抗旱用的是柴油机，发动机出了故障，他喜欢独自捣鼓，久而久之，便摸透了机器的性能。别人发不响，总爱找他帮忙，而他总能一次发响，慢慢地人送外号"一把响"。

不甘心一辈子在家务农的他，辍学后一直有个从军梦，想去部队大熔炉里锻造，练就本领，保家卫国。前几次，均因年龄不够，未能如愿。直至1983年底，年满18周岁的他，终于一身戎装，意气风发奔赴军营。

二

"甘愿吃亏，乐于吃苦，勇于献身。""吃亏不要紧，只要主义真。亏了我一个，幸福10亿人。""同志们，现在学生有书不能读，农民有田不能种，工人有班不能上，在这种情况下，作为中国人民解放军，我们该怎么办？——听党指挥，奋起反击。"……40多年前，"法卡山精神"、战前动员及战友们的表态等，战火纷飞的一幕幕，仿佛浮现在张辛巳眼前。

张辛巳清楚记得，新兵训练大约2个月，便分在广西边防某师七团一二二炮连。身为农民的儿子，张辛巳不计得失，不怕苦不怕累，重活脏活抢着干，因表现突出、军事素质过硬，被选拔参加全团首批后勤保障培训，并以优异成绩毕业，被委任军事事务长职务，负责后勤保障工作。

战地环境恶劣，山高林密，蛇虫肆虐；高温潮湿，淡水紧缺；挖战壕，搭帐篷，挖猫耳洞，挖弹药库，长时间高强度备战作战，战士们即便腹股沟生疮溃烂，都咬牙坚持，坚持，再坚持！

"当兵为了谁？当兵不打仗，部队要你做什么！""晚上站岗放哨，一定要机警灵活，必须熟悉地形地貌，走路要俯下身子，尽量不走直线，最好拐来拐去，走十字架。"张辛巳回忆说。

"全连注意！榴弹信环引信，4号装药，每位标尺43，方向50，全连四发齐射……"连长负责传达前沿观察哨所指令，副连长负责阵地指挥校对，班长记录，副班长负责瞄准，炮手各就各位。"炮弹上膛，拉炮栓，放！"经前沿观察哨核定，那一仗打死打伤敌人90余人，击毁敌方3门大炮、6辆运输车。

1985 年，张辛巳因政治觉悟高、作战勇敢、表现突出，光荣加入中国共产党。三年内，两次荣立三等战功，1986 年底，光荣退出现役。

三

张辛巳退役后，在九江船用机械厂工作 5 年，1992 年，调任湖口江新造船厂武装部副部长，负责企业安全保卫及全县民兵训练、学生军训、抗洪抢险等工作。

"让我负责管理安全生产，要答应一个条件，必须听我统一调度。"张辛巳记得，当年接手管理"中海油"船舶装修工作时，作业现场管理松散，乱堆杂物现象严重，存在极大安全隐患。张辛巳铁定决心，带领同事花了整整三天时间，将船上杂物清理得一干二净。船舶项目总经理孙显峰见状后，对他连竖大拇指，表示称赞。

垫船用的枕木，每次都会被船带进长江，张辛巳都会及时组织人员驾驶小船沿江打捞，竭力为企业挽回损失。

1998 年，特大洪涝灾害袭来。江边泵房告急，张辛巳接到任务指令后，火速带领民兵应急分队前往，构筑围堰，撇开激流，保障居民生活用水。

暴雨持续，洪水猛涨，江新厂大坝即将漫顶。坝下是连栋职工宿舍和居民住房，一旦溃坝，后果不堪设想。经查，系闸口水压太大，闸门发生故障，无法开闸泄洪。时间一分一秒地飞逝，洪水持续上涨。面对险情，张辛巳冒着生命危险，4 次潜至离水面五六米深的闸门位置，将钢绳穿过闸门钢板，以吊机强行拉开闸门，让大坝化险为夷。"防汛抗洪是政治任务，无价可还。我是退役军人，又是党员，必须坚决服从命令，及时调派人员，准时到达指定地点，管好人做好事，圆满完成任务。"张辛巳坚定地说。

2010 年 6 月 15 日，汛期的江新厂船坞码头，水流湍急，暗流翻涌。"有人掉水里啦！快来人呀！救人呐！"张辛巳正在警卫岗亭填写工作记录，忽然码头传来急促的呼救声，他丢下笔，立即奔向码头，只见船员吴美华的老婆刘贤春双手抓着缆绳，身子在水里胡乱扑腾，此时的吴美华慌得乱了方寸，想顺着绳子把老婆拽上船，却怎么也拽不动。"划小船过去营救，要绕过趸船，又是逆流，肯定不行。"张辛巳来不及多想，连忙大喊，"不要慌！千万别松手呵，我来救你。"张辛巳迅速脱掉上衣，纵身跳入江中，奋力游到刘贤春身边，一把拽住刘贤春的手，吃力地游回至趸船边，使出全身力气，手脚并用，在岸上同事的合力帮助下，将刘贤春拉上船。

"张大哥，你是我的救命恩人，是你给了我第二次生命。那次幸亏你出手相救，要不然我肯定会被江水冲走的。当时太危险了，戴的手套都快要脱落了。"时隔10多年，刘贤春见了救命恩人张辛巳，依然感激不尽。

那次意外，是厂里租用刘贤春家的船，协助新船刷油漆，老公吴美华当时想将船头往前再拱一点，没想到动作幅度大了，直接撞上了，把当时正在抛缆绳的妻子带到水里。

"你为了救别人，要是被水冲走了，我和你儿子以后该怎么办？"张辛巳妻子徐萍嗔怪道。

"如果落水的人是你，我救还是不救？"张辛巳回答说。

"我救人不是为了钱！"张辛巳舍身救人的事迹传开后，公司奖励他1000元现金，而他却把这笔奖金全部捐给了乡下敬老院。张辛巳平时一想起牺牲的战友，就会联想到他们年迈的父母，于是决定把奖金化作一片孝心，捐给敬老院的老人们。

四

自2009年起，张辛巳每年两次献血，坚持至今，已经15年，累计献血12000毫升，多次荣获中华人民共和国国家卫生健康委员会、中国红十字会、中央军委后勤保障卫生局联合颁发的全国无偿献血奉献银奖、金奖。

新型冠状病毒感染疫情防控期间，张辛巳将辖区内退役军人组织起来，主动找到居委会，参与疫情防控，支援卡点值守和维持居民核酸检测秩序，并以党员和老兵的身份向县红十字会捐款2000元，用于购买防疫物资。"孩子，现在国家有难，我不能袖手旁观，打算捐2000元钱，你认为怎么样？"受父亲感召，在部队服役的儿子张军立即回电，委托父亲向县红十字会代捐1000元。

"小时候，爸爸经常给我训练队列，进行军事化管理，讲他的战斗故事，让我从小树立了从军理想。"2020年，儿子张军大学毕业，毅然参军入伍。

"本人立志报国，走从军之路，献身国防事业是个人所愿，也是全家人的心愿。爸爸在对越自卫反击战中两次荣立战功，退役后做了17年武装专干，还荣登'中国好人榜'，被评为见义勇为好人。榜样的力量是无穷的，我决心向爸爸学习，做一名合格的军人，做听党指挥、能打胜仗、作风优良的忠诚卫士。"张军说。

2023年7月的一天傍晚，湖口县状元府小区8栋13楼一装修业主家浓烟滚滚，张辛巳巡查发现后，立即从连廊窗口翻进去，及时将明火扑灭。

"张辛巳在物业公司担任秩序安保领班以来，没半点领导做派，工作严谨细致，样样带头做，充分发挥了党员、退役军人模范带头作用，是我们公司创建红色物业的一面旗帜。"该小区物业客服主管汪红云评价说。

"咱当兵的人，有啥不一样？只因为我们都穿着朴实的军装……说不一样其实也一样，一样的足迹，留给山高水长……咱当兵的人，就是不一样。为了国家安宁，我们紧握手中枪……"在笔者采访过程中，张辛巳的手机时不时这样响起……

特殊的"女儿"

□ 欧阳静波

欧阳纯凤，彭泽县龙城镇爱国村人。在半个多世纪的岁月里，她像侍奉亲生母亲一样照顾着毫无血缘关系的失明孤寡老人朱梦莲，在当地被传为佳话。

她和失明孤寡老人朱梦莲，两个人被当地村民称为一对"特殊的母女"，欧阳纯凤被称为老人"特殊的女儿"。她全心全意、无怨无悔地服侍老人，她的善行感动着身边每一个人。先后荣获 2012 年第四届"感动九江十大人物"提名奖；2013 年当选"和谐九江·十大身边好人"十大人物；2014 年 7 月入选"中国好人榜"；2015 年获九江市"道德模范孝老爱亲奖"；2016 年获奖"身边的优秀母亲"；2017 年获"九江市文明家庭"等诸多荣誉。

干净整洁、性格开朗，这是欧阳纯凤老人给大家的第一印象。"我出生于 1950 年，是土生土长的彭泽人。4 岁时就失去了母亲，是年迈的奶奶含辛茹苦地把我抚养长大。母亲的早逝使我很珍惜身边的每一个人。奶奶从小就教育我要与人为善的道理，我一直牢记在心。尊老爱幼是中华民族传统的美德，值得我们去做好。"

一句承诺，一辈子

命运很神奇。欧阳纯凤常说，我与老人相遇是种缘分。欧阳纯凤幼年丧母，朱梦莲老人丧夫丧子，也许是上天冥冥之中的安排，两个苦命人相互弥补了各自遗憾，组成了一个有妈有女有儿孙的温暖大家庭。老人后来告诉欧阳纯凤，很小的时候就有先生预言了："你的一生无依无靠，命里会遇到一个信佛的善良人，会一直照顾你到老。"她当时也没当真，没想到一言即中。欧阳纯凤笑着说："那个人就是我咯。"

俗话说，有妈的孩子像个宝。每当看到同村的孩子依偎在妈妈身边，欧阳纯凤很是羡慕不已。奶奶看在眼里，痛在心里，多么希望有个好妈妈呵护她。奶奶把她抚养长大，供她上学校，教会了她勤劳善良、乐于助人的做人道理，成为人生的引路人。

1964年，村里要拆庙改建粮仓。年轻姑娘欧阳纯凤在生产队做工分，得知原本借住在庙里的朱梦莲老人无处可去，老人急得整日以泪洗面。当地人都知道朱梦莲老人的遭遇，但也是爱莫能助。朱梦莲老人是个先天性失明的盲人，命运多舛，丈夫和孩子的先后离世，让老人变得孤苦伶仃。看到眼前这位与自己母亲年龄相仿的老人处境艰难，仿佛看到了自己的母亲，欧阳纯凤心里一阵心酸，很是同情。她作了一个大胆决定：将老人接到家中，照顾她的后半生。回家后跟奶奶商量，得到了奶奶的支持。朱梦莲老人简直不敢相信自己的耳朵，她对欧阳纯凤没有生养抚育之恩，也没任何血缘亲戚关系，更何况自己身无分文，还又老又瞎。老人小心翼翼地问："你说的是真的吗？你会一直照顾我？！"欧阳纯凤肯定地回答道："你放心，我说到就会做到，我会把你当成亲生母亲一样地对待。至于会不会一直照顾到老，我说的别人也不信，到时候大家看结果就是了。"从接到家里的第一天起，欧阳纯凤就改口称："姆妈（意：妈妈）"，老人也是满心欢喜地应道："哎！哎！"自此两个人结下了半个多世纪的母女缘，人生相逢的意义在于温暖彼此。

这一善举也给欧阳纯凤带来了实际麻烦，转眼间到了谈婚论嫁的年纪。原本登门提亲的人很多，但只要一听到老人情况都打退堂鼓，都嫌老人是个包袱：又老又瞎，要照顾，再说也没有义务养她。对此，欧阳纯凤坚定地回答："我不能半途而废把老人扔下，必须带老人在身边，不然就不嫁吧！"说者无心，听者有意。这话传到季日华（后成为欧阳纯凤的丈夫）的耳朵里，他被这份善良深深打动了，认为这正是他要找的人生伴侣。就这样，季日华和欧阳纯凤一起照顾着朱梦莲老人。如此从容，如此毅然，那是因为每一份诺言背后都是一份坚守和执着。

欧阳纯凤说到做到，把老人当亲娘一样照顾。每天天刚亮就起床做好饭，再帮老人穿衣、洗漱、喂饭。晚上收工回来后给老人倒水洗脚，等老人上床安顿好后，自己才安心去睡觉。遇上老人生病，她衣不解带在床边侍候，老人的健康是她心中最重要的事情。老人有次在家中不慎跌倒，当即不省人事，村里的医生帮老人掐人中才缓过气来，但老人的胳膊摔断了。第二天一早，欧阳纯凤找邻居借了一辆板车，在车上垫了层棉被，把老人背上车后，自己拉着板车就往十几里外的县城医院赶。当时天正下着雨，路面泥泞，脚下打滑，拉车艰难。她一是担心老人单手撑伞时间久了熬不住，二是担心雨水淋湿老人加重病情，丝毫不考虑到自己的难处。她心急如焚地赶路，不敢休息片刻，咬着牙深一脚浅一脚地终于把车拉到了医院。

治疗面临的医药费对当时的家庭来说，是一笔不小的开支。欧阳纯凤的丈夫和孩子都在外打工，她自己平日就靠卖些药酒、跌打丸度日。她卖了栏里的猪，要请最好的医生，买最好的药为老人治病，"只要能治好老人的腿，我舍得钱。"

说起来伺候老人是儿女应尽的义务，也没什么大不了的，可是要伺候残疾老人就不是一件容易的事了。欧阳纯凤有空还会带着老人去村组溜达，晒晒太阳，跟村里人唠唠嗑，看着脸上泛起笑容、精神抖擞的老人，欧阳纯凤发自内心地高兴。俗话说"久病床前无孝子"，欧阳纯凤做到了"久病床前孝更多"。随着老人家年龄越来越大，身体状况逐渐变差，在生命的最后10年，一直卧病在床，生活不能自理了，但在她精心照料下，老人精神状态一直不错。

不是一家人，胜似一家人。她平日点点滴滴的孝贤善行，大家看在眼里都夸欧阳纯凤是菩萨心肠。邻居杨冬莲说："如果没有纯凤，老太太肯定早就不在人世了。老太太头上、身上都被收拾得干干净净，都说久病床前无孝子，亲生子女都很难做到这样不离不弃地照顾父母，何况她们俩还没有血缘关系，太不容易了！"面对大家的赞誉，欧阳纯凤依然保持着自己的平常心。欧阳纯凤的爱让老人对她产生了强烈的依赖心理。"我一生病，她就躲在房间里偷偷地哭，担心我倒下留下她一个人。"欧阳纯凤说，这么多年的相处，两个人早已情浓于血了。对她来说，照料朱梦莲的衣食住行已经变成了自己的责任，让老人衣食无忧、健健康康、幸福地安度晚年才是最重要的事情。

送君千里，终须一别。朱梦莲老人寿终正寝，安详地走完一生。当地民政、乡镇等有关政府部门及社会各界爱心人士前来慰问欧阳纯凤，送来慰问金并嘱咐用来治病调理身体。欧阳纯凤表达了深深的谢意，表示要把慰问金全部用于老人后事上，她说："老人家无儿无女是个可怜人，钱用在她身上，我心里好高兴。"她尽其所能地为老人办了风风光光的后事，子女们为老人披麻戴孝，把老人体体面面地送走。欧阳纯凤用实际行动获得人们的口碑载道，铸就了做人的风范。

淳厚家风，代代传

在细碎的时光中守望使命，欧阳纯凤以积极的态度拥抱生活。在这个特殊的家庭，她滋润了老人的心，也滋润着子女们的心灵。

"家有老，是个宝。"在欧阳纯凤心里，从没觉得失明的朱梦莲老人是累赘，反而觉得这才是个完整的家。夫妻去地里干活，老人就在家帮着看家，陪着孩子。日子虽然贫苦，却是一片其乐融融的景象。2018 年，丈夫季日华的病逝让她难以接受，儿子季水平很感激老人，说："幸亏有奶奶做伴，妈妈与老人寸步不离，同吃同睡近十年。直到朱梦莲老人仙逝。"

彭泽县政府、街道、社区、学校等各单位都争相报道欧阳纯凤的先进事迹，很多公开宣传墙上都有她的照片和事迹报道。孩子们都为欧阳纯凤感到自豪，更加尊敬母亲了，在儿子季水平心中："我的妈妈是世上最好的妈妈，她的一生吃了不少苦，她宁愿自己不吃，也要把东西留给老人和小孩。我们明天就要去浙江湖州打工，此次一走，又是老妈一个人在家，身体一向欠佳的老妈，是我一生的牵挂。"

无论生活多么困难，欧阳纯凤都没动过放弃老人的念头。随着第三个孩子的降临，原本就经济紧张的家庭状况变得举步维艰。欧阳纯凤狠下心将刚降临的三女儿送给人家抚养。上苍有眼，随着岁月的流转，孩子们都健健康康地长大成人。当年被无奈送走的三女儿，表示了极大的理解，说："我不怨恨你们，那时家里难，把我送走也是没办法。现在不是都挺好的嘛！"欧阳纯凤感激地看着女儿，背过身悄悄地擦拭眼角的泪花。

"做好事也是做给后人看。我希望我的子女们也要做个堂堂正正的人。"

她很注重家庭好的环境氛围，不管有多苦、有多累，从来不抱怨，每次带给孩子的都是笑逐颜开，让孩子感受到家庭的温暖。读初二的孙子是个品学兼优的孩子，在学校捡到50元人民币交给老师，有人问为什么不自己留着呢？孩子说："我奶奶每月都给30元钱我买水喝。这个失主一下子掉了50元，肯定很着急，他没钱买水喝，口渴了怎么办呀？"大家为他竖起了大拇指，称赞道，这是良好的家风影响了下一代，这样家庭培养出来的孩子不愧是好样的！

欧阳纯凤有着积极乐观的性格，遇事都很看得开。谈到儿时读书的情形，她满脸的喜悦，兴奋地讲到经常是当班长或者学习委员。因为农村条件等各方面原因，没能继续读完，很多人为她感到惋惜。欧阳纯凤开朗地笑道："如果有条件一直供我读完书，那生活条件肯定比现在优越好多了。但同样，那也就遇不到这老人家了，那就没有这件事了。"欧阳纯凤所言极是，人生有所失，也必有所得。知足常乐，是欧阳纯凤获得幸福的真谛。

艰难斑驳了岁月，风霜深刻了皱纹，有人看到你的沧桑，更多人看到你善良如初的心。常年的辛苦操劳，加上年纪越来越大了，欧阳纯凤自己也步入老年，身体也大不如以前了，患有冠心病、糖尿病等多种重大疾病。都说好人有好报，有次住院抢救长达44天，医生下达了病危通知书，她竟又奇迹般地重新站起来了。福来者福往，爱出者爱返。欧阳纯凤感恩党，感恩好政策，"这如果在以前就治不起了，现在有国家报销，感谢党的政策好啊！"欧阳纯凤也感恩娘家人给予的大力支持，为了让欧阳纯凤安心照顾好朱梦莲老人，姐姐成家后，包揽了照顾年迈父亲的重担，为她解除了后顾之忧。她还感激三女儿的宽容大度，但也是她这一生心中唯一的愧疚。

54年前，一句承诺一生坚守；54年后，无怨无悔问心无愧。如今逾古稀而不辞，心里始终装着身边的人。欧阳纯凤善待乡邻，与人和睦相处。在众多的亲戚朋友关系中，她都能做到以诚相待。她在爱心之路上继续前行……

向雷锋同志看齐

□ 胡　昕

　　尹先明，祖籍安徽庐江，出生于1938年，父母都是老实巴交的农民。牙牙学语之年，父亲便惨死在日寇的铁蹄之下，母亲拖着5个孩子，靠乞讨为生。不久，他的一个姐姐不幸饿死，母亲无奈之下将另外3个兄姐送人，缺衣少食的他，饿得皮包骨头，弱不禁风，差一点就没能活下来。

　　1949年1月22日，安徽庐江解放。那天是腊月二十四，过小年，母亲正为无米之炊发愁，家里突然来了一位陌生人。那人和蔼可亲，自称是共产党干部，叫大家去村街上领救济粮。母亲牵着尹先明的手出门，村街上敲锣打鼓好不热闹，大人小孩都在唱：解放了，天亮了！母子俩一开始还懵懵懂懂的，等领到了救济粮，心里便像"天亮了一样"豁然开朗。

　　母亲趁着"解放"的东风，把送出去的三个兄姐都接了回来，历经生离死别的一家人终于团圆了。共产党救了这一家，从此，党成为这一家人的恩人，而"不忘党恩"便在尹先明幼小的心灵里扎下了根。

　　1960年，尹先明从庐江来到彭泽黄岭乡杨畈大队二队上户，因为读夜校识得几个字，队里让他当记工员、仓库保管员，后来又被调到大队当炊事员。1961年，黄岭乡成立人民公社，公社书记直接点名要他去公社当炊事员，兼任总机接线员、仓库保管员。1963年，各地总机收归县电信局管理，他又被调到县电信局当仓库保管员，兼任出纳、事务长。

1971年3月，因为工作表现出色，尹先明光荣加入中国共产党。1972年，他被调到县公安局当保卫干部，兼任事务长。

1974年，九江市公安局抽调尹先明去帮助工作，要求连续工作三个月回来休息一个礼拜，因为工作忙，他几乎半年才回来一次。每一次回来休假，第一站不是回家而是去县公安局报到。有一次，在家主持工作的局领导正为一桩案子棘手，一看到他回来，顿时眼睛一亮："昨晚远征机械厂（现朝阳机械厂）发生重大盗窃案，实在是派不出人了，你去救个急，把笔录带回来就算完成任务。"

尹先明迅速赶到案发地，了解情况，做好笔录，顺利完成任务。但他没有撒手，而是在远征机械厂住下了。当假期的最后一天，两大卡车的赃物拉到县公安局大院，局领导大吃一惊："你没有回家休假？这样吧，我来给市局打电话替你请几天假休息一下。"他说不用了，市局那边也忙，请不了假。果然，他又接到通知乘下午4点钟的火车，出远门执行任务。在市局帮助工作3年，他年年都获评省厅的先进个人。

在县公安局一次反盗窃集中破案行动中，尹先明20天内单独抓获偷盗犯罪嫌疑人48名。从事县公安局档案管理工作时，使全局基层档案管理全部升为省一级。为党工作几十年，他始终牢记一句话，"我是党的一块砖哪里需要哪里搬"，不管身处何地任职什么岗位，他都一丝不苟、兢兢业业地做标兵树榜样。他常常扪心自问，这就够了吗？不够，远远不够！我还可以为党为人民做更多的事。

雷锋是尹先明崇拜的偶像，所以他在心里立誓，要向雷锋同志看齐，做一名优秀校外辅导员，坚持每天做一件好事。

1975年5月，尹先明被团县委聘为城关完小校外辅导员。对于这项工作，一开始，他也是摸着石头过河，由于态度端正认真、舍得花时间精力，很快便进入佳境。1978年，城区6所中小学及乡镇的杨梓中小学、东升中小学和团中小学纷纷聘请他担任校外辅导员；1981年，他又被团县委聘为全县校外总辅导员，担任部分中小学的法治副校长，接受了全县中小学、幼儿园的法治宣传教育任务。

尹先明感到担子重了，生怕自己的能力不够，辜负党和人民的期望。为此他不断创新上课形式，让枯燥的法制课具有灵活性、趣味性、倡导性、启发性、实践性，用适合孩子们的"口味"拴住孩子们的注意力。

尹先明不仅是在课堂上讲法治，还注重用真心真情真爱挽救现实生活中失足的孩子。小张，是一名孤儿，虽然已入学，但由于孤苦无依，缺少家庭的温暖，染上了偷盗的恶习。社会上很多人对这孩子嗤之以鼻，认为无可救药了。可他不以为然，决定跟这孩子交心交朋友。了解到小张喜欢在周末"犯病"，就专门利用周末时间陪着小张，找小张谈心，看着小张写作业。可是，有一次他出差 10 多天不在家，小张"旧病"复发，当时许多同事都主张送他到劳教所。他回来一听说，马上找到局领导，请求再给小张一次机会。他把小张接回家，与自己的孩子同住、同吃、同学习。小张生病了，他带着小张上医院看医生，垫付医药费、买营养品，总之像对待自己孩子一样。最终，小张被他一家人的真情感动了，从此发奋读书，高一入了团，高中毕业后报名参军。

尹先明回忆说，小张在填写表格时，在家长一栏里，竟然填上了他的名字，这让他非常感动，觉得这些年所有付出都是值得的。4 年后，小张以一名共产党员的身份退伍，他又开始张罗小张的工作，并帮助小张找对象成家。现在小张一家三口过得很幸福。

据不完全统计，从 1976 年至今，尹先明为中小学学生们上法制课 2300 多节，听课学生达 17 万人次，走访学生家长 590 多人次，帮教了 187 名失足青少年。值得一提的是，经过他帮教的这些失足青少年，95% 以上都走上了正道。其中有 37 人参军，17 人入党，有的还提了干部，绝大多数人已成为各条战线上的骨干。

1987 年起，尹先明担任彭泽县人民政协第三届、四届、五届、六届、七届、八届政协委员。这一新的职责和使命，是他人生的第二起点，让他有了新的平台，可以更好地关心下一代，更好地为孩子们的成长鼓与呼。

2002 年，《光华时报》刊登了一条"提案提出了平安道"的新闻消息，报道中所说的提案就是尹先明提出来的。提案中提及的平安道是指原县政府至中心广场大约 1 公里的路段。这段路中间是一座隧道，隧道两头都是往下倾斜 35 度的斜坡，分布着原县一中、原南岭中学、城关完小和中心幼儿园四所学校。每到放学时，这条路段人头攒动，车流穿行，最高峰时人流量达 13000 余人，一些行经的车辆严重威胁到学生的安全。因为他多年来每天都在这一路段迎送学生，对这里的安全隐患了如指掌，也是忧心忡忡。适逢县政协召开五届四次委员会，会上，他郑重地提交了关于在这条路段实行交通管制的提案。由于这一提案是城区群众特别关注的热点问题，很快得到县政府的支持和落实。时至今日，这条路段在学生放学时，从未发生过交通事故。

这件事得到社会普遍的称赞，对尹先明来说可谓莫大的鼓舞，促使他更加关心身边的人和事。2007 年 2 月，他又提交了一份《关于在南山特大省级地质灾害区进行科学防护措施》的提案。提案中指出，县城关完小校门与南山只有一路之隔，南山属于特大省级地质灾害监控点，每到雨天都有发生泥石流的危险，是个极大的隐患。仅过三个月，县政府根据提案的建议拨出专款，对南山路段进行了除险加固，解决了城关完小师生和路过行人的安全问题。

后来，尹先明又根据发现的实际情况，提出了《关于城区摩的、拐的整治建议》《关于加大营业性网吧规范化管理的建议》等，都得到县委、县政府的重视和采纳。经过整治，县城已经看不到摩的、拐的非法载客现象，网吧午夜经营和未成年人上网情况已经杜绝。

"先贤作范舟车稳，明智为人快乐多。"这副对联是彭泽县诗词协会前会长赵璧先生为尹先明而作的，此联不仅寓意深远，还巧妙地把他的名字蕴含其中。尹先明把这副对联挂在家里醒目的地方，俨然一面镜子，每天都要对照几眼，以此激励鞭策自己，时刻践行习近平主席所说的那句话"悬明镜以正衣冠"。他要自己监督自己遵纪守法，自己监督自己初心不改。1995 年，尹县明光荣退休，但他时刻告诫自己：中国好人的思想精神和行动作为绝不能退！

许多人退休之后赋闲在家，觉得无所事事，尹先明可不一样，退休后仍然有做不完的事。第一个是义务为县公安局机关和 12 个派出所、分局，标准化、规范化整理立卷档案 9000 余卷。第二个就是接着担任校外辅导员和法治副校长，继续关心下一代。第三个值得一提的是关心老弱病残。

1999 年，尹先明发现城区两个福利院的 13 位孤寡老人年迈体弱，有的生活不能自理。他觉得自己能发挥点作用，帮助照顾这些老人。他家距这两个福利院有 10 来里路，搭公交不怎么方便，走路又有点远，就买了一辆自行车，每月骑车去看望那些老人。看到老人头发都很长，上街理发不方便，他便学会理发，自买工具，帮助老人义务理发。近 20 年，他骑坏了 2 辆自行车，用坏了 11 把推剪、3 条围布。逢年过节，他和老伴为老人们送去饺子、米粑、糕点、糖果等。另外，还以校外辅导员的名义，带着中小学生，轮流去福利院为老人们表演文娱节目，打扫卫生。福利院有位叫张喜林的聋盲老人因小肠炎复发住院，他一得到消息，马上赶到医院。了解到老人便秘，行动又不便，他二话不说，戴上一次性手套，硬是用手指帮老人抠出大便。70 多岁的张月兰老人不慎摔伤，生活不能自理，为了方便照顾她，他把她接回家里让老伴照应，直至完全康复才送回福利院。

2020 年初，新冠疫情暴发，就在人人自危、谈疫色变的时候，尹先明主动要求参与龙城镇沿江社区疫情防控工作，每天巡岗、检查、执勤，毫不懈怠，尽心尽责，一直到疫情稳定后才撤岗。疫情期间，他个人向县里一些爱心组织捐款共计 1000 元。几十年来，他积极参加各种做好事献爱心活动，为孩子们买书买文具，累计付出 12 万多元。

尹先明说他做的事情都是小事，唯一值得称道的是几十年如一日坚持做这些小事，积少成多，以致被各级媒体广泛宣传报道，引起了各级党委、政府关注，随之几十项大大小小的荣誉接踵而来。其中，2014 年，荣登"中国好人榜"；1998 年，获得"全国优秀人民警察"的表彰；1989 年至 2000 年，先后 4 次获得省公安厅"优秀人民警察"的表彰；2010 年，获评江西省第二届"十大好人"；2013 年、2015 年，被江西省关工委授予"关心下一代先进个人"；1998 年至 2008 年，县公安局党委先后 5 次发出《关于向尹先明同志学习的决定》；2018 年，中共彭泽县委 22 号文件也发出《关于开展向尹先明同志学习的决定》……

知者行之始，行者知之成。耄耋之年的尹先明颇多感言，他说他特别庆幸见证了党的事业取得辉煌成就，见证了"实现中华民族伟大复兴的中国梦"即将梦想成真。现在自己的身体还硬朗，腿脚也还利索，这说明还有时间、机会，为党工作、为人民服务。他人生的这本书还需继续翻页，他的初心依然，向雷锋同志看齐，践行"中国好人"的誓言依然。

一枝一叶总关情

□ 朱　泓

在彭泽县城，说起交警大队的协警张启文，那是无人不知无人不晓。他从警 20 余年，不仅多次得到上级主管部门的嘉奖，还于 2015 年荣登"中国好人榜"，并且相继荣获江西省劳动模范、江西省道德模范、江西省"江西好人"和江西省公安厅交通管理局先进个人等荣誉称号。

世上没有无缘无故的爱，张启文所得的殊荣都与他努力工作、人民至上的信念息息相关。他是这样想的，也是这样做的。

危急关头，绝不后退。2008 年冬季，彭泽百年一遇的冰冻天气，城区所有的路面上都结了一层厚厚的冰，人们出行，稍不留神就会摔跤。面对如此恶劣的天气，张启文依然上街执勤，遇上行人过马路，他毫不犹豫地伸出援助之手。一天，张启文在执勤时，看见一辆小轿车在路口打滑，且有滑向路边行人的趋势。他来不及多想，不顾危险地冲到车后，双膝着地，使尽全力用肩头顶住轿车。他英勇无畏的行为感动了路人，他们纷纷上前相助，在众人合力下将车辆推到了安全位置。但他因用力过猛，导致胸口、双膝一阵阵作痛。即便如此，他仍坚持轻伤不下岗的铁人作风。事后，车主买来礼品表示感谢，被他婉言谢绝。

只有大家安好，才有小家幸福。这是张启文一贯信守的理念。2020 年初的新冠疫情暴发后，张启文主动请缨前往疫情最严峻的区域值班。同事劝他留在家里，说你家有年迈的父母和幼小的子女需要照料。但他说："我作为人民警察，不能只顾着自己的小家，只有大家安好，才有我这个小家的幸福。"在疫情防控中，他坚持按时去值班点值班，坚决秉持"守土有责、守土尽责"的理念，直到疫情结束。

排除险情，浑然忘我。2020年7月，长江流域暴雨肆虐，江河水位猛涨。马当镇沿江多个村庄路段堤坝出现溃口，洪水夹杂着泥土、砂石，狂飙着穿路越野，致使道路无法通行，严重威胁到沿线群众生命财产安全和车辆通行安全。面对洪灾，张启文忧心忡忡，再次请缨，跟随抢险队伍会同乡镇分管交通负责人，及时调派机械设备，争分夺秒调运石料物料，封堵溃口，加固路基边坡，清理路面泥沙。他在暴雨中奋战了4个半小时，衣服全湿透了也浑然不知。当看到险情得到了解决，道路也恢复了基本通行，他的脸上才稍微露出欣慰之色。

生命至上，大爱无疆。2021年11月2日的上午，张启文赶往城关完小路段出勤，发现很多路人在围观，从人们的神色上他感觉情况不妙。张启文立刻上前分开围观的群众，竟然看见一位年轻女士躺在地上，他心里一紧，慌忙俯身察看，只见女士双眼紧闭，额头冒出细密的汗珠，嘴唇发白，手脚瘫软，凭着多年出警的经验，他判断该女士的症状很可能是低血糖。张启文吩咐围观的群众散开一些，一则是保护她的安全，二则让空气得以流通。安排妥当后他立马跑到附近便利店买来一颗棒棒糖塞在女士的舌根下。不久女士就缓过神来，原来她真的是低血糖患者。围观的群众一阵欢呼，纷纷向张启文竖起大拇指。面对大家的夸赞，张启文不好意思地说，我只是做了每一个交警应该做的事，我们在维护好交通秩序的同时，更要维护好群众生命和财产的安全。

有人说：爱是春雨，滋润着大地；爱如阳光，温暖着人心。张启文就有着春雨般的情怀，有着阳光般的热忱，就是一个温暖的人。

张启文执勤所在的区域有着城区最拥堵的路段，有幼儿园、初中、小学，每天道路上人流如织、车水马龙，通行人数超过3万人次。赶上高峰期，一些蒙昧无知的小学生在道路上追逐嬉闹，很容易造成交通事故。张启文看在眼里急在心上，为了阻止意外发生，此后，不论严寒酷暑，每天学生上下学，都能看到他接送孩子忙碌的身影。就是带着这种满负荷的工作，他年复一年、日复一日在协警路上不懈拼搏着。据身边的同事说，他每天平均工作时间超过10个小时，中午吃完快餐又迅速投入工作中，十多年来从未缺过一天勤，而且都是第一个到岗，最后一个离开。20年来，张启文接送小学生累计过百万次，经过他爱心资助的学生达30余名。每逢节日，张启文总会收到学生和家长的感谢信，信中都尊称他为"知心叔叔"。张启文不仅是学生眼中的好叔叔，还是困难群众的"贴心人"。

2019年5月的一天，彭泽各地持续普降暴雨，城区各主要路段积水严重，尤其是城关完小部分路段，路面积水达一米多深。中午放学时，暴雨还在持续，高坡处的雨水往低处倾泻。张启文不仅将自己的雨伞和雨衣借给了没有雨具的学生，还冒雨将年龄较小的孩子背到公交车上，看见有过路的老人，他又将老人搀扶到人行道安全处。尽管全身湿透了，仍坚持冒雨指挥交通。由于在水中浸泡时间过长，他患了重感冒。为了不影响工作，他连续五天利用午休时间到医院诊治，以缓解病情。

其实，作为一名协警，张启文的工资并不高，但他经常从自己不高的收入中，挤出一些资金去资助一些贫困学生和困难群众。2018年某天，正在执勤的张启文，得知自己曾经帮助过的病人，因为缺钱闹着要出院，他二话没说，找同事借了1000元钱送去，耐心地劝慰病人安心治疗。在张启文的帮助下，这位病人最终得以康复。

张启文还将全力守护交通安全，视为工作的出发点和落脚点。了解张启文的人都知道，对待工作他是一根筋，经他查处的车辆，一概不讲情面。他还因此得到"铁面包公"的称号。

一次，他的一位朋友，在外喝得醉醺醺的，竟然还坚持开车去接孩子放学，经过张启文管辖的路段时，被拦下了。面对饮酒开车的友人，张启文狠狠地批评了朋友，并且建议大队给予处罚。朋友好话讲了一箩筐还送上红包请求他网开一面。张启文义正词严地说："请尊重我的职业和人格！"张启文就是这样，以实际行动恪守职业准则。

再一次，张启文的一位同学因生活困难，驾驶一辆没有牌照的旧面包车在城区载客。得知情况后，张启文主动找到同学，劝他不要违法驾驶和违法载客。同学不听劝阻仍然坚持载客，张启文当即将实情上报有关部门，以致这名同学与他彻底决裂。从此，他身边的亲戚朋友，再也不敢求他办任何违章违规的事情。"铁面包公"的外号也就此传开了。20 年来，他多次拒绝熟人的求情，从来不接受吃请。正是由于他的秉公执法，清正廉洁，他所在的路段事故率一直排全县城区最低，违章驾驶的车辆也近乎于零，这条全县最繁忙最易发生事故的路段反而成了最安全地带。

"些小吾曹州县吏，一枝一叶总关情"。张启文同志就是一位敬业爱岗、将助人当作快乐的人，而这些，源自他内心承载着对社会的感恩，源于他时刻满怀着对党和国家以及人民的无限忠诚以及深深的爱！

做一名永远的勤务兵

□ 欧阳静波

"儿时的我心怀参军梦，对那一身绿军装充满了向往和敬仰。"阮德平高中毕业后参军奔赴边疆，在西藏军区部队服役的四年军营生活，锻炼了强壮的体格，锤炼了不畏险恶的胆魄。他曾荣获"优秀士兵""优秀班长"和"三等功"等多项荣誉。

脱下军装，摘下肩章，那肩膀上剩下的只有担当。2012年3月15日，阮德平于人群中挺身而出，夺下歹徒的刀，聚拢起民间的正气，谱写一曲时代的正义之歌！

他是阮德平——彭泽县市场服务中心办公室主任。

他是退役军人，身在市井未曾放下心中豪情

当天上午9时许，阮德平陪母亲在彭泽县人民医院三楼做胃镜检查。当他走在急诊科三楼楼梯口处时，听到二楼传来"有人杀人啦"的呼叫声。强大的社会责任感促使他迅速地从三楼跑到二楼的过道里，看到B超室门外围满了人。他从人缝隙中挤进去，只见一名30多岁的男子手持一把锋利的水果刀，一旁被刺伤倒地的护士惊恐万分，双手紧捂着头。男子情绪很激动，来回走动，东张西望，随时有再次扑向护士的倾向。

勇不在于强悍，而在于斗智。情况十分紧急，他不敢贸然行动，一旦激怒男子，后果将不堪设想。这时他灵机一动，从上衣口袋里掏出手机佯装打电话，边打电话边向持刀男子迎面走去，慢慢靠近持刀男子。凭他在部队里学到的擒拿格斗本领，迅速摁住其持刀的右手并将其按倒在地，将刀抢夺了下来，紧接着又腾出右手，将持刀男子牢牢地钳住。这时，他向人群大声喊道："凶手被我控制住了，赶紧送伤者去救治，不能延误治疗时间！"说完，他将凶手扭送到医院保卫室交给赶到的警察，便悄然离去。

侠隐于市见义而勇，做好事不留名。县医院方面经多方打听寻找才找到阮德平。阮德平临危不惧、勇斗歹徒的先进事迹在彭泽县引起了强烈反响。《浔阳晚报》、彭泽电视台新闻频道都争相报道他的先进事迹。阮德平谦虚地说："其实我只是做了我应该做的事。我相信，如果那天事情发生在任何人身上，都会去帮忙，伸出援助之手。以后遇到这样的事，我还会义无反顾地去做。"这一战，他矗立在正义和歹徒之间；那一刻，平安祥和重新飘荡在医院上空。

2014年2月18日，阮德平回老家看望父母时，路过马当镇跃进村，看到镇政府工作人员正在对部分村民顶风违章建筑进行拆除工作，执法人员们正在那里维护现场秩序。正在这时，一个姓胡的年轻人手拿一根长铁棍，一边跑，一边喊，直奔拆迁工作人员而去，情况万分危急。说时迟，那时快，只见阮德平快速扑过去，紧紧抓住胡某的手腕，瞬间把胡某手中的铁棍夺下来并将其制服。"小胡，你这样是很危险的，不能做这样的傻事"。在阮德平的劝说下，胡某心服口服地撤离了现场。现场的观众吐了一口长长的气，一场危机很快被化解了。阮德平仍旧是不留姓名地悄悄离开了。没有人生来是勇者，责任催促你重装上阵。在危险面前，他根本不需要思考和抉择，是那样地一马当先，是那样地奋不顾身，因为这瞬间的举动源自内心品质，是每一个英雄的真正品质。

他是人民公仆，一颗永不生锈的螺丝钉

在喧闹的人群中，阮德平是市场服务的一颗永不生锈的螺丝钉；在危难关头，他是盾，矗立在危险前沿；他是剑，扬眉出鞘指向邪恶。他是共产党员，用实际行动指引着我们，让大家看到什么是公仆本色，什么是赤子之心。

干一行，爱一行。阮德平退伍转业后被分配到原彭泽县市场建设服务中心工作，他每天坚守在公平秤前，穿梭在摊位之间，行走在人群之中。只要是买卖交易中遇到困难，他都能公平给予解决。起初对市场管理也是门外汉，他就跟着同事学习，查阅行业书籍，平时在市场多转转，逐步掌握了工作的要领。阮德平说："做市场管理工作，你就得是一个勤务兵。一是勤动嘴，时常提醒摊位业主，保持人流物流畅通；二是勤动腿，要保证群众买卖公平，每天要在市场上走动，对公平秤进行检查，遇到困难要及时解决；三是勤动手，维护通道卫生。"他这种认真工作的态度，一心为业主们着想的作风，多年下来，7000 多件买卖矛盾纠纷都得到了较好的处理。单位又对他委以重任，负责信访接待工作，每次他认真倾听业主们反映的情况，尽力去解决，遇到特别复杂问题及时提交给上级研究解决。

把简单的事重复做，你就是专家；把重复的事业用心做，你就是行家。阮德平从事市场服务以来，与几百家业主和流动商贩都建立了良好的关系。在市场巡查中，无论是业主还是顾客有拿不动或推不动的，阮德平都习惯性地帮把手。电动车没停好的，他就主动帮助放到安全位置。虽然事小，却暖意浓浓。

在一次巡查中，市场有家商铺因为线路老化导致起火。幸好被阮德平及时发现，赶紧打电话报警，然后他立即组织大家一起投入救火当中。当时火势已经比较大了，他顾不得多想，一边搬运货物，一边控制火势不向外蔓延，在与消防部门的配合下，将大火完全扑灭。失火业主送来锦旗表示感谢，阮德平连连说道，这是我应该做的。

他是寻常百姓，爱护小家顾全大家

阮德平正如千千万万的人们一样，我们都是人海中的一朵小浪花，上有老下有小。他是父母心里的好儿子，是妻子眼中的好丈夫，是孩子心目中的好父亲。他是家庭的顶梁柱。

相信是那一刻的决定，相濡以沫是半生的深情。"当初嫁给他，也就是看中他的热心肠。虽然看起来调皮，其实人实在、顾家，对孩子和家都很照顾，家里接送小孩的任务都是他的。""只要遇到路见不平或者别人有困难，他都要上前，经常是这样。"妻子欧阳宏娟如是说。阮德平自身做过心脏血管搭桥手术，医生嘱咐他不能剧烈运动，重活不能干，但只要遇到事情，他就不顾一切地往前冲。常让妻子担心不已，有一次在农贸市场，摊主与顾客发生了激烈争吵。他见状就要上前，妻子考虑到他才做手术出院不久，赶紧在旁边拉住他，却被阮德平不耐烦地推开，冲着她大喊一声："别拉我！"便头也不回地冲到现场调解。妻子想到，为他担惊受怕，反而遭到丈夫的责怪，委屈得眼泪流了下来。当看到经过调解已经和好的当事双方，人也平安归来，妻子悬着的心也放下了，心里还是理解。回到家，他心知对妻子怀有歉意，憨厚的他低着头什么也没说，他用特殊的方式向妻子默默表白：你是我坚强的后盾，感谢有你！哪有什么岁月静好，不过是有人替你负重前行，生活从来都不容易。没有人能百毒不侵，热血可以融化恐惧。

他是父母的儿子，是父母的牵挂，也是父母的骄傲。在医院徒手制服持刀歹徒后，还不知情的阮德平母亲做完检查出来，找到他后才得知儿子的壮举，关切地问："儿呀，你受伤了吗？""没事。帮把手，多大点事儿啊！"阮德平轻描淡写地说着，安慰着受到惊吓的母亲。知子莫如母，对母亲来说，出现这类的事情从不会感到吃惊，"他经常这样，不是一次两次了，从小他就喜欢打抱不平，乐于助人。从小他很懂事，放学回来就自己拿袋子到地里帮父母摘棉花。不论他做什么选择，我们都支持他。"

他是孩子们心目中的英雄，像山一样高大的父亲。在彭泽县山南天街隧道口的文化墙上列出先进人物，醒目地刻着标题："彭泽县涌现出的'彭泽好人'。"女儿放学回家后，高兴地与父母分享喜悦："今天同学对我说，'在天街隧道口文化墙上看到你爸爸的照片了。你爸爸的先进事迹我们都知道，他是好人！'"

阮德平对待身边人也像家里人一样，付出从来不索求回报，做的时候没考虑过利益。村子里有位孤苦老人，阮德平按辈分喊细爹。幼时因患小儿麻痹症而落下残疾，失去劳动能力，生活艰难，完全靠政府救济。身边也没人照顾，温饱都成问题，经常是饱一顿饿一顿。阮德平一家给予了他很多关照，母亲在家只要做了好菜就会送点过去，阮德平只要回了老家就一定会去看望他，嘘寒问暖，时常带点糕点、茶叶及生活用品等，逢年过节就给点钱用。看着靠拐棍撑着向前移动的细爹，阮德平看在眼里记在心里，与大哥商量送辆轮椅给他，解决他的行动问题。当把轮椅特意送过来的时候，细爹很意外，当场感动得流出眼泪，激动地说："以为兄弟俩只是说说，没想到还真的送轮椅来了。家里人都没考虑到，我平时都是拄拐棍走。"周边邻居也称赞说："真是好人，给细爹解决了个大问题。"

阮德平为别人想得多，为自己想得少，总是把别人的事摆在首位。妻子在农贸市场开店做生意，他有空就会去店里帮帮忙。时常有顾客将随手物品遗忘在店里，比如雨伞、水杯之类的。阮德平只要发现就立马放下手上的活，哪怕有再要紧的事也不管，马不停蹄地追出去给人家送去，说怕失主着急。平时在路上，看到卖唱卖艺的，随手就要多多少少捐个 10 元、20 元不等。小善如涓涓细流，必将汇成江河。

阮德平获得诸多表彰，荣获 2012 年度"彭泽县见义勇为先进分子"光荣称号。2013 年 5 月，入选九江市第三届道德模范候选人以及入选"中国好人榜"。2014 年元月份，九江市委宣传部、文明办的领导干部对其进行慰问，奖励其现金 5000 元，以表彰其维护社会治安，匡扶正义社会正气方面的突出贡献。在阮德平身上，充分体现了中华民族扶危济困、助人为乐的传统美德，体现了舍己救人、勇于献身的高尚情操。他的行为，为我们干部、党员、一般群众都树立了良好的榜样。

用美丽心灵诠释孝道

□ 朱泽和

齐丽，女，出生于 1976 年 11 月，系江西省九江市彭泽县龙城镇人，国网彭泽县供电公司一名普通员工。这个朴实、善良的女子，用一颗孝心，照顾瞎眼婆婆 10000 多个日日夜夜。其间，自己因腰椎间盘突出进行过三次手术，也没有中断对婆婆的悉心陪伴，让老人在家不孤独，出门有照应。她的事迹被街坊四邻传为美谈，也被公司同事称作为"心灵最美的儿媳"。

在生活中，她秉承着中华五千年的美德，在点点滴滴的付出中，向世人诠释了平凡朴实的"孝"道。她的事迹先后在中央文明办主办的 2018 年 6 月中国好人榜发布仪式和江西文明办主办的 2018 年第三期"江西好人"发布仪式中，并荣获了"中国好人"和"江西好人""九江好人"、九江市敬老好儿女金榜奖，第三届国网江西省电力公司孝老爱亲模范，彭泽县敬老好儿女先进个人、彭泽县最美家庭等荣誉。

"叔叔、阿姨，以后我就做你们的拐杖"

见到齐丽时，时间正好是正午 12 时 36 分，迈进她的家门时，她刚伺候婆婆吃完午饭，正在房间里给她洗脸。

看到我的到来，齐丽颇感意外，经过简单的介绍，她了解到我的来意后，连忙让座，并热情地沏上一杯清茶。当我表示想了解她照顾婆婆的经过时，她显得有点羞涩，脸马上红了起来，告诉我这是她应该做的事情，没有必要对外张扬。经过我再三鼓励及引导，她才慢慢地打开话匣子，往事一幕幕再现……

1994年，齐丽正式走上工作岗位，分配在彭泽县供电局人力资源部工作。一天，在公司楼梯上，两手正提着开水瓶到会议室的她，突然感到手中一轻，"我来帮你提吧！"她侧目一看，原来是个年轻帅气而又非常精神的小伙子，从她手里接过开水瓶，帮她送到会议室，帮她布置会场。她心想，真是一个体贴、勤快的小伙子，不禁心中产生好感。随后，在公司举办的青年联谊会上，再度与这个小伙子相遇，通过一段时间接触、相互了解后，他们确立了恋爱关系。

1995年，男友的父母相继双目失明，生活完全不能自理。男友一家人顿时进入了一种前所未有的阴霾状态之中，对于怎样安排两位老人的生活，一家人都感到惘然，不知所措。

此时，齐丽已经与男友确定了婚约，身边的亲朋好友风闻此事后，都纷纷劝她赶紧分手，千万不要嫁过去，说一进这家门就是跳进火坑。此时，男友怕今后会连累她，也曾提出了分手。面对这个残酷的事实，她也曾犹豫过，但想到男友在日常工作与生活中对自己的体贴与爱护，在心理的天平上，爱情的重量往下沉……第二天，她毅然果断地走进了男友的家门。

在家中正在抹泪担心儿子婚事的两位老人，听到脚步声，知道是齐丽来了，一起站起身来迎接。望着两位老人复杂的表情，齐丽坚定地对两位老人说："叔叔、阿姨，你们不要有任何想法，眼睛看不见没关系，我既然进了这道门，以后，我就做你们的拐杖，扶着你们前行。"

"在他们最需要的时候选择离开，这不是我做人的本性。"面对双目失明的老人，齐丽并没有选择逃避。1996年，齐丽和老公正式举办了婚礼，用自己的青春和善良来扛起这个家的重任。

为了两位老人精神的慰藉

自从结婚以后，齐丽就养成了这种习惯。每天清晨5点钟就准时起床，打扫庭院，给老人倒便桶、便壶，洗衣做早餐，伺候老人用餐，然后匆匆忙忙地赶着去上班。中午，她本来可以就近在娘家或公司食堂里就餐，但为了让两位老人吃上一口热饭热菜，她买了一辆摩托，顶着夏日骄阳似火，迎着秋雨冬雪，往返三四公里回到家中给老人们做饭。如果赶上外面有事时，就在单位食堂带饭回家给老人吃。

公公在世时，由于年迈体衰，身体自控能力极差，经常大、小便失禁，面对令人作呕的污秽，齐丽没有半句怨言，总是毫不犹豫地帮公公擦洗身子、清洗沾满污物的衣裤。

那个时候，公公患有高血压，眼睛又看不清楚，她每天都要准时把降压药配好，把开水倒好，等到适当的温度时，亲自递到他手中，并督促他按时服下药，这一举止直到2009年公公去世。

婆婆在失明之后，性格变得异常烦躁，情绪也很不稳定，又喜欢猜忌，时常和家人为了一些鸡毛蒜皮的小事，或者听到家人无意间的谈话后，以为家里人在嫌弃她，一个人在暗暗生闷气并骂人。每逢此时，齐丽总是坐在她的身边轻言细语地陪着老人说话，仔细聆听她心中的不快，不断用好言好语进行安慰，想尽一切办法让老人消除心中的不愉快。

"站在婆婆的角度上想一想，我很理解她。原来的她很要强，为人处世、干活都风风火火的，现在她的眼睛看不见，一个人在房间里也闷得慌，我就扶着她在院子里四处转一转，晒一晒太阳，呼吸一下新鲜空气，陪她唠唠家常，尽量分散一下她的注意力，让她过得开心一些。"

为了扩大婆婆日常生活中的活动范围，齐丽建议老公沿着墙壁焊了一道不锈钢扶手栏杆，从房间到大门口一直到卫生间。这样，她上班的时间，婆婆每天就可以扶着栏杆四处走一走，还可以到自家大门口坐在固定的椅子上晒晒太阳。

"自从安装扶手栏杆后，她每天都会扶着栏杆走两个多小时，既锻炼了身体，有邻居来往时也可以说说话，解解闷。"齐丽说道。

自从安装扶手后，婆婆性格越来越开朗了。

"这儿媳是我上辈子修来的福气"

说起和儿媳之间的感情，已经80多岁的婆婆笑得合不拢嘴。虽然她没见过齐丽的样子，但她能感觉得到媳妇是最美丽的，因为她有一颗天底下最善良的心。

"虽然我嫁过来时，婆婆眼睛就看不见了，但她是我丈夫的母亲，就是我的母亲。再说，婆婆以前为了这个家付出了那么多，现在眼睛看不见了，我说过要做她的拐杖，就一定要把她照顾好。"齐丽说。

每逢过年过节，为了让老人高兴起来，齐丽总是不辞辛苦地备好酒菜，把家人们召集到一起聚一聚，陪老人说说话，吃个饭，让老人享受天伦之乐。有空时，她就给老人们读读报纸，讲讲外面发生的新鲜事。

由于长期的操劳，齐丽患有严重的腰椎间盘突出症，即使疼痛发作的情况下，也从来没有停止对老人的照顾，更不会因为疼痛而休息过一天，28年如一日地悉心照顾，婆媳之间相处非常融洽，已经胜过母女之间的感情。

如今，婆婆早已习惯了齐丽的照顾和陪伴，在家有儿媳陪着不孤独，外出有儿媳搀扶不害怕。

"遇到这么好的儿媳，是我上辈子修来的福气。没有她的照顾，我真不知道怎样才能活下去哟。"齐丽的婆婆逢人就夸儿媳的好。

既然选择了，我就一定会坚持下去

2020年9月的一个清晨，老人突发中风，并且神志不清，接着什么人都不认识了，但她唯一记得住的是齐丽的名字，齐丽的声音。

完全瘫痪在床的婆婆，让齐丽伺候她增添了更大的难度。每天清晨帮老人洗脸、漱口，遇到老人不配合时，齐丽总是像哄小孩子似的，一句接着一句软话，想尽一切办法哄着老人。最难的是帮老人大小便、擦洗身子，更换衣服。老人体重140斤，又不肯让别人碰她，身材娇小的齐丽总是很艰难地将婆婆从床上扶起来。看到齐丽这样辛苦，老公心疼不已，请了护工回来，可老人就是不买账，一口一个齐丽地叫着，不肯吃饭、不肯睡觉，什么都不配合，直到听到齐丽的声音，才慢慢地安静下来。

虽然十分辛苦，但齐丽在单位上，从未因为家庭的特殊原因而耽搁过工作，总是认真、细心、高质量地完成单位交代的任务。在家里，日复一日地喂婆婆吃饭，不厌其烦地陪她聊天。到了晚上，在婆婆床前搭一张行军床进行陪睡。遇到婆婆大便难以排泄时，齐丽就戴着口罩，戴上一次性手套，用手帮着老人解决。

"说不难是假话，但我既然承诺了是婆婆她的拐杖，就不会后悔，也一定会坚持做到底。"齐丽说道。

即使是最后一刻，我也不会放弃

疫情大爆发期间，人人都处在提心吊胆之中，齐丽也不例外。

婆婆年纪大了，免疫力差，更没有什么抵抗力，如果感染了，后果不堪设想。为了不让婆婆受到疫情的感染，齐丽每天早晚都会打开婆婆房间窗户通风，用酒精在房间里进行消毒，喂婆婆喝板蓝根颗粒预防，并要求出外归来的家人们进门先洗手，用酒精在衣服上消毒，在确保身体没有任何异象的状态下，才能进去看望婆婆。

"那一段时间，都是我弟妹一个人在护理我母亲。我们回家看望妈妈，必须在齐丽的监督下消完毒，她才允许我们进房间。"齐丽的姑姑说道。

时光荏苒，转眼就过了28个春秋。现在，婆婆这个90多岁的老人，尽管胃口很好，但是身休其他机能衰退非常严重，特别是腿上的肌肉一次次地出现严重水肿，而后流出汗水、腐烂，气味恶臭。这可愁坏了齐丽，婆婆不能移动，不能去医院治疗，她只好四处找关系，一次次地将医生请进家门问诊。在向医生虚心请教后，自己化身为家庭医生，戴上口罩、手套，给婆婆身体溃烂的部分用碘伏小心翼翼地进行消毒，涂抹进口的伤口愈合膏药，生怕弄疼了婆婆。

"我知道婆婆的生命在倒计时中，但我依然不能放弃，也不会放弃，必须用心地伺候好她。在她人生最后的关键时刻，减轻一些她的痛苦。"齐丽说道。

"娶媳就要娶齐丽。"这是当下彭泽老人最流行的一句口头禅。齐丽，这位普通而又平凡的女子，用她一颗仁慈、善良之心和一份宽厚、贤淑的孝道，无私地呵护着瞎眼的婆婆，是体贴入微的孝女。28年如一日，齐丽不怨，不烦，不放弃，用爱心、细心、耐心伺候着婆婆，用自己的言行传递社会正能量，她的事迹感化着越来越多的人。

最美扶贫人

□ 晓　宁

王晓阳，九江市检察院原调研员。2002年起，他主动请缨，连续15年坚守在乡村扶贫这条漫长的路上。先后在九江市检察院扶贫点修水县双井村、庐山市波湖村、彭泽县天红先锋村、太平康庄村以及两个村建点武宁县田东村、永修县乐平村扶贫。

15年来，王晓阳自掏腰包，坚持吃住在百姓家，与百姓打成一片，拖着患病的身子跑省、跑市、跑县，跑资金争项目，先后帮助4个贫困村和2个村筹集各项资金近3000万元，为村民担保贷款，为贫困户捐款，奏响公仆大爱之歌。

王晓阳的字典里从来没有双休日和节假日。他所到之处，采取一听二看三访问四座谈的方法，制定科学扶贫规划，白天和村两委班子一起抓村级组织建设、村里基础设施和民生工程，晚上和下雨天还要抓村民的思想文化建设，将全部的精力用在扶贫事业上。

初到省级贫困村修水县双井村，映入眼帘的是破败不堪的高峰书院，摇摇欲坠的小学校舍，到处脏乱的村容村貌。他没想到，北宋名人黄庭坚故里竟是这么一种境况。这里虽然依山傍水，自然风景秀丽，但交通闭塞，仅一条砂石公路通往镇里，与县城直线距离仅5公里，坐车却需绕行30多公里，手机到了村里便成摆设，村民们守着不多的水田和山林，生活过得很艰难，人均年收入不足 800 元。

2002 年第一轮扶贫工作启动，双井村被定为九江市检察院的定点扶贫村。到双井村后，王晓阳立即开始走村串户，熟悉情况，很快形成打名人牌发展旅游经济、打茶叶牌发展茶叶产业的脱贫思路，得到九江市检察院领导的支持。修复高峰书院牌楼和黄庭坚墓，开发文化旅游资源；兴建小学校舍，为学校配置桌椅和办公用具；维修水利设施，解决全村 500 亩水田用水问题；组织农户联营开发茶园 600 多亩，当村民开发茶园资金不足时，王晓阳冒着风险亲自出面担保从银行贷款 15 万元，并向上级争取茶园开发资金 5 万多元。

在九江市检察院领导的支持下，王晓阳共为双井村争取到 369 万元资金，修建了通往县城的 4.5 公里、宽 7 米的双黄公路，拓宽了通往镇里的 1.5 公里公路，并硬化村里的 2 公里路面。同时，还结合新农村建设，引导全村新建沼气池 50 余座，带动了改水、改厕、改栏，净化了环境，使村子面貌焕然一新。王晓阳还多次找有关部门沟通，终于修建了双井手机信号塔。水泥路和信息路的修通，为双井村打通了脱贫致富的关键环节。

如今，"双井绿"茶享誉全国茶市，成为双井村致富的重要品牌之一。黄庭坚故里游也颇受青睐，仅 2014 年就吸引了国内外游客 8 万多人。在村里他自掏腰包，与村民同吃同住，成为群众无话不谈的"知心人"。不仅如此，王晓阳还自掏资金 1 万多元，重阳节为村里老人送去热水袋、羽绒背心，给小学生购置校服。个人资金帮扶无异于杯水车薪，王晓阳积极为各地特困户争取帮扶。

王晓阳说："只有真心为老百姓解决问题，将老百姓最迫切的问题办好，老百姓才会真正相信你。"

星子县波湖村村民世代为喝水所困扰，晴天喝脏水，雨天喝污水，为此，王晓阳昼夜难眠。为了解决吃水难问题，他先后请来 6 支专业打井队选了四五个井址，最深打了 68 米仍不见水。专家得出结论，此地不适宜打井取水，只能自建水厂。这可难坏了王晓阳，他绞尽脑汁争取到项目资金，请来一个个经营商却摇头而去，因为用户量太少难以维持水厂正常运转。为村里建水厂解决吃水问题，成为压在王晓阳心头的大石头。2009 年 9 月底，王晓阳通过采取协调厂房征地费，将邻近 500 户村民的大岭村纳入供水范围等措施，有效解决了村民吃水问题。

村民们说："没想到有生之年能喝到干净的自来水，感谢党的政策好，感谢王检。"

彭泽县天红镇先锋村没有一条像样的路，村里两座危桥年久失修，给村民出行带来不便。王晓阳带领村"两委"班子一起着手改变这里的现状。经过无数次的奔走，他争取到政策资金1300万元，为村里修桥修路，建小学和卫生所，建设新农村点。如今村里小学全部用上了多媒体教学，村里孩子享受到和城里一样的上学条件。先锋村村支书张金喜说，为了一笔200多万元的学校改造项目资金，王检在省市县各个部门来回奔波80多次，其间，身患腰椎病、糖尿病等多种疾病的他，常常是刚打完针就继续坚持跑项目。

为了帮助先锋村找到一条发家致富的路子，王晓阳多方奔走，协调各方，提出依托龙宫洞4A风景区发展乡村旅游，依托荒山发展林业经济。他成功说服龙宫洞景区承包人将景区"龙门"前移到先锋村，在大门口建设宾馆、停车场、公园广场。这不仅可以做大做强龙宫洞景区游，促进当地乡村旅游发展，还可以有效带动村民致富。彭泽县康庄村有建档立卡贫困户43户，王晓阳同志深入每一户贫困户家中，因户施策，精准扶贫，采取养殖大户带动贫困户的脱贫模式带动村民致富。王晓阳还积极向彭泽县扶贫办争取光伏扶贫政策，为26户精准贫困户安装光伏发电，预计平均每户年增收3820元。

在彭泽先锋村，王晓阳为读不起书的特困户子女和治不起病的特困户每人提供5000元资助，还多次跑市、县有关部门，争取危房改造指标和补助，建成两栋70平方米的住房，免费提供给两家住不起房的特困户。

从修水县双井村到彭泽县先锋村，从将近花甲之年走到古稀之年，王晓阳誓言圆扶贫富民梦。对于一穷二白的贫困村，找准合适的扶贫产业是重中之重。

修水双井村民黄林军开发茶园资金不足，王晓阳冒着风险亲自出面用工资担保从银行贷款15万元，并向上级争取茶园开发资金5万多元。如今黄林军的茶园面积已达到1500多亩。每逢说起此事，黄林军就激动不已，他连连称赞王检是真正贴心的好干部。

在庐山市波湖村帮扶时，王晓阳还请专家到村里考察，决定启动"早熟梨"工程。他先后8次带领村干部和村民代表到邻县考察学习早熟梨的种植和管理，4次请省市有关专家到村里讲课。其间，王晓阳的爱人患病，生活急需他照料。但他想到扶贫点上的工作不能耽搁，便请保姆照顾妻子，自己则毅然回到波湖村。2008年，波湖村成功开发种植早熟梨800亩，60余户村民成立了早熟梨专业合作社；2010年，扩种至1200亩，带动136户村民增收致富，成为该村主导产业，村民人均收入达4700余元。同时，村里养猪、养鸡、种蘑菇、田藕、杭白菊的农户越来越多，致富之路越走越宽广。

在彭泽县太平关乡康庄村，王晓阳得知党员陈和平是饲养土鸡的大户，经济收益不错。在多次向陈和平请教养鸡详细情况后，王晓阳根据他多年发展扶贫产业的"资金跟着穷人走、穷人跟着能人走、一起跟着项目走、项目跟着市场走"的模式，建议康庄村采取"大户带贫困户"的方式，帮助贫困户自愿养鸡脱贫。发展思路确定后，王晓阳和驻村工作队、村"两委"，向上级争取产业扶贫资金4万元，帮助贫困户发展养鸡事业。

2016年4月，工作队给22户贫困户免费发放鸡苗1800只，并多次举行养鸡技术知识培训班，养鸡大户陈和平保底收购鸡蛋，确保贫困户年增收约5000元。贫困户刘敏领养的90只鸡苗成活率达95%，当年11月底全都产蛋，当年实现产值1.8万元。除去成本外，刘敏养鸡年收入可达1万元，他逢人就夸这个方法好："以前村里是给几百元钱救助，现在是免费发鸡苗，自己靠养鸡脱贫过好日子。明年我要继续养鸡扩大规模。"

养鸡、养牛在康庄村成了精准脱贫主导产业。养牛大户陈德意带领4户贫困户从事肉牛养殖，让每户每年增收6000多元。尝到发展产业的甜头后，大家伙信心越来越足，康庄村村民们组建成立起"康庄村扶贫种植养殖专业合作社"。

"王检就是我的亲人！我一定要将自己的孩子培养出来，咬紧牙关脱贫摘帽。"康庄村贫困户刘雪元先后患脾脏癌和淋巴癌，在王晓阳鼓励下战胜了病痛。2016年，村里扶贫工作组给他家送来一头小牛崽，在王晓阳的争取下，市检察院帮刘雪元家建了牛棚。3年时间里，刘雪元的养殖规模从1头扩大到了13头。2019年，刘雪元捐出一头小牛给村里的另一位贫困户。

王晓阳生活简朴，身上一件白衬衫穿了很多年。爱人常要带他去买一件，他总是说没空。但对于村里特困户，他是常常慷慨解囊，雪中送炭。康庄村民刘艳鹃得了罕见的格林巴利综合征，王晓阳自掏腰包拿出3000元钱看望她。

王晓阳还穿针引线，为康庄村引进光伏发电扶贫项目，46户精准扶贫户全部享受到光伏发电的收益。

"康庄村要建教师周转房、村卫生所正在选址、新农村建设工作要扫尾，虽然我出不了大力气，在家里我坐不住，还是要去督促工作进展。"每天早上，居住在彭泽县城的王晓阳脚步蹒跚地来到公交车站，坐四五十分钟的农巴车前往扶贫点。"村口的狗都对王检很熟悉，对他摇尾巴呢。"康庄村村民笑着说。

"我深深爱着这片热土。因为我出生在农村，成长在基层，懂得百姓的需求是什么，村民的期盼是什么。退休之后，只要身体还健康，就要为党、为国家、为老百姓多做些有意义的事。"多年来，王晓阳大部分时间都在扶贫村里。

有人问王晓阳，你每天在农村吃住，习惯吗？他感慨地说："我生在农村，长在农村，了解民情民意民心，如果嫌弃农村，那证明我忘了本变了质。"

2015年，王晓阳获得"江西省最美扶贫人"称号，2016年10月，被授予全"全国脱贫攻坚贡献奖"，2017年2月，73岁的王晓阳荣登"中国好人榜"。

孝老爱亲好榜样

□ 叶 新

在永修县，提起永丰卫生院退休职工陈兰英，人们都会竖起大拇指，夸她是爸妈的好女儿，公婆的好媳妇，年轻人的好榜样。2009 年 1 月，第三届全国敬老爱老助老主题教育表彰大会授予陈兰英"中华孝亲敬老之星"光荣称号；2010 年 5 月，陈兰英入选"中国好人榜"孝亲敬老好人。提起这些荣誉，陈兰英都会摆摆手，谦虚地说："这些事情算不了什么，都是每一个儿女应该做的。"

穷人孩子早当家

陈兰英的故事，应该从 1976 年的秋天说起。

天黑了下来，一同砍柴的大人们早已没了踪影，周边是茂密的树林，脚下的羊肠小道泛着白光。14 岁的陈兰英感觉有些害怕，咬紧牙关，默默给自己打气：不要怕，不要怕，马上就要下山了。成捆的柴火如一座小山，压在稚嫩的肩膀上，肩膀酸溜溜的，感觉有些吃力。她擦擦汗，揉揉左肩，艰难地把柴火从右肩移到左肩，加快脚步往前走。

山脚下传来一声叫喊："崽呀，回来了吗？崽呀，回来了吗……"

她赶紧放开嗓子："妈，我回来了。"

妈妈担起柴火在前面走着，陈兰英在后面跟着。望着家中的灯光，她感觉非常幸福，没有丝毫疲惫。回家吃完饭，望着正在认真学习的弟弟妹妹，她感觉到要多帮爸爸妈妈干活，没有停歇，赶紧拿起菜刀，把一捆捆猪草剁碎。

14岁，本应该在学校读书的年纪，陈兰英辍学了。尽管成绩优异，可是负担太重了，家中有6个弟弟妹妹。父母为了这个家能过上更好的生活，每天奔波劳碌，父母的不易被陈兰英看在眼里，记在心上。作为长女的她不得不放下学业，早早地用稚嫩的肩膀担起家庭的重担。小小年纪要承担那么多家务，她丝毫不感觉劳累。作为长女，作为大姐，就应该为家里减轻负担。想到这些，她非常自豪，非常满足。

1978年1月，当听说永修县劳动大学招生时，她毫不犹豫地去报名。按说，原本要帮着减轻家庭负担，才从小学辍学的。如今，为啥又要去读书呢？她打听清楚了，劳动大学的学生，每个月有10元钱的生活费。10元钱，那可是不小的数目，比爸爸的工资仅仅少了8元钱。入学后，她一边努力学习，一边抽空帮着做家务，她感觉自己长大了。

每个周末的晚上，是陈兰英最快乐的时光。

"弟弟妹妹，这白白的，软软的，是馒头，可好吃了。"

在学校，有免费供应的饭菜。陈兰英总会把饭票节省下来，周末从食堂买馒头带回家，给弟弟妹妹解馋。在那时，只有逢年过节，爸爸妈妈才会到国营饭店买馒头。

"崽呀，你自己在学校也要吃饱啊。"

"好甜啊，姐姐真好。"

"好软啊，谢谢姐姐。"

听着他们的夸赞，她又一次感觉到自豪，感觉到满足。有了爸妈的肯定，有了弟妹的感激，她做起家务来，更有劲了。

墙角数枝梅，凌寒独自开。遥知不是雪，为有暗香来。

正在收拾碗筷的陈兰英，听到弟弟在房间里背诵课文，就竖起了耳朵。

墙角数枝梅，凌寒独自开……

听到这几句诗词，她仿佛看见一树梅花，在风雪中傲然挺立，便放下手中的活，走进弟弟的房间，打断弟弟："这首诗写得真好，你能给姐姐讲解一下吗？"

弟弟指着课本，一字一句地说："院子的角落里……有几枝梅花，在天冷的时候……独自绽放。远看就知道它……不是雪花，因为它传来一阵阵香气。"

想想自己的命运，想想这傲雪的梅花，陈兰英情不自禁地说："这首诗写得真好。"于是和弟弟一起背诵起来：墙角数枝梅，凌寒独自开。遥知不是雪，为有暗香来。

柔肩担起一大家

日子在不经意中流逝，陈兰英渐渐出落成亭亭玉立的大姑娘。从劳动大学毕业后，1979 年 6 月，她在永丰卫生院找到了一份负责挂号收费的工作。她不仅在工作之余帮着操持家务，还把工资一分不剩地交给妈妈，用于改善家里的生活。1982 年，陈兰英与永丰垦殖场兽医站的徐建平结婚。徐建平是家里的长子，也有 6 个弟弟妹妹。作为长嫂，陈兰英柔弱的肩膀开始担起另一个家的重担。每天下班后赶着做家务，打理菜园，养鸡喂猪，把家里家外料理得井井有条。作为卫生院的一名工作人员，不了解一点医学常识，陈兰英感到十分遗憾。在业余时间，她认真向身边的同事学习，向书本学习，逐渐掌握了一些医学基础知识。1986 年，通过永修卫校的业务培训，陈兰英的工作身份从挂号收费员转变为护士。随着医护知识的增加，她对家庭成员的健康更加关心，发现谁有一点点身体上的不适，她都会催促及时去看医生。

"小病不能拖哦，一定要去医院。"

"发烧肯定要看医生啊，躺在家里不行的。"

"破了皮要去打破伤风的针，拿布条包扎，会发炎的。"

对于家人，她总是关怀备至。

1998 年 10 月，陈兰英的二姑子临产。妹夫出差在外，婆婆因工作脱不开身。偏在这时，陈兰英犯上了支气管炎，正在家里静养。得知二姑子要生孩子，她和丈夫说了要去陪护的想法。

看着病恹恹的妻子，徐建平有些心疼，想让大妹妹去陪护。

"我比大妹妹多一些医护知识，再说了，我是护士，找人也方便，还是我去吧。"陈兰英二话不说，就赶到了医院。

因为身体虚弱，胎儿形体较大，二姑子遇上了难产。

"嫂子，我不生了，我要回家。"

看着满身疲惫的二姑子，陈兰英很是心疼。傻啊，这算什么，忍忍就好了。她一个劲地安慰着，还不时地帮她擦汗。

"多走走，我陪你到外面走几圈。"她拉起二姑子的手，在医院的操场上走了起来。

呼气，吸气，呼气，吸气。她想尽各种办法，转移注意力，让二姑子忘记疼痛。

用了各种办法，好不容易让二姑子休息了，她又赶紧往回赶，为二姑子准备营养汤。

"嫂子，我吃不进，恶心。"

"吃不进也要吃，吃了才有力气生孩子。"

等到二姑子吃完了，陈兰英又接着为她揉捏身体，清洁护理。陪了三个昼夜，二姑子终于把孩子生了下来。

1999年，陈兰英的公公被确诊为肝腹水晚期。眼看着疼痛难忍的病人在病床上受尽折磨，陈兰英和丈夫商量，要竭尽全力救治。打针换药，端水喂饭，陈兰英总是亲力亲为。陈兰英特意和别的护士定下规矩，即使她再忙，打针换药的事情别人也不能代劳。因为她知道，病痛中的老人，对她产生了依赖。一旦被换作他人，肯定会影响心情，进而加深病痛。陈兰英尽心尽力照顾公公，直到2001年公公病逝。公公病逝后，她把婆婆接到自己家住，每天下班后，都要陪着婆婆散步聊天，让婆婆忘却孤寂和烦恼。

就这样，一大家子，男人生病，女人生小孩，老人得病，全都是陈兰英陪在身边，她始终毫无怨言。正因为家中有这位善良朴实、乐于奉献的亲人，一大家人始终和睦相处，相敬如宾，她也得到了每一位成员的尊重和喜爱。

给予她尊重的还有卫生院的小年轻们。卫生院因为条件差，没有办食堂。为了帮助未成家的小年轻解决吃饭问题，她主动给他们说：到大姐家里去吃，不就是添一双筷子吗？哪是一双筷子的事啊？每天都有三五个人去吃饭。后来，小年轻们商定轮流买菜，并向陈大姐支付一定的费用。陈兰英接受了由他们买菜的建议，但是坚决不额外收取费用。一茬茬的年轻人成家了，一批批年轻人调离了，又分配来新的年轻人，都被陈兰英悉心照顾着。如今只要提起陈兰英，这些人都会十分感激地说："陈大姐，真的就是我们的亲大姐。"

陪护母亲抗病魔

2006 年 2 月，当听说母亲肚子疼痛时，陈兰英赶紧带着上医院做检查，一检查，发现是宫颈癌。

"崽呀，我 60 多岁了，儿孙满堂，享福了，得癌就得了吧，没必要去治的。"得知是癌症时，母亲决定放弃治疗。

"妈，您才 60 多岁，还没见到重孙子呢，一定要去治。"

"癌症治不好的，你们花了钱，到头来也会落得个人财两空。"母亲十分疼爱儿女们，不想让他们破费为自己治疗。

"妈，现在医学发达，说不定就治好了呢。"

"到南昌去不方便啊，你们都要上班。"母亲惦记着孩子们要工作，不想耽误他们的时间。

"没有事的，我们可以换班，轮流去照顾。"陈兰英苦口婆心地尽力劝说，母亲才答应去南昌做手术。

母亲去南昌后，为了积攒更多的陪护时间，陈兰英只得和同事们换班，每次都可以在南昌陪护一周。一周的时间里，要做的事情太多了：照顾饮食，清洁护理，白天与医生沟通，详细地了解母亲的身体状况，晚上陪护着母亲，愉悦母亲的心情。

"妈，手术做完等您恢复好了，我们去北京旅游，去厦门旅游。"

"崽呀，手术要花好多钱，哪有钱去旅游啊。"

"妈，弟弟妹妹都上班挣钱了，他们会孝敬您的。"

"崽呀，我就是觉得亏欠你哦，你这个老大太劳累了。"

"妈，你把我们七个子女抚养大，都不说累，我有什么累的。"

精心的陪护，渐渐纠正了母亲悲观的想法，手术进行得非常成功。手术结束后的三天，是陪护的关键时期，陈兰英丝毫不敢马虎，时刻关注老人的体温、血压状况。到了晚上，尽管眼皮打架，尽管十分犯困，她坚持不与母亲同病床睡觉，她担心触碰到母亲的刀口，影响愈合。只能是坐在椅子上，靠着墙脚打个盹。

在南昌住院两个月后，母亲回来休养。因为长期卧床，加之放、化疗的作用，母亲的腰部溃烂。她从卫生院买来药水，认真地擦拭溃烂面，并坚持为母亲做按摩，避免母亲得褥疮。每次有亲人或者朋友来看望母亲，看到老人精神饱满的模样，大家都会对着陈兰英竖起大拇指："你把妈妈照顾得真好啊。"

真心爱老出奇迹

2022 年 8 月 14 日晚，陈兰英正在家中做家务，突然接到妹妹的电话。

"大姐，出事啦。爸被车撞啦。"

"什么？爸被车撞啦。"

"是的，救护车把人送到县医院去了。"

陈兰英大惊失色，赶紧陪着丈夫火急火燎地赶到永修县人民医院。经检查，老人肋骨骨折、锁骨断裂、尾骨断裂，严重昏迷。

老人已经 86 岁高龄，受到如此严重的创伤，很难挺过去的，你们家属考虑一下。医生委婉地提示陈兰英，毕竟医药费不是小数目。

陈兰英毫不犹豫地回答，一定要治，一定要治，哪有不治的道理。

"治肯定是要治的，保守治疗也是治疗啊。"

一听说保守治疗，陈兰英马上拒绝："医生，请你们抓紧时间，积极治疗。"

在陈兰英的坚持下，老人被送进 ICU 病房。因伤势过于严重，没过几天，医生建议转院。

当听说老人要转院去南昌时，亲朋好友都建议不要转院。陈兰英知道，中华民族的传统，讲究寿终正寝。万一去了南昌，还是救治不好，可能会让爸爸成为孤魂野鬼。

不去南昌，肯定好不了。去了南昌，有可能治得好。为什么不去呢？陈兰英和几个弟弟妹妹商量后，把老人送至南昌大学第一附属医院的 ICU 病房。

当得知子女们都是普通工薪阶层时，主治医生委婉地提醒他们：没有用的，救不过来的，你们还是回去吧。

"那怎么行啊？这是我爸，花再多的钱，也要把他抢救过来。"

"大姐，我们见得多了，最终大都是人财两空，我们是替你们考虑啊。"

看得出来这位医生对救治不抱有太大的希望，在陈兰英的要求下，主治医生被更换了。

当听到新来的主治医生仍然重复着那些宽慰的话语时，陈兰英始终不愿放弃，坚定地和医生说："请你们一定要全力救治，花再多的钱，我们都愿意。"

陈兰英为了便于照顾爸爸，在医院附近租下一套房子。每天从市场上买来鱼蛋肉，给爸爸做辅食。之前听说过一些植物人被唤醒的故事，她特意用录音笔录制了亲人们的话语，放在爸爸的耳边，循环播放。

儿女的真心，换来了奇迹。

11月中旬，爸爸突然清醒过来，看着陈兰英，微笑着说："妞妞今天要吃红烧肉和土豆丝，家里有肉吗？有土豆吗？"

陈兰英顿时泪流满面，激动得说不出话来。爸爸为什么说出这样的话呢？她知道，因为循环播放的录音中，有孙女的一句话："爷爷，爷爷，我要吃红烧肉，我要吃土豆丝。"

病情渐渐稳定下来，老人被送到县人民医院。

陈兰英为爸爸买来气垫床、水垫、指甲板等物品，天天送来辅食，天天侍候在病床边。

老人家真是有福气啊，这么孝顺的儿女，没见过哟。主治医生看着逐渐好转的老人，对着陈兰英大大地夸赞。

2022年12月底，老人康复出院。陈兰英专程到南昌大学第一附属医院看望脑外科的那位主治医生，告知老人康复的消息。和老人微信通话后，主治医生惊奇地说："这真是一个奇迹，你们做儿女的感动了天地呀。"

婶娘，亲娘！

□ 张青松

2012年7月4日，柘林镇老邮电分局的院里传来悲声，73岁陈永忠家的"老太太"走了。她走得很安详，嘴角甚至还带着一丝笑意。她走的时候已经97岁，这在寿俗里算是"白喜"，对家里人来说，她这是仙逝，升天享福去了，还会保佑这家人子孙昌隆、兴旺发达。亲友们都陆续赶来，忙着给老人风光下葬。只有一人猝然坐下，一动不动，这人就是陈永忠，他再也站不起来了。当他手捧着老人遗像、披麻戴孝走在送葬队伍前列时，本来就走不直的双腿几乎是被人架着前行的。

街上的左邻右舍们，早早准备了长长的鞭炮。按照当地风俗，一般有人家老了人，打门前过时，都会准备个"300响"，以示致哀，而老陈家的葬礼街坊们都准备了"1000响"，骤响的鞭炮持续不绝，或许，这是他们想要表达的一种心情，一种敬意。几位年纪大点的路人，看着被架着前行已然"木了"的陈永忠，都点点头，别过脸去抹眼眶，嘴里喃喃地说道："好人哪，真是个好人！"

是的，很多人都知道，给老太太送终的陈永忠其实并不是老人的儿女，他们之间没有血缘关系，陈永忠只是老人丈夫的侄子。但此刻，她生前所得到的照顾和死后的尊享，又哪像个无儿无女的人呢？"老人有福啊！"因为她碰上了陈永忠这样的"好人"。陈永忠19年如一日义务照顾婶娘的故事早已传遍了周边的十里八乡。2010 年，他入选"中国好人榜"7 月"孝老爱亲好人"，翌年，他又先后获得"全国孝老爱亲之星""第三届全国道德模范提名奖"江西省"第二届全省道德模范"等众多荣誉。

陈永忠"中国好人"之名来之不易，这背后经历多少含辛茹苦只有他自己知道。故事要回溯到 19 年前。

到我这来吧，你就是我的"亲娘"

1994 年，陈永忠 83 岁的叔叔陈文深病逝了。

婶娘夏光兰这年已 79 岁。这对勤劳的老夫妻一辈子以打豆腐为生，膝下并无儿女。望着一下变得空荡荡的屋子，老人不禁潸然泪下。今后，谁来照料她的生活，如果她病了，又有谁来为她端茶问药？一股巨大的压力涌上心头，让她喘不过气来。她脑子里只有一个念头："不拖累别人，一了百了吧。"正在她胡思乱想的时候，一个熟悉的身影向她走来，"永忠？这孩子……"不不不，她突然想到，已经不能叫他孩子了，他都 55 岁了，可是为什么这个一向忠厚老实的侄子在她眼中依然像个孩子呢？对，孩子，可她就是没有孩子，眼前……她心中的那股凄凉一下又寒透了全身。

"永忠来做什么呢？"可是没等她开口，眼前这个病弱的五十多岁的男人，竟像个犯事的孩子，在她面前嗫嚅地说："婶娘，我是来接你的，今后，你就住我那吧，我来照顾你……"老人一惊，这孩子！陈永忠的情况她是清楚的，两年前他从单位病退，女人早在 80 年代初就去世了，拉扯大的两个女儿都已成家不在身边。自己又病又弱，还能照顾得了她？"这怎么行，你也……"老人犹疑地看着他，没等她说完，陈永忠像早已猜到老人的心思，赶紧说："你还信不过我吗，以后你就是我娘，我会服侍好你的，放心吧。"这个话顿时让老人不敢犹豫，是的，她当然信得过这个侄儿，他可是出了名的实诚人呢。

1957 年，陈永忠参加工作，在永修县邮电局柘林分局做乡邮员、投递员，一干就是 33 年。工作期间，他走村串户，投递信报几十年从未出过差错，乡亲们邮寄东西只要是他都无比放心，他经手的邮资不管大小，从来手续清楚，分毫不差。有时别人取件忘了带证件，他也总是与人方便。他的踏实、厚道早在当地留下了口碑。1992 年，他向单位申请提前病退。在他的审批表上写着："1989 年初，胸部不适，多次咯血，在柘林卫生院及省水电工程局职工医院胸透治疗，发现肺部阴影，因治疗未有好转，于 1989 年在县人民医院治疗至现在……"可见当时的他身体也确实不太好。

或许是陈永忠的诚恳感动了婶娘，或许是老人的母性被激发，她认为这个病弱的侄子更需要她来照顾，而彼时的她，虽已年近八旬，体格却依然硬朗，他们可以相依为命。

19 年如一日，久病床前有"孝侄"

自从老人搬过来以后，陈永忠的生活重心发生了改变，他每天都围着老婶娘转，比亲生儿子还要尽心。每天早上，他都要问婶娘想吃点啥，然后，慢慢走向菜市场，为婶娘买来一天所需的新鲜菜蔬和可口早点。在邮政分局宿舍到菜市场的这条路上，每天的来回几乎成了他人生轨迹的缩影，与常人不同的是，他所为之人那样与众不同。那些知道他故事的人也常常在这条路上，将这一幕指点给后人，让后辈知道什么叫"孝道"。而他蹒跚的身影也由最初的慢慢走，到走不直，到后来驼着背，挂着拐杖，一步三晃地挪……

那时，陈永忠的退休工资不过千把块钱，他把全部收入都用在老人的生活和看病上。社区曾叫他去给老人申请低保，他一再谢绝，他说有工资就可以了，不想给政府添麻烦，在老人摔倒以前，一直是这样。

日复一日，陈永忠用微薄的退休金奉养着老婶娘。老人牙口不好，要吃烂的，他就把饭菜弄成糊状；老人爱喝汤，中餐晚餐必不可少，他就变着法子炖各种有营养的汤，肉要炖几小时，直到烂烂的，让老人开心地喝下去；老人心直口快，有时有点急，可是不管老人说什么，他都不委屈，而是耐心地作解释。街上邻居都知道这个奇特的家庭和睦得很，从来没有过争吵，老人也逢人就夸，"永忠啊，对我好着呢"。这个家，因为陈永忠的付出而其乐融融，无儿无女的婶娘得以颐养天年。

好像老天并不想让这样融洽的生活一直持续下去。2005 年 3 月，已经 90 高龄的婶娘不慎摔倒，左大腿粉碎性骨折。陈永忠和当时在省水电工程处的大女婿赶紧将老人送到工程处职工医院诊治。检查完，院长直率地对他们说，"老人这么高龄怕是无法恢复了，一旦卧床就很难护理，挺不了两年，你们要有准备。"陈永忠一言不发，他知道院长所说的"难以护理"是一条怎样艰辛的路。等在医院治疗结束后，他轻声对婶娘说："娘啊，咱们回。"老人看得出这些天为了诊治和照顾她，永忠和他一家人都吃了大苦，自己要瘫痪了，回家就意味着拖累，但她望着永忠那张虚弱而坚定的脸，什么也说不出，泪水扑簌簌地从老眼中滚了出来。

这以后，陈永忠和他的家人全力以赴进入了护理模式，不仅要一日三餐在床上喂老人吃喝，还要为老人买药煎药喂药，替老人洗脸擦身，更衣换被，推车倒便。老人在卧床的几年里，身体始终保持着干净，从未得过褥疮，这都是陈永忠的功劳。他的两个女儿，大的叫贵娥，小的叫技荔，一个在省水电工程局，家在南昌；一个在柘林电站，家安在九江。她们来时还可以帮助父亲照顾下奶奶（她们一直这么叫），但是她们都有自己的家，绝大部分时间还是陈永忠独自面对。陈永忠总是十分理解地说："走吧走吧，这是我的事，你们不用担心。"两个善良懂事的女儿虽然心疼老父亲辛苦却无法分担，只有经常打打电话来关心。

老人是个小脚，身子却很大，陈永忠一个人根本搬不动，在没有人帮忙情况下，他只有硬撑着背扶老人去方便，这让老人于心不忍，她总是说"永忠啊，你放下吧，我自己挪"，可是，陈永忠哪里又肯呢。当时，柘林条件有限，买不到合适于病人解手的坐便具，他就和大女婿一起，把一张凳子中间掏空，下面放便桶，置于床边。老人要解手，只需将她顺势从床上滑到凳子上，这样，既解决了老人的问题，又弥补了自身体力的不足。为了照顾好老人，陈永忠想尽了办法，受尽了苦累。

在老人恢复初期，陈永忠和大女婿左右搀扶着，鼓励老人站起来。开始每天2分钟，情况好转了继续延长，不到一个月，老人竟奇迹般可以自己扶着走了。但是，老人毕竟年纪太大，短期的康复能取得一定效果，长期下去瘫痪不可逆转。这以后，进入日常护理将更漫长艰辛。谁说久病床前无孝子，陈永忠以大爱和孝道，用病弱的躯体、有限的生命实现了对婶娘的诺言。那些年，人们在柘林镇上经常可以看到一位年近古稀的老人，摇摇晃晃地推着90高龄的老太太在户外散步，这人就是陈永忠，而且这一推又是7年，曾经预言老人活不过两年的院长惊叹"这真是奇迹"！

"报喜不报忧"，生生积劳成疾

没有人知道，把婶娘照顾得这样好的陈永忠却始终是个拖着病体的病人，饱受多种疾病的折磨。因为要照料婶娘，他不愿离开老人去治病，以致小病拖成了大病，一病拖成了多病。除了早期的肺炎，他还患有严重的痔疮，晚年又得了腰椎间盘突出、膀胱炎、前列腺肥大、脑梗、小肠疝气等多种疾病，先后动过 3 次手术。

这样的身体状况，大多时候陈永忠都是自己"扛"着，从不声张。两个女儿说到父亲的病最为伤感，"我们打电话给他，从来是报喜不报忧的""有了病也不说，独自承受"。因为耽误了治疗，自己在家中用药的效果甚微，以致后来陈永忠的腰常常痛得直不起来，背也驼了，还经常头昏脑涨。他的前列腺有问题，做了一次汽化手术不太成功，造成经常尿失禁。开始，他用女人用的卫生巾，这让他十分难过。后来量大了，他只能用上大号的纸尿裤。从此，拐杖和尿不湿成了他生活中的必备品。病痛让他吃尽了苦头，即便这样，陈永忠心里时时刻刻挂念着的仍是婶娘。

2011 年 10 月，陈永忠脑梗症状严重，不得不前往九江住院。临去之前，他安排把婶娘送到南昌大女儿处，叮嘱她好好照料。尽管贵娥一家照料周到，可是没住上十几天，老人却吵着要回去，原来一是不习惯，二是她放不下永忠的病情。她天天问贵娥"你爸的病治得怎么样了"？她要回柘林守着永忠回来。而陈永忠这边，也同样放不下老人，到了次年 2 月，病情稍稍好转就急着出院，赶紧把婶娘接了回来，他们这对"母子"在长期照料中已经感情深笃，彼此牵挂。但是，陈永忠这次治疗后摇晃得更厉害，路也走不直了……

送走婶娘，他也倒下了

老婶娘在陈永忠的悉心照料下，虽然卧床却一直健康地活着，精神状态很好。

她躺在床上，静静地望着在屋里晃来晃去忙着的陈永忠，这个老侄儿，不，是儿子吧，亲生的也比不了啊，是他像束温暖的阳光照进了自己本会十分晦暗的晚年生活，"这是哪辈子修来的福哟？"她不禁自言自语道。

2012 年 7 月 4 日早上，陈永忠像往常一样来到婶娘床边帮助起身，却发现老人已经停止了呼吸，老人突发心肌梗死已安详地走了。陈永忠抑制住悲痛，立即通知了贵娥和枝荔两家人，请来所有的亲朋好友料理老人的后事。做完这些，他整个人像被掏空，一屁股坐下。

送完婶娘最后一程，陈永忠觉得自己终于完成了一项任务。

但是，婶娘走后，陈永忠的身体状况却没有因为压力消失而好转，而是每况愈下。也许他突然卸下了那份沉重的担子还不能适应，也许他还没有从天天围着婶娘转的习惯中走出来。他倒下了，再也不用绷着那根弦、再也不用那么累了。他看着自己日益萎顿的身体，甚至不明白，自己的后半生是不是就是为照料他婶娘而准备的？婶娘走了，把他紧紧咬牙支撑的精气神也带走了。

仅过两年，陈永忠便溘然长逝。

孝心感天地，德传后世人

陈永忠照顾婶娘 19 年的事迹也感动了很多人。人们相信，这个好人的义举是天地良心，是足以德昭后人的榜样。受感动的人中就有一位柘林司马村寡居的浙江移民叫吕小妹，为了帮助陈永忠照顾老人，在陈永忠最后几年里，毅然走进了他的生活，并与之结合。她一面管好自家的果园田地，一面时不时到街上去料理陈永忠的生活，帮助服侍老人。老人去世后，她又把陈永忠接到自己身边，陪伴他走完了人生最后的旅程。陈永忠的两个女儿非常感激这位善良热心的阿姨，亲切地叫她"三娘"。2013 年，"三娘"吕小妹被授予永修县首届道德模范。这是陈永忠"中国好人"的力量在影响在传递。

笔者采访的陈永忠两位女儿的家庭也深受熏陶。

陈永忠被授予中国好人后，各大媒体接踵而至，对此，陈永忠十分淡然。他曾对两个女儿说："你们别把这个太当回事，这些都是我们该做的，我们做任何事都要对得起自己的良心。"贵娥和枝荔的家庭都很和睦，亲慈子孝，热心公益，她们都为自己的父亲骄傲，决心把父亲的好品德传承下去。贵娥经常教育小孙子，凡事要谦让，不与人争，要处处与人为善。每当孙子歪着头问，"为什么呀"，贵娥就会说：因为你太爷爷就是位"中国好人"。

柏林的山还是那么青，修河的水还是那么亮，山高水长，乡风绵延。陈永忠虽然已离开我们十年了，但柏林人民永远记住了他，记住了这个平凡而伟大的好人。斯人已去，孝道长存！

为爱而坚守

□ 侯志刚

1984 年 2 月新年后的一天，杜永平的父亲拉着他的手，语重心长地对他说："到了扬州跟黄师傅好好学习，出门在外，一定要听师傅的话。""嗯！"杜永平重重地点了点头，独自背上行囊，奔赴千里之外的江苏扬州江都县找黄师傅拜师学艺。

尽管和师傅有些亲戚关系，小伙子还是严格地遵从师徒的规矩，勤勤恳恳，扎扎实实学技术。两年后不负众望，他学成满师，独自在江都县做起了木工。

又因为沾一点亲戚关系的缘故，21 岁的杜永平，住在了 21 岁的黄广琴的家里。每次收工回来，家里人帮衬着去做的事情，杜永平都会冲在黄广琴两个弟弟的前面去做。全家人对这实诚的小木工师傅印象极好，特别是黄广琴，还经常带了偏心，说是小师傅累了，回屋歇着去，让弟弟做。两个弟弟早就看出了姐姐黄广琴的那点心思。

1987 年回家过年的时候，杜永平把自己满师 10 个月单干攒下的 800 多块钱交给父母时，父母们乐呵得合不拢嘴。这在当时，的确不是一笔小钱。在改革开放刚刚起步的年代，内地经济还没有萌芽，父母在农场做农工几十年也没攒到这多钱，他父亲由衷地夸赞："儿子，孝顺！为弟妹做了好榜样！"他为自己这个贫寒的家庭点燃了希望。并张罗着给杜永平介绍了对象，订下一门亲事。

不测风云

年后回到江苏，杜永平不怕苦不怕累，努力挣钱。只是在帮着家里做事时，对黄广琴的关心，有些不领情了。其实他很想告诉她，他配不上她，更不想辜负她，但又不忍心伤了她。

8月，酷暑难耐，杜永平在房顶上做工时，脚底踩空摔了下来，被救护车送往医院。他伤势很重，腰部以下基本上没有知觉。尽管家人们不在身边，黄广琴听到这个消息，第一时间跟公司请假，到医院探望，并提出要陪护。

此时杜永平也是万念俱灰，热泪满面地说："广琴，谢谢你的好意，我老家那边已经给我订了一门亲事，你还是回去吧。你一个大姑娘，这样照顾我会让人家说闲话的，不能因为我耽误了你呀！"

"我才不管那些，我们是亲戚，怕什么？"说着就开始忙里忙外地照顾着他。

几天后，老家订亲的那位姑娘也来看了杜永平，可两天不到就走了。杜永平心里很清楚，现在他这个样子也不能耽误了她。

一个月不到的时间，住院差不多耗光了家里所有的积蓄，杜永平的病情似乎也根本没有好转，出于无奈，父母只好作出决定，把杜永平接回永修恒丰，在自己家里休养。

休养期间，家里想尽了一切办法，为杜永平寻医问药，但病情仍然没有任何好转。

为 爱 追 随

杜永平被家人接回永修之后，成了黄广琴始终挥之不去的牵挂，经常写信倾诉衷肠、倾诉相思，鼓励杜永平不要放弃治疗，鼓励杜永平生活必须向前看。

两年后，黄广琴不顾家人的反对，辞去了工作，来到了永修，来到了杜永平只有20平方米的家里：没有一件像样的家具，一张平头床上只有两床破旧被褥,两个大纸箱塞满了破旧的衣服,还有一张小木桌。她只抱定一个想法:只要能和心爱的人在一起,再苦再难的日子都会好起来的。

此 生 无 悔

用杜永平的话说,真不知是自己哪辈子修来的福。

黄广琴毅然决然地来到他的家里,他和家人们是发自内心地感激,但又不得不做一些违心的事情,合起伙来不理她,不待见她,赶她回江苏,其实就是不忍心拖累她这一辈子。可每次被气哭气跑之后,心里还是放不下,还是要回到江西来照顾他。为了让家里人放心,她与杜永平领了证,结了婚。左邻右舍听了这事,无不为她的真情而感动,无不为她的善良而敬佩。

既然是自己的选择,既然选择了这种艰难前行的日子,黄广琴知道,尽心尽力做好自己,尽心尽力照顾好丈夫,就是幸福,就是全家庭的幸福。为了给丈夫治病,黄广琴就在房前屋后种起了蔬菜,靠卖菜攒钱。为了让丈夫也不闲着,夫妻俩还商量着抱养了一个女儿,自此他们过上了一家三口清贫的快乐生活。天气晴好的时候,王广琴会推着杜永平、杜永平手里抱着女儿,在场院里,在村道上,在左邻右舍间转悠,其乐融融。

爱 的 合 力

恒丰企业集团在听到居委会的报告之后,第一时间把这个家庭列为一对一帮扶对象,第一时间为一家三口办理了低保,逢年过节都会送去慰问金。社会上许多好心人也会时不时地为他们送温暖,送物资。省市县妇联都给予了政策范围内最大的帮助,并被全国妇联授予"全国五好文明家庭"。

一晃36年过去了,俊俏的姑娘慢慢变老,乌黑的秀发已经花白。2016年,公公婆婆、小叔子、小姑子凑钱给他们买了新房。2020年,他们喜迁新居。女儿已经是两个小孩的母亲了,跟他们同住在鄱湖社区。

一辈子真的很短,能够执着努力地去做好一件事情,像黄广琴一样,只要能跟相爱的人在一起,就可以笑傲人生,就可以幸福满满。

绝症妻子庆幸此生

□ 胡传银

患病卧床的幸福女人

时光追溯到2013年的年底，永修县农商银行滩溪分理处的信贷员胡新生，他的女儿帮父母在永修县城"山水美地"生活小区买了一套商品房。没想到胡新生的妻子小张，死活不肯搬过去住。小张一年多前患上了绝症。全赖胡新生精心护理，才活到今天。胡新生问爱妻为什么不肯住进新房，小张流着眼泪说："我希望自己走后，你能在新房里开始新的生活。"胡新生也流泪了，他将躺在病床上、不能行动的妻子背进了新居。后来还是将原来的房子卖了，把厚厚的38万多元卖房钱一分不少地交给了妻子，他要让妻子保持坚强的信念，医学界一旦突破治疗此病的难关，这笔钱就是拯救她生命的基本保障。2016年11月份，胡新生的妻子病故，她在病榻上说的最后一句话是："能嫁给铁骨男儿胡新生为妻，我是世界上最幸福的女人……"

爱妻患上了顽疾

2012年10月，国庆节期间，平时忙于奔波农村信贷事业的胡新生，为了弥补对家人的亏欠，破天荒地请了假，陪着妻子和女儿一道去北京旅游了一趟。那一次，小张和女儿开心极了。爬长城时，母女两个硬是把胡新生甩了一大截，小张甚至跟丈夫开玩笑："新生啊，你这个在乡村里昼夜奔波的汉子，怎么连女儿都跑不过呀？干脆退休算了！"

北京之行回来不到一个月，小张的身体出现了异常，她双腿乏力，上楼时几次摔跤。后来，居然连公交车的门也跨不上去了。胡新生感觉情况不妙，陪着妻子前往南昌市江西省人民医院会诊。医生私下告诉胡新生，他的妻子是肿瘤晚期，没有必要治疗了，生命周期顶多也就三五个月。胡新生几乎不相信医院的诊断结果，总怀疑医院的诊断报告不准确。接下来的一段时期，他又带妻子来到省九四医院、南昌大学附属医院等省城几家大医院检查。然而，诊断结果却是一致的。

妻子下岗快 20 年了，女儿刚刚走上工作岗位，苦难的日子还没有熬过去，如今厄运又降临到她头上。胡新生坚称，不能让妻子倒下去，就是举债乞讨，也要给妻子治病。

携妻两上北京三下南京

为了给身患顽疾的妻子治病，胡新生携带着妻子两次来到北京，找到北京协和医院、中国人民解放军第四医院，寻找医院内知名的医疗专家寻求药方。在北京治病的日子里，吃饭是找最便宜的小餐馆，有快餐就打一两份快餐充饥，住宿是找偏僻地段的地下旅馆。他做到能省就省，把每一块钱都用在刀刃上。两次北京会诊，经过京城名医的治疗，打破了先前省城大医院的预言。时间过去了快两年，妻子的病情似乎有了些疗效，他的心里得到了莫大的慰藉，坚信幸福的家庭会呈现光芒。2014 年 5 月，胡新生经过多方打听，获悉一个好的信息，听说江苏省南京市有一位宋姓名医，治疗妻子的这类病情有一套独特的理疗方法。开出的药方可能有一些疗效。于是，他又携着妻子下南京寻求名医治疗。到了南京，宋医师用中西医结合的疗法，使小张的疾病得到了一些改善，可由于难以承受高额的医疗费用，治疗一段时间后，只好回家疗养。不到半年她的病情复发，胡新生又只好携妻再下南京，求医治疗。一年半时间，反复跑南京，又跑了两趟。三年多时间，两上北京，三下南京。行程数十万公里，治疗费用已超过 40 万元，亲戚朋友处再也无法借到资金了。无奈之下，2015 年 10 月，胡新生只好带着妻子回到故乡永修县来做保守治疗。

绝症妻子感恩：这辈子知足了

　　时光在流转，妻子患上这绝症，一转眼就快 4 年了，对于胡新生来说，这 4 年时光，既过得好快、好快，又觉得过得好漫长、好漫长。胡新生为下岗妻子治病，历经苦难终不悔，踏破鞋底显真情。坚持不懈 4 年多，写下了一首人间有爱、风雨同舟的赞歌。那是 2016 年春节，春节的 7 天假，胡新生寸步不离守候在妻子身边，给妻子熬药，陪妻子聊天，大年初七的下午，胡新生上街给妻子买来一件厚实温暖的针织毛衣，晚上，他拿出买的毛衣，走到妻子的病床边，给躺在病床上的妻子穿上，静寂无声的家，只见小张穿着一件崭新的绿色毛衣躺在那里，满脸的幸福。一会儿，小张暗示着新生，叫他拿上一个小笔记本和一支笔，她在一页白纸上写下："新生，谢谢你，这辈子我知足了！"七尺男儿新生，便流下了两行热泪。2016 年 10 月，妻子小张的病情恶化，几次昏厥过去，他一边多方筹款，一边精心护理，天天熬中药喂服，想尽一切办法购买疗效较佳的进口药物，妻子的病情一次次出现险情，又一次次出现奇迹。2016 年 11 月 5 日，罹患癌症的妻子小张静静地闭上了那双凹陷的双眼，带着对丈夫的亏欠，悄悄地去了另外的一个世界。对于胡新生来说，他用满腔的爱意，延续了妻子 4 年的生命。4 年，共有 1400 多个日子，他牵着妻子萎缩的手掌，辗转几个大城市，行程数十万公里，不怨言，不放弃，不畏缩。多少苦难，多少磨难，多少烦躁，得到的回馈，只是病榻上妻子回赠的一个个浅浅的微笑。

　　2017 年 4 月，用爱延续妻子生命的胡新生，荣获"中国好人"称号，这样一个时代好人，用满腔真情、热血丈夫的精神，谱写了一首病魔无情、人间有爱的赞歌！

最美候鸟巡护员

□ 李　鸣

鄱阳湖，中国第一大淡水湖，承载着丰富的生态资源和自然风光。在湖洲一望无际的湿地里，绿草成茵，郁郁葱葱，各种野花争奇斗艳，呈现出一幅色彩斑斓的壮美景致，在晚风的吹拂下轻轻摇曳，仿佛在向游人诉说着关于鄱阳湖那意味深长的故事。

候鸟是鄱阳湖的精灵，每年秋冬时节，60 多万只来自内蒙古大草原、东北沼泽和西伯利亚荒野的珍禽候鸟都会成群结队，不远万里，克服艰难险阻，飞到这里安家落户。在湖面上、在草洲中、在圩堤边，或食，或飞，或舞，它们的身姿优雅曼妙，风度翩翩，俨然成为鄱阳湖万顷湿地中一道独具特色的风景。这是大自然赠予人世间的珍贵礼物，是鄱湖流域生态系统的重要组成部分，它让人深刻认识到与大自然和谐共生的重要性。

作为江西鄱阳湖国家级自然保护区管理局吴城站一位普通基层巡护员的王小龙，36 年如一日，徒步巡湖达 40 多万公里，用真挚的爱呵护着湖区湿地这些美丽的生灵，默默奉献出自己的青春和热血，用一种坚毅的执着诠释这份最美坚守。

初次见到王小龙，一个两鬓斑白的中年汉子，面容深邃而立体，皮肤黝黑，额头上因岁月的蹉跎留下了深深的印记，他的背影宽阔而挺拔，宛如一件精心雕琢的艺术品，彰显出无法用语言形容的自信和气概。

王小龙生长在鄱阳湖畔，是喝着鄱阳湖的水长大的。18岁那年，他参军入伍，荣立过两次三等功，多次受到部队嘉奖。22岁的时候，从部队退役，回到了魂牵梦萦的故乡，被分配到了鄱阳湖自然保护区工作，自从踏进保护区那一刻起，王小龙就对这里不离不弃，一直守护着鄱阳湖的每一天……

赣鄱流域是世界鸟类专家和中外游客心驰神往的"人间仙境"，尤其是大湖池一带，聚集了湖区60%的候鸟。金秋季节，鄱阳湖水落滩出，各种形状的湖泊星罗棋布，草洲湿地碧绿一片，鱼虾螺蚌丰富，水草野花飘香，成为越冬候鸟的极佳觅食地。

每年10月至翌年3月，是工作最为繁重的时期。王小龙把越冬的候鸟当作自己的儿女来对待，甚至在劳顿一天入睡后，梦境中都是这些鸟儿的影子。因为鸟他养成了每天早起的习惯，即使在极寒天气，只要天一蒙蒙亮，他都坚持准时从热乎乎的被窝里爬起来，徒步攀上保护站20多米高的瞭望塔，用望远镜往候鸟聚集方位观察，千姿百态尽收眼底。然后冒着刺骨寒风越洲涉水，艰难地行走在湖滩草地上，记录着候鸟的吃喝住行，守护珍禽们在鄱阳湖安全越冬。由于湿地面积大，方圆数十里荒无人烟，巡湖时每天都是自带干粮，早出晚归。口渴了，就地喝口早已冰凉的白开水；饿了，啃上几口冻得僵硬的馒头；累了，就在草地上稍作歇息，再继续前行。在坚守湖区一线的一万多个日日夜夜里，王小龙成了远近闻名的候鸟"守护卫士"。

鄱阳湖的候鸟多了，不法分子便把贪婪的目光移向了这里。

1992年冬天的一个凌晨，王小龙正在湿地巡湖蹲点，突然发现有几个黑影在湿地草丛中鬼鬼祟祟，他心如刀绞，焦急万分，知道肯定是有人想偷猎。那个时候的通讯尚不发达，没有手机，附近又没有电话，为不打草惊蛇，他当机立断，徒步9公里赶往管理局报告。接报后，湖区民警以迅雷不及掩耳之势，火速赶往现场，当场查获17艘涉案船只，并抓获34名涉案犯罪嫌疑人，收缴国家二级保护珍禽白额雁385只，进而侦破了一起捕杀、供销、贩运一条龙的重大盗猎案件。

当看到被捕杀的鸟布满了整个篮球场，王小龙心如刀绞，别提多难受，止不住淌下了泪水。

在巡湖查处打击偷捕盗猎犯罪活动中，王小龙没少遭人戳脊梁骨，骂他不顾乡亲情面，甚至有人扬言要报复。家里人一度抱怨他太较真，容易得罪人，一些好心人则劝他少管闲事。

"保护好鄱阳湖、保护好鄱阳湖里的鸟儿是我义不容辞的职责。"王小龙坚决地对大家说。

他不仅嘴上说，更是表里如一，将言行付诸行动，觉得只要是为了保护鄱阳湖生态环境就没错，即便捅了马蜂窝，那也要干到底。30多年来，王小龙联合湖区警力先后查处破坏候鸟和湿地环境案例180多起。

王小龙知道，保护候鸟，光靠抓现场是难以从源头上阻止犯罪行为的。为使保护生态理念深入人心，他经常带着野生动物保护相关法律法规，深入湖区的村庄、农舍和学校，挨家挨户，耐心细致地向群众宣讲国家保护政策法规条例，呼吁大家共同营造爱鸟护鸟生态文明的观念。

几十年的巡湖工作，王小龙与鸟儿也结下了不解之缘，先后救护放飞了300多只候鸟。有一次为了救一只受伤的小白鹤，他不慎陷进了齐腰深的沼泽地里，急得大呼"救命"。附近渔民闻声赶来拉他，他却将个人安危置之度外，急切地连连说道："先救鹤——先救鹤……"从沼泽地里出来后，他马不停蹄地抱着小鹤快速跑回站里，一进屋，顾不上擦拭满头汗水，急切地打开药箱给小鹤包扎伤口，并叫人从街上买来小鱼虾和玉米喂食。在王小龙的悉心照料下，小鹤很快痊愈。放飞的那天，小鹤一步一回头，深情地看着他，然后恋恋不舍地飞向远方。

2018年1月8日，国际鹤类基金会主席阿基博一行来到鄱阳湖自然保护区，考察鄱阳湖候鸟。当在一片草洲看到白花点点，阿基博不禁停下了脚步，举起望远镜，足足观望了数十分钟，他激动得紧紧握住跟随陪同的王小龙双手，并用中文流利地说道："光这一片区域就有白鹤近2000只，真是奇迹啊！谢谢你为鄱阳湖候鸟保护做了大量工作，这是江西的骄傲。"

2019年冬季的一天里，王小龙巡湖时不慎摔伤，经省医院诊断左臂粉碎性骨折，需要卧床休息3个月。爱鸟如命的王小龙哪等得了这么久，还不到一个月，石膏没拆断骨还没有愈合，他就吊着绷带去巡湖，看望他朝思暮想的鸟儿了。

2020年，在抗击新冠肺炎疫情的紧要关头，王小龙连续20多天坚守护鸟岗位，监测迁徙候鸟动态。他每天风雨无阻地坚守湖区护鸟一线，疏导和劝返游客和当地群众，杜绝任何人员进入湖区，确保候鸟安全栖息。他深入湖区村庄、渔船、农贸市场、车站码头，向群众发放各种野生动物保护宣传单（画）2000余份。大力开展疫情防控、野生动物疫源疫病监测防控知识宣传，教育群众增强自我保护意识，不捕杀、运输、买卖、食用野生动物。同时，他还积极协助市场监管部门对辖区集贸市场、餐馆饭店等重点区域，保持高频次排查巡护。

寒来暑往，候鸟们随着季节往北迁徙，而王小龙却义无反顾地守望在鄱阳湖畔，年复一年地等着鸟儿们准时归来。保护站长年驻扎在湖区，工作生活条件十分艰苦。保护站人员走了一批又一批，可王小龙却始终留守在这里。候鸟一来，他往往两三个月不能进家门。候鸟一走，也时常要半个月甚至一个月才能回家一次。越是节假日，越得用心看护好湖区的候鸟，以防不法分子前往湖区盗猎。多少个春夏秋冬里，在吴城、在鄱阳湖湿地草洲尽头，都留下了王小龙伟岸的背影和深深的足迹。他工作无怨无悔，永不言弃，唯一感到内疚不安的是，对家人付出的关爱太少太少了！因为他长时间不在家，对孩子的读书和成长经历无暇顾及，几乎没有尽到做父亲的责任，对爱人没有尽到做丈夫的义务，对生前长期卧病在床的老父亲没有尽到为人子女的孝心，造成终身遗憾。

巡护员是这个时代的英雄。在近40年的工作历程中，王小龙为何坚守？因为一种信仰已扎根；因为一股血脉在沸腾；因为一份使命在践行；因为一个声音在呐喊；因为一颗初心在跳动。风霜磨砺党龄，初心赤诚依旧。热血不熄！奋斗不止！他像保护眼睛一样保护生态环境，像对待生命一样对待人类朋友，忠诚地呵护鄱阳湖珍禽候鸟。因为候鸟保护业绩突出，王小龙先后获得"优秀共产党员""鄱阳湖十大环保卫士""江西最美环保人""江西最美的林业人"、首届"鄱湖卫士"和全国"桃花源巡护员奖"等荣誉。

采访结束前，王小龙由衷地说道："鸟是人类的朋友，是维持生态平衡的重要生物物种，保护候鸟，就是保护人类的家园。"

是啊！鸟是人类的朋友，它和其他生物物种一样，共同维持着地球的生态平衡。通过百度热搜，全世界9775种鸟类中已有1212种濒临灭绝，这一数字相当于所有鸟类的八分之一中179种鸟类面临严重威胁，344种面临高度灭绝危机，另外688种目前已经罕见。全球几乎每个国家和地区都有一种或一种以上鸟类濒临灭绝。最为危险的 77 种鸟类每种不到 50 只。看到这些数字,我们是不是应该感慨万千!……记得唐代诗人白居易的一首诗中写道:"劝君莫打枝头鸟,子在巢中盼母归。"鸟也是一个鲜活的生命,我们每个人应该像王小龙那样,像爱护生命一样爱护候鸟,一起享受这大自然赐予人世间的天使,还它们一个和谐美丽的家园。

·雷竹英·

天底下最不能等待的事

□ 夏泽民

在德安县博阳河畔、敷浅源里，住着这样一个村民，她一生把"孝老敬亲"四个字演绎得淋漓尽致，把孝文化传承发扬得光彩熠熠。她叫雷竹英，人称雷阿姨，九江市德安县河东乡河东村一名村民，有着30多年的党龄，一生没做过什么轰轰烈烈的事迹，身上也没有感天动地的故事，但一辈子勤俭持家，相夫教子，孝敬老人，和睦邻里，成为当地无人不知、无人不晓的"道德模范"，被十里八乡的人奉为孝老爱亲的楷模。先后荣获当地"孝顺好儿女""五好文明家庭"，2010年9月，荣登"中国好人榜"。2017年，雷竹英因为"孝老爱亲"，被评为"九江市第五届道德模范"。她用自己的点点滴滴诠释着人间大爱，用自己的一言一行注解着世界真情，用自己的人格操守引领着道德新风尚。

那么，一个从没进过学堂、大字不识的普通百姓，一个只知道土地和庄稼的农村妇女，又是凭着什么行为和人格魅力得到亲朋好友和村民的认可，并获得如此殊荣呢？直到有一天笔者走进雷阿姨的家，才揭开了谜底。

原来，她人生中有一个精致的箱子，里面藏着三句话，让笔者一一为你打开。

雷竹英的家是一间简陋陈旧的房屋，单层，属砖瓦结构，20世纪80年代建造。外形看起来有些破旧，但冬暖夏凉，实用得很。老人后来在旁边建了一栋三层小洋房，旧房子一直没舍得拆，便一直留着，如同雷竹英的那些淳朴光亮的善举，一直静静存储在岁月深处。雷竹英个子中等偏高，一米六二的样子，身子微胖，一件黑色的短袖棉 T 恤穿着甚是好看。雷竹英年轻时一定是百里挑一的大美女，大大的眼睛依然炯炯有神，光彩照人。黝黑的皮肤带着土地的健康黄，嘴巴是吃四方的，比一般人显得有些阔，说起话来像个汉子，今年 70 岁了，还声如洪钟，中气十足。

"雷阿姨，我这次来，主要是想进一步了解您昔日的善举和现在的近况，您能跟我再说说吗？"我怕耽误雷阿姨的农活，开门见山地直奔主题。

"那些事哪值得提哦，都是芝麻大点的小事，况且人人都会那样做，也在那样做，不值得你们这么看得起我，总是宣传我哦！"雷阿姨的声音虽然洪亮，但语调平和自然，句句透着坦诚，字字饱含谦卑。

"但是，你是做得最出色的，也是坚持得最长久的。"那位邻居阿姨还没等我开口，便竹筒倒豆子，把对雷阿姨赞扬的话漂亮且顺溜地倒了出来。

"是哦，做一件好事容易，难的是一辈子做好事。"雷阿姨一边接话，一边不经意间道出了她人生箱子里的第一句至理名言。

一、做一件好事容易，难的是一辈子做好事

这句名言当然不是雷阿姨发明创造的，也不是她第一个说的，而是毛主席在怀念雷锋同志时告诫大家的。只是这句话在雷阿姨很小的时候便传入她耳朵，虽然她一直不知道怎么写，但她深知其中的哲理和包含的意义。往后的日子，她便跟着大人学，见到别人有困难就帮，知道村里人有不便就助，平日里言传身教，心口如一，怎么说，就怎么做。一说就说了大半生，一做就做了一辈子。

"你这个雷阿姨啊，一生乐于助人，做的好事数不清。"旁边那位邻居阿姨见我一副心中想事的样子，好像要帮我解开疑惑，又帮腔了。

"不说过去，别人拖板车上坡，她经常主动上去搭把手；不说村里村外哪条路坑坑洼洼，行走不便，她顺手铲沙填石把路铺平；也不说组里面有谁家夫妻吵架，她立即上门去做工作，以理服人，以情感化；更不说平日里她经常拿着扫帚清扫村里的垃圾，把村庄扫得干干净净；还不说她种了菜秧子

送给左邻右舍，那些都太平常不稀奇了。只说哪家媳妇要生了，不是竹英姐第一个火急火燎地赶去帮忙接生；哪家的稻子来不及割，不是竹英姐放下自己的田不管，先帮别人收割；哪家有红白喜事，不是竹英姐做得一手好菜，一叫就到，厨房里起早摸黑，切菜煮饭搞卫生，忙里忙外；谁家的老人病了，还是竹英姐像老人的女儿一样，熬药煲汤，温粥热饭。单是这些事，雷阿姨就做了几百件。"

那位邻居阿姨一定深谙雷阿姨的家事，也一定受了雷阿姨人格魅力的极大感染，啪啪啪地一口气说了一大堆，好像不说快些，雷阿姨的好事便少做了一件。

"你雷阿姨养成了行善积德的好习惯，为我们树立了良好的形象，记得好像是 2018 年，组里修新农村，施工车辆刚好要从她家老房子门前经过，但由于道路太窄过不去，她立刻就主动提出来把自家的房子拆掉一个角让车子过。她还主动帮助村里做邻里的思想工作，对新农村建设的顺利推进作出了贡献。2020 年新冠肺炎暴发，村里人人自危，又是你雷阿姨主动站出来，不顾家里人的反对，帮助组里驻守卡点，并上门宣传疫情防控知识，帮助大家渡过一个又一个难关。"那位邻居阿姨似乎像雷阿姨的生活秘书，对她的事如数家珍，娓娓道来。

"这些事太多太多，恐怕竹英姐都不记得了吧？"那位邻居阿姨见雷阿姨没吱声，光顾自己一个人说，突然觉得不好意思，抬起头，看向我们。

"哪有你说得那么好。"雷阿姨见我在本子上不停地记着东西，剥开的橘子还没吃，又从桌子上拿起来，塞我手心里。

"怎么不好？记得有一次快过年了，有天深夜，村里王大妈的孙子突然病得很厉害，儿子媳妇都在外打工，你和矮子哥（雷阿姨的丈夫廖述友的外号）知道后立即帮忙把孩子送到医院。经诊断，她孙子得的是急性阑尾炎，需要立即做手术，要一次性交 2000 元手术费。你们看见王大妈为钱着急，赶紧回家把家里准备办年货的 2000 多元钱拿来应急。就这样，王大妈的孙子顺利地做了手术，而且在除夕前一天出院回了家。"邻居阿姨说得就像昨天发生的事一样，细枝末节，清清楚楚，生怕漏了一个细节，损害了故事的完整性。

"王大妈那么大的年纪，儿子又在外打工，我们不帮谁帮呢？再说，孝敬老人是天底下最不能等待的事。"雷阿姨一边回答问题，一边却为我们说出了她的第二个谜底。

二、孝敬老人是天底下最不能等待的事

雷阿姨从小就孝顺得很，那时家里穷，经常吃不饱饭，雷阿姨就到山上采野果子。每次摘回来后，她总是第一个想到奶奶和母亲。

母亲生病了，也总是她床前榻后地照顾。后来嫁给了廖述友，又一下子增加了三个老人（廖述友的父母和奶奶），再加上自己的小孩，最多一家十口人的负担全落在夫妇两个人身上，压力之大可想而知。一会儿小孩上学没钱，一会儿老人生病没药。一会儿缸里没米，一会儿罐里没油。可就是这样艰难的岁月，也丝毫没吓倒雷阿姨，没冲淡她敬老爱幼的信念和决心。她起早摸黑，家里屋外，田间地头，老人孩子，一切都安排得妥妥当当，井井有条。

孝敬父母、公婆也就罢了，还顶着巨大压力和反对意见，把丈夫的舅舅接到身边养老送终，就不可能不传为人间佳话了。

那是二十世纪七八十年代的事，廖述友的舅舅因成分不好，一直下放在磨溪乡南田村。他舅舅没有子嗣，属于典型的孤寡老人，从小娇生惯养，好吃懒做，加上体质又不好，落下一身的病，长年卧病在床。由于个子小，身子消瘦如柴，据说只有80多斤，风都能吹倒，当时村里人都说活不了几年。

雷阿姨知道后，跟丈夫商量想把他接过来。可当时因家庭负担重，经济拮据，自己一家人吃饭都成问题，还担心雷阿姨的身体，廖述友不怎么愿意。而廖述友的父亲更是坚决反对。加上因为当时他舅舅的成分不好，大队上的人大都不赞成，因为多一个人就少一分田地。

在这样的情况下，雷阿姨还是顶着巨大压力，跟婆婆一起做通公公和丈夫的工作，并挨家挨户求组员签字，毅然将舅舅接来一起住。

接过来后，雷阿姨不是不闻不问，而是像亲生父亲一样照顾得无微不至。老人喜欢吃鸡蛋，她就每天早餐给他煮一个；老人冬天睡不暖，她就为他灌暖水袋；老人病了，她就为他请医生上门，为他端饭喂药；老人生病时手脚不便，她便给他擦身子、端屎倒尿……在雷阿姨二十年如一日的悉心照料下，老人活到87岁才离世，可谓安享了晚年。

她的故事，与亲尝汤药、扇枕暖衾又有何区别呢？

在雷阿姨讲舅舅那段故事的时候，廖叔叔从地里回来了，只见他扛着一把锄头，手里拿了一大把小蒜苗，那可是春天最美味的食蔬。

廖叔叔见我们在谈论他舅舅，知道了我的来意，特意补了一段："我舅舅还真是多亏了你雷阿姨哦，她当时顶了很大压力把我舅舅接过来住，不说经济和生活上压力大，就是组上队里的一些闲言碎语，也够她受的。"

"什么闲言碎语？"我一时好奇，想刨根问底。

"当时组上有人说我舅舅就是一个痞子，一个废人，没病装病，偷油要滑，占尽队上的工分。夏天在稻谷场上翻个谷子，都水面打瓦漂——掀一层水皮子，外面干了，里面发着芽。说得我们只好把委屈吞进肚里，上工时尽量多做点。"

"还有，我舅舅平时一副病恹恹的样子，整日躺在床上，饭要端到床边，坐在床上吃，水要送到嘴边，喂着喝，苦了你雷阿姨二十多年。"廖叔叔话越说越软，喉咙里似乎有水声溢出，好像是他让雷阿姨受了那么多年苦。

我和雷阿姨听后，都抿着嘴笑。

廖叔叔见我们笑，以为我们反对他的说法，追问了一句："不是吗？"

"是哦，人只有懒死病死的，没有累死的。"雷阿姨说出这句话时，脸色平静如水，似有一股淡淡的迷惘从眼角一闪而过，像在回忆过去的岁月，也像不经意间流露出来的沧桑和心酸。

三、人只有懒死病死的，没有累死的

说到吃苦耐劳，雷阿姨可是远近出了名的巧媳妇、能干女，她的家庭条件并不宽裕，但家中每个人都觉得很满足、很幸福。

雷阿姨从小就热爱劳动，家里的活抢着干，什么放牛、砍柴、挑水，插秧、割稻、锄草、犁田、耙田、耘禾，件件能干，样样精通。

1971年，雷阿姨嫁给了比自己年长7岁的丈夫廖述友，婚后育有一男三女，现均已成家立业。结婚后，她更是一门心思扑在家务上，伺候老人、抚育孩子、帮助邻里。

雷阿姨结婚40年来，夫妻二人一直相敬如宾、勤劳持家，靠自己的勤劳双手建立了一个和谐美满的家庭。

生活在农村的雷阿姨一家，像大多数其他庄稼人一样，生活来源主要是靠种田插地。雷阿姨一家最多时有十口人，随着家庭成员的增多和老人年龄的增长，家庭负担也是越来越重。吃喝拉撒、生病住院、上学就读，所有担子都沉沉地压在了雷阿姨夫妻俩的身上。

当时为了全家人生活好一些，他们两个人每年都要种十几亩田地，每天都是早出晚归，背着星星出门，驮着月亮回家。

回家后，还要煮饭、洗碗、搞卫生，一直忙到深夜，像一个陀螺一样整天转个不停。

"呵护家人是儿媳、妻子、母亲的责任，我责无旁贷。"雷阿姨用自己的实际行动诠释着孝义和责任。

雷阿姨还有个很大的优点就是会勤俭持家，虽然家中经济条件不算很好，但经过她的打理，家中每个人都觉得很满足、很幸福。用雷阿姨自己的话说："钱一定要用在刀刃上，家中必要的开支不能少，老人和孩子的生活开支更不能少。"是啊！这也许就是雷阿姨持家的基本准则，也是她为人媳、为人母的基本义务。正因如此，她一直都是公婆眼里的好儿媳、儿女心中的好榜样。

正如她远嫁他乡的大女儿说的那样："我母亲是天底下最伟大的母亲，一生吃了很多苦，最苦的时候，父母两双手，养活十口人，从不叫苦，从没埋怨，她是我们今生最大的幸福，更是我们最好的榜样，来生，我还想做她最快活的女儿。"大女儿用几个"最"，说出了她最想说出的话，让当时在场的各位感慨万千。

雷阿姨则用一张纸巾偷偷抹泪。

雷阿姨的言行举止就这样一直默默地影响着儿女。现在儿女个个都善解人意，知情达理，儿媳女婿人人敬老爱幼，家庭和睦。良好的家教不仅使儿女深受社会好评，而且还影响了各自身边的一群人。

雷竹英的每一个故事虽不能惊天地、泣鬼神，但所有故事组成她完整的一生，也足够震撼人心，让人泪目，催人奋进。她的每一句话、每一次善举，都犹如微风拂面、春雨润物，像大海上的灯塔、夜空里的星星，温暖人间，照亮世界！

默默电网情

□ 邹时福

2024年，是陈德贵作为电力人的第38个年头。38载春华秋实，38年平凡岗位的坚守，来不及驻足，时光已然飞逝。面对着相同的工作内容，波澜不惊的生活，他选择勤勤勉勉、孜孜不倦、默默坚守的平凡岗位，在数十载的耕耘中结下累累硕果，为德安电力的发展、壮大奉献自己的热血、汗水和青春，用实际行动谱写了一曲爱岗敬业、无私奉献的凯歌。他所领导的科室曾多次被德安县供电公司评为先进集体。他本人曾荣获江西省电力公司优秀班组长、九江市供电公司优秀共产党员等荣誉称号。2011年1月，陈德贵荣登"中国好人榜"。

爱岗保电乐奉献

陈德贵，1964年4月，出生于德安县林泉乡大溪畈村。1981年，应征入伍，1984年6月，加入中国共产党。1985年退役。1986年3月，开始供职于德安县供电公司。他先后担任外线工、抄表员、收费员、抄表班班长等工作。

工作数十载，身为共产党员的陈德贵一直兢兢业业，无论组织上安排他到哪个岗位，他都对本职工作有着深深的依恋和忠诚，出色地完成任务。

年轻的时候，他做过巡线员、抄表员、收费员，每天要往返奔波40余公里，重复单调的工作。从事电表抄表员的工作并不轻松，不仅要用纸和笔抄每家每户的电表读数，还要定期逐户催费，工作量非常大，而且要求精准。工具袋、手电筒以及厚厚的笔记本，成了陈德贵的"老搭档"。每天要爬近300层楼，"白＋黑""5+2"，长时间的寂寞，数不清的委屈……晒黑了，腿疼了，吃苦受累、被误解都是常有的事。不过，他慢慢掌握了与用电客户的沟通技巧，工作也越来越顺手。

有了"金刚钻"，敢揽"瓷器活"。秉承"用电无小事、用心无难事"的工作信条，他拿出善于学习、大胆钻研的劲头儿，向老师傅们虚心请教，或到电表说明书上找答案，或自费买来测量工具潜心研究，很快便掌握了电表的工作原理和修理技术，随时随地帮助用户排除电表故障。他还和老百姓亲切地话家常，询问对方平时的用电习惯，从专业的角度提出节电建议，叮嘱对方注意用电安全。提起这些往事，老百姓都竖起大拇指："有陈工在，我们放心。"

同时，他坚持原则，挺直腰杆与窃电行为作斗争，面对恐吓威胁毫不退缩，赢得了领导同事的认可、支持和用户们的信赖、喜爱。

面对配电设备的日益更新，新产品、新技术层出不穷，凭着一股不断学习钻研、虚心求教的精神，陈德贵很快掌握了大量新知识、新技术，熟悉了配电网络新设备。为了保证河东、附城等辖区的线路设备正常运行，他根据实际情况制定了相关巡视、消缺、检修计划。紧急处理各种缺陷、检修线路设备，有效减少停电事故的发生。在每年高考季、洪涝灾害多发期、省市县重大会议和活动期间，他始终坚守保电一线，圆满完成保电任务。

用心服务践初心

1997年开始，陈德贵担任德安电力公司市场营销部主任。营销工作是电力行业中的窗口，在日常工作中会遇到很多棘手的问题，处置不当就会给企业造成不良的社会影响。陈德贵始终坚持做到秉公办事。他说："我是一名共产党员，不能忘了初心使命。公事公办，一点也不能徇私。"所以，他始终坚持不接受客户的吃请，不拿客户的一包烟。

有一次，一位办企业的朋友找到他，因为资金周转困难，请他帮忙能否迟交几天电费。朋友本以为陈德贵会满口答应。不想，陈德贵立即严肃起来，向朋友耐心地解释江西省电力公司电费管理办法，说："我可以帮你想办法筹措资金，电费是交给国家的，坚决不能开这个口子。"他于是想方设法帮助客户筹措资金，并及时与九江市供电公司联系解决办法。最后客户理解了陈德贵的苦心，也在他的帮助下及时交清了电费。正因为对工作认真负责的态度和对企业的关心帮助，德安县供电公司的电费回收连续多年月月结零，而他本人也受到了领导和客户的尊重与好评。

优质服务是电网企业的生命线。陈德贵始终以身作则，用心贴近客户，以自己的实际行动，成为公司优质服务工作的典范。在与客户交往的过程中，他总是急客户之所急，想客户之所想。无论多忙，只要有客户来访，都会放下手中的工作，笑脸相迎，为客户倒茶添水，拉近与客户的距离，认真解答客户的问题和咨询，帮助客户出谋划策。多年来，他一直坚持走访客户，随身携带的笔记本密密麻麻地记满了客户的困难和需求。他还经常到客户处现场解决问题，向客户讲解最新的电力营销政策，帮助客户指出设备的安全隐患和不利于降损节能的做法。据悉，陈德贵每年为企业节省的用电成本至少都在 500 万元。在他的努力下，公司多次被上级授予"先进集体"荣誉，在地方政府的"行风评议"中多年蝉联服务行业第一名。

2000 年开始，电力体制改革，实行抄、核、收分级管理。陈德贵带领营销部的同志通过辛苦的调查和摸底，制定了详细的考核细则，采取重奖重罚的方法，当年就在线损管理上为公司增收 200 多万元。

抗疫保电勇担当

2020 年春节，新型冠状病毒感染的肺炎疫情肆虐祖国大地。"我是党员，责无旁贷，我自愿投身疫情防控保电第一线，坚决打赢疫情防控阻击战！"已经快 60 岁的陈德贵第一时间主动请缨，扛起抗疫保电的大旗。

"陈叔，您这都快 60 岁了，年龄大的人特别容易感染，还是在家待着吧！"工作人员连忙劝说。陈德贵坚定地说："我是老党员，更应该带头上疫情防控一线。年纪虽大一点，工作经验可比你们丰富，现在是组织、群众最需要我的时候，我责无旁贷。"和以往每一次重大节日主动请缨一样，这一次，他依旧挺在了抗疫保电的最前线。在他的感召下，国网江西德安供电公司的党员同志纷纷主动在请战书上签上自己的名字，按上了鲜红的手印，表达了时刻听从党组织调遣、随时投入抗击肺炎疫情战斗的决心。生命重于泰山，责任担当在肩。请战书上一句句铿锵有力的表白成了这道防线上的"集结号"，彰显出电力人的担当与使命。

参加抗疫保电行动后，陈德贵和"战友们"一起奔波在抗击疫情的第一线。常常上级一个指令下达，他便头也不回，带上工器具，匆匆赶往现场。为了保证疫情期间口罩等医用物资的生产供应，陈德贵等电力系统党员服务队队员们每天赶到防疫物资企业的生产车间，全方位检查用电设备。重点检查配电房低压电柜、生产设备、开关负荷等情况，确保生产用电无忧。疫情期间，陈德贵出现在城乡、企业的各个角落，在疫情防控的紧要关头，与广大人民群众一起，构筑起群防群治的严密防线。"真的要谢谢你们天天来，供电有了保障，我们厂生产口罩也更加有信心！"德安县美宝利公司负责生产的张小勇连连致谢。

在防范新冠病毒疫情这个没有硝烟的战场上，陈德贵爱岗敬业，忠诚履职，彰显责任担当。通过保障工农业生产和人民群众生活用电、保障机组安全运行、保障社会优质电能来诠释对抗击疫情的最大支持，以实际行动践行电力人的初心使命。

"总有一种温暖令人感动，总有一种力量催人奋进，总有一种精神值得传承。"帮助别人，快乐自己。服务百姓，点亮万家灯光。38年间，他的足迹遍布重点企业和万户千家，安全检查保供电；他走进医院、车站，检修线路保安全；他走进校园、社区，宣传安全用电常识。一本本厚厚的活动记录，一张张爱心联系卡，记录下的是他无悔无怨的足迹，更是点滴奉献、无私大爱。"我作为一名共产党员、一名'国家电网人'，就必须不忘初心、牢记使命，钟情电网终不悔，情系万家灯火明。"陈德贵的话总是让人感到动力十足、激情四射！

38年初心不改，无悔青春。贴心的关照不打折，耐心的服务不走样，每一个平凡的点滴都闪耀着敬业的光辉，陈德贵用最朴实无华的行动，在平凡的岗位上，持续擦亮为民服务的"金色品牌"，向我们展示了德安电力人无私奉献、播撒光明的可贵品质，诠释了一名共产党员的责任与担当。

唯善呈和　民心所向

□ 刘劲楠

德安县博采家电经理向维民，以"真情卖真品，真品出效益"的理念，积极参与开展"百城万店无假货"活动，以规范的价格、诚信的服务、良好的信誉赢得顾客的信赖，成为德安消费者理想的购物场所。2010年，向维民荣登"中国好人榜"，这在德安县实属第一人。

2024年阳春三月，笔者专程采访向维民，他向笔者索要一副"墨宝"，我书赠一副"唯善呈和"给他，因为笔者以为，这与"民心所向"的"中国好人"向维民十分契合。采访一时勾起了向维民30年来艰难创业的往事，谈起这段心路历程，他既有失败后的撕心裂肺，也有成功后的喜笑颜开。

创业有成　回报社会

向维民从小生活在经济条件相对贫困的一个小县，一直以来都是在农村读书长大，中学以前跑得最远的地方就是他们的县城，也是他所见的"大世面"。迈进大学校门以后，正值国家改革开放风起云涌，1992年毕业时，正值邓小平南方谈话发表后，中国的南方掀起新一轮改革开放的高潮。他受到系教授在南方考察回来后激情演讲的鼓舞，义无反顾地踏上了南下的列车。和同学袁小燕（后来成为他的爱人）共同辞去了教师的工作，来到了改革开放的前沿深圳为梦想打拼。几年后积累了一些经验，也掘到了自己的"第一桶金"。1997年，女儿出生后，为方便父母帮忙照顾孩子，他们返乡创业，安家永修县。通过3年的努力，他们发展了永修、共青、德安三地连锁的博采家电超市。1997年到2000年，这3年是博采家电的初创期，这段世纪交替的时期，国家经济腾飞，城乡发生巨变，人们逐步富裕起来，对家电的需求也越来越旺盛，为他们企业在短短3年时间发展壮大提供了一个良好的外部环境。

当时市场始终处于供不应求的状态，拿到货源就是效益，这种经营状况下能够打出服务品牌，在当时的小县城里来说是超前意识。优化服务意味着要额外付出成本，轻松可以赚进口袋里的钱再掏出一部分反馈为消费者服务，现在是竞争中必须的投入，当时对创业者而言却是一种考验。他们为顾客服务主要体现两方面。一是"无死角"送货上门。说起来容易做起来难，当时农村交通条件很差，有些村还没有通公路，汽车就更少会跑到偏僻乡村。为此公司购买了两辆货车，在当时，是一笔不小的投入。又聘用了专职搬运司机专门负责物流服务。那时候没有现在这样的一个外包物流的系统，全部由企业来承担。偏僻的农村购买大宗商品可以连人带货一起送回家，而且上门安装服务。这在当时的农村相当于"爆炸性"新闻。二是"无搬动"售后服务。他们承诺提供3年免费保修、终身维修服务的保障。为兑现这项承诺，他们建立了一支售后维修服务队伍，"无搬动"上门服务。客户不用把维修商品自己搬回县城来，当时的交通条件有限，人们出门乘车都不容易，何况带个大家电，"无搬动"服务让他们在短时间内迅速赢得了口碑。企业规模在短短的3年时间，就发展成为拥有几十位员工，几个职能服务团队，完备的服务设施，集商场、仓储、物流于一体，三地连锁的一个大型商贸公司，公司的实力急剧提升。

在1997年香港回归前的某一天早上，向维民刚走进办公室，公司会计兴冲冲地来汇报说财务报表显示，公司净资产达到了100万元，恭喜向总已成为年轻的百万富翁。那一年向维民才27岁。公司迅速发展，向维民本人也获得许多的荣誉，担任工商联副会长、创业明星、政协常委等许多社会职务，他积极参与各种社会活动，协助会长成功建设九江市第一幢商会大楼、协助政协各种招商引资、调研马口工业园前期论证，1998年，抗洪带头捐资10万元，瑞昌地震又捐赠价值10万元的建筑物资。随着博采家电从小到大，在"领头羊"的示范带动下，从资助贫困学生到给残联的捐助，到汶川地震、玉树地震的捐款，都活跃着博采家电员工的身影，企业经济效益和社会效益获得双丰收。

小鸟折翅　永不言败

"雄关漫道真如铁，而今迈步从头越"。向维民不满足于已有的成功，又开始开拓性地创业。当时的永修县是国家氟化工有机硅产业基地，正在进行两万吨到五万吨的甲基硅烷单体的扩产。他想利用当地优势，发展有机硅下游精细化工的制造，使自己的事业能够多一个新平台，上一个新台阶，打造工贸、商贸一体化集团。经过一年的设备安装调试，100多个日夜试验，终于把有机硅产品单体工业化生产成功。公司迅速在南京、深圳建立了销售办事处，借助永修大量的销售资源迅速跑地抢占市场，公司也由九江市委副书记亲自挂点服务。

1999年末到2000年初，就在他们获得成功、满怀喜悦、准备大干一场的时候，有机硅产业整体遇到市场波动，当时的单价从每吨20多万直接腰斩，跌到每吨只有10万元到12万元。国外的产品大量倾销国内市场，他们已经没有成本优势。在这样的情况下，拖到2003年，企业资金链断裂被迫要关闭。这也是向维民第一次遭受创业失败的打击，几百万元的投资打了水漂，也拖累了博采家电连锁经营发展的步伐，导致企业难以扩大规模。

企业解散的那天，他把所有的工人请到厂食堂吃"散伙饭"，大家都流着眼泪，气氛凝重，人们趁着酒意在一起回顾几年来创业的艰难艰险。记得有一年冬天，车间发生了气体泄漏事故。这些气体易燃易爆，腐蚀性很强。阀门的密封垫被腐蚀了，发生了泄漏。当天半夜接到紧急报告后，向维民开车冲到厂区，整个车间烟雾弥漫，散发出令人作呕的气味。这种烟是气体原料接触到空气，和空气里水分反应产生的酸雾。当时向维民与工人们只有几秒钟的沟通时间。工人们全部集合，所有工人师傅把自己的棉被拿出来，在水盆里浸泡后披在头上，把口罩浸湿戴上，按向维民口令冲进车间，工人师傅没有一个后退的，每个人记住自己负责的阀门位置和方向，冲进去几秒钟迅速关闭阀门，打开车间窗户，从而避免了一次重大恶性爆炸事故。这段刻骨铭心的经历，对向维民以后如何与同事相处和对待客户有着重要启示。

当时，向维民从公司最后一次抽调了20万元现金，摆放到食堂的餐桌上，大家领了最后一个月工资，各自散去后，向维民一个人默默坐在车间里伤心流泪。那个年代，在当地投资失败亏损几百万元，还能够把所有的工资全部发放到位，把所有供应商欠款全部还清，各种费用结清，没有出门躲债的，向维民可谓是第一人。这次经历是改变他人生轨迹的重大转折点，向维民在"三十而立"的年龄，原本想事业再上新台阶却重重地摔了下来。从此，他的创业像折了翅膀的小鸟，受到资金和地域的局限，只能在一个小小的框架范围里，用时间的磨砺，去慢慢积累人生的宝贵经验与教训，在成功和失败的重大变故中，我们看到了向维民人性的光辉。

在撤离永修的一年前，向维民就对所有同事都打了招呼，就是这刚刚经过了巨亏、阵痛的一年中，公司没有一个人辞职，而且本来准备要辞职南下去打工的员工也留了下来。陪他坚守，站好最后一班岗；为他疗伤，等待重新再出发。向维民放下包袱，沉下心思开始了新一轮创业。2005年的春节刚过，他带了几大卡车的库存家电产品来到了德安，当时，人生地不熟，既没有搬运工，又没有管理人员。幸亏永修的全体员工自发地跟车到德安，经过三天的时间，把商品卸车入库，商场布置到营业状态，他们才放心回去。后来，他把原有德安的分公司和卖场进行整合，把原有比较散乱的一些品牌抛弃，集中资金和精力优化品牌，借助海尔这样的家电独角兽企业，代理产品建立海尔专卖店。人心修善、诚信为人的福报又让向维民顺利扎根。

20年过去了，物是人非，向维民的同事散入在不同的行业，有的已经考上公务员，也有的在其他的国企央企，还有的像他一样在异地创业，每次分享这段经历大家都非常愉快。这段经历让他在德安经营中产生了深刻的思考，他决定拿出更多的精力去关注身边的人，关注普通的员工和困难群体。在德安的经营过程中，员工福利也好，内部工作环境也好，他都进行尽可能地倾斜，一家微小企业管理上更多的是由己及人，同心同德，而不是照搬照抄生冷制度来管人。他对内改善员工福利，入职一年以上的员工，他都给他们买社保。当时在德安商业圈反响强烈，当时的状况下，个体门店经营，或者微小型公司是很少或者根本没有人给员工买社保和医保的。能这样做的，他肯定是第一家，很多员工不理解，也没这个意识，他就不断地宣讲社保医保对他们以后的好处。重点岗位的重要员工、店长、柜组长，他们自己缴费的30%，都由公司承担。从2007年开始，博采家电公司为全体员工缴纳了社保、医保和商业意外保险，每年公司在社会保障上投入近 10 万元。员工们心里踏实了，工作也更有劲了。爱岗敬业、安心工作、诚信经营的接力棒在无声地传递着。组织培训是提升业务素质、增强凝聚力的重要方法。除了门店培训外还有组织外出培训，并带他们去看看祖国的大好山川。出外培训虽然费用大，但效果好，既能提升员工的专业技能还能开拓他们的视野，经常性的培训和团建活动消除家庭妇女的观念，带他们去深圳体验到中国最前沿的电子消费市场，到海边吃海鲜在那个年代都是非常令人兴奋的事情。当时海尔专卖店从内部管理到外部营销再到全流程服务。快速的物流，快速的配送，城乡无差别、无死角送货上门、安装服务。逐步打开德安市场，满足了日益富裕起来的消费者的需求，使他创业重新焕发了活力。

通过全体同事的努力，当时的德安县海尔专卖店在整个海尔集团的营销体系里面做成了一个标杆。德安的总人口只有 17 万人，在江西是个人口小县，但是他们在海尔的营销体系里面进入了全省十强。向维民本人还在海尔集团经销商协会担任副会长，这也是知名家电企业对这个本地的代理商、经销商的认可。到 2008 年，他们通过 3 年的时间赢得极其良好的口碑，当年的海尔专卖店在德安家喻户晓。"要想买家电，首选海尔专卖店"，成为德安消费者的共识。

商道酬信　"好人"登榜

2009 年开始，国家为了提振市场消费，刺激经济，出台了"家电下乡"国家财政补贴的政策。操作执行"家电下乡"是向维民公司值得浓墨重彩的一笔，也是他经受人生一次重要的洗礼。当时国家设计"家电下乡"的流程里把经营者作为主体责任，具体负责"家电下乡"从进销到补贴的全过程。作为经营者没有对每个个体身份进行鉴别的执法权，那么只要是拿了身份证、户口本过来购买产品，理论上都可以进行补贴。这样一来，不但有顾客利用别人身份冒领补贴，经营者看到巨大利益有空可钻，也去假借身份证，虚构交易套取政府财政补贴资金，市场上出现了五花八门的取巧牟利，形成了套利一条龙。根据当时的现状，看到员工们有浮躁情绪时，向维民及时开会，再三告诫店长和补贴专职人员，对法律法规要心存敬畏，对国家要负责任，要求他们必须严格管控。他经常跟他们讲一句话：财政的资金是一道红线，无论如何必须把好这道关。博采家电在全县整个补贴户数是17000家。所有的资料明细完善，手续齐全。当时一些人骗补套补，短期赚了很多钱。国家发现了这个问题以后，从上往下进行严格核查，形成高压态势，集中打击骗取财政资金行为。德安县迎来了由厅局级领导带队的检查组，不打招呼、不提前通气，直接到家电销售门店抽查。迎接这次国考，当时陪同的市、县政府，工商局相关领导都非常地紧张。向维民把所有的补贴资料全部打印摆在桌上，由总局领导现场随机勾出近100个名单，先由他们电话回访，再对抽查回访到的人由当地工商部门派车到现场核查。整整一天的检查有条不紊地高效进行。结果，他们无一例骗补套补，全部真实有效。经过这次核查，有的被罚款，还有的被刑事处罚。据了解，在江西全省，没有受到经济处罚的几乎为零；在家电下乡政策结束以后，交给财政的保证金能够原款退回的也几乎为零，而德安博采家电既没有被处罚，又全额退回了保证金。

博采家电的发展是扎根在广大消费者中成长的，国家社会的责任也已经是博采家电全体员工的共识。因此，博采家电取得了"家电下乡"全县份额47%的良好业绩，做到了无一例漏补、虚补、骗补事件发生，而很多厂商都纷纷借政策东风涨价，"家电下乡"价格甚至高过正常的促销价，坑害农民消费者的利益。对比10多年来博采家电的价格走向，家电下乡普遍让利了200元－500元/台。"家电下乡"更改补贴流程后，博采家电每月都要先行垫付农民补贴资金10多万元，而且手续规范，补贴及时，赢得广大德安农村消费者的信任，从而赢得了这场诚信战、人心战，深受好评。

2010年，向维民以诚信经营户身份被提名参与"中国好人"的评选。参评的方式有两步：首先由当地主管部门推荐，自我评价，通过相关推荐材料评审，由县、市、省逐级上报筛选；材料通过初评后，推荐到中央文明办公布入选名单，再进行全国范围内的网络投票。向维民被逐级推荐到了中央文明办，考察材料通过了测评，接下来要进行网络投票。网络投票环节很复杂，但他始终抱着一颗平常心。然而，就是这样在他的票数很低的情况下，经过综合评价，他仍然还是获得了这来之不易的荣誉。

当中央文明办秘书组、中国文明网颁发的入选"中国好人榜"的荣誉证书送到向维民手上时，一直信奉"商道酬信"的他真正体会到"唯善呈和、民心所向"的成就感和幸福感，这是他人生第一个中央级的荣誉。

·徐心友·

不惧病魔铸警魂

□ 欧阳静波

　　他是人民警察，肩负着维护社会平安的使命；他是驻村第一书记，不畏艰苦主动请缨解难题。在这片土地上，徐心友与群众之间的故事，如同一部温暖的史诗，传颂着警民情深、守望相助的感人篇章。他的伟大在于他不断地做平凡人眼里不起眼的小事，这些温暖人心的小事恰恰衬托出作为人民警察的伟大。

　　他身患癌症17年，初心不变地奋战在一线，以重病之躯、羸弱之体，践行着为人民服务的庄严承诺。曾先后两次获得公安部三等功；2016年，被九江市委、市政府授予九江市劳动模范和九江市首届"最美"交警荣誉称号；2012年，在中国文明办举办的"我推荐、我评议身边好人"活动中，入选"中国好人榜"；2013年，被江西省公安厅评为全省公安交警系统"十佳爱民交警"等诸多荣誉。他集诸多荣誉于一身。

一

　　徐心友，1965年出生在一个普通的农民家庭。1987年7月，毕业于九江农校，分配到德安县爱民乡政府工作；1989年10月，通过公开招考，以优异成绩录用到德安县交警大队车桥中队，成为一名光荣的人民警察。他深深地热爱这份神圣的职业，从警30余年始终扎根基层，当过社区民警、治安民警、内勤民警、交警，用从不停歇的脚步，一步一步走进了群众的心坎。

天有不测风云，人有旦夕祸福。2004年7月，徐心友感到全身乏力不适。10月的一天，他在带队治安巡逻的路上，虚汗直流，脸色苍白，腹部一阵阵绞痛，随着疼痛的加剧晕倒在巡逻车上。单位领导得知情况，立即安排车辆送他去南昌作全面检查，经确诊为淋巴癌晚期。

面对突如其来的诊断结果，他选择了独自承受，决定先不告诉家人，等把手上工作忙完就去治疗。他像往常一样投入工作中，工作更努力了，下班的时间更晚了，对待群众更热情了。白天没有整理完的案卷，带到家里接着工作。不知真相的爱人抱怨说："怎么就你工作忙？一点也顾不着家。"徐心友心里知道，干一天是一天了，能工作服务的时间不多了。一个月后，爱人在收拾家务时，无意中发现了藏在柜子里的检查化验结果，犹如晴天霹雳，把她惊呆了，没想到工作狂丈夫竟然是位绝症患者。

在徐心友的心中事业永远是第一位。按照政策完全符合办理病退，回家安心养病。徐心友在病情刚稳定后，便"缠着"领导要求回岗位上班，大家都劝他以后再说，他却坚持要去工作，说只有工作起来，才觉得生命充满希望，才觉得自己还是个对人民有用的人，才不觉得自己是个病人。战病魔铁血丹心，斗顽疾尽显不屈精神。自2004年发现病情，徐心友没有被击垮，在经历与病魔一次又一次的斗争中反而越发坚强。同事们都说："徐心友身上这种百折不屈的精神，焕发出一股强大的正能量。"

局领导考虑到他的病情，2005年12月，将他从蒲亭派出所调到县交警大队蒲亭中队，负责内勤工作。心中跳动的是一颗火热的心，奔涌的是一腔炽热的血。队里只要有统一行动，比如说查酒驾、重大安保等任务的时候，他都主动去参加。同事周锡强常劝他多休息："你上午来上班，要是没有什么事情中午就休息，下午就不来都可以的，有什么事情再跟你说。"他总是这样说："没事的，我在家里也没事嘛，到队里来做做事，可能还能减轻同事们一点负担。"

二

他就这样在岗位上继续发光发热。直到2021年底病魔再次侵噬，肚子又开始阵阵作痛，再次出现病症让他顿感不妙，心知得赶紧去医院治疗。在这个关节点时，在车桥镇义门发生一起摩托车肇事死亡逃逸案，改变了他的寻医就诊计划。

命案侦破与复查就诊都是与时间赛跑，徐心友毫不犹豫地选择留下来，做出先破案再就医的决定。中队警力不足，他作为一名在白水中队工作过多年的老民警，对地形、人员都熟悉，主动请缨加入专案组。现场遗留的痕迹太少，地段偏僻，给侦破工作带来了不小的困难。徐心友依靠吃止痛片缓解疼痛投入侦破工作中，对遗留物品进行调查取证，走访附近村民住户，两天三夜没合眼。直到办好案件后才到医院检查，当时癌细胞已经全身扩散，医生建议立即赴上海就诊治疗。

冥冥之中，他有预感此去将是凶多吉少，壮士一去兮不复还。徐心友到队里把值班的被子、洗漱用品一一收拾妥当，最后把饭盒也带上，跟同事们告别："也许这次我再也回不来了。"同事周锡强至今记忆犹新，当时徐心友站在他身边面带微笑，神态中分明透露着一股离别留恋的伤感之情，离别的寥寥数语，却是字字如针般扎在同事们心里。周锡强鼓励他："没事的，你会回来的，我们等你回来！"但是彼此心里也都有数，肯定十有八九是回不来的，自从那次走了过后真的再也没能回来。时至今日，周锡强谈到当时情景不禁潸然泪下。

生命不息，战斗不止。徐心友直至生命临终之际，仍不忘手中未完成的教育整顿工作，在赴上海的火车上还在打电话安排善后工作。癌细胞凶猛地扩散，肿瘤已经侵犯整个腹腔，手术后因为肠瘘不能吃不能喝，就这样痛苦地坚持了三个月。临终前回到德安家里，昔日同事、村民等社会各界群众纷纷前来家中探望，看着瘦骨嶙峋的他，无不感到心酸。扶贫村一位老人心疼地拉着徐心友的手说："小徐啊，你怎么一点都不注意身体啊，看你瘦成什么样子了……"转身跟徐心友妻子称赞道，"他真是大好人啊，我舍不得他啊！"弥留之际，徐心友不忘嘱咐前来看望他的同事们，他也反复叮嘱家属："我走了以后，一定不要跟组织提什么要求。"此时此刻，他心里仍旧没有自己。

铁骨柔情，化为无声的爱，也是无尽的遗憾。徐心友属于社会，也属于家庭，他也有着美好的心愿，跟妻子许诺等退休后要带她到处逛逛。如今，诺言成为他永远的遗憾。在女儿的记忆中，父母的感情特别好，相敬如宾，是大家公认的模范夫妻。即使夫妻俩嘴上不说爱，却处处彰显着爱。这次患病期间，即使癌细胞折磨得身体再痛，徐心友也没有哼一下声、喊一句痛。可是那天，女儿在病床前给他翻看手机里夫妻俩以前旅游的照片，徐心友流泪了，他有着太多的不舍。女儿在回忆录中写道："我从没见过您哭，那是第一次。我知道，您伤心的是以后不再有机会陪妈妈出去玩了。您给了她最幸福的生活，与她共度了最美好的 32 年。您舍不得她，就像我们也舍不得您一样。"

徐心友终于还是永远地离开了。带着对亲人的愧疚和牵挂，带着对金色盾牌的不舍，带着对未了的为民情怀，带着对美好生活的无限眷恋，永远离开了血脉相连的亲人，永远离开了鱼水交融的群众百姓，永远离开了朝夕相处的同事和领导，永远离开了他深深热爱着的公安事业。徐心友静静地躺着，再也没能醒来。徐心友的一生都在关爱他人，却唯独没有关爱自己，因为正值新冠疫情肆虐时期，按照政策规定丧事一律从简的防控要求，取消了追悼会，以致很多人不能前来送别，没能把他奉献一生给党和国家的事迹传达给更多人，这也成为家属们和所有人最后的一丝遗憾。若在天有灵，那朵朵白云，那满天璀璨的星星，一定是在替徐心友警官诉说着万般理解。

三

徐心友爱岗敬业的精神深深地影响着周围的同事，他的一言一行激励着一群人，带动着一批人。同事们都说，他上班是最准时的，多年来风雨无阻，从不迟到早退。别人问他工作怎么这么积极、努力，他笑着说，生命有限，为群众服务是无限的，希望能为群众多办点事。因为工作性质会经常上路执勤站岗，有时一站就是大半天，很是辛苦。2000 年，同事周锡强与徐心友一起被分到蒲亭镇派出所工作，后来又同在交警队共事，俩人建立了深厚的友谊。周锡强提起徐心友，总是充满敬佩之情："跟他比，我们民警站个岗又算得了什么呢？"周锡强说，"徐心友积极乐观，跟他在一起学了很多，他感染了我。如果没有他对我的激励和鞭策，我也没有今天。"

工作之余，他还是个"爱管闲事"的人，每每看到街上有迷路的或是智障人士时，即使再忙都会力所能及地帮助他们。平时，只要哪家有困难，邻居们第一个想到的就是徐心友，因为他是个热心肠，喜欢助人为乐，不求回报，找他准没错。也有人说他好傻，他淡淡一笑然后说道，做人不能总为自己啊。这些年来，徐心友和群众之间建立起了深厚的感情，提起徐心友，群众都会竖起大拇指说："徐心友，咱们的贴心之友！"2011年2月14日，杜某因故意遮挡车号牌被处罚，交完罚款后把回执单弄丢失了，导致车辆不能年审。患病的徐心友不厌其烦地帮其在档案室查找处罚决定书的存根，才得以顺利通过年审。

在女儿的记忆中："您总是很忙，永远把工作摆在第一位。在当交警执勤时，为了抓住逃逸车辆，手被拖在地上磨出血也不肯松手，手背上也因此留下了一大片疤。在派出所当民警时，总是不分昼夜地忙，一个电话就从被窝里爬起来，无论什么样的矛盾纠纷都能被您安抚调解。热爱工作的您，换来了公安部三等功两次，您是'中国好人榜'敬业奉献类好人，您是全市最美交警，您是县、市两级劳模，您是优秀驻村书记……您把荣誉看得比什么都重，只要得到了组织的肯定，您就能不顾一切去奉献自己。"

桃李不言，下自成蹊。只要提起徐心友，无不为他竖大拇指点赞的，同事们对他有着如潮的评价："身患癌症仍坚持奋斗在一线，直到生命结束，从不要求特殊照顾。""非常敬业，工作上从不推辞，叫做什么就做什么。""厚植为民情怀，老百姓来办事，群众来信来访反映问题，他都是耐心热心细致地解释。""关心疾苦群众，经常去走访慰问贫困孤寡老人。原则性很强，对说情打招呼的违法行为人都是耐心地去解释法律政策，公平公正地处理。"

四

全国脱贫攻坚战的号角吹响，单位需要派人去德安县林泉乡小溪山村驻村扶贫。小溪山村地理位置偏远，工作人员需要驻扎在当地，吃住在条件艰苦的村里。原则上是周一去周末回，有时候周末还要加班，没有特殊情况中途不能回。正当大家为没有合适人选而焦头烂额时，大病未愈的徐心友见状，提出自己去驻村。考虑他的身体情况，大家都劝他不要去，妻子拗不过便提出一起去驻村陪伴照顾他，徐心友认为这是特殊要求，增加了组织上的困难，拒绝了妻子的好意，只身前往驻村。

徐心友深入群众，摸清村情，积极为村民排忧解难，得到了村民们的一致好评。"驻村以来，我早已经把小溪山当作我的家，这里的村民都是我的亲人。""既然组织上让我驻村担任第一书记，那我接下来就一定要为群众实实在在干实事……"在驻村工作中，他心系贫困村民，以改善民生为己任，脚踏实地发挥作用，认真履行驻村干部工作职责。他最放心不下的是村里的孤寡老人、残疾人和留守儿童，及时排查各家各户中有没有难处。

新冠疫情期间，没有防护服、没有隔离衣，只有一个普通的口罩，作为驻村第一书记徐心友没有退缩，用实际行动践行驻村承诺，用责任守护"万家灯火"。贫困户孙法勇儿子因家里老式电视机不能上网课，他就去其他村民家借液晶电视机。贫困户孙学良读高三的儿子孙伟，因没电脑和打印机下载打印网课资料，马上要高考了很着急。徐心友立即帮忙在村部打印出来送到家里。

看他在村里面这么拼，同事们很是担心，都劝他注意休息。他却说："作为一名党员、一名驻村第一书记，在这种关键时刻就是要做好示范带头作用，挺身而出，我这点付出是微不足道的，这是责任，也是使命！"

徐心友的事迹感动了无数的人，他就像一名永远不知道累、不知道休息的钢铁战士。他坦然面对病痛折磨，淡然对待职位名利；他与病魔的顽强抗战，宣告着疾病可以摧残躯体，却无法打倒一名警察的坚守和脊梁。他从来不曾忘记当初选择这身藏蓝时的抱负与誓言，这是信念与生命的共鸣！

热 血 玫 瑰

□ 查光艳

　　参加完为期两天的无偿献血志愿服务培训交流会，"中国好人"周水桃终于从九江返回了德安。处理完手头上的工作，我迫不及待地去奔赴与周水桃的第一次"网友见面"。

　　抵达约定小区，远远地，我就看见一位衣着紫红外套的阿姨在楼道口附近等候着，想必她就是周水桃，我急急地奔向她。

　　和我预判的一样，她就是周水桃，原国营棉纺厂的退休工人，虽然已经 68 岁了，但是一位精致典雅的漂亮阿姨。她个子不高，一对亮亮的眼睛在小巧玲珑的脸上显得很精神，一头染成暗红色的卷发盘在头上，梳得很考究。

最爱的哥哥去世

　　热情的周阿姨将我带进了家门。一进门，左手边的鞋柜上端正地摆放着印有"九江市中心血站"文字的台历。鞋柜对面是一个装饰隔断柜，柜子上摆放着九江市志愿者爱心之家颁发的"年度优秀会员"和九江市红十字会颁发的"红十字五星级志愿者"荣誉杯。

　　"有什么想问的，问吧。"招待我入座后，豪爽的周阿姨直接步入了主题，倒显得我有些犹豫不决。

"周阿姨，您献血这一件事与您的哥哥有关系，对吗？"原谅我吧周阿姨！原谅我再三思量后还是问出了这个要惹你伤心的话题。

问题一出，周阿姨红了眼眶，她以我还没有反应过来的速度，在面前茶几上抽了几张纸，迅速擦干了眼泪。

"不好意思，每次想到哥哥，我就非常难过。"善良的周阿姨向内疚的我道歉。

弓着背，坐在软软的沙发上，周阿姨陷入了悲伤的回忆。

"哥哥当时是德安县第一建筑公司的职工，那天做事时，哥哥听到了求救声，顺着声音找去，发现是两名同事掉进了石灰窑，两位同事都受了重伤。哥哥把他们救下后，因体力不支掉下了石灰窑。"周阿姨说那年哥哥 21 岁，风华正茂。

"那天哥哥赶早到了公司，后来的同事一开始只发现了被救的那两位同事，都集中精力地照顾他们，没有人发现哥哥还躺在窑里。等到被救起的同事能说话了问起哥哥在哪里？大家才在石灰窑里发现了已经昏迷的哥哥。"悲伤让周阿姨的声音几度哽咽。

"已经不记得是什么原因导致哥哥需要换血，只记得换血可以救哥哥的命。那时候人们没有献血的概念，医院的血是非常紧张的，最终哥哥还是没有等到血源。"周阿姨说，那一天，她们一家焦急地等待着血源，那是她第一次切身体会到血可以救命的重要性。

"哥哥喜欢帮助别人，也特别疼爱我。我那时跟哥哥在一家公司，哥哥忙完后总是会帮我搬砖，分担我的工作压力……"周阿姨说，如果她的哥哥还在，那不知道该有多幸福。

"您还记得您第一次献血的场景吗？"我实在不忍心让她继续处于无限的悲伤之中，内疚的我急急地问出了今天的第二个问题。

"哥哥的去世，让我深深地明白了一个道理，血可以救人。"清明节过后的阴天，灰色的云层太浓，太沉重。还不到下午 4 时，室内已经显得灰暗，周阿姨说完便起身去打开了灯，室内一下子亮堂起来。

现在，周阿姨又坐回我身旁，开始跟我讲述她 10 余年的献血经历。

献血量可救近百人

周阿姨说，哥哥去世那年，她就想献血，可那时她只有 17 岁，还不能献血。再后来她成了原国营棉纺织厂的一名职工，工作特别忙，又陆续结婚生女，直到 2001 年 8 月 1 日，她才献出第一袋全血。

"那天没有什么特别，可能就是时机到了，我就走在路上，看到了献血车，当时就想到了哥哥。"那一年周阿姨 45 岁，献出了人生第一袋 400 毫升的全血。周阿姨说哥哥不在了，但是她的血可以救别人。

那次献血，医护人员告诉周阿姨她是 A 型血。在各地血库中，A 型血是紧俏血型。因手术用血量大，A 型血在血液库存紧张时期常常出现短缺。

"那以后我每年都献两次血，后来我得知血小板对有需要的病人来说更安全，而且每个月可以献两次，我就开始献血小板了。"单采血小板每次需要 1 个小时左右的时间，周阿姨并不嫌麻烦，她一共进行了 57 次单采血小板，87 治疗量，换算全血量相当于 27000 毫升。

"2012 年 7 月以前，国家政策规定，超过 55 周岁就不能献血。不能献血了我总觉得空落落的。"过完 55 岁生日之后差不多一年时间里，周阿姨没有再献血。

原以为与献血再无交集，2012 年 7 月 1 日，开始施行的新版《献血者健康检查要求》让周阿姨又重返献血队伍。

新版《献血者健康检查要求》规定指出：既往无献血反应、符合健康检查要求的多次献血者主动要求再次献血的，年龄可延长至 60 周岁。周阿姨满身的热血再次沸腾。

"新规出来后，我就继续献，直到满了 60 岁。最后一次献血小板的机会我非常珍惜，18 日（2 月 21 日生日）我就去体检，那天体检结果都达标，我最后献了一次血小板。"最后一次捐献血小板的经历，周阿姨印象特别深刻。

从 2001 年开始，周阿姨献血 / 血小板 77 次，全血加血小板换算血量共计 76600 毫升。按照成年人 4500 毫升的血量计算，是 17 名成年人的血量总和。按照救助一名病人平均需要 800 毫升血液计算，能救活 95 名需输血的病人。

无数的荣誉证书，充分证明了捐献 76600 毫升血量的难能可贵。

"应该差不多都在这里，你看下需要哪些信息。"经不住我反复地要求，低调善良的周阿姨拿出了她的各种荣誉证书。

嘿！当真是令人叹为观止！几十本鲜红的荣誉证书垒在一起，令人肃然起敬，我第一次体会到拿奖拿到手软是什么样的场景了。

全国无偿献血奉献奖金奖、全国无偿献血奉献奖终身荣誉奖、全国无偿献血志愿服务奖五星奖……一项项荣誉是周阿姨一次次挽起袖口，伸出柔弱的手臂，是 76600 毫升热血化作大爱的标签。

对比我的震惊，周阿姨显得很淡定；也许对周阿姨来说，眼前的荣誉不是她看重的。

我急急地记完了最后几行我觉得应该记录下来的重要信息。放下笔，我轻轻地往回翻，对着笔记本上的文字迅速地回忆核对，生怕漏掉什么关键信息。带着对周阿姨无限敬佩之心，我轻轻地合上我的记录本。周阿姨无偿献血的壮举就这样在一个傍晚被我轻轻地合上了。

不能献血后，周阿姨转身加入了九江义工联，在献血车上做志愿服务。后天周阿姨要做义工，我跟她约好再见面。

帮助别人，快乐自己

到了约定的这天，我赶到了雁家湖植物园。

远远地就能看见一辆白色献血车侧停在我前面不远的路边，一上车我就看见了周阿姨。今天，她穿着一件红色的志愿者马甲，衬着她的脸色充满了血色，很是好看。

一上车左手边有一张简易的桌子，就是填表工作站了，这是周阿姨负责的区域。献血等候区的软椅从前车门一直延伸到后车门，这张长软椅对面，是六把独立的软椅，车上空调、饮水机、体重秤等一应俱全。

周阿姨热情地向我介绍车上的两位工作人员。

正值中午，此刻，还没有人来献血。趁着这个空当期，周阿姨告诉我她的工作很简单，就是负责献血对象填写《献血者登记表》。

"在献血群体中，70 后、80 后多，90 后、00 后特别少，希望你能帮着我们好好宣传献血的好处，号召更多人加入无偿献血队伍。"这一刻，我突然反应过来，那天为何在我反复要求下周阿姨才不大情愿地拿出她的奖状给我，原来这才是她接受我采访的真实目的啊！

"是的，现在献血群体多是40岁以上的对象，年轻群体特别少。"九江市中心血站的工作人员赵敏证实了周阿姨的话。

"所以像周阿姨这样坚持献血是非常不容易的。她对工作热情度很高，我们九江有活动，她也经常参加。"说话间，赵敏打开了笔记本电脑，调出了周阿姨的献血记录。她告诉我，每次献血，都会上网，这里面的数据是不会说谎的。赵敏说她最佩服的其实还是周阿姨一次次伸出手臂，献出殷红的血液，帮助了很多人。

此刻，一位穿着白衣服、扎着马尾、估摸着40多岁的大姐上了献血车。

"有没有吃午饭？血压正常吗？先填写这张表……"周阿姨迅速进入了工作状态。

填完表，周阿姨将献血对象引进检测区，也就两分钟左右，末梢血等检测结果就全出来了，她可以献血。

"你已经献了这么多次血，不容易啊。"周阿姨毫不吝啬地赞扬着善良的大姐，并为她递上了一杯热水。

大姐各项指标都符合献血要求，此刻她就坐在我正对面，400毫升血液源源不断从大姐的血管流经一次性无菌管道抵达血袋，这一袋血将为一个患者送去生的希望。

"她叫曾小英，46岁，今天是她第16次献血，累计献血6400毫升了。"周阿姨说，无偿献血的好处虽然宣传得很多，但依旧有很多人不太了解。走进流动献血车献血的，有的人是因一个善意萌发想做件好事，有的人是因为好奇心的驱使。周阿姨说，第一次献血紧张都是正常的，很多人经过第一次献血了解献血后，会选择继续献血。

"刚加入义工联的时候，我们经常到敬老院帮忙，后来两个女儿陆续成家立业，我也需要帮女儿们带带小孩，时间不再那么充裕，在各类志愿服务项目中，最终还是选择主要以服务献血工作为重心。"周阿姨说，献血是因为哥哥，但加入志愿者队伍则是为了自己，帮助别人就是快乐自己，每一次跟车志愿服务，她都感受到了快乐。

周阿姨说，2015年3月的时候，她瞒着家人向九江市红十字会申请了自愿捐献遗体。起初她的家人并不理解也不支持她，在她反复沟通下，家人最终都同意了。后来她的大女儿、姐姐的女儿还有曾经的一位老同事在她的带领下也申请了自愿捐献遗体。

采访要结束的时候，周阿姨怕我忘记似的，反复叮嘱我一定要好好宣传献血的好处，我怎能辜负周阿姨的信任呢。下面我将用较大的篇幅来宣传献血的科普知识。

献出 400 毫升全血既无损健康又科学安全。人体内血液总量约占体重的 8%，50 公斤体重的成年人血液总量约为 4000 毫升。从医学角度上说，健康人一次失血率在 10% 以下，极少出现不良反应。因为人体约有 20% 血液储存于肝脾等器官内，遇有失血，这些储存的血液会迅速补充人体需要，维持正常的血液循环和血压。不仅如此，一次献血 400 毫升对刺激造血功能，促进新陈代谢，降低血液黏稠度，避免心脑血管疾病的发生，有着更明显的效果。许多献血者的实践也证明，健康人一次献血 400 毫升有益无害。

江西省无偿献血者还能享受以下用血优惠政策：

（一）自献血之日起，4 年内的累计报销用血费用按献血量血费的 3 倍计算，4 年后的累计报销用血费用按献血量血费等量计算；

（二）无偿献血累计 1000 毫升以上的，终身享受无限量用血费用报销待遇；

（三）献血后复检不合格的，其累计报销用血费用按献血量血费等量计算；

（四）无偿献血者的配偶和直系亲属临床需要用血时累计报销用血费用按献血量血费等量计算。

以上就是一位 68 岁善良阿姨想要我传递给广大读者的献血动员，希望借助我的文章让更多人加入无偿献血的队伍中来。

善良的周阿姨，其实你就是最好的宣传啊！

勇救落水者，善举暖人心

□ 方 明

2021 年元月 14 日，赣北的德安县磨溪乡，正值三九严寒季节，气温已低至零下 5 度。人们能不出门的都窝在家烤火取暖，室外路上不见一个行人，寒冷的北风扑满江南大地，时令已到腊月初三了。

就在这天上午，徐工环卫磨溪乡片区负责人郑小勇克服严寒，仍然在正常地履行着他的职责：骑着摩托车在责任片区内巡视环境卫生工作。正当他骑到境内一小型水力发电站时，惊现村民落水并正在奋力自救，但已力不从心，身体渐渐往下沉。郑小勇发现后，他二话没说，扔下摩托车，脱掉棉衣裤子，光着上身立马爬上制高点，纵身跳下，往落水村民方向游去。在第一个回合时，郑小勇拉着落水者的手想往身后拉，但由于天气太冷，且落水者在水里已有几分钟时间，双手一接触便感无力汇成合力往上拉。这时，郑小勇又立马想到落水者手上有一根木棍，于是他又让落水者双手紧抓木棍，他也一手抓住木棍的一头，另一只手奋力向岸边划去。快到岸边时，郑小勇又奋力地用双手把落水者推上岸边安全地带，这时在岸上围观的人也赶紧上来帮忙，一起把衣服披到落水者和救人者的身上。虽然救人时间不到三分钟，但因为天气太冷耗尽了他们二人的力气。事后有人问他："小勇，这么冷的天气救人，不怕自己也上不来。"他说："不怕，一定能上来。"谁知，被救上岸的人不是别人，正是水电站的老员工熊继全，落水前他正在义务帮忙清理河道上的垃圾，由于脚踩在船体一侧不慎失衡侧翻，加上天气寒冷，全身湿透，已无法将船体翻正划向岸边，只得趴在船上等待施救，幸好遇到徐工环卫片区负责人郑小勇，这才免遭一难。

郑小勇，男，1969年10月出生，2014年5月，进入磨溪乡政府从事环卫工作，2019年9月，任徐工环卫磨溪片区负责人。他工作认真，大胆管理，既有亲和力，又有责任心。平时为人热心肠，谁家有啥事他都很热心帮忙。如遇头痛脑热生病的他都能亲自替上。员工们都服他信他。为他出力，为他出汗，为他献爱心。

员工多，协调有方，和衷共济。徐工环卫磨溪片区是全县最大的工作区，共有9个村委会和108个村民小组。每个村配2名保洁员（大村配4名保洁员）。全乡共有37名保洁员在岗。郑小勇虽然只有初中文化，但他肯学习勤努力，按照集团公司的要求，结合自己片区的实际，制定出合理的管理制度。从工作职责、工作流程、考核标准到片区的奖惩措施等等，都实行了科学的管理办法。使每名环卫工人都确保按照规定的程序和标准进行工作。有时片区人多面广，工作人员之间难免出现管理失衡现象，或不均等因素，但郑小勇总是从实践中不断摸索经验，用自己人格的力量来影响和说服员工。他处处以身作则，走在前头，干在前头，把大家的心往一处扭，把大家的劲往一处使，团结、奋力完成每天的环卫工作任务。每年创新，每年先进，走在全县环卫工作的前列。

任务重，协调合理忙而不乱。磨溪乡片区大，全乡共有9个村委会，108个村民小组，1万多人口。要清扫的道路长达200多公里；公厕5个；垃圾箱1200个；果壳箱130个；每村每天要清运垃圾2吨以上；全乡一天要清运30多吨；加上逢年过节垃圾量成倍增加，全年全乡共清运垃圾总量达1600多吨，是全县各乡镇总量的10%。在工作中他要求：环卫工人在清扫道路卫生时不留死角，采取人工清扫和洒水车清洗相结合的办法进行作业，及时清理易积垃圾和尘土；对环卫设施的清洗要按业内标准要求清洗，保护好环卫设施的经久耐用，既要清除设施无异味，也要做到环卫设施常置常新，延长设施的使用寿命，节约资金，提高经济效益；尤其是在对公厕的管理上动了许多脑筋，除了完善公厕的配套设施、全面清洗消杀和维护好设施外，还要配齐驱蚊去味物品，及时进行防腐防变的保洁工作。从2019年元月郑小勇进入徐工环卫担任磨溪片区负责人以来，该片区环卫工作年年得先进，各项工作走在全县同行业单位的前头，为全面提升磨溪乡环卫水平作出了努力。

顾大局，与乡党委、乡政府保持高度一致。环卫工作关系到千家万户，既是一项形象工程和民生工程，又是一项政治任务。郑小勇担任片区长以来，时刻牢记政府和人民的重托，把做好本片区的环卫工作作为己任，提高政治站位，做到随叫随到，无论是每年的节日、假日、庆贺日，还是动态或静态的检查活动，他都能够正确对待，顾全大局，积极参与，与乡党委、乡政府保持高度一致。如，2022年11月，磨溪乡人大代表开展的"巡河问水"共治共管共享河长制活动；2023年6月，乡政府开展的"城乡环卫一体化PPP项目考核"，以及平时开展的各项环卫检查和整治活动，徐工环卫磨溪片区都能摆正位置，积极参与，努力完成。对单位和领导每次提出的不同意见，存在的不足，他们也能虚心接受，尽快改进。使乡党委、乡政府的中心工作和环卫整治清理工作双赢。

就像郑小勇在接受记者采访时所言，天气太冷，如在施救落水者时一对一手拉手势必两个人都要落水，只有根据实际情况果断采取合力，二人都抓住木棍，才能游向岸边，才能成功。

舍生取义，壮哉志伟

□ 冯上梧

暮色四合，夜幕低垂，在静穆的德安公墓紧邻殡仪馆第一排的醒目位置，一块黑色的大理石墓碑上镶嵌着一位帅气小伙的彩色瓷像，他正面带微笑，注视着慕名前来凭吊的我们，这便是救人英雄龚志伟的安息之处。

一、奋不顾身，舍生取义

说起龚志伟，人们永远不会忘记发生在 2019 年 8 月 28 日那痛心的一幕。

在鄱阳湖东岸都昌县寡妇矶煤炭过驳作业区，这个远离繁华的地方，有一位年轻人正为承担着责任和使命而努力工作着，他就是龚志伟。此时他已在这里工作了 10 多个年头，是公司和老板不可或缺的得力干将。

这天，一艘标注"皖姥下河 1398"的轮船正装载着煤炭等待过驳。下午 3 时 30 分左右，该船船舱工人陶贤华下到压载水舱（即事故舱）去安装潜水泵，操作过程中，"皖姥下河 1398"轮船的老板龚光林发现工人陶贤华在舱内没有声响，便下舱查看情况，不想也失去了回应。此时，龚志伟正在邻近的浮吊船"鑫隆浮 0969"上作业后小憩，听到"皖姥下河 1398"轮上龚光林爱人撕心裂肺地呼救，二话不说，立刻起身跑到"皖姥下河 1398"轮上来了解情况。

当时天气异常炎热，而高温会使煤炭散发出大量的有毒气体硫化氢，作为常年在浮吊船从事转驳煤炭工作的龚志伟深知硫化氢的危害，但听说下去的陶贤华和龚光林都没有回应，知道情况危急，刻不容缓！于是不假思索便一头钻进水舱准备实施营救。可是浓度极高的无色硫化氢威力实在太大，对于还没来得及做任何防护措施就下去的龚志伟来说，无疑是以命相搏。所以进入之后，刚喊出"有两个人在下面……"便没了声息，年轻的生命就这样永远定格在了31岁。

二、出身贫苦，自立自强

1988年12月12日，龚志伟出生在南昌县五星垦殖场梅池村。在父母先期到德安县牛角湾来谋生后，于1999年和妹妹一起转学到这里。从此，一家四口才得以团圆。

熟悉牛角湾这个地方的人都知道，那原是一处滩涂地，20世纪80年代改革开放后，这里才开始在围滩内搞起养殖，由于受紧邻的博阳河及下游鄱阳湖的影响，一场大水就可能让一年的努力付诸东流。和他父亲一起来谋生的几十个人等到他转来这里时，只剩下三户人家。因此作为家中长子的他，深知父母的不易，在仅仅取得初中学历后便主动辍学，到南昌市建材市场去从事电焊作业，从此开始，帮助父母承担起家庭生活的重任。了解电焊行业的人都知道，它不仅要面对弧光的灼烧，而且劳动强度大，工作条件十分艰苦。但他在父母面前从不提及这些，只报喜不报忧。两年后，当他了解到驳船的吊机作业工资比较高时，便又主动转行，并先后辗转于九江、常州等地，直到2006年，在"鑫隆浮0969"老板的邀请下，才在鄱阳湖边这偏僻之处扎下根来。

三、同事缅怀，潸然落泪

事后他的老板查勇华每每讲起那天的情景，都禁不住落泪，很是惋惜。他说，"自从龚志伟离开后，我换了4名吊机工都无法与他相比，我再也找不到这么好的工人了。"说完再度声音哽咽，"他是一个非常实在又勤快的工人，是我的得力干将，常常是自己的活做完了，还主动去帮别人干。我总说这孩子太实在了，不管什么忙，他都帮。"查勇华接着说道。据他介绍，龚志伟在工作期间，不仅热心帮助人，工作能力还非常强，除会开吊机外，还会开船，甚至连船上的电路、刹车等一些故障都会修。常常空闲下来的时候，就忙着去检查各个部件，排查一些隐患性的问题。作为一个相对单纯的工种和比较孤寂的工作环境，是很容易使人懈怠的，但龚志伟却不会这样，他始终充满着激情，充满着对工作的渴望。"我经常叫他休息一会，他都说没事，我不累。"查勇华双手紧握着拳头，满是愧疚而又惋惜地叙述着。

四、父母追忆，情深意切

听闻儿子为救人不幸牺牲后，本来就有高血压、糖尿病等疾病的龚志伟母亲，整日整夜以泪洗面，导致眼睛内血管破裂，双目几乎失明。"我不要他做什么英雄啊，我只想我的儿子好好活着……"龚志伟的母亲哭诉着。后来虽经多次手术，但龚志伟母亲的左眼还是失明了，而右眼仅存 0.3 的视力。如今这位原本就体弱多病、身体单薄佝偻着腰坐在沙发上的母亲，在失去了孝顺善良的儿子后，唯有在交流时回忆起儿子在世时的点点滴滴，那双迷茫的眼神似乎才散发出一些光亮。其实她才 50 多岁，但看上去明显比实际年龄苍老许多。"我儿子虽然读书不多，但他心肠好，又热心，这样的好儿子，如果有来世，我还要做他的妈妈呀。"龚志伟的母亲在我们的采访中呜咽着诉说道。在前期采访龚志伟老板等人员时我们也了解到，龚志伟在世的时候，只要放假就会赶回来帮着父母干活，陪孩子们玩耍。为此，邻里乡亲都夸老龚家有个孝顺的儿子，孩子们有个称职的父亲。

五、妻儿怀念，感人肺腑

牺牲时龚志伟的儿子仅有 5 岁、女儿 7 岁，但爸爸的音容笑貌和往日的幸福陪伴都已深深地印入脑海。如今爸爸不在了，仿佛一夜之间小小年纪的他们便继承了爸爸的善良，充当起妈妈的小保护伞。所以每当儿子想念父亲时，他便对着自己的妈妈恳求似的说道："妈妈，我就想一下爸爸好不好，想久了，你会难过的。"面对如此乖巧懂事的儿子，龚志伟的妻子刘迎心疼极了，她在朋友圈中写下这样的个性签名：我是何其的有幸，又是何其的不幸。"有幸的是嫁了一个如此完美、如此有责任心爱自己的丈夫，共同孕育了一双可爱懂事的儿女；不幸的是为什么美好的日子这么短暂，他留下我和孩子们就这么走了。"面对我们的采访，刘迎泪流满面地说道。

六、积极进取，实至名归

值得敬佩的是，在龚志伟牺牲之后的这 5 年来，刘迎全身心地哺育着一双儿女，并利用接送儿女上学后的空闲时间打些短工来维持生计。试想一个女人，在当今的生活环境下，仅靠这微薄的收入养育一双 10 多岁的儿女，该是何等地艰难。

同样艰难的还有龚志伟的双亲。在痛失爱子之后，为了生计，不得不继续住在鱼塘边低矮的平房内，仍以养鱼来维持生活。

当我们沿着鱼塘间的砂石路，走进龚志伟父母的家时，只见一式四间的平顶房子，外墙红砖裸露，里面的陈设也极其简单，客厅中除了一张用餐的简易四方桌和旧木沙发外，几只凳子也大小不一。四间房子则分别用作客厅、卧室、厨房和储物间，而房子旁停着的便是他父亲目前赖以维持一家生计的农用运鱼车。

听龚师傅（龚志伟父亲）讲，在龚志伟走后这几年，由于受疫情困扰，养鱼是连年亏损，加之日常的花费和开销，家庭经济日渐捉襟见肘。尽管如此，他从未埋怨或后悔过龚志伟的举动，并在养鱼的间隙利用运鱼车帮别人打些零工来补贴家用。好在龚志伟家的实际情况已引起德安县各级职能部门的重视，及时给予帮助和慰问。

同时社会的褒奖也接踵而至。基于龚志伟的杰出表现，2021 年 1 月，德安县政法委评定他为"见义勇为先进个人"，2022 年 1 月，江西省文明办评定他为"江西好人"。2021 年 7 月，中央文明办评定他为"中国好人"，所有这些都是龚志伟应得的荣誉，更是对他舍己为人奋不顾身壮举的肯定，他必将为此而留名青史，成为大家学习的榜样。

工作中，他是一位平凡而又普通的驳船上的吊机工人，他用自己美好善良的心灵，走完了朴实无华的一生。在家时是一个好儿子、好丈夫、好父亲，在单位是一名好职工、好参谋、好干将。所以当面临危急时刻，能够挺身而出，将生死置之度外，用实际行动践行当代的雷锋精神。他身上闪耀着中华民族的优秀品质，而且这种品质不是一时的灵光乍现，而是家庭的熏陶和自身努力的必然结果，是一种发自内心的自然过程。他用自己的壮举奏响了生命的最强音，谱写出一曲新时代的赞歌。

　　壮哉，志伟！

· 郭宝明 ·

医者仁心，在逆行中绽放

□ 吴国庆

有一种责任叫担当

2020 年 1 月 23 日，农历腊月二十九。

电视新闻播报：武汉宣布紧急"封城"。

身为重症监护医师的郭宝明看到新闻后立即意识到事态的严重性。

"一江之隔的同胞有难，我要报名参加援鄂医疗队。我既然有这个能力，肯定是要去的。"当收到医院要组建一支援鄂医疗队的消息时，郭宝明来不及通知家人，当即报名。

2020 年 2 月 11 日下午 3 点半，郭宝明坐上了"援鄂"专机。

初到随州区域医疗中心时，援鄂医疗队员们清点发现，防护服、护目镜等物资严重匮乏。队员们商量决定：先派一名医生进去，其他人之后再进去。

"书记和队长要在外面和指挥部保持联络，其余队员不是外科医生就是女同志，我是内科医生，重症医学科室主任，更是一名共产党员，我先去。"

郭宝明又主动请缨，成为该医疗队第一位进入隔离区的医生。

深冬的随州，气温徘徊在零下，为了更好地穿脱防护服，郭宝明仅穿了一层单衣。

"刚穿的时候冷，之后救人过程中又热到出大汗，防护服里全是汗水。"

郭宝明每天要在隔离病房工作至少 4 个小时，在 4 小时内，最多时需要给 20 位患者进行诊疗及操作。

在双层手套影响手感、护目镜起雾影响视线的情况下，郭宝明需要确保自己的技术足够精湛。他利用休息时间，在网上学习最新的诊疗方法，反复思考如何更好、更快地完成手术，救助更多的患者。

"病人的生命安全是第一位的，这是我们医护人员的基本职业操守。"

郭宝明在前往湖北的途中，日记本上写下了这样的感言："在抗击新冠肺炎疫情斗争中，我来就是因为我是 ICU 医生，发扬救死扶伤、医者仁心的崇高精神、白衣执甲、支援湖北、为保护人民生命安全和身体健康是每一名医务工作者义不容辞的责任。"

疫情肆虐，重症病房病毒浓度是普通病房的 13 倍。

2 月 13 日，援随中心医院组长征求郭宝明意愿，问他是选择非新冠普通 ICU 还是新冠肺炎重症 ICU。医生的天职让他毫不犹豫地选择重症 ICU。

"性命相托，这里的重症患者都很需要我。"郭宝明说："从江西赶到湖北来，就是要来参加救治重症新冠肺炎的同胞的，请组织相信、安排我去重症！"

就这样，他被安排在了随州市中心医院龙门院区 ICU。

"在随州中心医院的 42 天，累并感动着，ICU 是重症患者的生命堡垒，是生命的守护者，而我希望能守好这一道门。"

这是郭宝明对自己的承诺。一到战场，他没时间犹豫，完全忘记了害怕，必须争分夺秒与死神抢人。

援随期间，有一例急性重度呼吸窘迫综合征患者，已经行气管插管接呼吸机辅助呼吸，用肠内营养、血浆置换控制炎症风暴；在血浆置换过程中又出现上消化道大出血，只能停用血浆置换，停肠内营养，加用输血及抑酸及肠外营养治疗。指脉氧及氧合指数小于 50，提示患者处于最为严重的呼吸窘迫状态，随时会出现呼吸心脏骤停。行常规肺复张毫无效果，每分钟通气量仍严重不足……他结合自己的经验，应用达克罗宁胶浆治疗，很快维持住了患者的血氧和氧合指数，抢救获得了成功，患者病情得到有效控制，最终安全转出了重症医学科。

离开随州的那一天，随州人民以最高礼遇在十里长街欢送医疗"逆行"

英雄。

"感谢你曾为我拼过命""赣鄂同心，随心随愿"……

一副副诚挚的标语，让郭宝明感到暖心、满足与自豪，也成为他人生中浓墨重彩的记忆。

有一种精神叫执着

"我来自赣南老区一个普通的农村家庭，打小就体弱多病，萌芽过长大后要当一名医生的梦想，起初考到医学院校只是为了跳出农门，改变个人命运。"

说起从医经历，郭宝明介绍说，他没有家学渊源、没有天赋异禀，有的只是坚韧不拔，不断奋斗。

郭宝明是赣南医学院第一届本科生，出身农家子弟的他十分珍惜来之不易的学习机会，日夜苦读，勤于实践。

"我最震撼的时候，就是第一次在医学院的课堂上看到捐献遗体的时候，我想我一定不能辜负躺在这里的人。"也是从那时起，郭宝明真正萌生了对医学的兴趣和敬畏，逐步树立起要成为好医生的信念。

毕业后，郭宝明背上行囊，只身来到赣北一家地处偏僻的军工企业——德安县爱民机械厂职工医院做一名厂医。

"那时候必须是要做一个全科医生才能胜任日常工作。"郭宝明说，"既然选择从医，就要重视它、热爱它，笃行不怠。"这是郭宝明的内心独白。

2003 年，时任爱民机械厂职工医院院长的郭宝明迎来自己人生的又一次转折。他通过全县公开招聘选拔，成为德安县人民医院的一名内科医生。在新的岗位，勤奋执着的郭宝明更加努力地钻研医学，也逐步从一名普通医生走上科室管理岗位。

从医 30 年的他在爽朗的笑声中谈道，进了重症监护病房，感觉整个世界都是我的。2016 年，德安县人民医院迎来了全省二甲医院复审的关键期。二级综合医院必须具有保障全县人民"大病不出县"综合救治能力的重症医学科，而这正是当时医院的短板，成了复审路上的"拦路虎"。

短时间组建重症医学科室并高效运转成为医院的当务之急，而郭宝明成了不二人选。他明知这是个烫手的山芋，但他以坚定的态度向院领导表态，坚决完成任务。

上任伊始，他快速进入角色，牵头成立 ICU 科室。从无到有，从一般科室到核心科室，郭宝明全身心投入其中，不断摸索总结提升。无数个风雨兼程日夜守护，无数次倾心付出；医生不够，他亲自参与倒晚班；重症抢救，他半夜三更跟同事们一起坚守。每天至少工作 16 个小时，家里的担子全部交给了妻子。在他的带领和 ICU 全体医护人员共同努力下，德安县人民医院重症医学科的组建历经一年多，顺利交上了精彩答卷。

"很多技术我们都是慢慢摸索学习，从重症病房的规划、技术规范的建立，到一系列规章制度的制定，都凝聚着郭主任的心血和汗水。"县人民医院重症监护室护士长万焱迟回忆道。

"重症监护室的医生既是全能选手，掌握的技能要非常广泛；更是救火队员，随时能够应对紧急状况。"郭宝明说，"重症监护室（ICU）病人很多都有呼吸衰竭，病情进展快。面对病情，我们必须是高超的沟通者、准确的分析者、冷静的判断者。"

为了对每一位患者的生命负责，郭宝明夜以继日地坚守在工作岗位上，周末、假日也几乎全都搭在了医院病房和学科建设上。

2023 年大年初五，人们还沉浸在新年欢乐祥和的气氛，已经过了下班时间，郭宝明还在加班。

这时 120 接诊到一名工伤导致大血管电锯伤、呼吸心跳停止的患者，当时已经心肺复苏了近 30 分钟，即将宣布死亡。郭宝明当即仔细查看患者后，发现瞳孔稍缩小，立即指示继续心肺复苏及加压输血治疗，继续抢救近一小时后患者神志瞳孔、血压恢复正常，最后安全转入上级医院继续治疗。成功地挽救了一个家庭。像这样的案例还有很多。成功救治病人、帮助他们重回正常的工作和生活，大概就是郭宝明超负荷日常工作中最大的快乐。

有一种信仰叫坚守

"病人的肯定是对我最大的鼓励。"

这是郭宝明平常挂在嘴边的一句话。对他来说，30 年的从医生涯，让自己一直坚守下去的是病人，经过自己救助后病情得到好转的样子，这是他最大的欣慰和信心。

郭宝明所处的ICU重症加强护理病房科是已经成立8年的一个科室。ICU把危重病人集中起来，在人力、物力和技术上给予最佳保障，以期得到良好的救治效果。ICU设有中心监护站，直接观察所有监护的病床。从这里看生命是最直观的。他认为是守护重症患者生命的最后一道屏障，在这里可以看到垂垂濒死的老者，也可看到哀痛不止的伤者，可以这么说，幸福在他们的脸上是绝对看不到的。

但生命的奇迹无时不让郭宝明和他的同事燃起心中的那团救死扶伤的火。曾经有一个因车祸而导致昏迷的全身复合伤严重的患者，在ICU救治康复后，十分感激地去给郭宝明送锦旗和感谢信。

2017年4月5日中午，一辆载有三名学生的助力电动车，在经过十字路口时，不慎与汽车相碰，学生飞出10多米后倒地，全都昏迷不醒，呼吸微弱。

由120送入ICU后立即行气管插管，开通静脉通道，后请九江神经外科专家会诊。郭宝明深感责任重大，立即投入惊心动魄的大抢救当中，组织全院最高级别的扩大会诊，针对诊断制定了详细而有效的诊疗计划。因抢救及时，最终患者神志转清，生命体征逐渐稳定。当三名学生最终都被全部救治成功后，全县人民给了他们最真心的点赞。当听到学生们恢复后喊他的一声"叔叔好，谢谢您"的时候，他眼含热泪，心中对自己当医务工作者的选择感到无比的光荣和自豪。

一朝着白甲，终生守丹心。从医多年以来，郭宝明对家人亏欠太多，但医者仁心，在平常时候要"看"得出来，在关键时刻要"站"得出来，在危难关头更要"豁"得出去。尽管此时此刻对家人又多了一份牵挂和愧疚，但一想到自己是一名"战士"，郭宝明便毅然选择坚守信念。对于他的选择，家人也给予了更多的理解和支持。在面对"大家"与"小家""大爱"和"小爱"的两难抉择时，郭宝明和他的家人都毅然选择了前者。郭宝明的爱人是德安县人民医院药剂科的一名药师，幸福和睦的三口之家，所知者赞不绝口。

再次回忆前往湖北驰援抗击新冠肺炎疫情，他心里明白，家人支持，这是无畏向前的资本。回家的那一刻，空气凝固了，那一晚是一家人的无眠之夜，同在医院工作的妻子知道：丈夫决定了的事，他是一定要去做的。那天晚上，妻子烧了一桌好菜，从不喝酒的儿子拿出一瓶白酒敬奉爸爸，祝愿家里的顶梁柱出征顺利、平安归来。妻子每天必须收到丈夫的视频信息才能入睡，未敢告诉远在赣州的年迈父母。说到这里的时候，郭宝明的眼泪再也不受控制了，一个从不屈服的汉子一下子变成了一个孩子。老人家知道儿子去了湖北，每天担心儿子的父母，锁定湖北电视台，叮嘱孙女把家里的网络开通，让孩子多方面收集关于随州的有关信息。年迈的父母用默默地等候，支持在前方奉献的儿子。回家给父母报平安的那一刻，全家人的手紧紧地拉在一起。这一刻老人竖起大拇指，为儿子点赞。

刚参加工作的儿子，一直不理解自己的爸爸为什么总是那么忙，在他的记忆里就没有和爸爸一起去过什么旅游景区。通过这次抗击疫情的经历和新闻媒体对父亲的报道，让他更加懂得了父亲的那份医者的担当、厚重与尊贵。儿子说，在今后的生活中，要多跟爸爸交流，等自己有了孩子以后，会把爸爸的故事讲给孩子听，传承好的家风文化，把父亲这种精神传承下去，努力在工作生活中做更好的自己。郭宝明就这样，以行动诠释担当、以忘我感动百姓、以责任影响家人、以坚守击退疫情，让医者仁心尽情绽放。

30年如一日，白衣执甲，迎风逆行，"全市医德之星"和"九江市岗位学雷锋标兵"等荣誉，都是对郭宝明这份坚守最好的证明。

有人这样评价他：

"你是医学重症ICU战场的指挥官，生命至上是你的高度；"

"你是勇敢无畏的逆行者，闻令即行是你的速度；"

"你是公而忘私的奉献家，嘘寒问暖是你的温度。"

"你以实际行动，践行着医者仁心。"

2020年2月，在随州支援抗疫42天的郭宝明，被湖北省委、省政府授予"新时代'最美逆行者'"光荣称号。

2020年9月，中央文明办发布2月－7月"中国好人榜"，郭宝明被评为"敬业奉献好人"。

同年，郭宝明被授予"江西省抗击新冠肺炎疫情先进个人"和"江西省优秀共产党员"称号，荣获"江西省赣鄱先锋之突出贡献好榜样"光荣称号。

·赵小梅·

厚德香远美名垂

□ 左漆琳

总有一些人如璀璨星辰般闪耀，照亮时代前行的道路；总有一些故事如温暖春风般拂面，抚慰人们的心灵。赵小梅，这位来自江西省九江市德安县林泉乡林泉村的普通女子，以其坚韧不拔的意志、无私奉献的精神和对党的忠诚，书写了一曲动人心弦的时代赞歌，成了当之无愧的"中国好人"。

怀揣梦想，开启奋斗征程

1974年12月出生的赵小梅，是土生土长的德安县林泉乡小溪山村人，后嫁到林泉乡林泉村，之前两夫妻一直在外打工孩子托付给公婆照看，2008年，赵小梅85岁的老父亲因病去世，留下老母亲一个人在乡下生活，为了陪伴母亲她来到小溪山村巨石钙业工作。

2021年，赵小梅90岁的老母亲过世，2014年，公公得了癌症去世，老公的哥哥也在2016年因胰腺炎去世，双重打击让婆婆备受打击，2019年，婆婆开始走路不便，随后导致瘫痪，所有的生活重担都压在了小夫妻俩身上。尽管赵小梅忙了工作忙家里，对瘫痪在床的婆婆悉心照料，比别人家的女儿还要尽心尽力，成了十里八乡远近闻名的孝顺儿媳，婆婆还是于2022年过世了。

林泉乡小溪山村矿产资源丰富，出产的石灰石品质优良。2010年，政府引进巨石集团九江钙业有限公司，用节能环保立窑和自动化控制生产线取代传统的土砖窑和人力生产，逐步整合原有小而散的采石场，走上了绿色发展的新路。巨石集团九江钙业有限公司落户当地后，初中毕业的赵小梅怀着忐忑的心情应聘了化验员的岗位，成为首批员工。

化验员岗位需要一定的化学基础知识和实操技能。起初，赵小梅对自己能否胜任这项工作有些担心。不过，她的顾虑很快就被打消了，公司专门给她安排了系统的岗前培训。"矿石和成品的物性检测、原料化学分析……那些课程有些难，我就下苦功学。公司花钱让我学习，这是我打工这么多年来从未有过的经历，我有一种主人翁的感觉。"

勤奋钻研，成就卓越人生

从那以后，赵小梅格外珍惜自己的工作，她很快成为一名优秀的化验员，不到一年，就成了"带教老师"，先后带出了 6 名合格的化验员。2012 年，赵小梅被任命为工艺员，具体指导生产工作。在化验这个岗位上，赵小梅保持着特有的钻劲，继续向更深的专业方向发展，她将燃煤和矿石用料调节到最佳比例，这样一来，每年至少节约生产燃料成本 20 多万元。

自 2012 年赵小梅正式被聘为生产工艺员以来，在多年的勤学苦练、深入钻研下，她逐步攻克了产品化验检测、生产工艺过程控制等关键技术，成为一名高级工艺员。从一名普通的化验工成长为公司的主要技术骨干。多年以来，赵小梅带领班组成员为企业的产能降耗作出了积极贡献，从田间地头到现代化生产线，从普通机修工到班长、组长，从电工到经理……

这些年来，企业在当地招聘的农民工也纷纷成长起来，成为合格的产业工人和优秀的技术骨干，赵小梅是其中尤为突出的一个。她勤学苦练、深入钻研，发挥着"工匠精神"，很快就掌握了产品化验检测、生产工艺过程控制等关键技术，成为掌控立窑生产的高级工艺员。除此之外，她还利用业余时间取得了学历提升、通过初级会计师考试，不断提升自己的综合素质。

一分耕耘一分收获，10 多年来，赵小梅从原料检测到成品化验、从普通职工到技术骨干、从一般群众到共产党员，凭借勤奋好学的态度、不怕苦累的精神，她在践行"品行、创新、责任、学习、激情"的企业文化中美丽绽放，苗壮成长。赵小梅先后获得江西省"五一劳动奖章"、江西省"劳动模范""全国优秀农民工代表""全国三八红旗手""江西好人""第八届九江市道德模范"等荣誉和奖项，如今又入选"中国好人榜"。

不畏艰难，彰显奉献精神

赵小梅在本职工作中甘于奉献的同时，还用实际行动带动整个团队。2018年6月，巨石集团九江钙业有限公司新建二期生产线点火试产，为让5万吨生石灰生产线能耗降低，实现顺利投产，赵小梅每天冒着高温，到将近40米高的窑炉顶端观察炉内上火及料位情况，每次待在炉顶观察时间都要15分钟—20分钟。

夏天德安当地的天气室外温度达30℃以上，而正燃烧的窑炉顶部温度高达60℃-70℃，就是普通的男员工从炉底到炉顶一个来回也会消耗大量体能，赵小梅每天要爬三至五次。其间，在提取标本检验时，她手部不慎被高温的石灰石烫伤，凭着对工作的韧劲和执着，经过简单处理后，她依然坚守在生产一线。

就这样，经过不懈地努力，燃煤消耗从每吨160公斤下降到每吨150公斤，每年为公司节约燃煤50多吨，节约生产成本20多万元。赵小梅的行动也带动着整个班组，同事们都为她点赞，赵小梅笑着说："立窑从点火烤窑到填料这段时间对整个立窑今后能否正常生产至关重要，作为生产工艺员，我必须亲自来摸索原始数据，更何况我还是一名党员。"

巨石集团九江钙业有限公司职工陆才凤说："我刚来的时候，对这个工作都不熟悉，以前都没有接触过这方面的。是赵师傅非常耐心地、一点点地、慢慢地教我，让我很快就熟悉了这些工作，我非常感谢她。"

传递声音，践行使命担当

当选党的二十大代表后，赵小梅广泛宣讲，让党的声音传遍千家万户。2022年，赵小梅光荣当选党的二十大代表，回到家乡后，她第一时间将党的声音、中央的政策传递到家乡。在江西省，她走进机关、走进社区、走进农村、走进企业，先后宣讲111场，做党的二十大精神的宣传员，让党的好声音传递到寻常百姓家。

赵小梅先后分别被中共德安县委党校、江西九江组织干部学院、九江市委宣传部聘为兼职教师、"学习贯彻党的二十大精神"特聘教师和"声"入人心好人宣讲团宣讲员，从党的二十大概况、本人履职、参会感受等方面，赵小梅用通俗易懂的语言畅谈参会经历，讲述所见所闻、所思所感，并结合自身成长经历和工作实际，向参会人员和广大群众分享了参加盛会的感悟和党的二十大精神学习体会。

从原来的不善言辞到如今面对群众的侃侃而谈，赵小梅付出的努力只有她自己心中清楚。每次宣讲前，赵小梅都要做大量的功课，对不同的宣讲群体和受众对象进行具体分析，再结合报告内容深入浅出地进行宣讲。2023年3月，赵小梅走进社区、农村，分享自己工作履职的小故事，传递正能量，深受群众的欢迎。

自2013年8月赵小梅加入中国共产党后，在党的教育、培养下，思想不断得到磨炼和提高，2021年9月，当选为九江市第十二次党代会代表，2021年11月，当选为江西省第十五次党代会代表，2022年6月，当选为江西省出席党的二十大代表，2023年12月，被中宣部表彰为2023年全国基层理论宣讲先进个人。

热心公益，传递人间大爱

在德安县林泉乡小溪山村，说起赵小梅，大伙都亲切地称她"梅姐"，说她是一个闲不住的热心人。村里老乡有啥困难，她总是积极帮助。当年，赵小梅在福建打工，村里发小们也跟着过去，她总是帮忙安置落脚的地方，鼓励乡亲们走出大山。这些年作为一名共产党员，赵小梅积极投身对企业驻地困难群众的帮扶工作。

2014年，赵小梅遇到贫困户孙家榜老人，老人身体残疾，独自带着有智力障碍的孙子生活，唯一的儿子孙法勇在南昌打零工。了解其困难后，赵小梅向公司建议成立帮扶工段，把和孙法勇一样的农民工招收到企业来，让他们不仅能够在家门口就业，还能照顾家庭。

脱贫攻坚期间，公司采纳了赵小梅的建议，共招录了小溪山村 6 名贫困户和部分困难群众。如今，他们在公司稳定就业，人均年收入 4 万余元，不仅脱了贫，还过上了好日子。工作之余，"闲不住"的赵小梅还参与了各类志愿服务行动，利用工余时间走遍德安敬老院，为孤寡老人提供志愿服务。

2014 年，德安县成立钙业工会，赵小梅担任工会女工委员，每年为家乡女工额外争取两个体检项目。生态环保、敬老爱幼、禁毒宣传……志愿公益活动中，总能看到她的身影。德安县林泉乡林泉村村民熊菊兰说："我作为赵小梅的邻居，我认为她品行很好、乐于助人，在我们镇子上，儿子结婚、女儿出嫁都要请个喜娘，我们村子上都是请她，如果品行不好的人都不会请的。"

砥砺前行，绽放时代光芒

截至 2023 年 12 月，赵小梅已在江西省内各地进行了 150 多场次"党的二十大精神"宣讲，现场听众累计 2 万余人，网络视频受众 10 万余人。2023 年 12 月底，中央宣传部办公厅印发《关于表彰 2023 年基层理论宣讲先进集体、个人和优秀理论宣讲报告、微视频的决定》，党的二十大代表、巨石九江钙业公司立窑工艺员赵小梅被表彰为 2023 年全国基层理论宣讲先进个人。

山乡一枝梅，香自苦寒来。赵小梅的凡人善举、高尚品德，温暖了人心，感动了中国，为全社会树立了榜样。她正是以己之力、以己之长成为美好时代添砖加瓦的孺子牛。现在的赵小梅一边踏实认真工作，一边到各地宣讲党的二十大精神。她不骄傲、不自满，始终以一名普通工人的身份，收集更多基层的声音，不断发挥桥梁纽带作用，弘扬敬业奉献精神，讲好基层的故事。

知为行之始，行为知之止。让榜样的力量化作春雨，滋润大地。赵小梅的故事，是一部个人奋斗的史诗，是一曲奉献的赞歌。她用自己的行动告诉我们，无论身处何地，无论从事何种职业，只要心中有梦想、有追求、有努力，就一定能够创造出属于自己的辉煌人生。她是我们时代的楷模，是我们心中的平民英雄。让我们向赵小梅致敬，向所有为了梦想而努力奋斗的人们致敬！

杏 坛 微 光

□ 徐 剑

　　1976 年，袁清山在涂山中学高中毕业，在那时的农村，高中生可是大文化人。邻里乡亲常以羡慕的口吻对他的父亲说："恁屋里出秀才咯！以后家信就找恁屋崽哩代劳哈！"听到这些话，袁清山的父亲总会笑得合不拢嘴，为自己曾经的决定而自豪。当年，观音桥村还有一个背负着时代烙印的响亮名字——跃进大队。一天，大队书记找到袁清山的父亲说："兄弟诶，听别阶哇，恁屋里大崽读书回来了？现在队里的学堂还缺个老师，大队给 3300 个工分（10 个工分可折算到 0.86 元），一年下来有 280 多块钱，还可分得几分自留地。回去问恁个大崽，愿意做啵？"袁清山的父亲一听有这么好的事，当即点头连连道谢。至此，开启了袁清山的教学生涯。

　　开学那天，袁清山去观东小学报到，他鼓足勇气叩开了校长办公室那扇漏风的门，略带羞怯地说："校长，我叫袁清山，是来找您报到的。"校长打量着眼前的后生，脸庞清秀俊朗，透着一股斯文的书生气，他乐呵呵地说："高中生可是我们这里最有学问的哦！我晓得你家的情况，来了就要挑担子嘞，为你父亲争口气……"亲切的话语瞬时化解了袁清山心中的拘谨。可出乎预料的是，学校不仅缺老师还少教室。从自己读书到毕业都过去十几年了，学校的状况依旧艰难。校长安排他教一年级的算术与三年级的语文，一间教室里却要教授两个年级的孩子，好在他从小读书就是这么过来的，自然就免疫了这种不适。第一天上课，袁清山拿粉笔在黑板上一边写下自己名字一边介绍自己时，孩子们的眼神里透出一种异样的光亮。他们第一次见到一位像大哥哥一样的老师，阳光的外表下好像少了些老师该有的威严，身上透着亲切的乡土气息拉近了与学生们的距离，孩子们的洞察力是惊人的，他们相信自己的眼睛，也立马就喜欢上了这位年轻的老师。

1979 年除夕的爆竹声炸得格外悦耳，似乎注定了与往年不同。1978 年 12 月，党的十一届三中全会正式做出中国开始实行对内改革、对外开放的划时代决定，国家恢复高考也过去了两年，在文化涸辙中煎熬的莘莘学子终于看到了希望，有了盼头。大地复苏，生命在春的气息里萌动。

这年，袁清山执教已有三个年头，在这三年的时光里，他师前辈所长、不断地提高自己的能力，在潜心地教学中，日子过得不知不觉。或许是，还有自带的天然亲和感在助力，已从一位青涩的年轻老师蜕变为学校教师队伍里的中坚力量。然而，这三年学校之外的世界变化如此巨大，对一个想要开阔视野、渴求知识的年轻人来说，又怎能心不悸动呢？元宵节那个晚上，屋前的打谷场沐浴在一轮满月播洒的清辉里，月光是那么轻柔、丝滑，穿过枣树婆娑的枝丫投下斑驳的光影。父子俩在收起碗筷的饭桌边对面而坐，袁清山把自己的想法告诉父亲："高考恢复后，我同学有好几个报考了大学，录取了几人，今年我也想报名，去尝试一下。"父亲依旧抽着他的旱烟，沉默着，气氛静得就像打谷场上清冷的月光。片晌拿起烟杆在鞋底上敲了几下，声音低沉地开腔道："崽哩诶，我们湖边吖老人常哇：有风才起浪，无潮心自平。力大养一家，智多育百人。恁自己仔细默一默！恁走了，恁带吖些细崽哩，怎办？大队、学堂恁对得起哪个？"袁清山是个孝顺懂事的孩子，他理解父亲的心情，也明白家里的处境，父亲的寥寥数语让袁清山打消了报考大学的念头，照常把精力投入教学工作中。

改革的星火在全国兴起燎原之势，但相对于鄱阳湖西岸的跃进大队来说，步伐还是显得慢了些。1981 年，农村土地承包制终于落实到了跃进大队，劳动工分制也随之被淘汰。同年，袁清山在父母的操办下迎娶了青梅竹马的金花姑娘，真是双喜临门！在农村对于一个大家庭来说，成家立业了就得与父母分开过，自立门户一直是这片古老土地上的习俗，袁清山也不例外。他从父亲手里接过两间瓦房、分得七分土地。那一刻，他觉得自己正在履行人生中的一桩盛大仪式，冥冥中也承接了一个男人对家庭、对社会的责任与担当。

时光在太阳与星月的交替中缓缓前行，生活也如博阳河蜿蜒的河水一样波澜不惊。婚后的小日子在妻子的打理下过得有滋有味。1983 年，人民公社改为乡镇，跃进大队又改叫观音桥村了。从这一年起，老师的薪酬由乡政府按学期发放，一年薪资有 1380 元。也就在这一年，村里家家户户用上了电灯。桩桩件件发生的事情都预示着农村生活在不断地向好转变，也给他们小两口带来了意外的惊喜与快乐。而生活的甜美往往是热爱生活的人，在平淡如常的日子里用爱之文火慢慢熬制出来的。

观音桥村的夜晚，天空深邃幽阔，没有城市的喧嚣，只有夜风轻轻吹过树梢的声音和几声零星的虫鸣与犬吠，让人感受到一种宁静之美。袁清山在灯下批改两个年级的作业，还得准备两个年级的课件。妻子每每在最恰当的时间段端来一杯热茶轻放在案几边，再搬张椅子静静坐在他的身旁，偶尔，她也会打个趣："山哥，看恁总是熬夜到忕晚，我一定要给恁多生几个丫崽，都放在恁班上跟恁学，省得恁个学问浪费着。"袁清山立刻被妻子的话给逗乐了。

幸福的日子总是过得特别快，感觉昨日才踏入青春的大门，转眼间已跨进中年的门槛。17 年前妻子的一句玩笑话竟然成真，4 个孩子陆续出生，为十几年后的一波人口红利，他俩做出了应有的贡献。夫妻俩共同经历了清平生活中的酸甜苦辣，变得更加成熟，对于生活中的困难和挑战，也学会了积极应对，不轻言放弃。而面向未来，他们充满了期待和信心。

然而，困难与挑战却在 1998 年接踵而来。6 月中旬，受厄尔尼诺现象影响，鄱阳湖地区突然下起了瓢泼大雨，天空就像被捅了个大窟窿似的。眼看着暴雨连绵下了几周，丝毫没有停下来的意思，村与村之间的小路已被雨水淹没，村民也跟着警觉起来。果不其然，没多久，一场洪灾就悄然而至。鄱阳湖的洪水漫灌而来，村西头是那座以"观音"之名命名的、寄托着村民美好期望的"观音桥"，也随着博阳河一起沉没在泱泱洪水之下，观音菩萨终究是没能遏制住洪水的肆虐，洪水甚至还威胁到了关乎村民与学校安危的圩堤。学生已无法来校上课，学校干脆宣布提前放暑假，袁清山与其他几位老师随即加入抗洪救灾、保卫家园的抢险战斗中。没有船，他们就找来划盆代替。天空中，乌云越积越厚，天色愈来愈暗，夜幕像是被提前拉了下来。雷声由远及近咆哮着滚滚而来，在头顶发出震耳的惊响，闪电像无数条鞭子狠狠抽打着湖面，大雨犹如天庭飘下来的千万条银线，让天水相连，迷蒙一片。硕大的雨点砸在湖面上，炸起晶亮的水泡儿，像玻璃花一般即开即碎，又像是河神一齐眨着诡异的眼睛，在嘲弄人类的渺小。

袁清山与老师们在这种恶劣的环境下与村民们一起夜以继日地忙碌着，白天扛沙包、打树桩、搬石块、撑船运送抢险物资，争分夺秒与天灾抗衡；夜晚巡逻、值更、探查，时时刻刻警惕险情，困了乏了就轮换着在泥水中的草包上打个盹。可即便是在这种时刻，袁清山的心里还一直记挂着在风雨中飘零、挣扎的校舍是否会有不测，担心孩子们开学后能否正常入校。洪峰不断增高，大堤承受的水压越来越大，圩堤最终还是没能扛住洪水强大的冲击力，被冲出一个巨大的缺口。霎时间，洪水像一只挣脱了束缚的猛兽，吞噬着堤内的村庄、学校、庄稼……那一夜，袁清山呆立在长堤上，望向堤内的家园，黑夜深处不时传来女人与孩子们惊恐的哭喊声，却无能为力。洪水冲翻了他们的最后一搏，几十天奋不顾身的努力顷刻间化为乌有，一股揪心的疼痛在胸腔窜动，抑制不住的委屈与不甘随着泪水喷涌而出，倾泻在滂沱大雨中。

洪水退去的那天，袁清山蹚着泥浆火急火燎地赶到学校，眼前的一幕真的应验了他在风雨中的担忧。长时间在洪水中浸泡的墙体，已有多处松散垮塌，学生的桌椅散乱地堆叠在教室的淤泥里。此情此景不忍直视。他手扶着教室的门框，内心的苍凉令他浑身战栗，这所他高中刚毕业就在此落脚的观东小学，见证了他为师的每一步历程，22个春秋不知浸润了他多少心血。面对眼前的混乱不堪，他质问苍天，为何对学校、对他的学生如此不公？即使时过境迁，每每提到那场特大洪水，都是他心头挥之不去的梦魇。

校舍已毁，在政府的安排下，学校把所有学生分流到乡镇中心小学与观西小学就读。学校的问题是解决了，可孩子们去上学的路途有几公里远，而且几乎都是田间小路，沿途沟渠堰塘交错，非常不安全。更无奈的是，村里青壮年都外出工作去了，留守在家里的以老人居多，而这些老人又多数没有常年接送孩子上下课的能力。鉴于这种情况，政府决定择地重新建一所教学点。校址就选择在观音桥村与长塘村交界处，坐北朝南，背倚着两村之间的祖坟山而建。

1999年，新建成的教学点落成，取名为——观长教学点，可委任到该校的教师却只有袁清山一人，面对现实的困难，他无怨无悔，从容应对。新的教学点建有六间教室，配备有全新的摄像头、公共卫生间、小操场、国旗杆、自来水、清一色的桌椅等一应俱全。唯一的老物件是袁清山从旧校区带来的那柄铁铃，这铁铃承载了过往岁月里的太多记忆，让他难以割舍。开学的那天，清脆悠扬的铃声在两村间的山坳里回荡，袁清山把同学们集合在小操场上，举行了庄严的升国旗仪式。在国旗下，面向他的全部学生，满怀激情地说："同学们，这是洪水过后在新教学点的首次开学，我们首先应该感恩党和政府的大力支持与帮助！也要感谢各方人士给予我们的无私关爱……有人说，新教学点很袖珍，很小，是的，但它小得一样都不缺少！同学们，你们也应该知道，它也很大，大到能载得起你们报效国家的全部理想，能容得下你们人生旅途中的所有宏伟抱负……"

一人一校的这种教学模式，确实难！袁清山逼着自己使出浑身解数，语文、数学、音乐、体育、美术，十八般武艺样样精通，平时还要组织不同形式的课外活动，每一天他都像陀螺一样旋转着，没得停歇。在他勤勉教学与耐心辅导下，没有一个学生掉队，学生的总成绩在系统里一直名列前茅。更令袁清山欣慰的是，新教学点99级的8名毕业生中有4个考进了县中学唯一的重点班。2000年，民办教师脱帽转为公办教师，袁清山的心境变得愈加豁然了。为了腾出更多的时间用在教学上，他把妻子也叫来学校当帮手、做义工。

随着社会经济文化的飞速发展，村里不少孩子跟随着父母进城去读书了，教学点的学生在逐年减少，由高峰时期的68名学生锐减到最后只有两名学生。2018年秋，泽泉乡中心小学校长考虑撤掉这个教学点，让袁清山和两个孩子到中心小学来。但他不放心让两个孩子要走一个多小时的山路，赶到5公里外上学，在他的坚持下，这个只有3名师生的教学点才得以保留下来。

两个学生是姐妹俩，她们的父母都有智力障碍，两个人从小也被发现智力低于常人，没法像其他孩子一样正常学习。可既然入了学，就得认真教下去。缺少正常家庭教育的姐妹俩刚到学校的时候，就像是脱缰的野马，什么都不懂。从生活常识到读书写字，一切都要从头教起。一般只要教三五遍的课文，教她们得二十几遍，还只能是跟着老师读。更难教的是写字，因为很难理解文字的含义，写字对她们而言与涂鸦无异。翻开姐妹俩的生字本，可以看到她们从"一"到"三"再到"五"的每一次进步是多么艰难。在袁清山看来，对她俩的教育不能仅把课本上的知识看为全部，她们更需要关心与爱护，要让她们懂得生活中的基本事宜与自理能力。为了防止突发事情发生，他的办公室也成了医务室，各类常用的应急药品都得准备妥当。每次放学，袁清山都会把姐妹俩送过学校对面的一座小桥，再目送她们回到自家的村子，他才敢折返回头，与妻子一起把教学点收拾干净了再回去。教学点离袁清山家其实并没有多远，日复一日，他们走着走着已不再是少年。在这短短的次元里，岁月的季节已记不清留下了他们多少帧画面，也许平淡、没有言语，却已情到深处。自始至终，留下的，一直都是最初一样的感动……

2020 年 1 月，袁清山正式退休了，因缺少教师来接替，他又被学校返聘，继续从事他所热爱的工作。只要有学生来上学，他就打算一直坚守在这里的岗位。从教 48 年，他的事迹不仅感动了身边的人们，也感动了共青这座年轻的城市。他先后荣获第三届"感动江西教育年度人物"、2018 年度"泽泉小学优秀教师"、共青城市"师德师风先进个人""九江好人"、2020 年度"江西好人"、2021 年度"中国好人"等荣誉称号。纷至沓来的荣誉并未影响袁清山坚守杏坛的初心，在他心中，这里的每一个孩子就如同一块璞玉。他用自己的创造力、想象力和探索性的思维倾心于教学，在近半个世纪的时光湍流中，他用粉笔作刻刀雕琢、以时光为砂轮打磨，让手里的每一块璞玉都焕发出该有的光芒。这里从没有预知的壮举，只有默守的信念。他就像黑夜里的一盏烛火，燃烧自己，点燃希望；他是穹宇中的一束星辰微光，恒久不衰，引领方向……

农历春分刚过，教学点外的油菜花在幽静绵延的山坳里悄然绽放，昨夜的一场新雨让阳光下的油菜花显得格外鲜亮。一只娇莺鸟在花田上空翻飞起舞，欢快地鸣叫着，像个淘气要欢的孩童。置身在这超现实主义流派的画作里，本该有苏子"耳得之而为声，目遇之而成色"的感慨，袁清山却难有共鸣。谷雨过后就要进入夏天了，两姐妹在这里已是最后一个学期，不多久她们就要毕业了，这意味着袁清山与教学点都将完成自己的历史使命。背倚着祖坟山的教学点，掩映在缓坡上的一丛樟树林里，操场上高高耸立的旗杆上一面国旗在风中飘扬。这里有他人生中的全部事业，有他倾注的全部精力，也必将会留下他无限的眷恋，他会如何释怀呢？一阵裹挟着江南湿气的季风吹过，油菜花相互簇拥着，摇摆起伏，犹如一股涌来的春潮，在他的心湾里跌宕回旋，久久不肯散去……

款款情深许白头

□ 刘志坚

　　窗外传来一阵鸟儿的鸣叫声，声音婉转、悠扬，久久盘旋在村庄的上空。凌永清揉了揉眼，朝窗户的方向望去，窗外已露出朦胧的亮光，天色尚早。他看了看身旁的妻子，轻轻掀开被角，起身套了一件衣服，朝着厨房走去。

　　在厨房里，凌永清拿出水壶在水龙头下灌满了水，搁在煤气灶上，再拧开了火，这才走进卫生间，开始洗漱。等到他洗好，水壶里的水正好烧开，他从卫生间拿过一只洗脸盆，一条毛巾，一块纱布，一个漱口杯，先将水壶里的热水倒了一些在漱口杯中，烫了烫纱布，然后倒了一部分到洗脸盆中，又从水龙头下接了一些冷水，伸手在水盆中试了试水温，不冷也不烫，正好合适，这才端着盆子、杯子走进了卧室。

　　妻子余爱珠此时也醒了。凌永清打开床头的电灯开关，把脸盆搁在一旁的矮桌上，走到床边把余爱珠扶起，在她身后垫上靠垫，然后将纱布缠在右手的食指和中指上，在漱口杯中沾湿，左手伸到余爱珠的脖子后面托住，看着余爱珠说："乖哈，天色就要亮了，来，张开嘴，刷刷牙，漱漱口。"余爱珠眼睛一眨不眨地看着凌永清，顺从地张开嘴巴，凌永清将缠好纱布的手指伸进余爱珠的嘴中，动作轻柔地在余爱珠的牙齿、舌头上一遍又一遍地擦拭了好几遍，又取下纱布，把毛巾放到脸盆中搓了几把，拧干，说："来，再洗洗脸，擦擦身子。我跟你说呢，昨晚天空有晚霞，后来又冒出来好多星星，看起来今天是个晴天，等下可以推你出门走一走了。"

余爱珠顺从地躺着不动，像个孩子一样，听任凌永清拿毛巾在她脸上、身上擦拭着，就像小时候，听任父母给她们兄弟姐妹几个洗脸一般。

这是江西九江共青城市金湖乡和平村一个平常的早晨，平常得和这几十年走过来的所有日子几乎一个样。这么多年了，凌永清早就习惯了早早起床，早早帮妻子刷牙洗脸擦身子，然后再开始新的一天的忙碌。

他们的故事从 20 世纪 60 年代开始，相濡以沫，共同走过了一个甲子不平凡的生活历程，其中又有 30 年几乎全靠凌永清支撑、扶持，时至今日仍传颂在当地，成为村民们口口相传的佳话。

凌永清其实是个不幸的人。他出生于 1938 年的浙江淳安千岛湖，那是一个战火纷飞的年代。在他 9 岁那一年，一场瘟疫，夺去了他父亲的生命，家里的顶梁柱瞬间坍塌，全家人的生活从此就落在了母亲的身上。幼年丧父的悲痛和动荡不安的生活，给凌永清留下了深刻的印象，也让他养成了朴实、勤劳、善良、坚强的品格。1962 年，时年 25 岁的凌永清在家乡和同村已经相恋了 3 年的妹子余爱珠喜结连理，携手步入婚姻的殿堂。两个人的结合如同春风拂面，温暖着彼此的心田。婚后，随着大女儿、二女儿和大儿子的先后出生，日子过得愈加紧巴，好在有母亲的辛劳操持，有夫妻二人的共同劳作，日子虽苦，却依然充满希望和笑声。

1969 年，国家兴修新安江水电站，就像后来修建三峡大坝、大批原住居民需要离开家乡一样，当年 4 月，凌永清和余爱珠也带着母亲和三个儿女，挑着简单的行李，响应国家号召，离开浙江，来到了有"鱼米之乡"美誉的鄱阳湖畔重新安家落户，搬迁到了现在的共青城市金湖乡和平村。他们与当地村民一道，日出而作日落而息，在天地间抛洒汗水，开荒拓土，收获希望。两口子相互扶持，带着一家人共同面对生活中的风风雨雨，依靠国家补贴一点、自己劳动收获一点，细粮掺杂着红薯，度过了一段又一段甜蜜而温馨的时光。他们在这片土地上后来又生育了一个女儿和两个儿子，辛勤耕作加上精打细算，凌永清和余爱珠在村里率先盖起了新楼房、第一个买了电视机，日子比刚到江西时简直有了天翻地覆的变化。

倘若生活能遂人愿，就这样一路走下去，这将是个多么幸福、多么让人羡慕的家庭！

　　然而造化弄人，人算不如天算，命运的齿轮在 1992 年突然脱离了原先运行的规律，生出了一个谁也没有预料到的变故。一天早上，刚满 55 岁、平时看起来身体健康的余爱珠忽然一阵头昏目眩，摔倒在地，一动不动。凌永清当时就吓坏了，赶紧将她送往医院治疗，一躺就是 70 多天，却依然不见余爱珠醒来。医生将凌永清叫到跟前说："病人是高血压引起的脑出血，医院已经尽了全力抢救，但是回天无术，将病人带回家准备后事吧。"凌永清大脑"嗡"地响了一声，他怎么也无法相信，眼瞅着日子开始好转了，儿孙都有了，正是共享天伦的时候，妻子怎么会扔下一大家子，就这样告别人世呢？他无法接受这个现实，苦苦哀求医生再给诊断一下，医生说已经没有救治的必要，亲戚朋友也在旁边劝他，说是要听医生的，大家都尽力了，要接受现实，将病人接回家再说。

　　生平寡言少语、很少与人争吵的凌永清这次却像变了个人，他涨红着脸，高声喊叫说："我不信，我不信，我和爱珠说好了要共同走过一生的，这才多久呀，她不会抛下这个家，也不会抛下我的，我们不回家，回家就完了，只要她还有一口气、还在医院里，就有希望，有盼头。"说着，他冲回病房，抓住妻子的手一直不放。看到他这么执拗，周围的人纷纷抬手抹泪，医生也深深受到感染，汇报给了院领导，医院经过研究勉强同意将病人留下，请来专家集中会诊、完善救治方案。

　　如果说冥冥之中自有神助，人们更相信是凌永清对妻子的一片痴情和满腔挚爱，给了余爱珠活下去的希望，解开了余爱珠醒过来的密码。一个星期后，余爱珠神奇地睁开了双眼，看到了憔悴、消瘦的凌永清，轻轻地喊出了一声："永清……"微弱的一声呼唤，在凌永清的耳中听来却犹如天籁，他惊喜万分，赶紧喊来医生。看着眼前的这幕奇迹，医生也惊诧万分。

　　"当时医生把家里人都叫到一起，商量是不是出院。我坚持不同意出院，我说只要有一口气，就要在医院里为她治病。"当年的那一幕，在凌永清的脑海中依然清晰如昨。当然，人虽然醒了，但因为脑血栓导致右半身瘫痪，只能卧床养病，凌永清却依然如同捡到宝一般，在达到出院标准后就把妻子带回了家。因为整天卧病在床，余爱珠的身体经常会觉得疼痛。为了减轻妻子的病痛，只要有时间，凌永清就会为妻子按摩缓解疼痛，即使是在晚上，也会不停地为她揉捏按摩。在凌永清的悉心照顾下，余爱珠慢慢能下地走路了。

那一天，看着余爱珠重新站起来，试探性地迈开了腿，接着又是另一条腿，凌永清十分激动。在他看来，妻子终于可以不再被病痛折磨了，也能走出房门看看院落里盛开的鲜花、晒晒室外的太阳。虽然每次行走的步伐并不稳定，行走的时间也不长，凌永清依然打心眼里感到开心。不久，当地政府工作人员知道凌永清夫妻的事情后，给他们送来一辆轮椅，方便余爱珠坐着出门。于是，夕阳下，在漫天灿烂的云霞映衬下，一对年近六旬的老人，一人坐在轮椅上，一人在后面推着，缓慢穿行在村庄的房前屋后，就成了和平村温馨、暖人的画面，留在了村民们的脑海中。

生活总不会一帆风顺，命运似乎有意考验凌永清对妻子是否爱得深沉。眼看着余爱珠的身体比以前有了很大的改观，高血压这个顽疾，在 2002 年让余爱珠再次摔倒在地。

"再送到医院去治，命是保住了，人却就起不来了……"回忆起往事，凌永清内心涌起一缕深深的内疚与自责，他觉得是自己没有照顾好妻子，才导致妻子的摔倒，同时又为妻子不能自由行走而感到老天的不公。

面对再次降临的打击，凌永清没有退缩，更没有放弃。不得不说，凌永清的家其实是一个温馨、充满爱的大家庭。在妻子余爱珠第一次摔倒后，他的高龄老母也常常帮衬着儿子照顾这个儿媳，但是 1995 年，老人以 83 岁的高龄去世后，照顾余爱珠的担子就全部落在了凌永清的身上。他的三个儿子、儿媳，三个女儿、女婿也常常到家陪侍、照看余爱珠，给凌永清分担一些重负。然而，想到孩子们都已经成家立业，有自己的小家庭需要打理，同时，考虑到小辈们的照看让他不放心，凌永清还是"下狠心"把孩子们全部劝回各自的家庭，由他自己一人承担着照顾妻子的重任，用他坚实的臂膀为妻子撑起一片天空，日夜守护在妻子的身边，无微不至地照顾着她的饮食起居。

每天早晨，凌永清都会早早起床，准备好饭菜后，将妻子抱到床边，一口一口地喂她吃饭。为了保证妻子的营养均衡，他还学着做一些简单的菜肴，虽然手艺不佳，但余爱珠总是吃得津津有味。饭后，他会帮妻子洗漱打扮，确保她干净整洁。然后，他会推着她去田间散步，去村子里走一走，让她感受大自然的美丽和空气的清新。

凌永清个子不大，体重也轻，尤其是随着岁月的流逝，他的年岁也慢慢增长，这个瘦弱的老人每天为了让妻子感觉舒心一些，都要为妻子翻身几次，给她擦身子，给她换洗衣物。为了让她吃起东西来更加方便，他还常常要将妻子的身体搬动，在身后垫上被子、枕头，时间一长，自己也常常累得吃不消，以至于每年都要到医院去住院治疗10来天才行，只有这段时间，照顾余爱珠的责任他才不得不安排给孩子们做。2009年，儿女们买来一张类似于医院里可以调节高度的病床给母亲，从此，只要摇动摇把，余爱珠躺在床上，就可以让上半身呈半躺半卧状态，多少减轻了一些凌永清的负担。

除了日常的照顾外，凌永清还经常与妻子交流，鼓励她保持乐观的心态。他告诉她："无论发生什么，我都会陪在你身边，直到永远。"这句简单而深情的话语，成了余爱珠心中最美好的慰藉。在她的眼里，凌永清不仅是她的丈夫，更是她的精神支柱和坚强后盾。

结婚60年，照顾卧病在床的妻子30年，凌永清感觉最骄傲的就是夫妻二人从未红过脸。"妈妈因为常年卧床，脾气难免暴躁些，有时我都受不了，真的很难明白爸爸这些年是怎么过来的。"出生于1978年4月的小儿子凌瑞成非常感慨。他对自己的父亲简直佩服得五体投地，他曾经和自己的妻子开过玩笑，假如这种事情落在了自己的身上，他们能否做到像父亲对待母亲这样无微不至、深情款款？

"在那个年代，我们是自由恋爱，所以感情很深，结婚60多年来，我们从来没有吵过架。特别是她失去行走的自由这些年，我总是觉得，如果我都不能理解她、忍受她、谦让她，那对她将是多么大的打击？我不能这样做！只要她还活着一天，她就一天是我的妻子，是我的亲人，我就有责任、有义务照顾好她。"曾经有人对凌永清数十年如一日照顾卧病妻子的举动不大理解，甚至有人建议他将余爱珠送到敬老院，以减轻自己的负担，凌永清却不疾不徐地说出了这么一番话。

如果从1992年余爱珠第一次摔倒住院算起，凌永清的看护之路经历了30多年，在这上万个日日夜夜里，余爱珠有时半夜需要起夜，凌永清就要起床为她洗身子换尿片，刚开始照顾瘫痪妻子时，心理和身体的双重压力让凌永清有些许不适。遭此大变，余爱珠的脾气难免有些暴躁，加上言语不便，让身边的人感到难以相处。可是在理解了妻子的意思之后，凌永清就会把事情默默做好，并无太多抱怨。

有段时间，女儿和儿媳在照看过余爱珠一段时间后，考虑到凌永清老人年纪也不小了，为了减轻父亲每天的工作量，就买来尿不湿和卫生裤给余爱珠换上。凌永清发现后，非常生气，固执地把尿不湿和卫生裤全部扔掉了。他对儿女们说："用这些东西看起来我们是轻松了，也减轻了我的负担，可是尿不湿穿在身上，会给病人带来什么样的心理压力？又会给她的身体带来什么伤害，你们想过没有？我不需要这些东西，如果你们觉得累，那就我一个人来累好了。"看到老人态度这么坚决，孩子们也不得不遵从他的意思。

在卧床之前，余爱珠喜欢在院子里养花种草，当她无法自由动弹之后，凌永清把侍弄花草的活也接了过来，成了这方面的"土"专家，他们家的院落一年四季草木葱茏、鲜花盛开。他曾指着院子里盛开的鲜花，乐呵呵地对人说："我不仅把老伴照顾得很好，她最喜欢的花我也照顾得很好呢。"凌永清夫妇的房子，如今虽有些老旧，但凌永清一直在细心地打理这个温馨的小家，不仅桌椅擦得一尘不染，妻子房里的床褥也收拾得整洁如新。他经常把窗户打开，院子里的花香一阵阵涌向室内，余爱珠总是深深地吸一口，脸上露出舒心的笑容。

乐观、积极的态度，使得凌永清身上始终有使不完的劲。因为妻子行动不便，凌永清需要喂妻子吃饭。喂饭时，为了方便妻子，细心的凌永清会事先撕好一格一格的卫生纸放在手边，妻子吃饭不小心把哪里弄脏了，顺手就可以拿起一格卫生纸来擦拭。余爱珠有糖尿病，不能吃稀饭，凌永清就变着花样弄些面条、饺子、馄饨来给她吃。然后每天帮她清理大小便，喂她吃药。早上起来吃降血压的药，十点钟吃糖尿病的药，这一套程序，凌永清做起来丝毫不乱。

虽然大小便失禁，但有了凌永清的悉心照料，余爱珠的身上始终干净清爽，她的糖尿病、高血压也没有加重。"以前我还能抱起她，帮她坐起来，现在不行了。"凌永清显得有些自责，却忘了他自己毕竟也80多岁高龄了。从1992年第一次瘫痪，两个人从青丝盈盈走到了白发苍苍，已经是耄耋老人的凌永清，体力显然跟不上这样高强度的护理工作，子女多次提出由他们来轮流照顾，但都被凌永清拒绝了。

凌永清对待余爱珠的深情，也深深影响了他的儿女们。他最大的女儿1963年在浙江出生，最小的儿子1978年在江西出生，总共6个儿女，从小受父母的教育影响下，虽然没有大富大贵，也没有出人头地，但是凭借着自己的努力，生活都很平稳、宽裕。

因为余爱珠生病住院的原因，原本经济条件不错的家里曾一度陷入困顿，小儿子凌瑞成有一天向父亲提出，自己学习成绩差，不想读书了，想去南方打工。凌永清明白儿子想为家里减轻一些负担的心事，但是儿子的学习成绩也确实不是很好，他很久没有开腔，最后才说："你要出去，我也不拦阻。在外面不管赚多少钱，身体是第一位的，吃点、用点都是在自己的身上，但是千万不能学坏样，走歪路，惹些坏毛病回家，更不能做任何违法的事，否则就不要进我凌家的门。"凌瑞成重重地点了点头，他知道父亲做得多、说得少，但是原则性强的特点，他把父亲的这番叮嘱当成自己的人生信条，一直不敢背叛。

"我们兄弟姐妹几个对父亲都是发自心底的佩服。我们从来没有见过父母红脸吵嘴，在他们的影响下，我们兄妹几个也是家庭和睦，互相之间别说闹矛盾、闹别扭了，连重话也很少有。"回忆往事，凌瑞成脸上满满的都是对父亲的敬仰。"如果说对父亲有不满的地方，那只有一件事。"凌瑞成说，"2002年母亲第二次摔倒后，父亲因为担心我们几个在外面打工、创业的子女分心而没有把这件事告诉我们，等到我们获悉情况赶回来后，我们是真的难过，我们都觉得父亲太不容易了，母亲第二次出事，他怎么忍心不跟我们说而独自承担那份痛苦？"

那一次，因为余爱珠彻底失去了行动的自由，身边时刻离不开人，儿女们又有各自的事业、家庭，后来凌永清也就从来没有外出过，他只是暗暗发誓，有生之年一定要照顾好她，绝不放弃。说到做到，自那之后，凌永清再也没有离开过妻子的左右，浙江老家也没有再回去过，生活中唯一重要的事情就是照料患病的妻子。

随着时间的推移，凌永清和余爱珠共同度过了无数个春夏秋冬。每当夜幕降临，凌永清都会坐在妻子床边，与她聊起过去的事情，回忆那些美好的时光。他们的笑声和谈话声常常在寂静的夜晚回荡在乡村的小路上，成了当地一道独特的风景。

2022年8月，长期受病魔折磨的余爱珠最终离开了她一直牵挂的家人，享年85岁。她走时没有一丝痛苦，只有对凌永清无比的眷恋。亲戚朋友、乡亲友邻都为凌永清长舒了一口气，觉得他从此没有了压力，得到了解脱，儿女们也打算把母亲长期躺卧的那张床拆除扔掉，凌永清给制止了，他说："你们的母亲虽然离开了我们，但这张床和她有特殊的关系，在我有生之年，这张床还得留在家里，还要和我做伴。"有细心的村邻发现，凌永清后来还常常对着那张床发呆，有时早上醒来，还会习惯性地煮好面条端到床前，当看到床上物是人非，仍然久久站立着。

"就算泪水淹没天地，我不会放手，每一刻孤独地承受，只因我曾许下承诺……"一曲《神话》仿佛是为凌永清、余爱珠量身定做，唱出了凌永清与余爱珠夫妻俩的真爱写照。在60多年的婚姻生活中，无论是艰难贫穷时的柴米油盐，还是富裕时的共同努力、携手共进，抑或是妻子卧病榻30载全身心的贴身照顾，凌永清和余爱珠始终坚守着"执子之手与子偕老"的美好誓言，诠释"深情共白头"的人间真情。

在这个家庭中，没有华丽的语言和奢侈的生活，只有相互扶持和默默的付出。凌永清用自己的行动诠释着爱的真谛，他的坚持和付出深深地感染着周围的每一个人。许多村民都被他们的事迹所感动，纷纷向他们表示敬意和祝福。岁月在凌永清的脸上留下了深深痕迹，他对爱情、对妻子的坚贞总让人久久感动，无法释怀。有人问起过凌永清对婚姻的理解，他的回答只有短短的几个字："相互扶持，不离不弃。"

一 诺 千 金

□ 晏 子

见到周瑞林之前，有关他的故事如雷贯耳。于是，我的脑海里无数次勾勒出一张微笑的脸：嘴角上扬，目光亲切，为人谦和，做事沉稳。以他66岁的年龄，应该是两鬓斑白，阅尽人生四季风霜。有格局，明事理，值得人信赖。否则，怎么会为了一句承诺，无怨无悔地坚守了40年，跋涉千里，替战友尽孝？他以一个军人的忠诚，用行动诠释了一诺千金的真正内涵。

2024年清明节的第三天，我带着任务拜访了中国好人——共青城市检察院退休干部周瑞林。果不其然，他与我想象中的一模一样。一个多小时的采访中，他始终面带微笑，真诚不做作。谈到连队生活，他拿出一本战时相册，逐个介绍和他生死与共的战友。当说到牺牲的战友麦锡辉时，他沉默了，眼里泛着潮红，久久沉浸在往事中。

周瑞林，生于1958年6月，中共党员。1979年，参加过对越自卫反击战，因战伤残，荣立三等功。2019年，被评为江西好人。2022年，被评为中国好人。在荣誉面前，周瑞林始终保持谦逊的微笑。他抚摸着一张张发黄的照片，感慨地说："对我来说，所有的遇见都是最好的。首先，我要感谢党和部队的培养，没有这段特殊的军旅生活，我就无缘参加对越自卫反击战。要知道，保家卫国对一个军人来说是何等的荣耀。当然，也就没有机会认识亲如兄弟的战友麦锡辉。"

周瑞林捧着相册，端详着麦锡辉的照片。时隔40多年，照片有些发黄模糊。特别是几十个人的合照，人头密密麻麻地挤在一起，连鼻子和眼睛都分不清楚。他准备了一个放大镜，对着每张脸从左到右一点一点移着看，最终目光定格在麦锡辉脸上。手指轻抚着他的面颊，自言自语地说："兄弟，又有爱心人士来看我了。其实，他们是来看你的。没有你，谁认识我呀？当年我们一起上战场，一起冒着枪林弹雨杀敌人，如今我回来了，享受国家给军人的各种优惠政策，而你却永远留在边境。墓碑下很冷，很阴暗。你别怕，有我经常陪你说说话，你不孤单。"

妻子左升梅在一旁打断说："瞧你又神神道道的，有客人在呢。"

"没事的。"我打圆场说。他妻子说："你不知道啊，他老是这样一个人自言自语。"

"你不懂！我是在与我的兄弟对话。"周瑞林白了妻子一眼，"当初，我们有个约定，等战斗结束后，我们要像亲兄弟一样来往，逢年过节到对方家中拜见对方父母。"

周瑞林揉揉眼，抱歉地朝我们摆摆手说："唉，岁数大了，人也变得脆弱了，想当初我们打仗的时候，十几二十岁的年龄，个个像小老虎一样勇猛。一晃40多年过去了，我们都成了老人。如今，回忆起来就像做梦一样。"

"周老，听说当初您是以一个神枪手的身份参加28天越战的，这段特殊的经历一定很精彩，请您给我们讲讲好吗？"

"那是我一生中最难忘的日子。"提起往事，周瑞林神情肃穆。他指着自己年轻时身着军装、手握钢枪、英姿勃发的照片侃侃而谈，仿佛回到了45年前。1978年3月，20岁的周瑞林从江西德安应征入伍，在南京服役。次年元月，他作为新兵中的神枪手，与老班长、老兵们一起被紧急抽调增援边疆广西前线，坐上了特级黑色铁皮闷罐军列。出发前，班长说："吃光花光，打起仗来心不慌。"他们做好了充分的思想准备，轻装前进，誓死与阵地共存亡。

周瑞林回忆说："我打开钱包，包里还有86元钱，心想，老家来信说家里房顶下雨漏水，我怎忍心吃光花光？于是，我将80元钱连同一双解放鞋、一套新军装送到军邮站寄给母亲。邮费3元2角钱，身上还剩2元8角钱。走进军人服务社看到柜台上的新鲜梨子，心想，长这么大还没吃过梨呢。于是掏出1元钱买了2只，咬了一口，又脆又甜。我在上战场之前，终于尝到了梨子的味道。接着，我又买了 10 个信封、一支牙刷和一块肥皂。还剩 5 角6 分钱，我朝售货员面前一推说，随便买点什么吧。无钱一身轻，打起仗来只管往前冲了。"

经过 7 天 7 夜，列车直达广西边界。周瑞林被编入广州部队，与广东东莞籍战士麦锡辉同一个战斗小组。他们一见如故，又是同一年出生，性格和办事风格很相似，有一种相见恨晚的感觉。

战前，战斗部队进行总动员，形势十分严峻。每个战士都剃着光头，举手宣誓：宁可前进一步死，不可后退半步生，誓死与阵地共存亡。

1979 年 2 月 17 日凌晨，中国南疆的边界，三颗红色信号弹划破长空。广西、云南前线部队万炮齐发，以排山倒海之势，轰炸在敌人阵地上。冲锋号吹响了，战士们在炮火下冲锋陷阵，勇往直前，迅速夺取敌人的第一道防线。121师负责打穿插，任命周瑞林所在的 362 团 5 连作为尖刀连，冲在全师最前面。战士们通过雷区，冒着枪林弹雨向对面主峰进攻，多名战士踩雷牺牲。军人以服从命令为天职，以保卫国家为己任，以马革裹尸为荣耀。面对敌人的疯狂轰炸，战士们不考虑个人的安危，奋不顾身往前冲。

"周老，听说您有两个父母，江西、东莞两头尽孝，这是怎么回事呀？"

他停顿了片刻，轻声地叹了口气，陷入了回忆："总攻开始的时候，敌人为了阻止我军冲锋，埋下了大片地雷。就在我将要踏上雷区的那一瞬间，麦锡辉喊了一声：小心地雷！我听不懂粤语，仍在往前冲。他从后面一把拉住了我，指着地雷让我看。要不是战友及时阻止，我一脚踏上去，十有八九不是牺牲，就是重伤。是麦锡辉救了我一命。"

那次战斗打得十分漂亮，连队夺得 910 高地，摧毁敌人一个加强防守排的据点，缴获轻重武器 24 件。战士们非常高兴，士气空前高涨。但战斗只是刚开始，更严峻的考验还在后面，子弹不长眼，谁能坚持到最后都是个问号。晚上，躺在潮湿的战壕里，望着天上一弯冷月，想起远方的故乡和爹娘，心中无限惆怅。麦锡辉说："咱俩无论谁牺牲在战场上，都要把对方的父母当成自己的父母，要像亲儿子一样为他们养老送终。"周瑞林点头。虽然他们认识不久，但彼此心中燃烧的信念和保家卫国的拳拳赤子心是一致的。

那晚，借着朦胧的月光，他们留下了双方父母的姓名和住址。次日拂晓，战斗再次打响，连续 5 个多小时的战斗中，周瑞林和麦锡辉打散了，从此失去了联系。战争结束后，他多方打听无果。后来，周瑞林负伤回地方治疗，1982年退伍。这期间，他问遍了所有能联系上的战友，没有一个人知道麦锡辉的下落。他又按照当初麦锡辉给的地址，写了无数封信，都被一一退回，上面写着查无此人。

那时，南方搞改革开放，原先的旧房子拆了，信件根本收不到。直到2007年，周瑞林出差广西，顺便到靖西烈士陵园祭拜当年牺牲的战友。在烈士墓碑上，他突然看到那个心心念念、刻骨铭心的名字——麦锡辉，顿时感到一阵晕眩，大脑一片空白，双腿一软跌坐在墓碑前。他双手抚摸着麦锡辉的遗照，几度哽咽：兄弟啊，我找了你20多年，原来你早已不在人间了。

有道是男儿有泪不轻弹，只是未到伤心处。周瑞林再也抑制不住内心的悲痛，长跪在墓前号啕大哭。为战友的血洒疆场而哭，更为这些年未能兑现诺言而痛心疾首。那天，他错过了返程的车次，一直陪伴在墓前。肃静的陵园，松涛阵阵，弥漫着香烛烟火的空中，久久回荡着一个铁血男儿椎心泣血的啜泣声。

此后一年多时间里，周瑞林从未放弃过寻找麦锡辉父母的下落。在他身上，始终揣着一个发黄的小本子，里面密密麻麻地记着有关战友的信息。2008年，广东省东莞市检察院同志来共青办案，周瑞林像见到了亲人，紧紧握住他们的手，千叮咛万嘱咐，一定要帮他找到麦锡辉的家人。否则，他食无味，寝无眠，行无力，余生只剩煎熬。检察院同志为他这种锲而不舍的精神所感动，答应一定帮忙寻找。哪怕就是搜遍整个东莞市，也要找到烈士家属，了却他半辈子的夙愿。

在政府部门的大力协助下，不久，东莞传来好消息，终于找到了麦锡辉的父母。周瑞林激动得语无伦次，连声说好。次日，他处理好手上的工作，登上了南下的列车。到了东莞麦锡辉家里，望着墙上战友的遗像，看着两位白发苍苍的老人，他泪如泉涌，往事一幕幕浮现在眼前。当初那个约定已经过去20多年，战友牺牲了那么长时间，曾经许下的诺言却迟迟没有兑现。他内疚、惭愧，拉着二老的手痛哭流泪，长跪不起："爸爸妈妈，我来迟了！从今以后，我就是你们的儿子阿辉。"

2009年，周瑞林做出了一个惊人的决定：舍弃检察院的工作，前往东莞替战友尽孝。他要用行动来弥补之前的缺憾。临行前，他依依不舍地辞别了父母。母亲说："儿呀。我生你一场，如今也到了古稀之年，你怎么舍得丢下我们？"周瑞林说："我这条命是战友给的。没有他，您的儿子20年前就死在异国他乡，何谈尽孝啊？"母亲说："这些我都懂，可就是舍不得你到那么远的地方去。"周瑞林说："那是我应该做的。从今以后，我有两个父母两个家，东莞、共青两头跑。"

他们一家三口来到麦锡辉父母身边。为了方便与二老交流，周瑞林坚持学习粤语、炒粤菜、为老人煲汤。为了让他们每天都能吃上新鲜食材，他先后骑坏了3辆自行车，亲自到各大菜场购买。麦父得了糖尿病，他和妻子帮他泡脚按摩。天气好的时候，带二老出去散步，陪他们聊天。为了替老人家打针，他一次次用自己的身体做实验。小两口的悉心照料，让两位老人感觉到他们的大儿子又回来了。邻居们都说他比亲儿子还亲。

"周老，为了一句承诺，您苦苦寻找了20年。是什么样的信念，让您一定要找到麦锡辉，并留在他父母身边呢？"

"战友为国尽忠，我替战友尽孝是应该的。比起牺牲的烈士，我做这点小事又算得了什么呢？"

2016年初，麦锡辉86岁的父亲去世，周瑞林披麻戴孝，以麦家长子的身份操办了丧礼。2020年年底，麦锡辉年迈的母亲住进了医院，周瑞林日夜守在病床前，不敢离开半步。他知道，老人时日不多，母子情分已经走到了最后，他要加倍地替战友补偿。不久，老人病逝，周瑞林再次以长子的身份操办后事。墓碑前，他含泪深鞠一躬，泣不成声："老妈，我完成了对麦锡辉战场上的承诺，现在，我也过了花甲之年，要回江西老家安度晚年了。我还会再来看望您的。您和老爸安息吧！"

忠诚与承诺，如星辰般永恒。周瑞林在岁月的流转中，用孝心和行动诠释了对逝去战友的深情守候。

回到家乡，周瑞林并没有享受"人生难得晚年闲，悠闲自在度余年"的晚年生活，而是一头扎进书海，闭门苦读。他写的新闻稿件和军旅回忆录陆续发表在《九江日报》《江西日报》《解放军报》《中国青年报》《检察日报》等报刊。并积极投入讲堂，为大、中、小学生讲战斗故事，传播红色文化，用英雄事迹激励孩子们刻苦学习，将来成为国家的栋梁之材。

· 朱　宏 ·

文化的追光者

□　蔡丽娟

追光而遇，沐光而行。心之所向，素履以往。庐山市新华书店经理朱宏用 37 年对文化的坚守，以诚信和热情，书写了独属于一个文化传播者的人生历程。

朱宏出生于 1969 年，1987 年入职星子县新华书店（今庐山市新华书店），从上班的第一天起，他就爱上了图书发行工作，这份热爱如同一道光，在此后的职业生涯中，朱宏全身心投入工作中，追逐着心中的理想，力求成为文化的传播者。

朱宏曾担任分管教材发行的副经理多年，工作琐碎而单调，可他从不以为苦，当看到孩子们及时拿到新书的那一刻，他觉得特别有成就感。朱宏处处严格要求自己，他常常说："工作中无小事，因为我们的工作关系着孩子们能不能在开学时拿到课本，所以我们的工作要检查再检查，确保万无一失。"朱宏对经手的每一笔订单都反复核对，避免了多起资源浪费和经济损失。

2007 年，朱宏如往常一样在向出版社报订单时，突然发现一张订单很不合理，某些数据存在重大疑问。他赶紧与有关学校的负责人联系，并约其前来核对。但该同志没有把这事放在心上，他信誓旦旦地说："我经手的订单绝对不会出问题。"他这样说也不是全无道理，因为他在教材报订工作上做了很多年，平时也不是个马虎的人。可朱宏通过再次核对，并进行比对，还是觉得订单有问题。再次提醒，对方固执己见，根本不理他。朱宏虽然不用对这件事担责，但是本着对学校和学生认真负责的态度，他还是亲自带上原始订单和汇总单赶到该校。那位负责人还是不以为意，只是朱宏上门来了，他也只能与朱宏一起把书名、版别、订数、价格逐项核对，最终结果出来了，那位负责人才目瞪口呆，感到一阵后怕。如果朱宏将错就错报上去，开学时不但无法保证人手一册的课前到书，还会造成资源浪费和经济损失，导致学生不能按时开课。事后，该同志又是感激又是惭愧，表示以后一定要认真对待这项工作，也感谢朱宏的认真负责。

有时在教材教辅发行过程中也会遇到无法预测的困难。2008 年初，当地遭遇了一场罕见的雪灾，道路结冰，天寒地冻，寸步难行。此时正值寒假作业发放时期，由于天气恶劣，交通不便，学校无法到书店领取寒假作业。眼看孩子们就要放假了，如果不能按期发放作业，那不是要耽误孩子们寒假的学习吗？望着纷纷扬扬的大雪，朱宏心急如焚，他决定在汽车轮胎上绑上防滑链，带着教材部的同事，一所一所学校送作业。有些学校地偏路滑，汽车无法开进学校，朱宏就和同事们肩扛手提，一步一滑地行走在雪地里。他们的双手冻破了皮，头发上也结满了冰，可一定要让孩子按时拿到寒假作业的信念支撑着他们，他们不怕困难，把一捆捆作业送到了学生手里。为了做好教材发行工作，朱宏费心费力，他时常教导员工"信誉是企业的生命"。每年春、秋两季教材发行工作结束后，他都要为多订和少订课本的学校调剂余缺、对有质量问题的课本快速调换；对走市场的教辅书，有时学校不能及时把多余的书送回书店，为减少学校的损失他还亲自到学校收取。在朱宏任职期间，他的尽职尽责得到了全县中小学教师的一致称赞。

2015 年，组织安排朱宏到德安县新华书店工作。当时朱宏的父亲病重正在住院治疗，弟弟也因残疾在床需人照顾。朱宏很是犹豫，作为家里的顶梁柱，他不宜离开。可是作为一名党员干部，他也不能丢弃身上的职责。在两难之际，妻子主动挑起了家庭重担，让朱宏安心去工作，家里的一切都不用操心。在家人的大力支持下，朱宏毅然踏上了去德安的征途。到了德安县新华书店，朱宏深知肩上的责任重大。秉着忠诚严谨的品质和身先士卒的干劲，他和德安新华书店的班子成员，经过 4 年的辛勤付出，德安新华书店各项工作顺利展开，多项工作在全市名列前茅。他们的工作得到了市公司和集团的肯定，连续多年被评为九江市文明单位。朱宏在主持德安县新华书店工作的 4 年里，企业取得了良好的社会效益和经济效益，他也多次被评为先进个人。

2019 年，朱宏调回庐山市新华书店任支部书记、经理。此时的朱宏，对工作有了新的感悟，在抓好教材教辅发行工作的同时，他也想着如何回报社会，积极投身全民阅读推广工作。每到开学季，教材教辅发行都会进入紧张阶段。他们要在几天内完成教材的更新征订，几天内完成教材教辅的分发与配送工作。因为书本种类广，涉及学校多，在数量和种类上很容易出现偏差，每一次开学季对他们而言都是一次考验。在朱宏的带动下，他们每次都顺利通过了这一项考验。

2020 年春节期间，正值新冠疫情防控的关键时期，全国疫情防控形势严峻，教材教辅发行遇到重大挑战。为了保证当年春季教材如期发行配送，确保在开学前"课前到书，人手一册"，朱宏带头放弃春节休假，加班加点，落实教材辅材的收货、清点，提前做好教材仓库消杀。饿了就泡桶方便面，累了靠在椅子上休息一下。那时疫情防控严格，原本请的工人也因为各种原因来不了。朱宏带着同事们一捆一捆地将教材教辅搬运入库，并联系各地学校，及时安排部署教材配送，并跟踪落实教材发放情况等工作。整个假期，他们早出晚归，在连轴转中度过，他们的工作得到了九江市新华书店的嘉奖。

随着电子产品的兴起，人们对纸质书籍的阅读越来越少，随处可见人们捧着手机刷短视频、玩游戏，朱宏看在眼里，急在心里。怎样才能真正推广全民阅读这一利国利民的工作呢？朱宏为此做了许多努力。他联合出版社举办图书展，去学校宣传，发放优惠券，鼓励孩子们买书看书。庐山风景区的新华书店年久失修，他决心打造一处既符合年轻人审美又清雅别致的书屋，让不同年龄段的游客都可以在书屋里享受文化盛宴，让这里成为新的文化打卡地。朱宏找到知名设计师设计图稿，经过反复对比才最终定下来。庐山海拔 1000 多米，山路十八弯，书屋建造困难重重。12 月开始，严寒天气导致交通受阻，冰天雪地，封山禁行，人员材料无法上山；好不容易等冰雪消融恢复了交通，后期又碰上疫情停工停产，迫不得已只能把工作暂停。后来施工单位又违约，导致工期停滞。朱宏坐立难安，他四处奔走，多方协商。最终，他们克服了不利因素影响，于 2022 年 8 月，庐山·观云书屋（新华书店）正式开业。书屋是中式结构，分为上下两层，一楼摆放着各类的中外名著，还特设了庐山专栏，汇集了古今中外有关庐山的图书。二楼为儿童专区，里面有许多儿童读本。坐在书屋里，开门见山，环境幽雅。一整面的落地窗，灯光温馨，窗外游客熙熙攘攘，这里却那样静谧迷人。在这里人们低头遨游书海，抬头便见庐山云雾，成为庐山景区独特且温暖的存在。庐山·观云书屋建成后，举办了多场读书活动，许多游客慕名而来，在这里收获了读书的快乐，成为庐山一张靓丽的文化名片。

在全民阅读·致敬书香庐山活动中，作为倡导者，朱宏大力推荐了图书《平凡的世界》，正如他所说，我们都身为平凡人，要始终以积极的心态去面对人生、面对自己的精神。在平凡的世界中，愿所有人在书中前进，保持永远年轻，永远热泪盈眶，永远在路上的心态。

朱宏就是这样，他的诚信，他的信念，如芝兰，高洁盛开，氤氲了人们的心田。

生命融于庐山的温暖

□ 李庐英

人们常说缘分、结缘，是指两者之间有着某种关联，某种相互吸引的东西。对于梅勇来说，他或许做梦都没有想到，他与庐山的缘分一结就是30来年。

庐山，是"世界文化景观"遗产。对于庐山的名气，年轻时候的梅勇并没有太多的认识，但他在走亲访友时，居住在庐山享受夏日清凉时，却给他留下了深刻印象。

湖北十堰市是一座有着悠久历史的地级市。这里是中国卡车之都，中国商用车之都。武当山、汉江水、汽车城是十堰的三张世界级名片，这里还是东风商用车有限公司总部所在地，而梅勇恰恰就是这个汽车城中有名的东风汽车厂的子弟。

梅勇有兄弟三人，他排行老三。作为家里的小儿子，他从小头脑灵活、活泼好动。父母将他送去厂里的技工学校学习钳工技术，希望他像大多数厂里的子弟一样，子承父业，成为一名与汽车相关的技术工人。然而，不安分的梅勇并没有按照父母规划的路线前行，而是选择了来庐山。或许，是暑热中庐山的那抹清凉给他印象太深了；或许，是他生命中一种神秘力量的召唤；或许是他名字中"勇"字的果敢暗示，梅勇听从了内心的召唤，不顾父母家人的反对，独自奔赴庐山了。那是1995年，那一年，梅勇刚刚20岁出头。

一

牯岭街，庐山上一条有名的街道，也称半边街。它是英文"cooling"的音译名，意即"清凉"之义。它的开发、利用，与一位叫李德立的英国人密不可分。因为这位英国人，庐山牯岭街道也永载史册，只要提到庐山，谁人都知道有这么一条叫"牯岭"的半边街。

牯岭街，海拔1100米，长1000余米。半月弧形状，三面环山，一面临谷，宽阔平坦。街心公园塑有一石牯牛，因岭南有一形如牯牛的山岭——牯牛岭，故得名，为山城象征。这里常年有云雾缭绕，故又有"云中山城"之称。当时山城生活着1万多名常住居民，以旅游服务业为经济来源，山上的管理机构及配套设施也一应俱全。牯岭街是庐山政治、文化、经济、旅游的中心，也是通向各景区的交通枢纽。

初上庐山的梅勇对牯岭街有着一种莫名的喜欢。彼时的他还没有意识到这条商业街给予他的人生意义。他只是喜欢街道两旁遮天蔽日的法国梧桐，喜欢阳光透过叶片缝隙洒向地面的斑斑点点，喜欢如水般清凉洒向皮肤上的感受，每当夜晚，他喜欢站在街心公园俯瞰九江的万家灯火，那繁星点点般的灯光，璀璨耀眼，总让他内心升腾起一种温暖向上的希望与力量。然而，更让他浑身充满激情，念念不忘的却是街道上络绎不绝的游客和商家的销售。那种流转中的商品交易似乎有一种无穷的魅力，深深地吸引着他。

似乎是天生骨子里就有着做生意的天分。梅勇上庐山刚开始接触的生意是帮商家销售庐山土特产。这位手脚灵活、说话诚恳、待人热情的小伙子，很受顾客欢迎，店里回头客频频，经他销售的土特产也总比别的店员多出好几倍，老板对他也是满心欢喜。

二

当时光滞留在一年中的7月，长江中下游平原大地上，阵阵热浪袭人。然而在庐山，如水般的清凉却浸染着牯岭街，吸引着南来北往的游客纷至沓来。

白天，牯岭街道客流量并不大，游客们一头扎进了景区各景点，计划在有限的时间里将庐山游个遍。到了晚上，华灯初上，临街的峰峦成了牯岭街的屏障。游客们在白日游览景区之后，又不约而同地漫步牯岭街。这条不长的街道在夜色中、在闪烁的光影里迎来了它的繁华与喧闹。

在这条半边街道上，店铺林立，一间紧挨一间，除了餐饮，大多数店铺都在售卖庐山土特产。当时在庐山打工的梅勇，看到满大街销售的土特产，虽然生意火爆，但总感觉缺失了一种什么东西。是什么呢？爱动脑筋的他终于茅塞顿开，原来是这条街的商品销售品种太单一了。老板们急功近利，什么好卖，便蜂拥而至，除了饭店、食品之外，就是土特产了，其余如销售服装、鞋子之类的店铺就比较缺失。梅勇发现这种现象之后，立即行动起来，他从街头走到街尾，逐个店铺进行考察、分析、比较，最后得出了一个大胆想法，开个服装店，未来前景肯定可期。那时候，他才22岁，虽然已经在牯岭街上打工了两年，对这条街道的商业模式已经熟悉得不能再熟悉了，但要让自己单干，做老板，他还是有些犹豫。

1997年的春夏之交，长江中下游天气渐渐闷热起来。位于长江之滨的九江城，与庐山温度竟然相差10度。一边是城里闷热难耐，一边是山间清凉如水，一些市民和游客便纷纷选择上庐山避暑。

一个艳阳高照的天气里，上午的阳光还洒满大山的角角落落，到午后却突然变化。先是冷风阵阵刮起，紧接着大雾笼罩，然后豆大的雨点砸下来，人们措手不及，纷纷躲避在沿街店铺里，温度的骤然下降让人们冷得瑟瑟发抖。梅勇亲眼看见了游客的窘状，甚至看到了一些游客内穿棉毛内衣，外加短袖衫裤的乱搭景象，正是这次目睹，促使了梅勇下定决心：自己做老板，就做服装生意，虽然它比不了餐饮与土特产运转快，但游客有需求就会有市场。

三

说干就干，20多岁的生命里有着无穷的激情，有着使不完的力气，创业的动力促使梅勇果敢行动。创业之初，面临店铺选址、资金筹集、人员聘用等一系列问题，好在这些困难在他的多方周旋下得以一一解决。他创业的启动资金当时只有4万元，还是从四方筹集得来的，最后他选定了商场里的一角作为销售地盘。

进入服装业的销售生意是梅勇的定位决策，是经过深思熟虑后的行动，梅勇相信自己的眼光，对未来的销售前景也充满了希望。最初，梅勇的服装生意还是锁定在顾客的需求上，特别是天气变化，令人猝不及防急需衣服御寒，因为之前的那次天气骤变的场景给他印象太深刻了。他外出进货，根据需求补充货源。为了既获取多种款式，又适合山里气候变化，梅勇的进货渠道不断变化。他到过浙江温州、武汉汉中街、南昌洪城大市场等地。在与市场的打磨中，梅勇练就了一双独特的眼光，聪慧的头脑让他及时知晓顾客的需求。90年代末，人们对服装的需求还在保暖、美观上，此时的梅勇就把进货的款式锁定在这个层面上，但他并不是毫无保留。他将货源根据市场需求定位在70%上面，预留30%作为对未来市场的预判尝试。这就是梅勇，不拘泥于现实，勇于开拓，不断探索。此后，这个"三七"开的进货销售模式不断出现在他的服装生意中，事实证明，这个模式是适用的，适合他的，市场再一次证明这位年轻人有着一颗生意人的头脑。

那个年代的庐山，政治、经济、文化、旅游的重心都在山上。庐山管理局为保护庐山、宣传庐山、服务来山游客不遗余力，做了大量的实际工作。驻山单位为了工作需要，提升自身形象，要求着正装上班，西装一时成了各单位统一服装的首选。

这一商业信息很快就被梅勇掌握，嗅觉灵敏的他很快就在自己的商铺里设定了柒牌、李宁等服装专柜。上品牌服装，设立专柜，这是梅勇服装生意中又一重大变化决策。根据多年的经营理念和对市场的分析、掌控，他抓住了人们对衣食住行要求变化的心理，认为人们对服饰的品质要求，对品牌的追求必将是未来发展的趋势。此时的梅勇已经在庐山服装业经营了八九年，积累了一定市场经验与人脉关系。那些年，他的普通服装销售与高端服装销售都非常顺利，他的"三七"销售模式再一次被市场验证为正确。与此同时，他也收获了自己的爱情，有了自己温馨的小家庭，还生了个宝贝儿子。妻子的贤惠与能干不仅给予了梅勇家庭的温暖，还成为梅勇不可多得的好帮手。此时的梅勇不光是单打独斗的愣小子，而是一位丈夫、一位父亲，家庭的幸福与责任让梅勇对生活、对未来充满了希望与期待，夫妻同心，其利断金，他与妻子更加用心经营自己的品牌服装，在牯岭街上，说起服装生意，说起品牌服饰，只要提起梅勇，几乎没有人不知晓。

四

2005 年到 2015 年，在这 10 年时间里，正是梅勇生意蓬勃发展的最好时期。他扩大了生意规模，注册了自己的公司，拥有了自己的独立店铺。此时，社会不断发展，人们对于消费理念、对于服饰的要求都在发生变化，这种变化的趋势很快就被梅勇捕捉到了，根据销售品牌专柜的经验，他依然坚持品牌服饰销售战略，只不过，这一次，他将品牌服饰着重锁定在运动元素上，经他代理的运动品牌服饰增加了好几家企业。事实上，随着生活水平提高，人们在穿衣装扮上从过去的保暖、美观已经转变到现在的舒适、美观上，并且更多地聚焦在品牌上，这符合时下流行元素，也非常切合更多户外运动爱好者。

在庐山，每年的春夏与秋冬交替季节，都会出现急剧变化的天气。这样的天气，往往会给梅勇的服装生意带来较好的收益。游客也能购买到心仪的服饰，彼此都会心满意足。

梅勇清楚记得，一个暗淡的秋日，大雾顷刻飞驰，牯岭街雾气朦胧，落叶被湿重的水雾牢牢粘在地上，阴冷的气息从四面八方袭来，令人不禁从心里往外打着寒战。就在此时，两位中年男子走进了梅勇的店里，看他们的装扮，应该是喜好穿戴运动品牌服装的客人，在这样的恶劣天气里，两位男子显得有些沮丧。梅勇热情地招呼他们。经过了解得知他们是南昌的户外爱好者。他们在梅勇的店里也意外发现了自己穿戴的运动品牌，意外发现的惊喜，加之梅勇捧上的热茶与款待，他们立即对眼前的这位梅老板刮目相看。之后，不断有户外驴友走进梅勇的店铺，老板与顾客之间的友情也一直延续至今。类似这样的顾客与梅勇品牌运动服饰之间的故事，每年都会发生在梅勇的店铺里。

对于自己经营的品牌服装，梅勇特别钟情于我国自主生产的国产品牌。他特别认可"李宁""鸿星尔克"这两个品牌服饰。他认为这两家品牌企业具有自己优秀的企业文化，这种文化成分中有一种家国情怀特别令人感动。

"李宁"品牌服饰是梅勇开始接触品牌服装的第一家企业，也是他事业起步时的合作者，它的企业文化中一些优质东西给予了梅勇前行中的精神力量。梅勇清楚记得他们之间每单生意的细枝末节，特别是其中的一笔交易令他至今难以忘怀：那一年，庐山管理局为了给老人们过上一个温馨的重阳节，在他的店里给每一位符合年龄的老人预订了一双"李宁"牌子的运动鞋。2000多双鞋子，要求有男、女码号，要求有符合老人穿脱的宽松型，而且价格还得比市场要低廉，这些要求可使梅勇犯愁了，因为当时"李宁"库存中并没有符合这些要求的大量存货，并且价格也并没有多少利润优势。但是，负责与他对接的相关企业人员在向公司领导汇报情况之后，公司立即全力支持他。他们一边清理库存数量，一边积极调动各地库存资源，按照宽松款式、男女型码等要求，终于在规定的时间，将2000多双鞋子交到了梅勇手中，梅勇当时的心情激动得难以言表。"李宁"企业急他所急，帮他完成了庐山管理局交付的任务，在庐山人民中赢得了诚信至上的好口碑，这是企业、代理、销售之间的良性循环。

在多年的商业合作中，梅勇与这两家品牌企业之间渐生情愫。他们彼此信任，彼此支持，困难的时候，共渡难关，在生意的往来过程之中，践行着做人的准则，这就是商业活动中凸显的文化因素与人性的光辉吧？说到这两个品牌，梅勇便滔滔不绝，言语中都是感慨与称赞。走进庐山牯岭街梅勇的服饰店，你会发现这里不光有"李宁""耐克""阿迪达斯""鸿星尔克"等运动元素服饰，还有"骆驼户外"的品牌服饰。

当问及梅勇30年来坚持在庐山从事品牌服装商业活动的感悟时，梅勇给自己总结了四点：一是开拓，二是眼光，三是情怀，四是坚持。他强调做生意其实也是在做人，人的品行、人的胸怀及格局、人内在精神世界的丰盈比做生意本身要重要得多。当梅勇在寻求向外发展的过程中，他秉承着诚信至上的原则，努力发展，做大做强自己的企业。

对于企业未来的发展，人到中年的梅勇有着自己清醒的认识。他认为任何企业都有自己的高峰与低谷时期，这就要求经营者有独特的眼光、果敢的决策，以适合市场的措施来调适自己。作为个体经营者，他认为时代的发展潮流，营商环境对于经营者非常重要。适者生存，反之则遭淘汰。

庐山，是梅勇的第二故乡。他从20岁的毛头小伙子到如今的人到中年，30年的光阴都是在这座大山度过的，他与这座大山紧密相连，深深融合，它们之间是一种良性的循环互动，如若说这就是生命融入了大山，带给了彼此之间的温暖，那么也只有梅勇自己体会最深，最有发言权。

最后一脚刹车

□ 林德元

一

一辆公交车行驶在繁华的街道上，突然发出一声刺耳的紧急刹车声，使产生惯性的公交车抖了几抖，然后稳稳地停了下来，后面留下了两条长长的黑色轮胎印，难闻的气味在清晨的空气里飘散……

在乘客们惊恐的尖叫声中，司机林南珍脸色煞白，用尽全身力气脚踩刹车，右手死死拉住手刹，不让车辆往前惯性滑行，因为前面有许多的行人，绝对不能有任何人受到伤害。

做完这些动作之后，见公交车稳稳地停了下来，林南珍这才无力地仰靠在椅背上，两手按压着胸部，口里重重地吁出一口粗气，痛苦地闭上了眼睛，接着向驾驶室的右边歪斜，脸着地倒了下去，头朝向前门的台阶。他有些肥胖的身躯发出沉闷的声响，把售票员王藕燕吓了一大跳，她急忙跑上前，一边惊恐地喊着林师傅，一边用力去扶起林师傅，但她娇小的身体，却怎么也扶不起来180斤重的身躯……

林南珍用尽生命的最后一秒，挽救了一车乘客的生命，也挽救了街道上熙熙攘攘的行人，以零伤亡的奇迹，创造了一个人人传颂的佳话！

　　林南珍是一个平凡的人，却创造了极不平凡的事迹！

　　林南珍是一个普通的人，但彰显了高贵的人生价值！

　　林南珍用生命诠释了一名退伍老兵退伍不褪色的高贵品质！诠释了一名共产党员入党时的铮铮誓言！诠释了一名公交车司机的神圣职责！他的生命定格在工作岗位的那一刻，像天上的一颗星星，划出了一道亮闪闪的光芒！

　　东阳市的所有街道上，从此有了林南珍这位中国好人的彩色照片和最后一脚刹车的介绍文字，悬挂在街道两旁的灯柱广告牌位上，他成了东阳人的"守护神"！他憨厚和善的笑容温暖了每一个东阳人。

　　这一天的早上，早班车司机林南珍像往常一样，早早地起床，洗漱5分钟，吃早点10分钟，然后走了一段路赶到停车场，做好开车前的检查工作后，便戴上白纱手套，开着12路公交车，行驶在浙江东阳市吴宁东西大道上。

　　此时，天上还有寒星点点，地上白霜皑皑，微风伴随着他开始新一天的工作，他驾驶着公交车在繁忙的街道上穿梭往返，迎送着乘客们的前上后下，这条行驶了6年的公交线路，他记得每一个地方的标志，哪儿直行，哪儿拐弯，哪儿不能按喇叭，甚至哪儿上下车的人最多，他都清清楚楚，但是，职业的特殊性还是时刻提醒着他，要保持高度的警惕性，熙熙攘攘的行人让他不敢有丁点疏忽，全神贯注开车是他一贯的严谨作风。

　　林南珍是一个有着几十年驾龄的老师傅，驾驶过的车辆各式各样，有消防车、货车、长途班车、公交车，甚至还有拖拉机、挂机船，他一生都在颠簸的路上，从家乡到全国20多个省，白天跑晚上跑，甚至通宵跑，跑过的路程更是以百万公里计算，可以绕地球多圈，是一个从没有闲暇过的老司机，一生都以方向盘为伴。

二

　　林南珍出生在星子县（今庐山市）蛟塘公社塘湾李村，18岁那年当兵入伍，走进军营报效国家，在江西吉水县消防中队当消防兵，驾驶着红色消防车和战友们一起守护着全县群众的生命财产安全，是人们心目中的保护神。

　　由于文化程度不高，刚学开车的时候，林南珍只能凭记忆和手法，听师傅边讲边学，苦练驾驶技术。他话不多，为人老实，深得首长和师傅的喜欢，在结业考试时，他第一个拿到了新兵班驾驶证，并且是第一个加入党组织的新兵，战友们都很羡慕他。

当义务兵的三年时间里，林南珍驾驶的红色消防车，一直是吉水县城里最亮丽的一道风景。哪里发生火灾，他就驾驶着红色消防车冲向哪里。那呜呜鸣叫的喇叭声，常常是吉水县城人们听得最耳熟的音乐。因此他过硬的驾驶技术，就是那个时候苦练出来的。

林南珍从军三年，立功多次，退伍回乡后，被分配到星子县芦苇场工作，由于是国营企业，当时的芦苇场是很令人向往的。芦苇场处在鄱阳湖中间，夏天湖水茫茫，冬天生长茂盛的芦苇遮天蔽日，仿佛身在画中。林南珍到芦苇场工作后，跟着工人们一起种芦苇、抗洪水、割芦苇、编苇席，为国家创收。生活虽然很艰苦，但工作很快乐。他因为会开车，场长安排他开拖拉机耕种芦苇，又安排他驾驶挂机船运输物资，是场里一个全能的技术人才，他话不多，干活卖力，天天忙得不亦乐乎。

1986年，鄱阳湖里的芦苇场不景气，全省四个县芦苇场同时撤销解散，导致所有干部职工失去工作。林南珍只得回村种田，重新开始了耕田耙地的躬耕岁月。作为一名共产党员，他对此没有半点怨言。

已经组建家庭的林南珍，生活的压力大了，家里的开支多了，种田的成本也提高了。面对巨大的经济压力，迫使他不得不外出打工，靠帮人家开货车挣钱养儿育女。那时候的货车没有空调，驾驶室空间小，夏天热得像蒸笼，冬天冷得像冰窖，他不敢言一声热，不敢说一声冷，他害怕失去养家糊口的工作！他的肩膀上，常年搭着一条白毛巾，夏天擦汗水，冬天当围脖，那是他与众不同的标配。有时候几千里的路程，他要把一车货按时送达目的地，连续几个日夜的奔波，吃不好睡不着的疲劳驾驶，就算是铁打的身体也扛不住，可林南珍硬是扛过来了。

三

后来经战友介绍，林南珍被招聘到星子县汽车站工作，开星子至九江的城际班车，像个织布的梭子一样，他每天开着载满旅客的班车，在40多公里的逼仄公路上颠簸往返，他的考勤表上从来都是满满的，不曾请过一天假，没有旷过半天工，就连节假日，他都要争着加班加点，以一个共产党员的标准严格要求自己。

在人们的眼里，林南珍是个老实人，做人做事都非常实诚，从不讲客观条件，也从不偷奸耍滑，领导交代的工作，总是不折不扣地完成，对车辆的爱护也很精心，是个令人放心的好司机。但也有人说林南珍真傻，多做事就要多得钱，妻子没工作，三个儿女要养，钱是他最需要的，可他除了工资之外，从不向组织多要一分钱，保持了一个共产党员的清廉和质朴。

林南珍以前喜欢喝酒，但为了旅客的安全，为了班车不出事故，他用最大的毅力把酒戒了。战友们都知道林南珍的性格，也不劝他喝酒，只是觉得他毅力超常，可敬可爱。

那时星子的公路还是弯弯绕绕的，不但是砂石路面，而且险象环生，车过阎王岭，看着都瘆人，稍不留神就可能翻下悬崖陡坡，林南珍双手握着方向盘，让班车尽量走得平稳些，一车乘客的生命全攥在他手上。

90 年代末，星子班车经过海会，公路上常有车匪路霸作案，时有乘客被打伤致残，连司机也不放过，以致很多司机弃车而去。林南珍主动要求跑早晨的首发车，那是发案最集中的时候，车匪路霸常利用清晨作掩护，抢完财物后借着朦胧天色逃跑。

有一天，班车经过海会路段，突然被三个年轻人拦住，一人举着猎枪对着林南珍，朝车门开了一枪，霰弹打在门上，留下了五六个弹孔。另两人拿着大刀拉开车门，从前排开始抢劫，一个乘客都不肯放过，谁敢反抗就刀架脖子威胁，气焰十分嚣张。

拿猎枪的家伙拉开驾驶室的门，用枪对着林南珍的胸口，不停地叫嚣着"不准动，动就打死你！"气焰十分嚣张。林南珍感到很气愤，心里生出一个念头：要狠狠教训一下路霸，让他们今后不再作恶。

林南珍想了想，从口袋里拿出香烟，抽出一支递上前，装着很友好地和路霸打招呼，趁着对方腾出手接香烟时，他一把抓住枪管，侧身用力一拉，猛地将猎枪抢了过来，并站起身，飞起一脚，将路霸踢了下去，重重地摔到了路边的石头堆上，一动不动昏死了过去！

林南珍看了一眼倒地不起的路霸，便关上车门，一手握着方向盘，一手拿着猎枪，启动班车，朝星子县公安局飞奔而来，一直在车厢里抢劫的两个歹徒，被这突然的变故吓到了，于是举着刀往驾驶室冲，哪知林南珍往后举着猎枪说："谁敢动我就开枪！我当兵的时候是神枪手！"

两个车匪路霸被震慑住了，站在原地再也不敢冒失，他们被司机的气势吓到了，随着班车的猛烈颠簸，身体不停地前栽后仰。

林南珍一口气将班车开进了星子县公安局，在大院里停下来后，举枪站起身，对着两个歹徒吼道："下——车！"

车门打开，在所有乘客的目光注视下，林南珍押着两个歹徒走下车，并将他们交给了前来接应的民警，完成了一次抓捕车匪路霸的行动。

四

从那以后，车匪路霸团伙扬言要报复他，出于安全保护，客运公司只好安排他在县城开了一段时间公交车，后来，他又和本县的司机组团去了广东惠州打工，在那里开省际长途大巴。来回一趟几千里路程，非常辛苦，白天吃不准点，晚上睡不踏实，两个司机轮换着开车，吃喝拉撒都在车上，一车旅客的安危重如泰山，司机的心理压力巨大。但是，这些辛苦和压力都难不倒林南珍，他的身体素质好，开车的技术好，就连四川、贵州大山的险峻公路，他都开得稳稳当当，从来没有出现过事故，年年都是公司的标兵。

都说打工人四海为家，哪里能挣钱就往哪里去，家当都在一个背包里，挣的钱都寄给了家里，这话一点都不假。随着三个儿女长大，读书需要更多的钱，林南珍一个人支撑着一个家，妻子要钱的电话一个接着一个，他不得不寻找更能挣钱的事做，打听哪里的司机工资高，他就去哪里工作，生活的压力让他不堪重负。

2007年，林南珍接到同行朋友的电话，邀请他到浙江东阳市打工，浙江的工资高，可以落户，有社保金，比在惠州开车好，于是，他便来到了东阳，当了一名公交车司机，成了一名新东阳人。

林南珍开的是12路公交车，一干就是6年。他觉得东阳这个地方好，从此就再也没有去过别处。12路公交车成了他最好的伙伴。那条10多公里长的街道，他每天要往返许多次，直到晚上10点钟，末班车到达终点站才回到宿舍休息。

　　2011 年 1 月 30 日，是林南珍新年前的最后一个工作日，他已经买好了回家过年的火车票，要回家和妻子儿女团聚，他已经连续 3 年没有回过老家，公司考虑到林师傅的实际情况，决定春节给他放假，让他陪家人过个年。

　　临近年关，使林南珍特别地开心，火车票在口袋里揣着，快乐的表情在脸上挂着。想起过几天就能见到妻子和儿女，他就非常激动。从东站到珊瑚里，又从珊瑚里到东站，沿路的行人和街道树木，都是他眼里美丽的风景，他一边转动着方向盘，还一边哼唱着只有自己听得清的小曲。

　　林南珍开始了回家过年的倒计时，只剩下 4 天了，这天清早，出门的时候他看了一眼日历，26 这个数字是他记得最清楚的，也是他留在记忆深处的最后一个数字，他的生命永远定格在了 26 日这个早晨，定格在 7 时 45 分这个数字上。

　　那么冷的天气，售票员小王姑娘突然发现，林师傅的头上有汗珠冒出，她好奇地问："林师傅，您怎么出汗了？"

　　林南珍没有回答，他只是动了动嘴唇，可能是想回答，但此时已经说不出话来了，他的生命开始进入了倒计时，连看一眼王姑娘的力气都没有，怎么都抬不起头来，他的双手始终握住着方向盘，就担心手从方向盘上滑落。

　　快到东阳市人民医院站的时候，林南珍的脸色已经发紫，可他还想开到规定的站点，还想往下一站开，售票员王姑娘发现大事不妙，大喊着问："林师傅，林师傅，你到底怎么啦？"

　　林南珍还是没有作声，他的意识开始模糊了，但他还有思想意识，知道自己已经无法坚持了，在王姑娘的一声声呼喊中，他为了一车乘客和行人的安全，用尽全力拉了紧急制动，踩了急刹车，班车稳稳地停在了一个三岔路口，那儿的人流量、车流量非常大，车上的乘客和路上的行人，都听到了刺耳的刹车声，那声音足足让所有人愣了好一阵。

　　在生命的最后一刻，班车停下了，林南珍也倒下了，倒在了他的工作岗位上。

　　乘客们见林师傅脸色漆紫、鼻子往外流着血，立即将他送进急诊室，医生们忙着做心肺复苏、电击、注射强心药物，能做的都做了，可最后医生只能在诊断书上无奈地写下两个字："猝死！"

　　合不上眼睛的林南珍，眼角挂着不舍的泪水，他不想离开这个世界，他的儿子女儿还没有结婚，他在老家县城做的房子还没有装修，他想回家过一个快乐的春节，他想春节后还来继续开这辆12路公交车！他是一名军人，是一名老司机，不想就这么走了，这个世界这么美好，他舍不得走啊！他真的舍不得！此时的他，可能只是心脏猝死，大脑可能还有意识，他甚至可能听得到医生们的叹息声，听得到人们急匆匆的脚步声，他在离开这个美好的世界时，心里是一百个、一千个不情愿啊！

12路公交车，已连续3年被东阳市文明办命名为文明公交车，并且正在争创金华市"工人先锋号"，可此时，它的主人却永远地离他而去，只有它默默地停在三岔路口，为朝夕相伴的主人默默致哀……

大山的儿子

□ 林德元

一

柯善梅，是庐山公安局党委原副书记、政委，一位军人出身的老公安，因公牺牲在工作岗位上。柯善梅牺牲后，时任中共中央政治局委员、中央政法委书记孟建柱称赞柯善梅同志是人民的好警察，江西省委追授他为"全省优秀共产党员"，公安部追授他为"全国公安系统二级英雄模范"。其先进事迹报告团在北京人民大会堂作报告，并在多个省市巡回演讲，感动了千万人。

庐山松树千万棵，柯善梅化作了其中的一棵；

庐山雄峰千百座，柯善梅化作了其中的一座！

在松涛的呜咽声里，能听到庐山人对柯善梅的思念，一日复一日，一年又一年；

在雄峰的挺拔中，能看到柯善梅那高大出众的身影，云飞雾散中，阳光明媚时！

2014 年春节期间，庐山连续下了三场大雪，气温零下 12 度，部分路段的积雪，厚度超过了半米，整个庐山，白雪皑皑。虽然是银装素裹，分外妖娆，但是，生活在庐山上的干部群众和在庐山旅游的客人，都没有了观赏美丽雪景的美好心情。因为，上下庐山的南北两条公路全被冰雪封死了，孤立于空中的庐山牯岭，顿时成了一座孤岛，吃的、喝的和日常生活用品，全都无法从九江市运上山来。这可急坏了庐山上的所有人，怎么办？大雪不是云卷云舒，说散就散了；坚冰不是雾聚雾散，说没就没了。凛冽的北风，伴着零下十多度的气温，活生生把庐山的积雪冻成了坚冰，运输物资的汽车无法行驶，旅客也根本下不了山！

就在这个时候，庐山公安局的民警们出现了，他们全警参战，上路执勤，为确保游客和车辆的安全，他们担负着打通冰雪公路的重任，一边铲雪除冰，一边指挥着车辆缓慢通行。庐山的公安民警，忙碌在南北两条公路上，他们一个个成了雪人，铲掉了公路上的冰雪，自己身上又被雪花覆盖。就连他们的眉毛上、胡须上都挂着冰碴子。他们呼出的热气，瞬间像瀑布云一样飘散，融进了庐山的寒冷空气里。在这些铲冰除雪的民警中，有一个身材高大的身影忙前忙后，一会儿铲雪，一会儿拿着对讲机，询问着另几个救援点上的情况。他叫柯善梅，庐山公安局党委副书记、政委，一位已经55岁的老公安。他和局长江任发各带一支队伍，在南北两条险峻的公路上开辟通道。

柯善梅带着抢险队伍，整天奋战在庐山的北山公路上，没有休息的时间，也没有条件供人休息，肚子饿了，扒口盒饭，没有胃口也得吃，冰冷的饭菜是他们一天三餐的口粮；口里渴了，没有热茶滋润嗓子，冰冷的纯净水也得往喉咙里灌！当国家需要有人负重前行时，他们必须做出牺牲，因为他们是人民的忠诚卫士！

从2月10日开始，柯善梅带着他的战友们，连续3天奔波在北山公路上，这是他在庐山工作9年得出的经验：庐山每年的风雪冰冻，险情都是从北山公路开始，跃上葱茏四百旋的奇险，因为冰雪打滑，每一个地段都存在着危险，所以，公安民警就是一堵安全保障的墙！

2月12日早上，雪光返照的庐山早早地亮了，柯善梅迅速爬起床，边穿衣服边对妻子说："天亮了，我得赶紧去北山公路，说好了的，早上要和交警大队副大队长项青元去沿路巡查。"

妻子说："我起来煮碗面条你吃吧，热身子出门暖和。"

"不啦，我得早点去等他们。"柯善梅说着，三两下刷了牙，洗了个热水脸，便打开大门，走向了白雪皑皑的牯岭街道。他的脚下，每走一步都发出"咔嚓咔嚓"的声音，厚厚的积雪把他的脚印延伸到了远方……

当巡查到北山公路 8 公里路段时，就见山上不断有冰雪泻下，冻松了的石头也跟着滚落在公路上，很快出现了一处大的塌方，把昨天刚打通的道路又给堵死了！柯善梅想调集除障机械来搬走塌方，但看着上、下山的车辆都在焦急等待，他觉得时间非常宝贵，不能坐等救援车辆到来，便和几名民警开始了徒手搬运石头。小的石头可以一个人抱走，大的石头则要几个人一齐用力搬运，最后一块桌面大的石头，是在柯善梅的指挥下，众人用棍棒和铲把撬走的，那石头滚下山坡的时候，发出了轰隆的巨响，激起的雪花像是一场可怕的雪崩！

经过两个多钟头的紧张作业，塌方终于排除了。累得直喘粗气的柯善梅，捂着胸口瘫坐在了雪地上。

中午的时候，柯善梅的手机响了，妻子打电话问他："善梅，你今天吃降压药没有？"

柯善梅一拍脑门说："啊？哦！我还真是忘了吃降压药！你看我，早上忙着出门，就给忘了，晚上回家再补吧！"

妻子说："我给你送药去吧？"

柯善梅对着手机叫起来："别别别，你千万别来，路上太滑了，不安全，我也没有时间照顾你！"

一直忙到晚上的柯善梅，只觉得心里很压抑，左胸腔里有一种刺痛的感觉。他拖着疲惫的身体走着，雪地上留下了两行深深浅浅的脚印。回到家的他，赶忙口服了降压药，吃完妻子做的热饭热菜之后，对女儿柯琴萌说："去帮我拿好换洗的衣服，我要洗个热水澡，太累了，就是想睡觉。"

这一觉，柯善梅睡得不舒服，感觉心脏的压力太大了，身体内的血液，都不能强有力地奔流到心脏循环，他的生命危险正在悄悄逼近。好不容易睡到第二天清晨，他再也支持不住了，脸色发白，全身抽搐，直喊心窝子里面好痛好痛。当人们护送着他从北山公路下山、直奔九江市第一人民医院抢救时，医生们已经回天乏术，他的心脏停止了跳动……

这一天，柯善梅的生命永远定格在 2014 年 2 月 13 日，第二天便是元宵节。他原本答应过老母亲，要带着妻女回武宁老家过节的。年小月半大，是乡间的习俗，人们视元宵节比过年还要重要。柯善梅是孝子，年年都没有让母亲失望过，可是，今年的元宵节，他让母亲失望了！烟花爆竹漫天飞舞的武宁县城，老母亲站在卷孔桥头，焦急地等待着儿子一家人从庐山回家，她迟迟等到的，不是大儿子善梅一家三口走过桥来，而是听到有人告诉她："善梅在庐山值班，他今天不回来。"

在这个重大的节日里，谁敢告诉老人真相呢？老母亲还喃喃自语着责怪大儿子："他就那么忙吗？逢年过节都停不下来？"

可老母亲哪里知道，她的大儿子善梅永远也回不来了，倒在了大山的冰雪灾害面前……

柯善梅去世后，他的女儿柯梦萌，在庐山北麓选择了一块墓地，将爸爸安葬在一棵巨大的松树旁。他要让爸爸以松为伴，以雪为洁，做一个大山永远的儿子。

二

柯善梅牺牲后，庐山公安局将他的事迹整理上报，公安部、省公安厅、市公安局，都对柯政委给予了高度评价，并聘请九江市多位作家，在庐山和武宁公安局分别召开座谈会，由民警们讲述柯善梅的先进事迹，写成报告稿进入北京人民大会堂演讲。

柯善梅，1959年出生于武宁县鲁溪镇一个普通的农民家庭，1975年，高中毕业后，在鲁溪煤矿挖煤，第二年参军入伍，当了一名镇守南国海疆的炮兵，他三年三大步，从战士到副班长、班长、排长，并光荣加入了中国共产党。在部队的熔炉里，他勤奋好学，肯钻研技术，很快成为一名汽车工程师。在部队锻炼12年后，他退伍回到了家乡，分配到武宁县公安局新宁派出所任民警。

脱下军装、穿上警服的柯善梅，特别珍惜警察这份职业，尽管对新的工作不了解，但他积极上进，勤奋好学，很快转换了自己的角色，在当了4年的普通民警后，又在县局预审科当了两年民警。因为工作努力，表现出色，他被提拔到石渡派出所担任副所长。石渡由于锑矿密布，偷盗矿石的事经常发生，治安情况很糟糕，需要一支强有力的治安队伍，在这个节骨眼上，柯善梅临危受命。

刚到派出所，柯善梅就分管矿区的安全生产和雷管炸药审批。这是一项非常危险的工作，搞不好就会爆炸伤及自己。因为有审批权，求他的人多，送礼的人也多。只要收了人家的钱，就得违规多给人家雷管炸药，人家就会违法开采矿山炸矿石。最后受到追查的人，就是审批雷管炸药的负责人。在柯善梅来石渡之前，已经有几任副所长被免职。

柯善梅知道这是个危险的活，如果心生贪念，就会被人利用，失去做人的原则。他告诫自己：一定要守好做人的底线，虽在河边走，坚决不湿鞋。有了信念作支撑，所以他一点都不害怕，因为他一身正气而来，刚正不阿，就不会犯什么错误。很多个夜晚，想给柯善梅送钱送物的人，全被挡在了门外。

有一天晚上，一位姓刘的矿主敲开了柯善梅家的门，说是亲戚，不送礼不送钱，就是来坐坐，最后才说出了来坐的目的：想请柯所长参股矿山，1万元一股，一年可以分红3万元，合理合法，只要点头认个十股二十股，一年就能拿到30万元到60万元的红利，神不知鬼不觉的，没有人会拒绝。可是，柯善梅听说要他参股分红后，马上回绝："对不起，我从来没想过入股分红！你也别变着法子来拉拢我。"说着，立即将刘矿主推出门去，同时扔出去一句话，"你看错了我柯善梅，以后别再来了，我不是你想象的那种人！"

刘矿主的试探失败后，消息很快传了出去，许多矿主说石渡派出所来了个铁面包公。他们就是不明白，柯善梅副所长的家里很穷，父母和弟妹都在乡下种田，住的都是老旧房子，急需要钱改善生活，可他为什么就不爱钱呢？

有一次面对矿山朋友的问话，柯善梅很坦然地告诉人家："我吃的是公家饭，拿的是国家工资，虽说不富裕但也够用。你们的好意我心领了，入股分钱的事我是绝对不会做的。发财是你们做老板的事，我不入股照样为你们的合法经营保驾护航！"

严正己，廉生威。柯善梅在石渡乡所有矿主们的心里，立起了一座威严的碑，大家非常敬佩他。

后来，柯善梅又在鲁溪公安分局当过三年局长，口碑特别好。他不但对辖区的群众关系很好，对同事们也非常关心，没有一点架子，只要人家有什么困难，他知道了一定会帮一把。但唯独对自己的亲弟妹很严苛，不徇私情，因此弟妹们有时对他有怨言。他有个最小的妹妹叫秋桂，结婚后日子过得很困难，仅靠丈夫做泥工的工钱度日。有人跟秋桂夫妻说："你哥那里正准备建公安局办公楼，如果你们去揽点活干，肯定能发财。"

那年头，当木工、泥工的人华丽转身的很多，只要有点关系，一夜之间就可以成为建筑老板，搞房地产开发挣大钱。秋桂和丈夫心动了，便来找大哥善梅，诉说了一大堆困难后，试探着说出了心里的想法，她们想来承包公安局大楼的基建。

柯善梅听完妹妹和妹夫的话后，沉默了一会说："局里是要建办公楼，但不能包给你们做。"

秋桂急忙问："哥，那是为什么？"

柯善梅平静地回答："因为你们是我的亲人。"

妹妹一听急了，忙说："大哥，正因为我们是亲人，你才应该把办公楼包给我们做，肥水不流外人田，这道理大哥你比我懂！"

柯善梅见妹妹急了，就说得更直白："别人包可以，你们包不行，这是我做人的原则。我活在世上，不想有人在背后骂我是个贪官！"

见大哥说得斩钉截铁，小妹哭了。想不到平日对她特别亲的哥哥，这时候怎么变得六亲不认了？难道哥哥就不念及亲情关系，只顾着自己奔前程？那这样的哥哥还求他干什么呢？

柯善梅站起身来，走到小妹跟前，拍着她的肩膀说："妹啊，你要原谅哥，哥当这个局长不容易，若是什么好事都往自家揽，什么好事都让家里人占，那我就当不成这个局长了，最终就会犯错误，我希望妹妹和妹夫能理解！"

秋桂和丈夫失落地走了，她们一时还理解不了哥哥的意思，俗话说：亲帮亲，邻帮邻，屋里人只帮屋里人，一母同生的哥哥，他怎么就不肯帮屋里人呢？

三

柯善梅从当普通民警开始，之后当上了石渡派出所副所长、所长、县公安局鲁溪分局局长、县公安局交警大队长、县公安局副局长兼交警大队长、庐山公安局政委，一路走来，脚踏实地，赢得了辖区群众的一致好评。几十年来，他努力学习业务，钻研公安知识，侦破了很多刑事案件，特别是一些几年十几年的积案，他都历尽艰辛侦破，像个拼命三郎一样，不达目的决不罢休！

1996年，柯善梅到鲁溪公安分局当局长，在梳理辖区久未侦破的案件时，发现了一宗多年未破的大案，嫌疑人华靖泽（化名）一直不见踪迹。他对民警们说："这个人就是逃到了天边，我也要把他擒回来，谁叫他碰上了我呢。"

听说柯善梅要破积案，前任局长打电话来说："老柯，我是带着遗憾离开鲁溪的，你要是抓到了华靖泽，我一定来喝你的庆功酒！"

柯善梅召开誓师大会，向全局民警发誓："誓擒华靖泽，还鲁溪一方安宁！"

华靖泽的家在鲁溪深山里，进出山要走好几公里的羊肠小道，从古到今就是个堡垒村。有一天，柯善梅带着民警突然出现在村里，他们化装成路教工作队员，走村串户，开始了细致的侦查。经过多天的走访，柯善梅终于发现了端倪，知道了华靖泽的行踪。他悄悄对同行的民警说："我已经知道了逃犯的去向，这回他栽定了！"

同行的民警惊讶地问："我们怎么没有发现华靖泽的行踪呢？柯局你真是神了。"

柯善梅笑笑说："不是我神了，而是你们没有拉近板凳和老百姓亲切说话。要想工作做细，我们就要做到三不怕：不怕老百姓家里的凳子脏，不怕老百姓端茶的杯子脏，不怕老百姓递的香烟档次低，只要做到了这三不怕，保证我们能得到最秘密的信息！"

后来，柯善梅带着三名民警，开着局里的警务车直扑温州，在一个工业园进行蹲守。柯善梅对大家说："华靖泽就在这里的一家工厂上班，大家耳朵精灵点，只要听到有人说武宁家乡话，我们就成功了一半。"

于是，大家就天天在工业园附近走动，寻找着说武宁话的老乡。直到第四天的中午，柯善梅终于听到五六个年轻人说着武宁鲁溪话，从他们面前走过，他示意大家赶紧靠上去，用家乡话和他们搭讪。民警黎斌说："老乡老乡，我们也是武宁人，来温州好多天了，找不到事做，你们能帮个忙不？"

一听说是老乡，几个小伙高兴极了，马上带着大家一起进了一家餐馆吃饭。在喝酒聊天中，民警们终于听到了华靖泽的名字。亮明身份之后，他们在老乡的带领下，很顺利地将华靖泽抓获了。

在审讯的时候，华靖泽说："前两天家里打电话来，说天天都有陌生人在村里转，怕是公安来的人，叫我躲着点，我原本准备发了工资就跑的，没想到你们来得这么快。"

四

2005年1月23日，柯善梅从武宁调往庐山公安局任政委。这一天，庐山大雪纷飞，银装素裹，美丽极了，他当即赋诗一首：

冰清玉洁广寒宫，峭壁悬崖挺劲松。

物欲横流不移志，无怨无悔沐清风。

诗言志。工作了几十年的柯善梅，恰如其分地用这四句诗概括了他的淡泊人生。从这首诗中，人们读懂了柯善梅高山流水般的坦荡，空谷幽兰般的情怀，匡庐冰雪般的纯洁！

柯善梅去世的第二天，一名腿脚残疾的中年妇女，艰难爬上满是冰雪的陡坡，跌跌撞撞地来到柯善梅的家门前，见人就问："柯政委怎么啦？出啥事了？"人们沉痛地告诉她："柯政委去世了。"得到确切消息的她，一屁股瘫坐在地上，放声大哭。

这个残疾妇女，是庐山日照社区的特困户毛中梅。柯善梅在一次走访时，发现毛中梅一家人住在又矮又潮湿的棚户区里，心里很不是滋味。临走时对毛中梅说："小毛，你家的困境我知道了，我们一定会帮助你的，下个星期你到公安局来找我老柯，我们先帮你家解决一些生活用品。"

毛中梅以为是说说而已，并没有去公安局找老柯，哪知道，柯善梅带着七八名民警来到了她家，每个人都提着大米和精炼油，送关怀上门来了。紧接着，柯善梅又带来了局里管后勤的同志，详细列出费用清单，要为毛中梅家翻修房子。

一个多月后，毛中梅家的地板换了新的，墙面也粉刷一新，厨房也不漏雨滴水了，房前屋后的排水沟也挖深了，还做了护坡。低矮的棚屋再也不潮湿了，倒是毛中梅一家人的眼眶潮湿了。他们怎么也不相信，素不相识的柯政委会帮助她家做了这一切，这得要花多少钱啊？

这还不够，为了使毛中梅家早日摆脱贫困，柯善梅还帮她的女儿找到了一份工作，有了一份工资收入。以后每年的冬天，柯善梅都要派民警送上取暖用的煤炭，让毛中梅一家人冬天不再感到寒冷。

柯善梅政委已经长眠在庐山上，化作了一棵大树，他是幸福的；化作了一抔泥土，他是幸福的！他不是战火硝烟中牺牲的勇士，但他是一身正气、两袖清风的警察楷模、公安部追授的二级英模，成为全国公安警察学习的榜样！

见财不起心

□ 查育知

"小时候读书时，父母就教导我，哪怕捡到一分钱，也要交给老师。"
这是涂容青常挂嘴边的一句话，也是涂容青对儿孙辈教导最多的一句话。可
见家风家教的重要性，有些品质是从小就形成了的。

2017 年，涂容青因在庐山风景区捡到一只装有 2 万多元的皮包，立即交
给景区领导并及时交到失主手上，荣登"中国好人榜"。

笔者慕名采访这位"中国好人"。

初见涂大爷，就没来由地感觉亲切，可能是我从小在农村生活的原因，
从他身上看到了父辈们身上那种生来的淳朴、善良。清瘦的脸庞写满了岁月
的沧桑，眼神里透着满满的真诚。他听说来意后，又高兴又略带羞涩地说："我
也没做什么大事，这么多年了，谢谢你们还记得我。"

他虽不善言辞，但还是很愿意用他特有的方式向我讲述他在庐山景区工
作时期的心情，还有多次拾金不昧的故事。

一

涂容青出生在湖北省武穴市农村，种了一辈子田，很少到外面去。50 多
岁的时候，他被一个老乡介绍到了江西庐山当环卫工人，在大口瀑布景区扫

地，工作不苦也不累，就是每天拿着火钳捡捡游客扔下的垃圾，做做基本的卫生维护，有空时，还可以看看庐山的美景。站在含鄱口，眼前的一切都看得很清楚，山下的城市、乡村、丘陵、沟壑像彩画里的景色，远处的鄱阳湖像一面很大的镜子照着天上，到处都是色彩斑斓，明晃晃的，总让人看不够。

涂大爷虽然是农村人，文化程度不高，不懂什么诗情画意，但对美景的热爱却毫不逊于城里人。

他很羡慕人们携老带小地出来旅游看风景，但也只是羡慕。一个普通的农民，哪有闲钱到外面去看山看水。每年辛苦挣到的钱，仅够一家人过日子。但他又是一个容易满足的人，觉得自己也挺幸运的，老了的时候，还能到世界名山来当个环卫工人，每天看不够的美景，看不完的人，回到村里休假，在乡亲面前自豪地说"我在庐山景区里上班"。

乡亲们问他大口景区在哪里，他就向大家介绍，说大口景区是庐山的宝藏景区，在含鄱口下方，有气势壮观的大口瀑布，是庐山通票中包含的环山十景之一，但这个景区并没有在山下，而是在庐山的核心景区中，沿着含鄱口的逼仄小道下到半山才能到达。虽然大口景区没有白鹿洞书院、三叠泉那么有名，但这里很神秘，有人称为彩虹瀑布，雨过天晴之后，在灿烂的阳光照耀下，可以看到五颜六色的彩虹，还有无数的蝴蝶在彩虹间飞舞。

涂大爷俨然成了大口瀑布景区的宣传员，惹得乡亲们都想跟着他一起来到庐山，一睹彩虹瀑布的壮观景象。

二

2015 年，通过老乡的介绍涂大爷来到庐山，在大口景区做环卫工人，月工资不高，但比在家里种田划算，只是离开家人，比较寂寞，白天游客多还算热闹，但到了晚上，一个人住在景区的宿舍里，就感到特别寂寞。

刚开始他有过想回家的念头，也有过失眠的痛苦，用冰冷的山泉水洗衣服也心生埋怨，但时间长了，他也慢慢适应了景区里的白天和黑夜，听惯了山风走过的脚步声，习惯了竹海松涛的窃窃私语。后来他竟然喜欢上了大口瀑布景区的白天和黑夜，好像自己成了大口瀑布景区的主人，成了每天第一个迎来太阳升起的幸运者。

作为一名环卫工人，涂容青在打扫卫生的时候，经常会捡到游客落下的东西，小到一个发夹、身份证，大到一部手机、照相机甚至现金他都会追着游客归还，游客们接过东西的时候回赠他一个微笑、一句谢谢，他都要乐呵好一阵子，堆满皱纹的脸庞上阳光灿烂，两只张扬的大耳朵也会因激动而变得通红，他觉得自己能得到游客们的夸奖，那是很开心的事。

1954 年 2 月出生的涂容青，从小父母就对他管教严格，读书时父母就经常跟他说：在学校要做个好学生，捡到别人东西要交给老师，哪怕捡到一分钱，也要交给老师。要他做一个好人，不要让人感到讨厌，所以，他一生做人谨慎，敬天敬地敬人，恪守君子爱财取之有道的人生信条，在村里的口碑很好，都说"容青这个人重情重义"。

涂大爷不仅在村里口碑好，在大口瀑布景区的口碑也很好，他工作的两年多时间里，景区的干部职工都说："涂大爷是个好人，从来没有遭到过游客的投诉，倒是有很多游客反映，他捡到了东西从不收不藏的，及时归还人家，让大口瀑布景区有了很好的名声。"

2017 年 9 月 27 日傍晚，让涂容青的名字一下就溢出了大口瀑布景区，传遍了整个庐山，传遍了江西，走向了全国。他先后登上了九江市好人榜，接着被评为江西省好人，最后被中央文明办评为"中国好人"，荣誉接踵而来，一个老农民用自己的善行，为自己的人生添上了浓墨重彩的一笔！

这天傍晚，大口瀑布景区的游客慢慢稀少了，热闹过后的景区渐渐安静了下来，一如往常的是，涂容青拿着火钳和扫把出现了，游客们扔下的垃圾他得及时清理。诸如矿泉水瓶子、食物包装袋子、废纸废屑到处都是，有的在平地上，有的在草丛中，还有的在石头缝里，清理的难度虽然有点大，但他也决心天黑之前一定清理干净，无论如何不能把脏东西留到第二天，否则自己都会觉得失职，虽然并没有人会因此处罚他或者扣他工资。

涂容青一边寻找着垃圾，一边做着清理工作，沿着每天要走的路线，健步往前走着，瘦瘦的身子在斜阳下拉出一个长长的影子。当他来到瀑布照相点的石碑旁，就看见一块桌面大的石头上有个东西，他不禁停住了脚步，口里"呀——"了一声，只见石头上有一只黑色的男士手提包静静地躺在那儿，可石头旁边并没有人走动。

"谁这么粗心呢？"

涂容青一边问，一边四处观察着，他不知道是哪个游客把包留在了这里？此时游客都走了，包却没有拿走，成了无主物品。心地善良的他，希望包的主人是躲哪儿方便去了，马上就会来拿包的，这事以前出现过，上厕所的游客把东西忘在了某个地方。所以他一边打扫着垃圾，一边替游客看护着这个包，怕有什么闪失。

一等不见有人出现，再等还是没有人出现，涂大爷急了，他不敢远离到别的地方去打扫卫生，又不敢拿着包离开这里，他担心游客随时都会找过来。

这种等待也是一种煎熬，涂大爷多么希望此时有一个人出现在他面前，和他一起看守这个包，他怕引起失主的怀疑，更怕有人在设圈套讹他，毕竟自证清白是很麻烦的事，包里有些什么贵重的东西，谁也不知道，假如人家说少了什么，那真是有口难辩啊。

他只得在另一块石头上坐下来，静静地等。一边替失包的游客着急，一边也为自己着急，打扫卫生的任务还没有完成呢。既没有人替他看管包包，又没有人替他打扫卫生，只能干等。

太阳马上就要落山了，天黑了之后的大口瀑布景区，路就不大好走了，游客纵使下山之后发现包丢了，想回来找包也是不可能的。

到了这个时候，涂大爷也顾不上人家怀疑不怀疑了，只好拉开了拉链，翻开包里的东西一样样看了起来，只见里面有现金两万多元，还有身份证、驾驶证和另外一些证件，有好几个证件本子是他没有见过的，红红绿绿的都有，赶忙把包里的东西原本原样地放好，不敢多耽搁时间，拿着包就往经理办公室奔去，好像手里拿着一个烫手的山芋。

三

涂容青尽管经常捡到游客落下的物品，但像今天这个几万块钱的包，他还是第一次捡到，那两捆百元的红票子，还有几十张散开的红票子，老是在他的脑子里晃来晃去，十分诱人，心想这要是自己有这么多钱，那该有多好啊。说实话，他的口袋里从来没有过这么多钱，就是整扎的万元人民币，也只是过年的时候见过，他从银行里取1万块钱过年，乡信用社的姑娘就会从窗口递给他1万的整扎钱，拿在手里，沉甸甸的，而今天见到的是两三个那样沉甸甸的……

涂大爷急匆匆跑进了景区副经理舒彪的办公室里，气喘吁吁地说："舒……舒经理，我捡……捡到了好多钱。"

舒经理是大口瀑布景区的主管领导，听涂容青结结巴巴地说完，以为涂老爷子开玩笑，就一本正经地问："今天的卫生打扫完了呢？"

涂容青摇了摇头，把包包放在舒经理面前，缓了口气回答："没有打扫完卫生，但我捡到了一个包，里面好多钱，赶紧跑过来交公。"

舒经理这回相信了涂师傅的话，就问是在什么地方捡的？知道是什么人丢的吗？涂大爷连忙解释是在瀑布照相点那里捡到的，不知道是哪个人丢的。

看着涂容青一脸的真诚，舒彪经理竖起了大拇指，夸奖他："涂家爹学雷锋见行动，捡到的东西不据为己有，精神很高尚啊！"

为了知道包里有些什么东西，舒彪便当着涂容青的面把拉链拉开了，他想知道里面的东西重不重要，当看到几捆红色的百元大钞时，他马上就把拉链拉上了，对涂容青说道：

"这事严重了，几万块钱可不是小数目，幸好你把包上交了，要是你藏了私心，把这么多钱私吞了，麻烦可就大了，足可以判你个七年八年的！"

涂容青表情平静地说："我没有私吞的想法，君子爱财取之有道，虽然我家里很穷，但我只会拿我自己劳动换来的钱，不是通过我劳动得来的，我肯定不会要，不属于我的东西我更不能要！"

老人说得从容镇定，骨子里带来的正气使瘦小的他瞬间变得高大起来。

舒彪不敢耽误，马上拨通了庐山云中派出所的电话，请民警速来处理这件事。

所长尹兴国带着民警很快就来了，听了舒彪的介绍，所长紧紧地握着涂容青的手说："老师傅，你很了不起，很了不起啊！"

涂容青憨厚地笑着，他只是觉得自己做了一件应该做的事，并没有觉得有什么了不起，不管别人捡到了东西会不会归还人家，至少他涂容青会归还，从小父母就是这么教育他的，他也是这么教育儿女的，儿女也是这么教育他们的孩子的，"不是自己的东西就不能要"，这朴素的道理得到了很好的传承。

派出所的三个民警当着舒彪和涂容青的面，将失主的皮包打开，一件件地把包里的物品拿了出来，又一件件地摆放在桌上，最后清点了一下，有现金，还有手机、钥匙、身份证、信用卡和驾驶证等，做好记录后，又原本原样地放回了包里，将涂容青的诚信和美德也一并放了进去。

为尽快找到失主，民警很快通过驾驶证信息找到失主的联系电话，并通过身份信息核实后，确认手提包系江苏游客高先生所遗失。当高先生接到民警电话时非常激动，没想到手提包刚刚才发现丢了，竟然就有民警主动联系到他……

在等待失主的过程中，所长想和涂容青聊一聊，看看他会说些什么，老人的高尚情操已经深深感动了他，心里想着怎样宣传报道一下他的事迹。

三年前，尹所长的老领导、庐山公安局政委柯善梅因公牺牲，被公安部评为二级英模、中央文明办评为中国好人，他作为基层民警代表，还到北京人民大会堂宣讲过柯政委的先进事迹，还受到了中央领导的接见，所以他特别崇拜英雄、崇拜好人，也很想宣传英雄和好人，而涂容青就是庐山上涌现出来的第二个"柯善梅"，一个拾金不昧的好人代表。

10 多分钟后，失主高先生来到大口景区，从民警手中接回了沉甸甸的手提包，他激动地表示："警察同志，您的电话太及时了，我刚发现手提包丢了，正苦于如何寻找时，就接到您的认领电话，太谢谢你们了！我以为手提包掉了再也找不回来了，导游三次叫我报警我都觉得没有必要，没想到正在心急如焚时接到你们的认领电话，太不可思议了！请警察同志务必帮我找到捡到手提包的大爷，真没想到庐山景区的一位环卫工人在面对几万元现金时竟然不为所动，我要当面感谢他！"

尹所长笑着说："确实是，涂容青大爷虽然是一名环卫工人，但他的精神很高尚，是我们庐山人的楷模啊！"随即把涂大爷介绍给了高先生。

高先生紧紧地握着涂大爷的手，连连说着"感谢感谢"，然后从包里拿出 500 元钱作为酬谢，塞到涂大爷的手里。

涂容青坚决不肯接钱，老实巴交地说："你两万多块钱我都不要，还要你几百块钱吗？"一句话把现场的人都逗笑了。

高先生感慨万分："真的很感谢你们，庐山人淳朴崇高，庐山警察服务热情高效，庐山不愧是世界名山，人文圣山，真的是景美人更美！"临行前，高先生拉着涂大爷和民警一起合影留念，高先生还说，他已和多位朋友联系好，回头要组团再次来庐山旅游。他希望能把他在庐山的经历告诉更多的人，让更多的人了解庐山，爱上庐山。

从今天起，我就是你们的女儿

□ 黄斌莲

"囡的，我的肥皂用完了，你记得帮我买块肥皂来！"

"囡的，我想吃那街上的桃酥饼，帮我带些来哈！"

"囡的，我这衣服线开了……"

90年代初星子星白鹿乡的敬老院里，老人们都亲切地称呼周院长为"囡的"。"囡的"在星子方言中是女儿的意思，老人们早已把周院长当作了自己的亲生女儿一般。

一

周院长就是周桂花。没错，就是90年代的语文课文《一张珍贵的照片》中那个扎着两个大麻花辫、双眼皮的大眼睛姑娘周桂花。当年的小姑娘没有想到，自己不过给几位陌生人带路，竟改变了她后半辈子的命运。她时常看着挂在她家客厅上边正中间的那张照片，那温暖慈祥的笑容就像一道光照进了她的心里，也照亮了她的人生。

周桂花是个实在人，没读多少书，娘家家境困难，17岁的桂花早早地嫁了，嫁给了一个姓张的木匠。嫁过去之前听说做手艺的家境还不错，可嫁过去她才知道那个家真的是一贫如洗。穷归穷，日子还得过。她生了5个孩子，其中有一个在一岁多的时候被病魔带走了，那个年代缺医少药的，一点法子都没有。好在还有两儿两女。桂花在张家一边带着孩子，一边操持家务，采茶种地。她日出而作，日落而息。本以为日子就这样过了。令她没有想到的是有一天那抹温暖的阳光会再次照到她的身上。

1977年1月12日，《江西日报》头版头条刊登了一篇题为《手捧照片思亲人，无限怀念好总理》的文章，同时配了一张周桂花依偎在本家爷爷身边的照片。一石激起千层浪，周桂花引起了社会各界的广泛关注。用今天的话来说，她被泼天的富贵给砸中了！这一年，她光荣地加入了中国共产党。

后来，这篇文稿被改编为《一张珍贵的照片》，编入小学语文课本第九册。于是，好总理与放牛娃周桂花的故事便家喻户晓了。

1978年，她当选为全国人大代表，出席了第五届全国人民代表大会。

二

"我做了人民的代表，我这一辈子接受人民的监督。"这句话，周桂花说了很多年，一直说到现在。

1979年，周桂花被推选为玉京村大队妇女主任，她兴奋极了！"我可以为党工作了！"此后，不善言辞的周桂花更加努力地参加集体生产劳动。她撸起了袖子带头干，不知疲倦地为大队工作忙碌着，她恨不得把自己所有的一切都奉献出来。

妇女主任的工作很杂，要做好也得细致。在那个没有车子的年代，她凭借着自己的一双大脚几乎走遍了白鹿乡的每一个角落。每个生产小队有多少妇女她都心中有数。检查生产、收粮、计划生育，挨家挨户地上门。

有一次去伍家岭收粮，路上赶上一阵大雨，那附近连个落脚的地方都没有，她就把鞋脱了，赤着脚走回了家，浑身淋了个透。这个大字不识几个的农村妇女凭借着一腔热情把妇女主任这份工作干得有声有色，一干就是15年，人人交口称赞。

村子里的人说，桂花在队上做事，是个一尺十寸的好人。有的人当面一套背后一套，领导来了就拼命干，做那积极分子的样子，领导走了就偷懒，活还没有桂花干得多，工分却比她多。

周桂花从不计较，只想认真做好自己的事情。

三

1991 年，组织上安排周桂花到乡敬老院担任副院长。

敬老院都是一些需要照顾的老人家，对常人来说这可不是一件好差事。有人劝她："敬老院的老人家好难伺候啊，你找组织上给你安排一份好点的事咯！""我不怕，只要我用真心对待老人家，老人家也会一样对我。组织上安排我到哪里，我就到哪里，我服从组织安排。"周桂花说道。她没有一丝犹豫，来到敬老院一干就是 10 年，一直做到退休。

第一天上班，看见院里二十几位孤寡老人，她脱口而出的第一句话是："从今天起，我就是你们的女儿。"

从此，她把敬老院当作自己的家，把院里的老人当作自己的父母精心照顾。老人生病了，她跑卫生所请医生；需要住院，她背着老人送县医院；老人想吃什么，她动手给做；老人衣服破了，她帮忙补；老人需要什么，她去商店帮忙买。什么是分内分外，她不知道，也不管，只要是老人需要，她就去做。

敬老院有个姓刘的老婆婆，老伴走了很多年，只有一个痴傻的儿子。周桂花也不知道刘婆婆什么时候来到敬老院的，她只知道自己来到敬老院的时候，刘婆婆已经躺在床上下不了床。帮刘婆婆擦洗身子特别是洗屎洗尿的，大家都避之不及。自从她来到了敬老院后，便主动挑起了这份活。年复一年，日复一日，她从不嫌脏，不嫌累。

"我们都是爹妈一把屎一把尿带大的，谁还没有个老的时候！老人家身上总要干干净净、清清爽爽才舒服。"周桂花说到做到了。

王婆婆是个老党员，但家里也没有人能照顾她，来到敬老院养老也是无奈。她有个老毛病，总是咳痰。那痰经常咳得衣服领子上、门襟都是，脏兮兮的，气味很难闻。周桂花用毛巾缝制了几条围领，脏了就给王婆婆换上干净的。

看着周桂花把那脏了的围领拿去洗，王婆婆拉着她的手说："囡的，你是个干部，一点架子都没有，对我们这么有心！"老人说着便哽咽了。

人心就是这么被捂热的，在敬老院，老人们都把她当女儿看待，喊周桂花"囡的"，特别亲热。

敬老院里还有一个令人头疼的老顽固万老爹，他原来是乡里食堂做饭的师傅，外地人，早年只身一人来到白鹿乡，家里也没有其他人。在乡里工作了一辈子的他，退休后一直要求待在食堂不肯回家，乡政府几次用吉普车送他回家都不肯下车。后来年纪大了实在做不动了，无奈之下政府只好把他送到了敬老院。

万师傅一直认为是政府把他骗来了敬老院，总是拿着根棍子边敲边往外跑，嚷嚷着要回去，谁来劝他他就用棍子赶，十分令人头疼。

周桂花不怕他那根棍子，跟他说："爹爹啊，您是来这里养老的，我知道您不想回家，但是您回乡里去做不了饭，也没有人照顾您。您如果不嫌弃，就把我当您的女儿，由我来照顾您！"

万老爹也不是个没有心的，周桂花挨了几棍子后，他也打不下手了。再后来，周桂花说什么就是什么，就听她的话。

来到敬老院那年，周桂花已经43岁了，自己也当了奶奶。说是担任副院长，敬老院就那么几个人做事，说白了什么活都得干！敬老院里打水井，她下井去把泥土运上来；敬老院里新盖了一间屋，她拌泥、搬砖当起了小工；敬老院里的食堂下雨天漏水，她爬上屋去捡漏。

那时候敬老院条件有限，他们要自力更生。照顾老人之余还要种茶、采茶，种地养猪，一天到晚都有干不完的活。她已经不是那个年轻有力、浑身充满着干劲的妇女主任。繁重的家务农活和她那不要命的工作精神，几十年的岁月磋跎，生活早已在她的身上留下了深深的印记。

那个时候还没有公交车，从家走到乡里敬老院上班，大概有五六里路，足足需要走上四五十分钟，每天晚上睡觉前脚后跟都疼。碰上落雨天，那一路的泥巴弹得裤腿、后背都是，搞不好摔上一跤，还得痛上大半个月。周桂花如此每天早出晚归来回两趟，一年四季，风雨无阻。

敬老院的同事问周桂花："桂花姐，你年纪大了，怎么还不找个清闲的位置做几年，等着回家领退休工资啊！"

周桂花笑着回答道："世上没有累死的人。能为老人们做点事，我感到十分光荣！只要我在这个岗位上做一天，我就要认真把我的事做好！"

周桂花的话很朴实，但是很感人。

后来，院里有的耄耋老人生了大病，身体不行了，家里人便接了回去准备办后事。虽然老人离开了敬老院，也没有继续照顾老人的义务，可周桂花心里就是放心不下，总是抽空上门去探望，给弥留之际的老人说上几句安慰的话，像个亲生女儿一样无微不至。后来老人走了，周桂花又赶去吊唁，守灵，敬上一炷香，磕几个响头。她是真的把他们当亲人了啊！

四

2001 年，周桂花从敬老院退休了。

这年的 3 月 1 日，她被邀请去江苏淮安，参加本家爷爷诞辰 103 周年纪念活动。淮安县政协安排专人接待她，派专车送她去爷爷的出生地和纪念馆参观，县领导陪她吃饭，电视台记者采访她……

短短三天时间，来看望周桂花的人络绎不绝，每晚房间里都挤得满满的。周桂花感动极了！总理爱人民、人民爱总理，她又该为总理做点什么呢？此次淮安之行，周桂花萌生了在玉京村建一个伟人纪念馆的想法，她要把总理与人民心贴心的故事传颂给每一个到庐山观音桥旅游的客人！

她的心愿在当地政府的支持下很快就实现了。

五老峰下的山风一季一季地吹着，就像周桂花，年复一年、日复一日，坚持不懈地义务宣传总理高尚人格和亲民情怀，多次到九江市和庐山市直单位、学校、企业、部队等单位宣讲，共计 200 余场次，直接听众 2 万余人次。同时，在小学开设周桂花班 20 多个班次，让红色基因代代相传。人民网、中国共产党新闻网、《江西日报》《九江日报》《浔阳晚报》、微信公众号庐山发布等媒体对其先进事迹进行了报道。

2019 年，周桂花入选"江西好人榜""中国好人榜"。

2020 年，被评委"玉京村十大最美人物"。

2022 年，荣获全国"五好家庭"。

多年来，数不清的记者慕名来到周桂花家采访她。天南地北的，不管来自哪里，认不认得，她都是一碗热茶送到人家手里，赶上吃饭的点，家里吃什么就拿什么招待客人，脸上永远都是温暖的笑容。

观音桥下的流水昼夜不息地流淌着，就像如今 73 岁的周桂花奶奶，讲着那动人的故事……

戏曲人生焕传承

□ 欧阳静波

悠悠古韵星子县（今庐山市），是地方戏曲西河戏的发源地。有这样一位老艺人，一生坚守西河戏事业，致力于西河戏的传承。他就是国家级非物质文化遗产西河戏第六代传承人程家训。

西河戏又称星子西河戏、"弹腔戏"，是流行于赣北的星子、德安、九江县一带的传统戏曲剧种，也是江西省硕果仅存的几大古老剧种之一。因有赣江以西的几条河流经星子，故定名为"西河戏"。源于清乾隆年间，经嘉庆年间诸腔合流，影响甚广，被先辈们在鄱阳湖域一带传承至今，这里生长的孩子都能哼唱上几句。

在文化快速膨胀、部分地方戏甚至成为"濒危剧种"的今天，作为当地流传了 200 多年的剧种，西河戏依然能保持强劲的生命力，并且一直占据在地方剧种的前列，是星子农村文化活动项目的主体，不得不说这是一件非常庆幸的事。在很大程度上，是因为有一批如同程家训一样爱戏如命，用一生的时间来守护和发展民间戏曲的老艺人们。2021 年，程家训入围"中国好人榜"候选人，这也是当年九江地区第一个入围"中国好人榜"的候选人。

一

星子当地的很多村庄有着西河戏的传唱氛围，在星子镇幸福村，传承了

7代人。每逢农闲时节，他们会搭起草台，轮番开唱西河戏，吸引大批当地民众围观听戏，台上锣鼓喧天，台下热闹非凡；生产劳动时，村民们也充分享受着扎根农村传统中的草根文化；而在逢年过节、纳凉消暑或婚嫁丧葬、开业大典等各类喜事的时候，乡民们共同参与的坐唱班随叫随到。

1942年，程家训出生在这个小山村。耳濡目染之下，程家训自幼便对戏曲产生了浓厚的兴趣，时常趴在戏台边，目不转睛地看戏。这段时光，在他心里埋下了西河戏表演的"种子"，他的唱戏天赋也开始逐渐展现出来。哪里有锣鼓声，哪里就有他的小身影。台上锣鼓喧天，余音绕梁；台下听词记音，察言观色。第一次上台是因为机缘巧合，演出时打大锣的师傅临时因为家中有事未到。正当大家一筹莫展之时，年仅13岁的程家训向西河戏第五代传人程世柳师傅主动请缨，程师傅半信半疑："你个小孩子家哪晓得打锣？"程家训小脸一脸严肃，郑重地点了点头答道："晓得啊！"程师傅将信将疑地将鼓槌递给了他，这一试，果然合点。"古怪！真的晓得打哩！真是块唱戏的好料啊！"程世柳不禁感慨道。初次登台亮相献艺就博得观众满堂喝彩，程师傅喜出望外，对这个孩子甚是喜爱，当场便收他为徒。一入戏行，缘定终生。从此，程家训开启了他的戏曲之路。

1979年，星子县筹备成立弹腔戏团。程家训深知这是个千载难逢的发展机会，一次次步行两个多小时到县里，找工作组提申请入戏团。领导们被他的执着打动了，通过系列的考核同意加入戏团。当时的程家训担任蓼花农机管理站副站长，端着人人羡慕的铁饭碗，为了专心唱戏，他甚至不惜辞去铁饭碗工作。这位"戏痴"学艺吃尽千辛万苦，换得技艺的日益精湛，声名鹊起后经常登台演出。堂堂七尺男儿，曾经一度瘦弱到体重只有90多斤。有一次，他因连续演练多日突发心脏病。经抢救脱险后醒来第一件事，竟是与前来看望的徒弟们畅谈西河戏。程家训教导徒弟们说："今天的成就来之不易，你们必须要吃苦，要多学多练，本领不是自己走出来的，是练出来的。"

对于程家训来说，戏曲与人生已然相融，戏中自有颜如玉。技艺不凡的程家训经常登台演出，雄姿英发的扮相和栩栩如生的表演获得众人青睐，其中吸引了好姑娘李玉春的目光。他们相爱并结为夫妻，在日后的从艺生涯中李玉春给予他无限理解与支持。当年，程家训经常要去县城参加西河戏调演、会演和学习班，通常一去就是几个月。李玉春则无怨无悔地包揽了家里所有繁重的农活，以及一家老老小小的吃喝拉撒，她用柔弱的肩膀硬是独自扛了下来，解决了程家训的后顾之忧。经费紧张，演出道具不能少，幸好有身为裁缝师傅的李玉春，程家训和徒弟们的戏鞋、彩裤、围领……都是出自她的亲手制作，一针一线的手工缝制。时至今日，程家训发自内心地感叹："为了支持我唱戏，老伴真是吃了好大的苦哇。"言谈中是满满的感激之情。

二

天赋异禀是先天优势，刻苦钻研是后天条件。他把西河戏视为第二生命，白天务农，夜里练戏。对唱念做打、手眼身法步等基本功总是一丝不苟地完成，压腿、跑圈场、拉山膀、台步是每天都要练习的基本功。他曾只身前往县城，师从科班出身的京剧老师，扎扎实实地学上了 3 个月，而后回到村里，务农之余潜心揣摩。半个多世纪的艺术生涯，程家训不断刻苦学习、反复训练，几十年如一日地奔波在艺术的领域，真正地做到了师傅的教诲"活一世，学一生"。从兴趣到喜爱，从喜爱到热爱，从热爱到执着，程家训的每一个阶段都义无反顾，在心底深处西河戏就是他的生命。"当好戏师傅，要在艺术舞台的每把椅子上都能坐稳"。他始终把师傅的话语搁在心上。

艺高人胆大，胆大人艺高。18 岁的程家训独当一面，开始出台带团。作为专业戏曲人，接到紧急演出任务是常事。有一次，在华林镇花桥村板桥查家，时间紧，当天晚上排练，第二天就要演出；任务重，剧中有三个脸谱角色，程家训那时还没学过勾脸谱。可是后生可畏，不会就学嘛！他排练后连夜赶到前辈詹俊汤家中请教。正好詹师傅家育有三个孩子，他把孩子们拉过来，一一勾给程家训看，然后洗掉让程家训重新勾。功夫不负有心人，第二天，程家训勾出满意的三个脸谱，大家很吃惊："这小鬼，年纪小小，还这么会勾脸谱！"

西河戏中的打板、西皮、二黄是主要唱腔，程家训刚接触时打得并不流畅。为了打好"西皮板"，他向擅长西皮板的詹俊汤师傅虚心请教，从深夜学到五更，直到运用娴熟为止。西河戏以主唱西皮、二黄为特色，真假嗓音反复变化，难度较大。为演好《芦花荡》里的张飞，他曾不顾交通不便，步行于县乡之间，求教 70 多岁的尹师傅。三分靠教，七分靠学。台上他唱念做打样样精通，还自学板鼓并钻研戏曲编导，排练经典剧目同时琢磨新戏。西河戏的剧本多为历史袍带戏，大多取材于历史故事，内容崇尚忠、义、廉、孝，表演时以板、琴、锣、鼓为主要乐器相配伴奏。他常走访老一辈西河戏名师，探讨戏艺，收集整理出一批即将失传的表演技巧和曲牌，比如，东皮唱腔。这种内外兼修，使得先生常年在省市县各类文化调演会演时声名远播，且于2015 年赴京演出获得热烈反响。

80 年代时，县里召开种植棉花动员大会，安排了西河戏《李广催贡》。程家训担任戏中李广的角色，排练期间他不厌其烦地雕琢自己的每个动作神态、每句唱词念白。经常是其他演员已经休息了，依然在排练室反复打磨。功夫不负有心人，当天演出取得圆满成功，当时 7 个县的文广局局长给予很高的评价，握手时问道："你是哪个专业剧团的演员？"程家训摊开双手露出手上的老茧，"我是农民，在家种油菜。"程家训如实地回答道。

程家训不仅唱戏，还在原有西河戏剧本的基础上进行改良创新。知戏文戏理，才能唱出好戏。经程家训整理、改编后，使一些冗长的剧本变得精简、通俗，登台演出效果更好，观众反映有创意，有新鲜感，得到了大家一致好评！程家训在西河戏的道路上不断摸索，推陈出新。每次登台表演，他都仔细琢磨，不完全照搬前辈艺师的老一套，而是自己根据剧情设计，做到举手投足恰到好处，或学习各地剧种之长处独创风格，获得了多次的优秀演员奖励。

凭着精湛的演技与扎实的基础，程家训名声大振，在西河戏领域获得斐然艺绩，频频受邀参与省、市、县组织的文化活动。几十年时间，他从事业余演出及导演，从不间断，一年几十场，也曾先后在 12 次活动中获得奖项。1999 年 1 月，由中央电视台、省、市、县四级宣传部门在星子联合举办的移民建镇联欢文艺晚会结束后，央视记者建议将西河戏上报列入地方戏种国家非物质文化遗产，于是西河戏申报非物质文化遗产工作开始启动。经过大家多方努力，西河戏于 2008 年、2010 年先后获得省里与国家的批准。程家训也被列入星子西河戏第六代代表性传承人。《长江周刊》《九江日报》等报刊媒体也对程家训在传承西河戏所作的贡献给予了很高评价。"年逾古稀的星子县西河戏民间传承人程家训，对西河戏情有独钟，矢志不渝"。

三

"越到节假日越忙碌，这几天都在下乡演出。"初见程家训，他在指导女儿程月华排练西河戏。年近八旬的程家训神采奕奕，一招一式姿态灵活，唱起戏来声音洪亮。

西河戏具有深厚的民众基础，可谓村村会唱戏、户户有演员。程家训坦言，大家唱西河戏，更多是当作一种兴趣爱好，没多少人愿意专业学习，"练功很苦，没有固定收入，年轻人不愿意学，新生代青黄不接，西河戏传承面临的最大阻力"。"毕竟西河戏不像钢琴、舞蹈那些才艺被大众广泛认知和接受"。

为守住西河戏阵地，程家训在女儿程月华20多岁时，要求她学唱西河戏，"西河戏有各级传人几十位，只有两位传承人的子女学了西河戏。"如今，程月华也爱上了西河戏这一行，常在演出中扮演重要角色，并多次在各种大赛中获得佳绩。2018年，在九江市第二届文化艺术节暨首届九江市小戏小品大赛中荣获《游园惊梦》表演一等奖，她现已成为西河戏的市级传承人。她牢记父亲"再艰难都要将西河戏传承下去"的嘱咐，"我现在唱西河戏是喜欢，更是责任"。父女俩为西河戏的发扬光大，活跃在农村各大戏曲舞台上。

功成身退为人梯。程家训因高龄已很少登台演出，这位耄耋老人将主要精力投入整理改编戏目和培养新人上。传承戏曲文化，是程家训的最大心愿，他每到各地教戏排戏，总要特意留心发现"戏苗子"，加以培养。从2010年开始，自费创建星子西河戏培训中心，他不仅自己全力投入培训中心，还自费聘请多位优质戏师开展教学。这个培训中心，对想学戏的人免费教学。以青年为主要对象，运用传帮带形式，安排学员定期登台演出，在县城每月上演两场不同剧目的西河戏，又轮流到各乡镇进行义演。就这样，既为城乡广大观众献艺，又在实际的演出中训练人才。

程家训认为，传承文化还得从娃娃抓起，在少年儿童中普及推广传统戏曲，具有重要的意义。他带着西河戏戏团走进了大风车幼儿园，给庐山市的小花苗们上了一堂别开生面的文化传承课，有的孩子就此开始了西河戏的传承之路。多年来，程家训积极推进"戏曲进校园"活动，通过他的示范带动，越来越多的孩子喜欢上传统戏曲。

"每当看到年轻人登台演出，我心里真的是非常开心。"为了给西河戏注入年轻新鲜的血液，程家训还发动一些在家带孩子的年轻媳妇学唱西河戏。程家训发动群众，趁农闲时学西河戏，学戏后大家一门心思都在西河戏，再也不流连于麻将桌，村里的风气都变好了。村里的老人们都以谁家的媳妇、女儿会唱西河戏为荣，有的老人甚至不惜买金银首饰鼓励后辈学西河戏，他们说："唱戏好啊，年轻人活跃，村里人生旺盛！要感谢程家训师傅……"

程家训先后组织退休老干部、老职工中的西河戏爱好者排练、演出。这些老领导、老同志，每年多次登台演出，丰富了自己的退休生活，老有所乐，他们都说："经常唱戏，心情愉快，延年益寿啊，还能带动年轻人的文化热情，何乐不为呢。"

程家训在西河戏教学中乐而忘老。当家人和朋友劝他要保重身体时，他颇不在意地说："我一进入戏场，别的什么念头都没有了，心全在戏里，那可真是快乐啊，身心愉悦还怕身体不好？"这句话很好地诠释了他为西河戏的"忙于痴"！他为西河戏倾注一生，用满身艺技又专注至极的劲头传承着西河戏，成了传承文化的先行者，进一步带领大家将西河戏发扬光大。60多年来，他整理改编的戏目达到上百本，收徒逾百人。从7岁到79岁覆盖各个年龄段群体，其中的程月华、黄菊枝、欧阳金龙更是荣获市级非物质文化遗产传承人称号，为西河戏注入新的生命力，让西河戏文化源远流长！

"我们这一代老了，可是我们的戏还是要唱下去的。"程家训这几句话道出了众多老艺人们的心声和希冀。和许多老艺术家们一样，如何让更多的人喜欢听戏、愿意学戏，将祖辈留下的宝贵艺术财富传承下去，这是程家训思考的问题。程家训希望，西河戏能成为江西戏曲更响亮的名片，看到戏曲艺术一代代传承下去。

奉献只为夕阳红

□ 罗克岩

　　柴桑区新合镇老年协会的活动中心，大院占地 4000 余平方米，建有 530 平方米的两层活动中心大楼，广场舞、唱山歌、太极拳、自由健身、门球、扑克、麻将、象棋、拉家常，应有尽有。在这里，每天在老人们愉快的笑声、掌声、欢呼声里，都可以体会到"最美不过夕阳红，温馨又从容"的美好。镇老年协会活动中心开展的各种老年活动，只是全镇老年人丰富多彩的生活的一个缩影。目前，全镇 8 个行政村均建起了老年人体育协会及标准化老年人文体活动辅导站，127 个组均建有活动场地、健身场地。新合镇老协服务老人、助力乡村治理的事迹，被央视及省、市电视台多次报道，被九江市政府授予全市居家养老示范单位。

　　"哪有什么岁月静好，不过是有人负重前行。"新合镇火红的老年事业，得益于一位农村基层共产党员锲而不舍的坚持和无私奉献，他就是孝老爱亲的"中国好人"陈是新。

一

　　新合镇全镇总人口 19000 多人，60 岁以上老年人 3900 多人，占全镇总人口 21%。同全国很多地方一样，这些老人也面临着"空巢"的困境。为了排遣孤独和苦闷，老人们曾经三个一群五个一伙，自发聚集在集镇街头活动，常常与商户和居民发生摩擦，甚至有些激烈的冲突。

老人们的困境与社会安定、乡村综合治理紧密相连，早就牵动着镇党委、政府一班人的心。2008年，新的党政班子调整后，决定由老年党支部牵头，让全镇老年人有组织、有规划地活动。镇党委胡育刚书记亲自点将，邀请陈是新出山担任老年支部书记，兼任镇老年体协会长，希望他把全镇老年人组织起来，帮助他们享受健康、幸福和尊严的晚年生活。

陈是新出生于1954年，基层工作经验相当丰富。1971年17岁时，选拔到当时九江县新合农科所工作。这里的主要组成人员为"五七"大军、下放知青、公社文艺宣传队和从各生产大队选拔的青年农民。陈是新任劳任怨，积极上进，在这个人才济济的地方脱颖而出，先后担任团支部书记、民兵连长、会计、副场长、场长，后来农场改制成立九江地区知青联合公司，陈是新担任公司总经理，管理8家下辖企业，积累了丰富的企业经营管理经验。1981年，知青公司撤销，陈是新被调到公社负责企业经营管理。

1984年，当时社会面临的一个突出问题是治安状况恶化，全国正在开展严厉打击刑事犯罪活动。公安机关要求已经撤社建乡的新合乡，配备一名得力的公安特派员协助"严打"，乡党委、政府决定由陈是新担此重任。任公安特派员期间，不仅陈是新个人获得九江市先进个人荣誉，他负责的新合乡治安工作和事迹还被《江西公安》报道。

1994年，镇办企业新合制衣厂亏损严重，镇里不堪重负，任命陈是新担任书记兼厂长，本意只是想收拾残局，做好善后工作。没想到却被陈是新力挽狂澜，仅仅一年时间，新合制衣厂不仅扭亏为盈而且一跃而为九江市乡镇企业"四朵金花"，被评为江西省先进企业，陈是新个人也多次被评为劳动模范、十佳厂长、优秀企业家等称号。1997年，陈是新以优秀企业家身份，被选派参加在中央党校举办的企业家培训班学习。

1999年，干部分流归位，陈是新应邀回到镇农技站。农技站人浮于事，过不惯闲散生活的陈是新主动请辞，离开了政府部门，开始走上了自主创业之路，先后创办了家具厂、塑料制品厂。就在企业开拓出了稳定的市场、取得了可喜的效益时，镇政府为做强做大全镇服装产业，经过推选，镇党委研究决定请陈是新出山担任镇服装协会负责人。这个时候，陈是新自己的企业处于发展的关键时期，正需要他全心全意投入，经不住企业家们的软磨硬泡和组织上多次谈心，他还是把担子挑了起来。自己的企业无法兼顾，以出让一半股份的代价请人管理。镇里的工作承担起来了，个人的利益却牺牲了。陈是新全心投入服务全镇服装企业中，不仅为新合镇服装业带来了前所未有的发展，还影响了柴桑区服装业的发展格局。直到如今，全区 800 多家服装企业，超过 80% 是出自新合镇。

为了全镇老年事业，镇党委又一次请陈是新出山，挑重担，就是看中了他遇到"老大难"敢上、"硬骨头"敢啃的精神，勇于攻坚克难、敢干事、能干事、用心用情去干事的作风。果然陈是新不负众望，他舍利取义，将厂里的事情全部委托他人管理，全心全意扑在老年工作上。

二

走马上任遇到第一件棘手的事，是协会办公和活动场所。在这之前，老协借用了一个废旧仓库作为办公室，在仓库房顶搭建了一个二层作为活动室。资金有限，从建材到施工都很节省。不仅第一层仓库破破烂烂是危房，第二层新搭建部分从建成时就是危房。据说，履新新合镇的胡育刚书记第一次调研老年活动中心，看到这种现状，第一感觉是吓出一身冷汗，当即关停了有着巨大安全隐患的危房。

陈是新千方百计找到粮管所借到了安全可用的房子，安全隐患是消除了，但借用总不是长久之计。他想的是新建一个真正属于老年人的阵地，一劳永逸地解决老协办公老人们活动场所问题。老协没有资金，新建一个活动中心需几十万元，这对没有经费来源的镇老协简直是个天文数字，镇政府财力又异常紧张，无法提供经费支持。

虽然经费没有着落，但当听说有一处可以建房的空地要出售时，陈是新赶紧找到土地所有人，他个人垫资 10 万元，付清了土地使用费，为镇政府买下近 4000 平方米的地块，作为老协活动中心的建设用地。

在主体工程建设时，还是陈是新以个人财产和信誉作担保，向承建人员承诺，工程完工验收后，除留下质保金外，如政府不能兑现，由他个人负责支付。为了解决工程建设资金问题，他把支部人员分成两组，一组负责基建，一组负责募集资金。几位年逾七旬的老同志，冒着夏天的酷暑走东家串西家，大家纷纷捐款，连老人们都自发将平时省下来的零花钱都捐了出来。同时，陈是新一个一个地上门走访新合籍的成功人士，联系在外乡贤，在全镇各界积极支持下，顺利筹款37万元。

经过几个月的努力，占地近4000平方米的场地平整完毕，一栋两层530平方米的活动中心大楼拔地而起，自此，老年协会办公、活动有了自己的阵地。继续投入10余万元，新建了露天舞台、门球场，安装了健身器材，食堂和停车棚也建了起来，室外活动和午餐等问题完全解决了。中午不愿回家吃饭的老人，只要花上一两块钱就可吃上可口的午餐。又添置了投影电视、宽带、图书室，一个设备齐全、功能完善，能满足广大老年人体育健身、休闲娱乐、学习培训、沟通交流等各种需求的综合性活动阵地，终于建起来了。

三

陈是新深知，老协作为老年人自我管理、自我教育、自我服务的基层老年群众组织，平台建设固然重要，一个健全的组织机构更为关键。在搭建活动平台建设老年活动中心的时候，他就同时联合镇老年支部、老年协会、老体协、老科协等涉老机构，依照柴桑区老体协"三级组织"网络建设模式，着手建立新合镇镇、村、组三级老体协组织机构。广泛吸纳热心老年文体活动的退休老领导、老教师、文艺骨干参与镇老年事业，强化了镇老年协会建设，实现了有组织、有场地、有经费、有骨干、有制度、有活动的规范化目标。

建立村级涉老组织，聘请村书记出任老协名誉会长，明确一名村领导分管涉老工作，让农村基层党组织参与老年体协的建设、管理及活动的开展中来。实现了村级涉老工作有组织、有场地、有骨干、有制度、有活动，职责制度上墙，档案规范入档，年初有计划，年终有总结。全镇8个村涉老工作，在各村"两委"积极支持下，如火如荼地开展起来。并在全镇127个组建设了活动场所，配备了运动器材、宣传栏等。

如今新合镇老体协基层党组织建设，已经实现了全镇村组全面覆盖。在镇老体协指导、组织、管理下，形成了条块结合、上下联动、情况互通的网络体系，使每一层级的老年人体育活动，形成了有人想事、有人管事、有人做事的良好局面。

四

有阵地、有人员，并不能让陈是新满足，他要的是一支有组织、有纪律、有温度、有关爱，尊老、爱老、助老的队伍，吸引更多老年群体参与有益身心健康的活动中来，让全镇老人晚年生活多姿多彩。镇老协制定了各方面的章程、制度，对组织机构、队伍建设、学习培训、竞赛比赛、评比争先、奖励慰问等方面都有具体要求。同时要求将领导监督岗、会议制度、工作制度、活动制度、财务管理制度、专业分会制度、专业队制度等贴上墙，老体协会员花名册、各项运动队员花名册、会议记录本、老体协活动登记簿等簿册齐全。

陈是新要求，所有的管理最终都要落实在丰富多彩的活动上。每逢春节、元宵节、端午节、重阳节等传统节日，镇老体协等都会组织开展有益于老年人身心健康的文体活动，各文艺队之间自发组织的比赛交流成为常态，广场舞、健身操成为参与群体最广泛、最受老年人欢迎的活动项目，太极拳、羽毛球、乒乓球、象棋等也越来越受人青睐。

2008年重阳节，陈是新希望让老年朋友在自己的家门口一展风采，带领老协组织一次各村参与的文艺健身比赛活动。镇政府及各村都高度重视，给予了很大的支持，拨专款支持活动。很多老人第一次成为运动会的主角，情绪高昂，活动参演人员150余人，会演时间三天，观众达9000余人，老人们参与热情特别高，现场气氛异常热烈。没想到这次会演成了新合镇老人的盛会，成了全镇老人的传统节日。十六年如一日，每到重阳节，为了使活动搞得有声有色，陈是新将支部成员、文体骨干分到各村进行辅导、培训，用两个月时间进行排练，就是为了演出时达到最好的效果。

如今，全镇已经形成日常活动天天有、主题活动不间断的老年文体活动热潮，纠正了老人们长期以来无事围着牌桌转的不良习惯。他们家人更是高兴："早这样就好了，现在既锻炼了身体，又陶冶了情操。"那些是在外地发展的儿女们更是高兴，赞扬政府为人民办了一件好事实事，使他们在外干事业更安心了。在外地打拼的饶宽先生给老体协送来6000元现金，在上海发展的年轻人自发组织集资给老人们送来价值万元的音响设备。

五

像全国很多农村一样，新合镇青壮年在家的不多，60 岁以上的留守老人比例很高。乡村治理有没有成效，老年群体的幸福指数几乎就是晴雨表。

尊老爱老、扶危济困、助力乡村治理，是陈是新主动要求全镇老年协会承担的又一重要职能。每逢重大节日，协会都对老党员、孤寡和高龄老人等开展走访慰问，帮助他们解决生活中遇到的实际困难，老人们将陈是新等人为老人们办的好事编成诗歌进行演唱。

老年协会组建了"老年文艺队"，用"文化表演＋教育"的方式进行普法、反邪教、反赌博、移风易俗等宣传，进行家庭和美、社会公德、民族团结、破除迷信等方面的宣传教育，引导村民崇德向善、修德弘德，形成乡风文明、民风淳朴、家风良好的局面。老年党支部有 22 名党员和退休干部 25 名，他们在助乡村治理中发挥着重要作用，也从老有所为中带来喜悦。

陈是新身兼数职，新合镇老年支部书记、老体协主席、关心下一代工作委员会主任、老科技工作者协会会长，都是涉老工作。新合镇尖山村支书汪为龙说："老年工作是全镇会员最多、活动最活跃、影响最广泛的群众社团组织，在陈书记带领下，在乡村治理中发挥着不可替代的作用。"陈是新多次获得各级政府表彰，被评为优秀共产党员、先进工作者、劳动模范。2011年 3 月，经层层投票推荐，入选"中国好人榜"。新合镇老年活动动人风采，被中央电视台记者记录下来，在中央一套《晚间新闻》播出。

陈是新用无私奉献诠释了一名基层共产党员、一位"中国好人"的初心和使命，他对家乡的深情和热爱，融入全镇老年事业之中，化作一片夕阳红，散发出绚烂的光彩。

· 何升银 ·

他举起了火炬

□ 帅美华

大雪中伸进来的电线

2008 年 1 月，一场百年难遇的特大暴雪肆虐着江南。这次暴雪持续了一个多月。白色的雪花在大地上一层层叠加，有的地方竟深达半米。不管站在哪里，举目四望，千里江山，处处冰封雪盖，一片皓白，全是冰雪的魔影。公路断路，车辆断行。人们只能像冬眠的虫子一样躲在家里，企盼着天早些晴，雪早些化，好恢复正常的生活秩序。

九江县（2018 年后称柴桑区）港口街镇洗心桥村 9 组 86 岁的万冬梅老人蜷缩在被子里，望着床头边已经断了油的煤油灯，肠子都悔青了。她后悔，真不该赌气从敬老院搬出来。

年轻时的万冬梅在港口街镇可是个有标识的人物。她一米六的个子，手掌大、胳膊粗、腰臀紧实，身体壮得像小黄牛似的，有一股子蛮力气。肩挑背扛的活儿，吆喝一声，说上就上。在当年港口供销社搬运队，论干体力活儿，没有几个男子能抵得上她，大家送给她一个绰号"劳模"。

力气的大也助长了万冬梅脾气的大，与人说话，一言不合，她即开骂，且骂得不了不休。20 多岁时，她老公实在受不了她的臭脾气，带着幼小的儿子远走他乡，再也没回来。儿子长大了，也很少来看望她，早当她不存在了。

这之后的 60 多年里，她也一直没找到合适的对象，就这么一直单着。年轻还好，逞强耍性子，于生活无碍。过了 80 岁，万冬梅老人背也驼了，眼也花了，走路腿也开始打战。村干部看在眼里，急在心里，怕她哪一天倒在家里，都没人知道。他们一起出面，轮流做老人工作，终于把她接进了港口街镇敬老院。在敬老院里，有吃，有喝，有人照顾，还有人一起说说话、聊聊天，比一个人过强多了啊。可江山易改，本性难移，长期的独居生活，不但巩固了万冬梅老人的坏脾气，而且让她变得越来越古怪。她在敬老院里，任何人都看不惯，与大多数老人吵过嘴，有的还干架，她说所有人都合着伙儿欺负她，要害她，整天吵着嚷着要搬出去。村干部和敬老院负责人实在拗不过她，只得把老人原来住的老房子维修一下，帮她搬了回去。

现在可好了，这大雪封门封户的，万冬梅老人嗓子再大，也没人听得见她的求救声了。眼看天就要黑了，这十几平方米的小屋子冷得跟冰窖似的。"也许，我就要冻死在这屋里了"。万冬梅老人不停地抖着身子，恐惧与寒冷让她的意识渐渐模糊。

"砰，砰，砰！"突然一阵急促的敲门声响了起来，"冬梅婶，您在家吗？"万冬梅颤颤巍巍地从床上爬起来，抖抖索索打开门。一个中等个子的男人扛着大包小包站在门口。他就是何升银，港口供电所的所长兼书记。

原来老何到港口街镇政府办事，听街镇政府分管民政工作的领导说起了万冬梅老人的情况。之后，他不顾天黑，就带领供电所党员服务队赶了过来。"谢天谢地，你还活着！"何升银来不及寒暄，带领党员服务队就忙开了。铲雪、拉线、上卡、固定……不一会儿，小小的屋子亮堂起来，取暖器摇着头，"滋滋滋"不停地朝老人喷发着热力。这一刻，万冬梅哭了："你们真是比我的亲儿子还亲啊！"这几十年来，万冬梅第一次流下了眼泪。

何升银又顶风冒雪为老人送来了米、油、牛奶、肉和蔬菜。

祝你生日快乐

港口敬老院生活多年的范九莲老人也把何升银记在了心尖上。她逢人就说："何所长调到我们港口，可是我们港口老百姓的福气啊！"

作为一名基层供电所的职工，抄表收费、电路维护、台区管理是他们的本职工作，而何升银是村民遇到的一切用电问题，他都有求必应。村民们无论是家中电路故障，还是线路铺设，何升银总是最先被想到的人。镇上的新屋落成，需要装电拉线，何升银总是供电所里最抢手的"电工"，他做过的活总让人赞不绝口，"横平竖直"的好手艺让他成为村民们最愿意找的人，邻里乡亲都亲切地称他为"义务维修工"。"有事找何升银"也成了当地乡邻的口头禅。

何升银也记不清自己有多少次，利用下班时间背着电工包入户上门，为其排除电力故障。何升银也从未把这些义务工作看成是一种负担，在他看来，村民用电的问题，就是电力人的职责，"我不做，其他同事也会去做的"。在做好这些工作的同时，他还不忘尽心照顾那些孤寡老人。

港口敬老院就是何升银常去的地方，他不但自己去，他还带头组建"共产党员服务队"，带着所里的小年轻一起去。为老人送节目、搞联欢，陪老人说说话、下下棋、打扫卫生，给老人包饺子，做上一顿好吃的，还送上一些应时的慰问品。范九莲和所有老人一样对那些深灰色的电工服已经再熟悉不过了。只要那些深灰色出现，敬老院里就充满着欢声笑语；只要那些深灰色出现，敬老院里就飘荡着馋人的瓜果菜香。

范九莲老人是中共党员，年轻时为党工作，耽误了成家，一生无儿无女。在一次闲聊中，何升银得知快 80 岁的范九莲老人从没有人为她庆祝过生日，也从没有品尝过生日蛋糕的味道。何升银默默记下了老人的生日。老人生日那天，他带去了提前订好的蛋糕，亲手为老人戴上生日帽，和老人一起插蜡烛、点蜡烛、唱生日歌。当"祝你生日快乐"的旋律在屋子里响起时，范老莲老人感动得热泪盈眶，她说："我没有儿女，供电公司的师傅们就是我的儿女。我没有亲人，何所长就是我的亲人。我虽然生活在敬老院里，但每个日子都过得快乐、充实。"

流动的光源

何升银先后待过 4 个基层供电所。雷锋是出差一千里，好事做了一火车。何升银是走到哪里，就把温暖和关爱送到哪里。

2005 年 7 月，何升银在马回岭供电所工作，在公司开展"学雷锋献爱心"活动中，他经过调查了解到黄老门乡红星村（公司机场变电站旁边）孤寡老人吴从莲独居生活，有个女儿嫁到外地，吴从莲老人生活不便，于是他就协同公司机场变电站一批又一批员工一起为老人义务服务，以无微不至的关怀，重燃老人生活的希望，直到 2016 年 10 月老人去世。

2007 年 10 月，何升银调到港口供电所工作，又和港口街镇的老人结下了不解的情谊。何升银同志经常去港口的孤寡老人家慰问，了解他们的生活困难。在老人用电这一块，他经常自己掏腰包帮助孤寡老人交电费，有的直至老人因病去世。港口供电所的部分职工在他的带动下，也经常主动自己掏腰包替困难群体交电费。给吴九莲老人过完生日，他又尽量满足老人的其他要求。他一走进敬老院，老人们总是拉着他的手说："这个世上怎么会有你这么好的人呀！谢谢你来看我们呀！"

2010 年 10 月，何升银同志调到新合供电所工作。他通过走访了解到涌泉乡涌泉村有一对 80 多岁的孤寡老人，男的叫何年深，女的叫刘荷花，还是个盲人，于是，他决定开展长期服务，定期帮老人整改用电设备、砍柴、打扫卫生。逢年过节还帮老人买生活用品。让这对老人感受到人间的温暖和关爱，直到 2014 年 12 月两位老人去世。

2015 年 1 月，何升银同志在城安供电所工作。春节期间，他了解到永安乡永安村 15 组特困户 76 岁老人彭方武身体不佳，一家三口，儿子弱智，孙子 6 岁多，生活非常困难。何升银马上为老人家提供用电服务，免费检修用电设备，置办年货和生活用品，并发动"共产党员服务队"队员长期为其付电费。

永安乡大树村七组村民李家龙老人患脑出血多年。老伴体弱多病，儿子长年打工，儿媳患有精神分裂症不能干活，孙子正在上学，家里生活困难。何升银同志带领城安供电所党员服务队带着大米、精炼油、牛奶等慰问品到李家龙家，同李家龙拉家常，讲解安全用电知识，检查用电设备。临走时，队员们留下了联系方式，并告知李家龙老人遇到用电问题请及时联系。李家龙老人拉着队员们的手，一个劲儿地说着感激的话。

2015 年 9 月 2 日上午，何升银同志带领城安供电所党员服务队带着大米、精炼油、牛奶等慰问品看望 88 岁抗战老干部周炳英老人，嘱咐老人家今后用电如果遇到困难，请随时联系，并祝老人家健康长寿！

2016 年 7 月 1 日，何升银同志带领城安供电所党员服务队带着大米、精炼油和牛奶等慰问品，冒着大雨到永安乡爱民村 4 组五保孤寡老人高修庭家走访慰问。

在基层工作的几十个春秋里，不论工作岗位如何变动，何升银始终牢记"有呼必应、有难必帮"的誓言，用贴心的服务和无私的奉献，为需要帮助的人们送去"一盏盏明灯"，点亮别人的同时，他自己也成为一束"流动的光源"。

我只是举起了火炬

何升银，1963 年 5 月出生，1986 年进入供电系统。中共党员。从参加工作到现在，何升银共帮扶孤寡老人 700 余人次，捐资 5 万元帮助老人们改善生活。他的感人事迹先后在国家电网动态、英大网、大江网、《九江日报》、九江电视台和电网头条等媒体报道。

2019 年，他先后被授予"九江好人""江西好人"等荣誉称号，并入选 5 月"中国好人榜"。同时也被评为国网江西九江电力公司优秀共产党员服务队员、国网九江供电公司优秀党务工作者。

面对诸多荣誉，一向不苟言笑的何升银一脸的淡然。他说："帮扶照顾孤寡老人，不是我一个人在做，整个电力公司的员工都在做。我调离了马回岭供电所，机场变电站的员工们依然热心地照顾吴从莲老人。吴从莲老人过世后，她的女儿张冬梅依然念叨着变电站员工们的好，一个个叫得出他们的名字。这份深情与关爱已经融入了双方的骨血，是永远都不会分离的。到敬老院看望慰问老人，也已经成了电力公司的传统项目，岷山敬老院、马回岭敬老院、港口敬老院。涌泉敬老院、新塘敬老院、新合敬老院、城子镇敬老院，这些敬老院的老人们都熟悉我们那身深灰色的工作服，看到'深灰色'来了，个个喜笑颜开。所以说，我的这些荣誉不是我个人的，是大家的，是整个电力公司的。我只是恰巧举起了火炬，是公司的员工们一个个接力，传了下去，是他们让这关爱之光没灭，让这帮扶之火没熄，他们才是最大的功臣。"

挺为劲草　淬就真金

□　易　宁

　　2008年3月14日上午，一个悲痛的时刻，成千上万的人们自发地聚集在街道两旁，他们静静地站立，目送着英雄的最后旅程。空气中弥漫着沉重的哀悼和深深的敬意，送别的队伍绵延不绝，仿佛整座城市都为之静默。人们的眼中含着泪水，心中充满了对烈士的无限哀思和对英雄精神的崇高敬仰。"你走了，你走了，带去了，珍贵的生命、宝贵的爱情、诚挚的友情。"一位好友的挽诗这样写道。3月10日下午3时30分许，在九江市浔阳区龙开河菜市场发生一幕惨剧：见义勇为好市民许俊谷景因制止盗贼偷车，在与偷车贼搏斗过程中被刺中心脏，不幸去世。他用宝贵的生命实践了"为人民服务"的崇高理想和坚定信念，用青春热血诠释了一个新时代青年的人生意义和生命价值，用英勇壮举展现了一位普通的九江市民的崇高品质和人格魅力。

　　许俊谷景，九江市房产管理局行政公务员，维吾尔族，33岁。那一天，有三名盗贼在九江海关通往龙开河菜市场的小巷子内偷窃一辆电动车。许俊谷景下楼时，看到三人鬼鬼祟祟站在电动车旁边，电摩仪表盘下方有一根导线裸露在外面。许俊谷景通过经验判断此三人是偷车贼。他立即大声呵斥："你们干什么？"三人见事已败露，立即撒腿就跑。许俊谷景奋起直追。盗贼在菜市场人群中逃窜，不见了踪影。追出一身热汗的许俊谷景转身回到家里，把外套脱了，穿了一件酱色毛衣走下楼，并再次到电动车处查看。几分钟后，他回到菜市场与十字路口一店面老板娘攀谈。约莫过了10分钟，该店面老板娘突然看见巷子口方向气势汹汹走来6个年轻人，他们年龄都在20岁至30岁，个头多在1.65米左右，穿着清一色的黑衣服，手持棍棒、砍刀等家伙，一人手里甚至拿着一根电警棍。一位目击者称："就像香港电影《古惑仔》里黑社会出场的镜头，我活了40多年从来没见过这个阵势。"另一位目击者称，他们当时知道这些人是来找许俊谷景寻仇的，有人就劝许俊谷景赶紧回避一下。由巷子口到许俊谷景说话的地点约15米，如果许俊谷景当时选择离开现场，绝对有充足时间。但许俊谷景面对6个手持家伙气势汹汹的歹徒毫不惧怕，他正面迎了上去。一个刚刚被许俊谷景追的毛贼认出了他，指着许俊谷景大喊"就是他"！6个歹徒一窝蜂地冲至许俊谷景身旁，将其团团围住，操起家伙就打。许俊谷景与歹徒展开了殊死搏斗。现场一名卤菜店老板目击了整个打斗过程，他说："他们有的人拿起砖头，有的人拿着电棍，有的人拿刀，有六个人，听口音都不是本地人。他们就这样一直追打，用刀捅他肚子。许俊谷景毫不畏惧，还进行了回击，一度将几人打了回去。整个打斗过程有10分钟。"许俊谷景后来挺不住了，跑到前面拐弯地方，一头倒在地上。后来根据医院初步检查：歹徒是一刀从右侧肋骨刺入，斜插入许俊谷景的心脏位置。

案发后，九江市和浔阳区领导高度重视。在九江市公安局的有力指导下，浔阳警方全警动员，缜密侦查。通过大量调查走访，民警发现任某（外号黑皮）等六人有重大作案嫌疑。办案民警经进一步侦查发现，任某携其女友已于当晚乘坐火车外逃，民警立即与铁路公安部门取得联系，在铁路警方的大力配合下，于11日凌晨2时许将任某抓获。经突审，犯罪嫌疑人任某交代了作案全过程。根据任某交代，民警连夜出击，于11日晚8时将其他5名犯罪嫌疑人（均为贵州人）一网打尽，此时离案发只有29个小时。

"疾风知劲草，烈火见真金。"这句话是说在狂风中才能知道小草的坚韧，烈火试炼之后才能知道黄金的质地。许俊谷景是一位热爱生活的人，他是九江摩托车俱乐部、户外野战俱乐部的成员。他的"驴友"老李说："热爱生活的人必然执着于正义。"许俊谷景生前爱岗敬业，恪尽职守，助人为乐，从不计较个人得失。在同事眼中，他是乐于助人的"义务修理工""腿脚勤快的通讯员"、抗灾救灾的急先锋；在邻居眼中，他是一个主动帮危扶困、热心社会公益事业、勇于匡扶正义的好青年。他曾不止一次地制止偷盗行为、协助公安人员擒获偷车歹徒：他曾面对窃贼扬言报复的嚣张气焰，正气凛然地震慑歹徒；他曾主动要求担当社区的义务巡防队员：他不止一次给孤寡老人以经济上的接济；在冰雪灾害影响居民出行时，他默默无闻地铲冰除雪。血性胆魄、刚毅品格，蕴含着许俊谷景敢担当的精神内核。生活中不计得失、甘于奉献，危难里冲锋在前、吃苦在前，日常中热心帮助、慷慨解囊，关键时见义勇为、敢作敢当，工作中敬业乐业、默默坚守。那些用平凡创造非凡、以小我成就大我的典范，许俊谷景有着遇辱而不怒、遇险而不避、遇强而不惧的刚毅品格。

许俊谷景的英雄壮举并非偶然。他生前的同事、朋友、邻居们都说他是爱车惜车之人，最痛恨的就是偷车贼，曾多次制止偷车行为，抓捕过多名偷车贼，并将其扭送公安机关。2007年元宵节晚上，许俊谷景一家人从丈母娘家吃晚饭后，在回家的路上发现有人偷车。许俊谷景安排妻儿回家，随后拨打110报警电话，并跟踪偷车贼。当110民警赶到后，他骑摩托车和民警一起抓偷车贼，并协助民警把偷车贼扭送到溢浦派出所。在溢浦派出所，偷车贼居然大声叫嚷以后要报复他，气焰十分嚣张。当时，他毫不犹豫地拿出自己的身份证，义正词严地对偷车贼说："看清楚，我叫许俊谷景，我不怕你报复！"2007年6月的一天，许俊谷景下班后坐公交车回家。在公交车上，他看见一名小偷正在偷一位乘客的钱包，便对小偷大声呵斥："你在干什么？"小偷没有得逞，便对他破口大骂。公交车到站后，他冲下公交车，对小偷说："到派出所去！"小偷吓得落荒而逃。

由于许俊谷景刚直不阿，他的亲人、同事、朋友经常劝他少管闲事，以免遭遇不测，而他每次只是笑笑。在家时，尽管自己开的车不在楼下，但只要听到车辆报警声，他就会跑出来看看是不是有人在偷车。不管是深夜，还是白天；不管是下雪，还是雨天，他都一如既往。

许俊谷景打动人的不仅是义举的那一瞬间，更是生活中的点点滴滴。他1975年8月14日生于九江，维吾尔族人。由于家庭贫困，1991年他就参加了工作，结婚后生了一个女儿，今年才4岁。上有老，下有小，家庭重担全由他来承担。

外祖父身体不好，由他帮助洗澡，病了由他到医院照顾；每年母亲节和母亲的生日，他都会在酒店为母亲准备一桌丰盛的晚餐和一束康乃馨。他还经常下厨做好吃的给妻子和女儿吃，一家人幸福美满。父亲去年患上了一种怪病，全身血管容易出血。许俊谷景知道后，带着父亲四处看病，先后花费医疗费30多万元。

许俊谷景生前的同事张杰说，他的车开得好，通晓汽车的基本维修技术，再加上他爱钻肯学，办公室的空调坏了，遥控器不听指挥了，经他捣鼓几下都能恢复正常。办公室的门锁不灵，他找来工具修理，就连同事的鞋坏了，他也帮忙修。同事们都开心地称他"万能修理工"。

2008年抗击冰灾期间，九江市房产局成立了抗冻救灾巡视组，每天都要派人到直管的危旧公房现场巡查，防止发生意外。许俊谷景精心制作了"连心卡"，上面写上自己的姓名和电话，便于居民反映情况。

他还挤出时间，认真钻研房屋产权交易相关的法律法规及办事流程。龙开河社区的居民干大妈含泪对记者说："我家办房产证，听说楼上的小许在房产局上班，找到他。他二话不说，两天就办妥了。"在单位有群众来电咨询时，只要是他接听，他都热心解答，不厌其烦。

邻居程艳娥说："我早出晚归在环城路做生意，难以照顾家中93岁的老娘，小许家和我家相隔一个单元，同在7楼，但他只要看到我母亲提菜或买米，总是主动帮助。"楼下的沈婆婆是个孤寡老人，每月社区干部送低保金时，她总是说，楼上小许经常给我钱用，他给我的钱还没用完。

许俊谷景的英雄壮举传遍了浔阳古城，激发了市民们心中的正义之气。3月12日，浔阳公安分局刑警带着犯罪嫌疑人指认案发现场，近5000市民蜂拥而至。他们准备好了鸡蛋、装砂的矿泉水瓶等，要"惩戒"凶手。现场警力难以控制激愤的市民，当天的指认现场只能作罢。

当许俊谷景的妻子怀抱英雄的骨灰走出悼念厅时，数十辆摩托车的引擎开始轰鸣。"驴友"老李说："老许最爱听这声音，我们用这声音送他回家。""驴友"身着统一的白衫，正面写着"正气"，背面写着"英雄以生命匡正义、百姓以正气护英雄"。一块儿"打野战"的朋友们来了，身着迷彩服的他们打着一条横幅"来世我们还做好兄弟"。汽车之家车友会的兄弟们也都开着车来了，车牌处统一贴着"哭送英雄"。一位市民写下了这样的诗句："你走了，突然地，无声地，就像天上的流星，带走了所有人的牵挂……"

许俊谷景牺牲后，九江市委、市政府主要领导亲自前往慰问英雄亲属，全市各界人士用不同形式表达着对英雄的崇敬。九江市综治委、共青团九江市委和浔阳区委、区政府分别授予他"九江市见义勇为先进分子""九江市见义勇为好青年"和"见义勇为先进分子"等荣誉称号；4月3日，民政部批准许俊谷景为革命烈士；18日，许俊谷景骨灰安葬于九江革命烈士陵园。

一生只为这件事

□ 郭桂桃

我常常想，这世上有两种职业与人最为紧密，一为医，二为师！医者，治病救人，拯救人的生命；师者，传道授业，拯救人的灵魂。没有生命何谈灵魂？于是为医者尤为高重。的确，妙手仁心之士是百姓所需，社会所呼。有幸，他们就在我们身边。九江市第一人民医院有这样一位平凡却坚毅的女子，甘愿穷其一生，听诗心指引，用爱心行走，做一个人们口头常说的好医生。她在救死扶伤的这条道路上跋涉了将近30载，用自己辛勤的劳动和无尽的汗水换来了无数病人梦想照进现实的成功。她，就是九江市第一人民医院肿瘤一科主任中医师曾灵芝。

因为热爱，所以执着。曾灵芝主任出生并成长在医院大院，小时候，她就在病房进进出出，深切体会到患者的疾苦。父亲药房里的药香伴随着她长大，家里的医药杂志是她最爱的读物，无数名医务人员救死扶伤的事迹让她感动。高考前她无意中在《江西卫生报》上看到"草珊瑚之母熊文淑"的事迹，心中仿佛亮了一盏灯，高考志愿第一个就是江西中医学院，后面也全是医学院。种子在发芽，希望在延伸，如今她已经从医近30年，从医学小白到专家，她仍在医学道路上跋涉，想找到攻克肿瘤的秘方，让她的患者生如夏花般绚烂，就算不治，也要拥有生命的尊严，逝如秋叶般静美！

第一次采访曾主任是在她小小的工作室，当时被她满墙的获奖证书震惊

（交流中得知这只是其中一部分）：全国五一劳动奖章、九江市首届"最美白衣天使"、九江市"三八红旗手"、九江市"五一巾帼标兵""江西省优秀医师团队""龚全珍式向上向善好集体"……

成如容易却艰辛！这里得凝聚她及她领导下的团队多少心血。

为了进一步提升自己临床水平和总结科研经验，几十年来她一直坚持不懈地学习，曾在上海复旦大学附属肿瘤医院和上海龙华医院进修，擅长对各种恶性肿瘤病的综合性治疗（化疗、靶向、免疫、中药），致力于恶性肿瘤支持与康复治疗，专长中西医结合治疗患者疼痛、咳嗽、乏力、厌食、便秘、腹泻、焦虑、失眠等症状，并担任中华慈善机构的慈善医生。

医者的职业神圣却辛劳！大学刚毕业在县医院工作，曾主任也曾在内科、儿科、急诊各科室轮转了3年，忙碌高负荷运转的每一天，特别是当时门诊兼着急诊、120工作，晚上救护车的鸣响刺激着肾上腺素飙升，源源不断的危重病人也刺激着女医生强悍成长。记得怀孕2个月，她和家属抬着8个月的早产患者上四楼；怀孕5个月，崎岖山路上奔驰的救护车里，她跪在地上给患者做胸外按压。说起往事，她感叹最多的是医护人员真的不容易，医护人员的家属更不容易。虽然那次孩子差点流产，她也从未动摇过对事业的信念。

"既然患者把我当亲人，我就要像亲人一样。"曾主任面带微笑轻声叙说。记得那次进修回来，医生说有个病人找她，她急匆匆走到患者床旁，患者一见她，就拉着她的手号啕大哭，她也感动得热泪盈眶。当时很多患者都说她是他们的女儿，曾主任也满口答应。曾经科里来了位患者，已是72岁高龄，那时的他，呼吸困难，且剧烈咳嗽，不能平卧，颜面及四肢浮肿。入院后当即被下达病危通知。在曾主任的紧急抢救下，暂时脱离生命危险。有一次，老人吃药的时间到了，家属正好不在身边，曾主任没有多想，立马端来温水，耐心地将药喂给老人。这一画面正好被刚住院的病人看见了，于是羡慕地问道："这个医生是你家女儿？"老人笑着摇摇头。"那是你家亲戚？""不，她就是这个医院的医生哦，但在我们心里头，确实已经把她当作自己的亲人了。"老人回答道。

经过一段时间的精心治疗，老人病情一度得到缓解，能吃、能睡、话也多了，心情也变得逐渐开朗，把曾主任当作亲人一般，时常在嘴中念叨："你们医院好人多啊！"

曾主任始终记得那位给她送来结婚请帖的女孩，一份坚持、一点爱创造的是一个美好人生。女孩20岁不到就是肿瘤晚期，一度颅内转移，也曾到大医院看过，以为不治，在曾主任她们精心治疗下患者获得了康复。几年后送来了结婚请帖，曾主任看着患者幸福的笑脸万分激动。女孩还说要不是曾主任当时借给她300元钱，她就放弃了。可借钱的事曾主任早忘了，听到女孩的感谢，更感觉自己无意之举意义重大。

"你觉得累吗？"笔者问她。"我的一生只能做好这一件事。"曾主任柔声说道。凭着对患者的爱和对生命的敬畏，她不断实现自我突破，带领团队锐意进取，创造出更多开拓性事迹。无疑，优秀不是天生，无论从事何种职业何种工种，都需要不断钻研探索总结，更不用说是对待鲜活的生命。

"奉人民为上，视群众为友，与健康同行！"这是曾灵芝主任带领团队创办灵芝工作室及编辑《寻梦记》的又一创举。《寻梦记》记录的点点滴滴足见对患者深厚的爱，对生命的敬畏程度。灵芝工作室每年接诊患者5000余人次，已经让支持治疗贯穿肿瘤治疗始终。10年来开展患教活动500余场，并组织家属共同参加，有专门医务人员负责患教工作，并自创"呼吸操""头颈操""乳腺康复操""PICC锻炼操"等帮助患者身体和心理康复。受益人员万余人次。2018年5月30日，正式成立了安宁疗护护理服务团队，作为安宁疗护的践行团队之一，也是九江市第一支专注于舒缓医疗的志愿团队。团队以"全心、全人、全家、全程、全队"五星照顾为服务指导，在医院和多学科团队的大力支持下，团队为晚期患者提供更为完善的舒缓疗护、心理疏导、社会支持等方面的服务。在医院为病人服务，陪伴患者进行聊天、读报、宣教、文娱、手工制作、定期线上线下联欢会等活动，帮助病人调整心理状态，每逢中秋节、春节等节日，志愿者们还会为病人举办庆祝会；他们还走进社区，宣传安宁疗护知识，让安宁疗护理念走近病人，守护每一个被病痛折磨的患友，疗疾去痛，真正实现无痛生存。

"在中国，死亡一直是一个敏感的话题。仿佛谈论死亡便会带来不幸与灾难，人人避而远之。但我们觉得不是这样，我们走进一个个真实鲜活的生命故事，守护他们最后一程，增加对死亡的了解，也汲取生命的力量。"这是曾灵芝主任工作室每一位成员的心情写照。

诊室是她的全部，患者是她的亲人。听着曾主任的介绍，你会发现她的脸上散发着大爱和美丽的人性之光。看着她亲手创办的《寻梦记》让人不觉湿润了眼眶，听听这位肿瘤患者发自肺腑的诗歌表白：

因为爱，我们走到一起，因为爱，我们战斗在一起，因为爱，我们成为朋友，因为爱，我们成为亲人。不要怕，不要总把自己当病人，能做的事情自己做，天塌下来自己扛……当我们的身体指标出现异常时，是医生的妙手让我们又看到光明的未来。回想三年相聚的历程，我们是那么的浪漫：春天，我们去郊外采茶、踏青；夏天，我们在公园练气功、打太极；秋天，我们到农庄野炊、唱戏；冬天，我们上庐山赏枫叶、观雪景，大自然到处是我们的身影，我们活得一样多姿多彩！

经年累月重复着一件事是需要定力，人需要润养，何况肿瘤一科医护成员每天面对着与生命赛跑的一群人，曾灵芝主任深知他们的不易，既然脚步到达不了远方心却可以，她带头调试自己：练书画，唱京戏，诗心不改。"做这些可以调养身心，只有自己拥有良好的情绪才可以去更好带领大家，我们科室就像一个温馨和谐的大家庭。"曾主任如是说。是啊，每一位患者在她心里，科室成员每天的冷暖也在她眼里和心里，重大节假日、医护员工生日她总能第一时间送上温馨甜蜜的祝福。"肿瘤一科的工作辛劳而琐碎，但和曾主任一起是快乐的。"科室另一位同事高兴地说，质朴却真实。

然而，就是这样一位患者心中的好医生、同事眼里的好主任。却在2012年4月被诊断出患有乳腺癌。术后，许多曾主任的患者都纷纷前来医院看望，看着曾主任虚弱的面容，都心痛不已。曾主任反而笑着安慰大家："以后咱们就是病友了，大家一起来与病魔抗争。"令当时在场的所有人都潸然泪下，不知道该说什么好。

住院期间，曾主任仍然不忘工作上的事。她最担心的就是科里的病人，经常打电话到科里询问病人病情，就在自己术后十多天，曾主任就返回了工作岗位，一边进行术后化疗，一边上班。化疗中曾主任反应很重，头发都掉光了，由于化疗引起的重度骨髓抑制，体力下降，走路都很艰难，但她还是坚守在岗位上，为患者服务。科里的同事都劝曾主任回家休息，曾主任总是摇摇头说："我没事，病人更需要我，我做梦常常梦到患者，他们也成为我的精神支柱。"患者又何曾不是？"知道曾主任来医院的那天，很多患者看到她像孩子见到久别的家长一样放声大哭。"科室一位同事告诉笔者。"生病的两年里她治疗了很多病人，病人从她那得到的是热情的服务、精心的治疗，更重要的是她乐观的心态、坚强的斗志让大家感动。"

有一天科里来了一个胃癌术后的阿姨，由于害怕化疗后的反应，吵着闹着不肯治疗。曾主任闻讯后急忙赶来，坐在病床边，拉着病人的手说："大姐，我也是肿瘤患者，也在化疗，你看我，挺好的吧，别害怕，只要自己有信心坚持，很快就会好转的。"在曾主任的开导下，病人放下恐惧，勇敢地接受治疗。

曾主任用她的身体力行，为我们最好地诠释了一位优秀医护工作者的大爱仁心。一直以来，她担任江西省抗癌协会第一届老年肿瘤专业委员会副主任委员、江西省研究型医院学会肿瘤学分会副主委、江西省整合医学会肿瘤分子靶向治疗分会副主任委员、中国癌症康复与姑息治疗专业委员会会员、江西省中医肺癌联盟第一届联盟副主委、九江市医政药政管理专家。她与病魔勇敢作斗争，坚守在自己平凡的岗位上，创造了奇迹，她的先进思想、优秀品质、模范行为深深感染着大家，激励着大家，她的精神也正在医院生根、开花、结果。

一生只为一件事，曾主任以爱托举生命，护佑患者健康，她用爱的丝线缝合病人的身心创伤，也为大家带来亲人般的温暖！

·汪红建·

抄表路上的匠心独运

□ 罗旭初

在国网九江供电公司，有这样一位普通的电网抄表员，他名叫汪红建。他用自己的实际行动，诠释了什么是真正的敬业精神。

汪红建，1969 年 11 月出生，中共党员。1991 年 7 月参加工作，现为国网九江供电公司六级职员。自参加工作的那天起，汪红建面对党旗许下铮铮誓言：以精准计量、真诚服务，守护每一度电的光明与温暖。33 年来，他从一个热血澎湃的"初生牛犊"，变成了营销基层一线尖兵；33 年来，他以勤勉之心，守护电力之脉，每一次奔波，都见证了电力服务的温情；33 年来，他先后荣获九江市直工委"最美共产党员"、九江市第四批岗位学雷锋标兵、第二届江西省优秀志愿者、国网江西省电力公司劳动模范、"江西好人""中国好人"等荣誉。一年四季风雨无阻，他用专业的技能，确保电力数据的准确无误；他用真诚的服务，赢得用户的信任与赞誉。他的身影，是电力服务的一道亮丽风景线。

一张线路图　十项新技巧

一个阳光明媚的周末，如约见到了我要采访的主人公汪红建。这位中年男人给我留下的第一印象是成熟稳重。他的脸上刻着岁月的痕迹，但双眼依然闪烁着睿智的光芒。他的身材健硕而挺拔，透露出一种从容不迫的气质。他穿着简约而得体，给人一种值得信赖的感觉。

"每一次抄表，都是对电力责任的坚守与担当。"刚坐定，汪红建与我见面的第一句话如是说。2003年，他成为九江供电公司的一名抄表员，抄表辖区横贯在市区中部的湖滨小区、湖滨东区和西部的浔城湖锦、泰山花园等，抄表范围方圆数十公里，抄表总户数达4020户。为了方便抄表，他自制了抄表路线图，在抄表时他仔细了解居民生活规律，掌握客户联系电话，抄表收费的时候他都能提前打电话。湖滨社区是学区房，流动人口多，有一部分家庭相对来说换房频繁，尤其是在每年的暑假，收费工作相当难做。他积极开展"客户经理进万家"活动，一方面把供电服务送进千家万户，另一方面与客户建立沟通联系渠道。他做足功课，先是对已有的电话号码一个个耐心拨打核对，系统中没有号码或号码不正确就上门收集。考虑到白天很多人上班不在家，他就利用中午和晚上时间逐户上门与客户核对。他注重和小区物业、社区居委会加强互动和交流，确保辖区每个客户都能准确联系上。

社区流行一句常用语："谁有用电问题，找汪师傅准行。"汪红建把平时工作经验提炼总结为客户经理进万家十项技巧：筛选备课，空号优先；统一着装，举止文明；白天联系，傍晚登门；昼走商铺，夜访居民；男女组合，女士叩门；送先收后，态度真诚；走访为主，等候结合；物业门卫，内有乾坤；城乡有别，用心取信；窗口联动，及时更新。

汪红建对工作的敬业态度，不仅体现在他对工作的认真负责上，更体现在他对技术的不断追求和创新上。他深知，随着科技的发展，电网抄表工作也在不断更新换代。为了跟上时代的步伐，他主动学习新知识，掌握新技能，不断提高自己的业务水平。他熟练掌握了各种抄表设备的使用方法，能够迅速准确地完成抄表任务。同时，还积极提出改进意见，帮助公司优化工作流程，提高工作效率。

"四千"工作情　赢得"状元榜"

抄表工作虽然平凡，但我相信，只要用心去做，就能创造出不平凡的价值。
采访中，汪红建说得最多的一句话就是，客户就是供电公司的"衣食父母"。"每一次的抄表，都是对电力供应的一次检验。我会以高度的责任感和使命感，确保工作的顺利进行"。汪红建说，2012 年后，抄表工作从手工抄写到抄表器录入，红外线读取数据进步到计算机远程自动采集。每月 1 日－7 日的抄表周期是公司雷打不动的硬性规定。一直以来，自己只得放弃假日与家人团聚的惬意，固守在办公室与客户间，通过远采系统将所辖 18 个台区、4020 户的电表数据召测回传系统。虽然远程采集解除了现场抄表的奔波劳顿，但时常有些表码数据采集不准确、采集不到的情况。采访中得知，为了争取时间，他经常白天到现场补抄，晚上在办公室上传和处理数据，所辖台区电表实抄率达 100%，并确保在每月的 5 日前都能准确把数据上传，比公司规定提前 2 天完成工作任务。

用心去感受每一户的用电情况，用情去记录每一个数据，这是汪红建对工作的执着和追求。是啊，汪红建用实际行动诠释了"人民电业为人民"的宗旨，让电力服务更加贴心、更加温暖。

我猛吸完两支烟后，汪红建对我说，抄完电表后，他对采集失败的客户表计进行分析，还对辖区的客户电量同步进行比对，通过对比分析，逐步提高抄表采集成功率，及时发现客户用电的异常情况，做到表计情况了然在心。电费结算出来了，他还尽自己最大的努力做到服务告知，提醒客户交费。

经过多年的摸爬滚打，汪红建自己摸索积累了一套人性化的服务方法。每月做好细致的计划，分成三个时间段，上旬主要通过"一查一看一分析"，做到客户用电情况心中有数；中旬关注辖区内用电大客户，上门提醒和送达清单；下旬再通过电话、通知单、短信、微信等方式温馨提示。同时，还需要有吃苦精神，发扬"进千家万户，想千方百计，吃千辛万苦，说千言万语"的"四千"精神，以"闲不住的腿和婆婆的嘴"争取客户的关注、理解和支持。汪红建总说："我把客户当朋友，将心比心，有了真情付出，理解信任了，工作自然就好做。"这么一个循环下来，他所辖台区的电费在每月 25 日的回收率能达到 96%，他已连续 5 年月月实现了电费资金和户数双结零，从未发生过不良服务事件。

每一次准确无误的抄表，都是对用户信任的最好回应。汪红建不但自己任务月月电费回收结零，他还经常开展电费回收交流讨论会，把自己的经验和大家交流。他把自己多年的心得编写成《推广"电费回收七字诀"，规范抄催行为提升优质服务水平》朗朗上口的七字口诀：一要沟通和联系，常把客户记心里。坚持走访践责任，客户有事及时办；二要查看和分析，发现异常早查验。系统现场细核对，客户疑虑诚心解；三要关注加提醒，清单短信早点送。及时跟踪知进展，契合时机巧提示；四要学会错时间，日走商企夜访民。文明用语亮身份，催收过程有耐心；五要即便遇无人，不妨门前留个话。图片影像留痕迹，时间地点备查询；六要尝试新渠道，与时俱进建个群。微信服务零距离，真诚沟通成朋友；七要刚柔相并济，牢守底线不徇私。程序规范先报审，有理有节少投诉。

这个好的做法作为合理化建议，获得国网公司、省公司优秀建议奖。在此，我也忍不住用几句顺口溜对汪红建的"七字诀"赞扬一番：

国网抄表员，服务真周到，

七字诀言妙，智慧显高招。

细心又耐心，工作无疏漏，

客户皆满意，口碑传四方。

勤勉又敬业，精神可嘉奖，

为国网争光，当褒美名扬。

抄表技能强，专业显真功

夜晚的办公室，灯光柔和而坚定，映照着国网抄表员汪红建的身影。他坐在桌前，一丝不苟地记录着每一项数据，笔尖在纸上画过，留下清晰而有力的痕迹。窗外的夜色深沉，星光点点，但他的心却如同这明亮的灯光一般，始终坚守在岗位上，照亮着电力的每一份责任与担当。那灯光不仅照亮了他的桌面，更照亮了他敬业的精神的光芒，温暖而感人。

有人总是问他："汪所长怎么还在工作呀？"他总是笑呵呵地说："现在事多，白天要带大家开展各项工作，我就只有晚上抽时间出来分析系统里的一些异常数据，好让白天的工作有的放矢，提高效率。"汪红建从2015年开始走上班组长的管理岗位，为了带领全体人员做好各项工作，他总是加班加点工作，尤其是到了供电所，事情就更多了。

人民路供电所现有员工31人，主要负责九江城区410个公变台区、6.5

万客户服务、安全用电管理、0.4千伏及以下零星业扩报装及用电业务变更、客户档案维护、抄核收管理、台区线损、用电检查、计量装置管理及采集运行维护、营销类业务咨询、信息发布、工单处理、光伏等新型业务接入及管理，配合电能替代、充换电站、优质服务以及推广智慧用能、掌上电力、电e宝等工作，汪红建可以说是样样身先士卒。尤其是在2019年，公司挖潜增效年，汪红建几乎每天晚上都要带领所里人员，对高、负损台区进行检查。所里成员有的是两天或三天一次，他都是每天要参加，他说，他要照顾好他们的安全，做好工作的前提是要保住安全。

国网抄表员，他们是电力服务中的一道亮丽风景线。他们默默无闻，却承载着保障千家万户用电的重要任务。他们每天穿梭在城市的各个角落，无论风雨还是酷暑，都坚守在自己的岗位上，为我们的生活提供着稳定的电力保障。

平凡岗位，不凡担当。在一次房东与租户闹矛盾的事件中，房东要求供电公司将租户所用的电表销户，租户说电费一直是他交，又不欠费，供电公司不能停电。汪红建细致入微，倾心交谈，来回沟通于房东与租户间，尽最大可能满足双方要求。一方面与房东解释，尽可能晚一点销户，另一方面加快新装表的办理，最后只用一天的时间就解决了问题。原本是一起可能引发投诉的事件，通过沟通化解了，并赢得了租户的满意和好评。

风雨无阻走千家，细致入微抄万表。为了做好客户服务，建立牢固的防护网，汪红建以行动诠释责任与担当。他组织大家进小区，走社区，建立一个个供电服务群。他不辞辛苦走遍了辖区内的4个街道，32个社区，建立了85个供电服务大群，共有客户15898人，为零投诉编织了很好的网络。同时，他善于总结创新，每年都会把一年的工作整理成《工作汇编》装订成册，得到公司领导好评。他的事迹迅速在《国家电网报》刊登。他主创的《提高公变台区的优秀率》《提高拆迁用户电费回收率》《提高低压用电客户电费回收率》等分别荣获江西省质量协会、江西省科学技术协会、江西省总工会、中国共产主义青年团江西省委员会、江西省妇女联合会QC成果一、二、三等奖。也荣获江西省优秀质量管理小组。

以智慧点亮万家灯火，用精准铸就服务之光。汪红建带领一班人，以非凡的勇气，打破了传统的抄表模式。他们不拘一格，勇于创新，将先进的技术与传统服务相结合，不仅提高了抄表效率，而且确保了数据的准确无误。他们的做法不仅是对传统工作方式的革新，更是对服务质量的提升，展现了国网人追求卓越、不断进取的精神风貌。

汪红建对班组管理敢于打破常规，制定《班规细则》，建立"积分"制度，在班组日常工作中严格考核执行；开展"班组管理打分"活动，充分发挥大家在工作中的积极性；创办《班组简报》，宣传班组工作及亮点事件和人物，弘扬正气，鼓舞士气；加强班组建设，美化班组环境，创建"班之魂"宣传栏，展示班组风采。他带的班组荣获国家电网公司"工人先锋号"，国家电网公司"先进班组"和省公司"优秀班组"以及国网九江供电公司的"企业文化建设示范点"。他本人也荣获国家电网公司优秀班组长；国网江西省电力公司劳动模范；国网江西省电力公司诚实守信模范；国网江西省电力公司优秀班组长。

这就是一名普通的供电员工，无论何时何地，都能时刻践行共产党员的责任，勤奋工作，恪尽职守，无私奉献，在平凡的工作岗位上闪耀着鲜活的人格魅力，能让人感受到平凡人的伟大之处。2017年3月2日，他的先进事迹——《快乐的电保姆》，在江西卫视社会传真栏目"井冈先锋"播出。

国网抄表员职务的转变，可以说是从逐户抄录电表数据的前线工作，转变为在营业厅中负责管理与协调的幕后领航。

2020年12月开始，汪红建进入九江供电公司长虹营业厅做管理工作。长虹营业厅是九江供电公司的服务窗口，代表九江供电公司的形象。小红帽光明服务队是国网九江供电公司致力打造的青年志愿服务品牌，他组织长虹营业厅工作人员经常去各个社区看望贫困、低保老人，为他们送去温暖。在志愿服务过程中，他们始终坚持人民电业为人民的服务宗旨，先后获得全国宣传推选学雷锋志愿服务"四个100"先进典型活动最佳志愿服务项目、中国青年志愿者优秀项目奖、国家电网公司青年志愿服务先进集体、全省学雷锋活动示范点、江西省青年文明号等6项省部级以上荣誉。

公益情无限　温暖他人心

汪红建对老婆和女儿的愧疚，深深烙印在他的心头。他时常感慨，因工作繁忙而疏忽了家人的陪伴，错过了女儿成长的点滴，这成为他心中难以弥补的遗憾。对老婆，他愧疚于未能分担更多家务，让她独自承担家庭的重担；对女儿，他愧疚于未能给予足够的关爱和陪伴，让她在成长的路上感到孤单。这些愧疚，成为他努力平衡工作与家庭的动力，也让他更加珍惜与家人的每一刻相处。

他说，他最对不起的是老婆和女儿。老婆为了救她哥哥，在天津做骨髓移植，没有时间请假去天津陪她。在她哥哥病重期间，只有星期六或星期天去照看，有时心里特别难过，但为了工作，没有办法，他放心不下工作。女儿在山西读大学，一年回来一次，放暑假回来的第一天，女儿就说想爸爸陪她去吃龙虾，可到了最后暑假快要过完的时候，也就是在开学的前一天晚上才陪女儿去。

汪红建用他敬业的精神和温暖的服务，照亮了身边人的生活，成为他们心中不可或缺的"光明使者"。他把工作中碰到的空巢老人、五保户、低保户、行动不便等特殊群体建立服务对象，利用休息时间，走访、慰问，查看用电情况，排除安全隐患。他时常参加岗亭执勤、社区防疫、小区环境整治等。特别是在每年的 3 月 5 日、7 月 1 日、10 月 1 日等时间，他都会组织更多的人参加各种各样的活动，目前他已建立了 538 位特殊群体服务对象，志愿服务达万小时以上。

汪红建倾心公益，无私奉献，以行动传递社会正能量，彰显人性之美。从 2009 年起，他每年无偿献血两次，累计无偿献血 9400 毫升，多次荣获全国无偿献血奉献奖金奖、银奖和铜奖及全省无偿献血奉献奖金、银、铜奖。从 2008 年开始，他每年过春节时给同村里 70 岁以上的老人送上一份过年礼品（每次都有 15 人之多，少说也要 3000 多元），把他们当成自己的亲人，一来鼓励他们健康长寿，过好生活；二来也是想能影响或带动更多从村里走出去的人，为家乡老年人做点事情。"从 2018 年开始，我把平时工作中接触到的低保户、孤寡老人、聋哑人等特殊群体，建立走访对象，每年春节前送去米、油和春联等"。汪红建说，这些人涉及行署大院、八角石、幸福里、新村和湖滨等社区，从最早走访的是低保户，到现在走访的有退伍军人、抗战老兵、老红军遗孀等，累计达 5 万多元。

在营业厅两侧的展厅和汪红建的台账里，我看到，他所在的班组先后荣获国家电网公司"工人先锋号"、国家电网公司"先进班组"、省公司"优秀班组"、国网九江供电公司的"企业文化建设示范点"、全国宣传推选学雷锋志愿服务"四个100"先进典型活动最佳志愿服务项目、中国青年志愿者优秀项目奖、国家电网公司青年志愿服务先进集体、全省学雷锋活动示范点、江西省青年文明号等荣誉。

汪红建在平凡的岗位上，打造出属于自己的"C位"。他的事迹，不仅是一段感人的故事，更是一种精神的传承。他的敬业风采将永远铭刻在公司的发展历程中，激励着每一位员工不断前行……

常怀向善之心　传递最暖温度

□　熊婷婷

　　她叫王旦，是一位面带微笑、目光坚定、步履轻盈的白衣天使，现担任九江市第一人民医院网络医疗管理处处长、健康管理中心副主任。她一直奋战在健康管理一线，默默从事健康体检管理工作21年，亲历了医院健康管理中心的发展，凭着对职业的执着与追求，对体检客户的深情与厚爱，对单位和同事负责的态度，她一步一个坚实的脚印，20年如一日，辛勤耕耘、热情服务、无私奉献、正直善良，将所有的热情、激情倾注到工作中，认真践行了治"未病"的初衷，成了健康理念的传播者、推进疾病预防工作的先行者和开拓者，领导的得力的助手，科室同事的知心人，对外联络、对内联系的中坚力量，她用自己的言行、善举践行着社会主义核心价值观，为健康管理中心管理工作和发展作出突出贡献。

　　她曾荣获中央文明办敬业奉献类"中国好人榜"、九江市市直工委九江市"巾帼建功立业标兵"、九江市委宣传部九江市"学雷锋标兵"、市卫健委"优秀共产党员"、九江市"五型"政府建设优秀监督员、多次荣获优秀党员、先进工作者、年度考核优秀等荣誉。

敬业笃行，将青春奉献于医护事业

　　王旦常常跟科室的同事讲，医院给了我们这么好的平台，白衣天使行业给了我们这么好的机会，我们不把它变成回馈社会、服务人民、爱岗奉献的契机、依托，怎对得起医院，对得起自己。朴素率直的话，她这么说的，也是这么做的。在健康管理中心工作期间，王旦同志始终坚持以"体检客户"为中心，只要是关系体检客户的事，就是她的大事。每年科室接待体检客户近10万人次，从未接到过体检客户投诉王旦同志的情况，她以良好的职业道德，赢得了广大人民群众的尊重和好评。

2012年，八里湖总院健康管理中心成立之初，受交通不便利、硬件设备不完备等客观原因影响，市场开拓异常艰难。王旦同志认真服从领导安排，主动担责，凭着一定要将事情办好的坚定决心，以及多年与体检客户结下的深厚感情，亲自带领外联同志深入到庐山区的每个街道、社区、乡镇、村庄、厂矿，发放须知5000多份，张贴海报150张，积极争取到庐山市城镇职工、居民免费体检项目首次由我院组织实施，这是市场份额的一次重大突破。同时，为更好地发展八里湖体检业务，她带领科室同志，根据科室工作发展需要积极申请硬件配套资源，制定标准服务流程、规范服务礼仪，落实具体的考核方案，用自己的榜样力量影响和带动全科室工作人员，以正向激励为导向带领团队投入服务工作中去，为客户提供更多的增值服务，增加客户的忠诚度，一砖一瓦地搭起总院健康管理中心的服务之基。经过十多年的开拓，现在总院健康管理中心的各项工作逐步走上了正轨，王旦同志的辛勤付出功不可没。

此为"大"事，对于"小"事她也是毫不含糊，记得有一次，庐山市参保的84岁的李奶奶独自到健康管理中心体检。正在忙碌的王旦同志看见后立即来到她的身边，热情地询问李奶奶的需求，并放下手头的工作，带着她穿插于各个诊室间体检。来到尿检区，更是帮李奶奶贴好标签，扶至卫生间，李奶奶一不小心将尿撒了她一身。李奶奶特别不好意思，王旦同志一直说没事没事，叫李奶奶宽心，并陪李奶奶全程检完。第二天一早，李奶奶急匆匆来到健康管理中心，找到王旦同志，送上自己家养的鸡蛋。王旦同志婉拒了李奶奶的好意，微笑地说这都是我们应该做的，还把李奶奶送上了医院的班车上。大事也好，小事也罢，只要是关系体检客户的事，王旦同志必定尽全力做到极致。

拼搏筑梦，把健康带给千家万户

王旦在工作中善于思考，主动研究，积极探索，在实际工作中创造了不错的业绩。为将健康理念、防病知识传播给更多的客户，为更多的客户提供健康管理服务，积极开拓市场，想尽办法将体检单位请进来，让他们把健康带回去。

九江市高考体检项目连续10多年在医院举办，除了做好全面的准备迎检工作，为了方便考生，她积极主动与校方联系，实行上门服务，高考体检期间，每天5点多天还没亮她就带领采血组的同志到各校区为孩子们采血，圆满完成任务。

一年中秋节夜晚，她接到政治任务，要求紧急派人到市公安局为嫌疑人采血、测生命体征，当时全家正其乐融融地欢聚一堂，她立即丢下碗筷，赶到现场一直忙到深夜12点，为司法鉴定工作提供了及时的保障。

一次寒冬腊月，下着大雪，为了争取九江县工业园区企业客户，当时王旦同志正好颈椎病发作，可是一接到园区领导的电话，她顾不上休息，一路上呕吐五六次也动摇不了赶去拜访客户的决心，强忍不适沟通完体检事宜，返程的时候已是晚上8点多钟，通过一次次登门拜访和精湛的专业知识，她赢得了企业的信任，争取了中浩纺织、旭阳雷迪等大型企业的体检。

这些事例不胜枚举，正是这一次次的精心服务，为科室争取到越来越多的市场和口碑。

事必躬亲，把热情传递到群众心间

曾有人说，王旦工作起来特别美，是那种充满工作激情、热情、干劲十足的美，是那种由内而外散发出来的善良之美。让我们看到积极为客户解决问题、时刻站在客户的角度、把客户的事当自己的事。很多时候，可以吩咐下去的事，为了节省中间周转时间，为了客户的那份需求和信任，为了第一时间办好客户的事，王旦同志总是亲力亲为，加班加点，不计得失。

20多年来，她每天24小时保持手机畅通，体检客户有需求都会在第一时间给予处理。她热心助人，既为工作，也是为人。所有体检客户的报告有任何重大阳性问题，她总是第一时间与临床各科同事联系，及时解决急危重问题。有一年，一李姓客户突然胸闷，他的好友随即拨打了王旦的电话，王旦放下正在陪伴的女儿，立即赶到医院给予帮助处理，通过绿色通道收入住院，同时迅速联系胸痛中心、心血管科同志会诊，及时挽救了患者的生命，直至病人手术安全返回病房才离开，此时已是华灯初上。后来该病人特地找到她，硬是送礼送物，她一口拒绝，只是随和地说了句，只要病好了就好。该病人是从北京到九江来探亲旅游的，急性心梗多支狭窄率达90%，随时有生命危险，患者感激不尽，叮嘱王旦去北京一定记得找他，并对九江的医疗水平、医德给予充分的肯定和赞誉。

如果说热情可以传递，让人如沐春风，这句话用在王旦身上，绝对贴切。她对每位体检客户都一视同仁，把每次服务都当成很愉快的事情。她常说，体检客户找到我们，是对我们至高的信任，相信我们能帮他解决问题，我们绝不能辜负客户的信任。每年儿童福利院的体检，来的都是遗弃的孤残儿童，一阵阵哭闹声，王旦总是立刻迎上去，用慈爱的目光看着孩子们，陪着每个孩子全程检完。有时还自备好玩具和糖果，逗引孩子。看见孩子们的笑脸，王旦比他们笑得更开心。自从体检时接触到这群孩子们后，她的心就放不下了，每年都利用休息时间经常带上衣服、水果、零食来看望她牵挂的孩子们。

王旦在外赢得客户的信任、赞誉，在科室也因为她的好、善、真和正，影响着、帮助着科室的同事成长、进步。她手把手地做好帮、传、带工作，致力打造一个优秀的团队，聚焦服务理念，强化健康管理新思维。王旦工作20余年，始终都能坚持原则，洁身自好。王旦的热心服务，深深地感动了体检客户，常常有体检客户要表示感谢，王旦同志都婉言谢绝，她总说这是我应该做的，始终清正廉洁。

踔厉奋发，将服务延伸至四面八方

王旦作为九江市同文中学卫生副校长，每年在工作百忙之余，抽出时间到校积极调研师生身心健康状况，协助学校开设卫生教育课程，指导学校校医能力提升培训及学校的控烟工作，指导肺结核、流感等传染病防治工作。特别是新冠疫情期间，多次亲临现场指导学校的疫情防控工作。20多年来，每年精心安排组织中考、高考体检工作。每年举办形式多样、内容丰富的健康宣教活动，全方位、多角度、零距离开展各类卫生健康知识科普。提升全校师生的预防保健能力，转变健康理念。通过这些活动，将爱心与健康传递给全校师生，把健康带到校园的每一个角落，为学校、学生、教师搭建一个通往健康的平台；营造温馨、美好、健康的校园环境。

她作为九江市"五型"政府建设监督员，每年深入企事业单位、社区走访调研，了解各走访单位的实际困难、单位职工的健康状况及健康需求等，将他们的心声及时反映给上级组织，帮扶企事业单位良性发展，亲临各单位开展健康知识讲座及健康义诊、健康体检。2023年，到九江市纪律检查委员会、九江市市直工委、柴桑区税务局、修水县第一人民医院健康管理中心、九江市德富科技有限公司等单位开展生动有趣的健康知识讲座，受到了单位职工的一致认可和好评。她就是这样年复一年、日复一日，倾注所有的热情，把健康知识、健康理念传递给千家万户。

为积极响应"我为群众办实事"的号召，她多方联系沟通，开展了多场次的"千人回乡送健康"义诊活动。记得2021年的夏天，经过前期深入调研，了解当地的多发病与常见病，同时结合村民基本卫生服务需求，她带领了20余名专家深入边远乡村——武宁县石渡乡开展义诊活动，因为路途遥远，她们清晨5时许就驱车出发，经过3个小时的跋山涉水，千辛万苦到达义诊现场，迅速分工布置好场地，立即投入义诊工作中。因为石渡乡地区偏僻，老百姓就医很不方便，很早他们就期待这样家门口的健康服务，所以当天参与义诊的群众特别多，她就这样顶着烈日，不畏酷暑，废寝忘食般解决老百姓急难愁盼的健康问题，并留下名片，长期为他们提供健康服务，开通绿色就医通道，帮助他们预约专家，预约检查项目，联系住院事宜，为他们与医院搭起了一座健康的桥梁。

王旦是九江市健康管理质控中心常委、九江市医学会健康管理分会副主委，她每年深入各县区健康管理中心及体检中心进行调研、帮扶指导，将自己的工作心得、宝贵经验毫无保留地分享给各健康管理中心，致力于提升整个九江地区健康管理服务能力与质控水平。

　　正是这样一个朴实、平凡、真诚、善良的人，她把所有的奉献都看成是自然，是自己的本分和应该做的，她把我们眼中的好，升华成本真的自己，自带光芒，秉承全心全意为人民健康服务的宗旨，守初心，担使命，以实际行动谱写一曲"白衣天使"的赞歌！

电力人生　高压岁月

□ 蔡莹莹

炎炎午后，阳光像一道道金色的箭矢射落在小城的高压线路上，映衬着一个身影矗立在高空电塔之上：他身穿工作服，头戴安全帽，皮肤黝黑，眼神坚毅。这个看起来平平无奇的人，却是全国电力行业技术能手、国家级技能大师、江西省共产党员、江西省能工巧匠（赣鄱工匠）——九江供电公司的钟亮，是这座小城里最受尊敬的电力工人之一，已经连续将近30年在高压线上默默坚守，为城市的电力安全倾力奉献。

作为一个老电工的儿子，钟亮从小便比同龄人更早知道电的危险性。那时父亲还在县城偏远的变电站工作，每天忙碌于维护、检修和监控电力设备，他经常跟随父亲去变电站，观察着父亲繁忙的工作。看着那些五颜六色的线缆、开关和仪表间的错综复杂，充满了神秘色彩。

然而有一次，正值盛夏，变电站发生了一起意外安全事故，那是他第一次意识到电的力量和危险性。只听一声巨响，火光四溅，他眼睁睁看着父亲为了扑火，被灼伤了双眼，导致失明半个多月。看着父亲眼睛包着纱布，忍受着被灼伤的痛苦，却仍然默默坚持工作，一颗小小的种子仿佛就在那时悄悄地种在了心底。他希望自己长大了也能学习掌握电力技术，成为一名最优秀的电工，不再让父亲重蹈覆辙。

随着时间的推移，年幼的男孩终于长大，电力行业的神秘和伟大仍在吸引着他。"子承父业"的他来到电力职业技术学校，选择了输配电专业，希望通过深入学习和实践，探索电力行业的奥秘。在课堂上，他积极活跃，喜欢提问与讨论，课后还利用课余时间查阅专业资料，不断拓展自己的知识面，了解行业的最新动态和发展趋势。他尤其喜欢在实验室自己动手实操，认真记录实验数据，并及时总结经验教训。"在技校的专业学习为我之后的职业生涯奠定了基础。"回忆起自己的青葱岁月，钟亮如此说道。

1997 年，22 岁的钟亮带着青春的朝气，走进了他职业生涯的新起点九江供电公司配电分公司。初来乍到的他，身穿整洁工装、手握专业工具，在心中憧憬着无限可能。可是望着错综复杂的作业现场和作业环境，不禁又略显拘谨。他既没有丰富的工作经验，又没有稳固的安全意识。

还记得首次被派去进行低压抢修时，他像个愣头青般信心满满地抓起铝梯，顺手搭在了门上，谁知不慎触碰到了导线的裸露部位，就在那一瞬间立刻传来一股强烈的电流，顿感全身颤痛，那一次的触电经历成了钟亮警醒的启示。从此，他开始对工作中的每一个细节都开始格外留心：每当攀登铝梯，他都会反复检查周围环境，确保周全无误；每当接触电力设备，他都戴上绝缘手套，小心翼翼地操作，曾经轻视的安全意识在电流的敲打下变得坚如磐石。

除了"触电"外，第一次爬电线杆作业还闹出了笑话。当这个初出茅庐的小伙站在高大的电线杆旁，感受着挑战和兴奋并存的心情时，脑海里浮现出之前在学校训练时的场景：那些粗糙的模拟杆子，每一次攀爬都很简单顺畅，谁想到实际作业的电线杆表面光滑且坚硬，与学校训练时的杆子完全不同。钟亮第一次尝试攀爬，就发现自己手脚无处着力，身体难以稳固地贴附在杆子上。他不得不反复尝试，时而感到挫败和焦虑，时而又充满信心和勇气。

一根简简单单的电线杆，就让钟亮体会到真实工作环境中的挑战与压力。虽然每位新人都有老师傅带着，可是由于工作繁忙，师傅也并没有太多时间来详细讲解，只是简单地示范和指导，甚至是师傅边做、徒弟边看，所以这让他意识到要想学习本领取得进步，不能坐等靠，必须主动去寻求更多的学习机会。

于是，他开始主动要求师傅多分配一些任务给自己，在虚心向身边老电工请教的同时，还利用业余时间阅读相关技术书籍、研究电路原理和模拟实验，不断为自己"充电"。他始终坚信，实践是检验真知和技艺的唯一途径，只要努力付出就一定能成为优秀的电工。随着时间的推移，钟亮的技术水平不断提升，工作效率也越来越高，同事们纷纷称赞他认真负责、勤奋好学。

2002 年，九江供电公司成立配网带电作业班。带电作业，是指在不停电的情况下，对电力线路和设备进行检修。高压配电设备的电压等级为 10 千伏，而人体一般只能承受 36 伏以下的电压。因而带电作业风险非常高，且操作空间小、线间距离、金具与带电体距离近，需要从头到脚穿戴绝缘帽、绝缘手套、绝缘鞋、绝缘袖、绝缘披肩、绝缘服等保护装备 360 度无死角，因而带电作业对电工的技术要求非常之高。

带电作业班在当时是新挑战，公司的上岗要求是"优中选优"，最初准备抽 4 个骨干打头阵，其中就包括已经爬了 5 年电线杆的"后起之秀"钟亮。可是正当他兴奋得摩拳擦掌之际，最后只需要 3 名员工，于是资历尚浅的他就被遗憾淘汰。

钟亮的内心矛盾复杂，也有些郁闷。或许他感觉自己尚未得到充分的机会证明自己的价值，也可能因为被淘汰而产生自我怀疑。这次挫折让钟亮明白到在竞争激烈的职场中，不仅需要实力，还需要更多的努力和机遇。尽管遭遇挫折，但钟亮对未来充满信心，他决心通过更多的努力和学习，证明自己的能力，争取更多的机会展现自己的价值。

俗话说机会是留给有准备的人。终于等到 2004 年，第二批带电作业班再次选拔人员上岗，钟亮终于等到了机会，成功被选中。他将这来之不易的机会看作是对自己的一次重要考验，他决心全力以赴，展现出自己的潜力和实力。

他的第一次带电作业，是在一个炎热的夏天，他在高耸的电线杆上作业，从下午 3 点开始，一直持续到傍晚 7 点。阳光灼热，热浪阵阵袭来，衣服都被汗水浸透，即使稍微停下来，汗水也迅速蒸发，将背后覆盖成一层盐渍。挥汗如雨的同时，他不得不时刻保持着对周围环境的警惕，精准地完成每一个动作，以避免任何意外的发生。

当连续 4 小时终于完成艰巨的任务后，他走进旁边的粥店，想要享受一顿丰盛的晚餐来奖励自己。然而，却发现自己吃什么都没有胃口，尝试吞下去的食物也只能勉强保持在口中片刻，便立刻有冲上心头的恶心感觉。疲惫的身体无法与食物取得共鸣，他的胃口和身体状态已经到达了极限。

"带电作业确实很艰辛，需要承受体力和心理的双重压力。但是干一行爱一行，既然选择了，就要为万家灯火尽责。"从 2004 年加入带电作业班开始，经过 10 多年的奋斗、钻研，钟亮逐渐成了带电作业技术的排头兵，先后荣获"全国电力行业技术能手"、国家电网公司首届 10 千伏配网带电作业竞赛"团体二等奖"、省公司"优秀技能人才"、省公司首届 10 千伏配网带电作业竞赛"个人第一名"等各类荣誉。

2014 年，他赴国网技术学院（济南），担任 2014 年国网新晋员工配电专业培训师，向新进员工讲解《配电线路基础》和《配电线路运维》专业知识。此后，学用结合、教学相长，钟亮从最初那个刚参加工作时被触电的毛躁小伙，一步步成长为九江供电公司的技工"教练"、受人尊敬与信任的"老师傅"。

2015 年 7 月，钟亮领衔的"配电线路技能大师工作室"被财政部、人力资源和社会保障部批准为国家级技能大师工作室，成为省公司系统第 2 个国家级技能大师工作室，2016 年，更名为"钟亮劳模创新工作室"。面对诸多嘉奖和社会赞誉，钟亮并非止步于此，而是将目光投向未来。他深知自己的责任不仅是展示自我能力，更是在于引领新一代从业者，培养未来更多的技能大师。他说："公司以我的名字命名大师工作室，这是对我的信任也是一种责任，我会拼尽所能，让它成为高技能人才、高技术创新成果的孵化基地，推动企业的持续创新发展。"

看着如今的 80 后新人，钟亮时常会想起当年有些腼腆无措的自己，因为他强烈感受到了新一代电工身上的活跃思维和要强的那股劲儿。有一次，团队面临着一个新工艺和新材料的挑战，副班长第一个表达了想要上去摸索的意愿，但钟亮并没有急于让他去尝试，因为副班长能力已经很强了，相反其他的新成员也许更需要这次勇于"打头阵"的机会。果然这种心态被钟亮稳稳拿捏了，年轻人们争相要求上去作业，表现出了极大的热情和渴望。

钟亮通过抓住这些关键特点，为团队成员提供了更多的机会和挑战，从而激发出他们内在的能力和潜力。他明白只有通过实际操作和挑战，才能真正培养出高水平的技能人才。同时，他的鼓励和信任也让团队成员感受到自己的重要性，激发了他们更大的工作热情和创造力。

对于钟亮而言，"谁都不会成为谁"，每个人都有自己独特的价值与潜力，

"不要去期待他们成为另一个钟亮"，而是要在尊重个体差异的基础上，引导他们探索和实现自身的发展道路。他的这种教育理念和培养方式不仅仅是传授技术知识，更是在于培养团队成员的领导力和团队合作精神，让每个团队成员都能够在挑战中成长，在学习中进步，最终实现个人与团队的共同发展。多年来，他时常在全国各地教学，培养了大批带电作业高技能人才，为电力行业人才发展贡献力量。

一个典型就是一面旗帜，一个榜样就是一股力量。除了在业务上取得的辉煌成就，钟亮也以谦逊低调、乐于助人的作风赢得了大家的爱戴。虽然平常工作学习各方面的压力都很大，但是他依旧利用业余时间，加入"小红帽"光明志愿服务队，风雨无阻地参加"安全用电进校园""供电小红帽关爱洒鄱湖""与留守儿童手拉手，欢度六一"等各类爱心志愿活动。钟亮表示，现在社会上存在着许多负面情绪和压力，让人们感到困惑和不安。每个人的心灵都需要一片宁静的净土，而这种宁静来自内心的善良和对他人的关怀。因此他希望通过自己的行动，鼓励更多人加入公益活动，让每个个体都发挥自己的力量，为身边的人带来温暖与希望，共同营造一个正能量、充满爱与包容的社会环境。

如今，钟亮已经奋战在高压线上将近 30 年了。他目睹了电力事故的发生和处理，也见证了城市电力系统的不断完善和发展。他说："高压线是城市的动脉，保障高压线畅通无阻，保障城市正常运转，是我的光荣与使命。"当问到即将 50 岁的他打算爬电线杆爬到什么时候时，他笑着说："虽然我已经可以不用爬杆子了，但是我希望能给年轻人树立一个榜样，而且我的师傅一直爬到退休，我也要将老电工的优良作风继续传承。"

采访结束时，最后一个问题："带电工作既危险又辛苦，如果可以重新选择，你还会选择现在的职业吗？"钟亮的回答颇具哲学意味。他说人们都希望过上美好的生活，但有的人却不愿意付出相应的劳动。"我的前 20 年是依靠社会支持的，后 20 年同样也需要社会的关怀，那么在中间这 40 年可能都不到的时间里，我们为社会所作的贡献是否能抵消社会对我们的支撑呢？"因此他的答案是：人生就是顺应命运的走向，只要对得起自己，活出自我价值，就算是一种幸福。

30 年如一日，那个曾经目睹父亲遭遇变电站事故的男孩，已经成为新时代劳动模范的优秀代表、共产党员的先锋榜样：他牢记宗旨、爱岗敬业，从一名普通的电力工人成长为变电专业技术带头人；他肩扛责任、为民服务，坚持钻研技能，守护着高压线的安全运行。他用自己的行动诠释了责任、奉献和坚守的真谛；他用自己的辉煌成绩证明了，只要肯努力和坚持，就一定能成为人生道路上璀璨的风景线。

花中分外美

□ 程宗伟

今天跟大家讲的故事，与"花"有关，有关焊接火花，让人联想到铁花四溅、火树银花，更让人联想到女人花、泪花、大红花等等；故事还跟"美"有关，古人云："清水出芙蓉"——可见古人早已赋予了花"美"的内涵。而我想说"花中分外美"，对！故事的主人公叫王中美，女性；她的故事就关联"花"，更有关"美"。

第一朵：铁花之中梦想美

"嗞嗞嗞——""嗞嗞嗞——"一声声低沉的燃烧声，一道道耀眼的电弧亮光，在王中美幼小的心灵中留下了深刻印象，她觉得父亲手中的铁条太神奇了，一碰到铁块就可以迸溅出如此美丽的火花，甚至比过年放烟花鞭炮还好玩，是那么光亮，那么灿烂！

自己有朝一日可不可以也玩玩呢？

原来，父亲王全亮是建设九江长江大桥的第一代电焊工，1973年12月，他主动请缨，成了这个浩大工程中的一员。

12岁那年，王中美跟随母亲亲历了父亲参与建设的九江长江大桥通车典礼，目睹了父亲作为大桥建设者，在典礼现场的激动与兴奋、神气与自豪。

王中美深深记得，父亲那天笑逐颜开地说："以后过江再也不用等渡船啦！你们随时可以到九江玩！"家住湖北黄梅县小池镇的王中美听后，不禁在结实的桥面上跳了跳："真方便！真方便！"

"这座桥啊，可是你爸他们历经20年才建成的！这些桥墩、桥面、栏杆，说不定就有你爸打过焊枪的地方呢！这桥建成有你爸一份功劳哦！"母亲说完，用钦佩的眼光看向父亲，那一刻王中美自然也看在眼里，她更是由衷敬佩自己的老爸，感觉自己有这么一位父亲而特别骄傲，甚至想将来也要像眼前神采奕奕的父亲一样，做点了不起的事情。

大桥开通后，看着门前每天南来北往的车辆排着长龙般的队伍有序通过，王中美有意无意总要驻足眺望良久。父亲看懂了孩子的心思，一天，父亲骑着自行车，后面坐着母亲，前面坐着我，我们从江对岸出发。王中美回忆起这些往事显得很激动。原来，父亲就是特意带上王中美来体验过桥感受的。"有了桥，确实方便了很多，说走就走，再也不用耗费大把时间来等摆渡了。记得那天我们没到中午就到了江这边，爸妈给我买了两个萝卜包子吃。我站在大桥中间高兴得不得了……"王中美深情地说。

自己长大后是不是也要学会建桥？这样过河过水不是更方便吗？坐在父亲自行车上，王中美如是想。

第二朵：泪花之中坚持美

2001 年，20 岁的王中美怀揣梦想从高校毕业，来到父亲所在单位实习，不承想，小时候的"铁花"梦想居然实现了：她接过了父亲手中的焊枪，成为一名电焊工。

然而，当自己真正拿起焊枪、全副武装地站在焊花后面时，给她带来的是不一样的感受，现实似乎没那么美好。"有时不习惯，挪开了面罩；就是这么个不起眼的动作，你知道给当初的我带来多大的伤害吗？就因为裸眼多看了几眼电弧光，眼睛很快就肿成一条缝，眼泪流个不停，脸颊和额头等地方也开始起皮。"王中美这样描述初学电焊时的情形、感受，"初学时由于姿势不对或者不习惯，手掌虎口麻、胳膊疼、腰酸背痛、眼睛发花流泪，这些是家常便饭了……"

小时候记忆中的美丽电焊花，这时成了令她眼睛发花、令她流泪的"眩晕花"？

怎么办？放弃吗？

的确女孩子都爱美，王中美也想过转行换工种。"再试试看吧"，小时候建桥修路的梦想，还是占据了她的心灵。这一试，就坚持了23年。

心态摆正了，追求理顺了，行动起来动力就足了，就会主动去思考，去领悟，去提高。那是发自内心的需要，是自身成长的需要。

王中美领悟到了焊接入门的基本要领也是关键要领——那就是手上功夫，她像少林武僧练马步桩那样来练自己的基本功。初学时，遇到不懂的地方她就向师傅请教，师傅和前辈作业时她就在旁边仔细观摩。休息时间，王中美就拿了废弃材料，偷偷练习，反复琢磨，她这样来提升自己的手上功夫。焊接，首先得练手上功夫。这是没什么诀窍的，就是要反复练，不断练。王中美的勤学苦练，加上她的勤学好问、领悟钻研，她的焊接工艺进步得很快。

但即使是现在，回想起自己最初的坚持，王中美都还是感慨万千："要是可以重来一遍，叫我再选择一次职业,对于电焊,我不见得能坚持下来,真的！"王中美脸上带着几分笑意，却显得十分真诚，"你看啊，作为女性，我们体能方面明显不如男子，一些焊材在实际作业中根本搬不动；而焊接大多在户外进行，纯粹的苦、累、脏的活儿；穿上厚重的工作服，躲在密闭空间里作业，冬天似乎还好，可以取暖，夏天呢？那就是蒸桑拿了！汗流浃背，乏味焦躁！有时一个动作姿势，蹲着、扭着，或者在逼仄的夹缝之中，就得保持几十分钟甚至十几小时！真是折磨人啊！"

怎么办？放弃吗？

"是自己选择的,就是跪着,也要坚持！"王中美笑着说，眼角闪烁着泪花。

第三朵：焊花之中创造美

功夫不负有心人。慢慢地，王中美的焊缝越来越均匀、成型越来越漂亮。她的"活儿"慢慢得到业内人士的认可，她的焊接产品更是得到大家的青睐。一提到"王中美"这个名字，大家无不连连称赞。

2004 年，中国中铁工业九桥公司承接港深西部通道后海湾大桥钢箱梁的制造任务。该桥设计及监理人员均来自英国的公司，钢箱梁材质采用英国的一套标准，制造采用英国标准和香港规范，对焊接的要求与国内更是不尽相同。

23 岁的王中美有幸参加此项任务。善于总结和积累经验的王中美对世界有关电焊标准和技术有了更深的了解和掌握。项目结束时，她满载而归。而自己的焊接水平更是经历了一次"镀金"，有了质的飞跃。

她坚持用务实的态度来实现创新、创效、创品牌。她将厚度 16 毫米-28 毫米钢板的熔透焊接，由传统的开双面坡口焊接工法，改为开单面坡口焊接工法，有效地解决了杆件变形等问题，同时工效又提高了近 50%。

2014 年 5 月，习近平总书记视察中铁工业旗下中铁装备时，做出"中国制造向中国创造转变、中国速度向中国质量转变、中国产品向中国品牌转变"的重要指示。王中美身体力行，争当"三个转变"重要指示精神的排头兵，取得 27 项技术攻关、19 项创新成果的佳绩，还有多项工艺填补了国内同行业空白。

在"一带一路"重点项目孟加拉帕德玛大桥建设中，王中美和工友们不断研究水上接桩的焊接工艺性试验、横位埋弧自动焊试验，反复调整、优化坡口形状、坡口尺寸、焊接材料等，最终解决了水上对接管桩的现场定位及快速对接施焊等技术难题。创造性地开创海上接桩横位自动化焊接专项工艺，更是填补了国内空白。

在世界首座跨度超千米的公铁两用斜拉桥——沪苏通长江大桥新钢种焊接中，王中美和工友们采取焊前预热、焊时减少热输入、焊后石棉被保温等技术，采用多层多道、窄焊道薄焊层等焊接方法，终于解决了焊缝裂纹和焊缝热影响区韧性冲击力不达标等问题，攻克了 Q500qE 钢材的焊接技术难关，攻破了重达 1800 吨的大型全焊整节段桁梁的焊接等难题，为推动我国铁路桥梁新钢种从 Q370qE 到 Q420qE 再到 Q500qE 的三大跨越作出了重要贡献。

实践出真知。王中美的探索、钻研，又在实际工作中不断去检验、提升工作思路，不断推动企业创新、创效、创品牌。

第四朵：红花之中谦逊美

王中美，中共党员，中国中铁工业九桥公司焊接试验室电焊工匠技师，中国中铁十大专家型技术工人，享受国务院政府特殊津贴，获得全国优秀共产党员、全国五一劳动奖章、全国劳动模范、全国技术能手、全国三八红旗手、中国青年五四奖章、江西省五一劳动奖章等荣誉称号。

面对如此多的"重量级"荣誉如红花般堆满胸前，王中美也只是笑笑："这些荣誉都是大家共同努力的结果，是中国中铁工业九桥公司这个大家庭培养了我。我现在要通过我的努力来回报社会。"

2013年，"女子电焊突击队"领头人的接力棒光荣地递交到了王中美手中。在王中美的帮助和影响下，一批批年轻焊工崭露头角。现在，"女子电焊突击队"队员个个都是焊接能手，人人都能独当一面。

2015年，中铁九桥成立"王中美劳模创新工作室"。9年多来，依托劳模创新工作室，王中美带领工友们相继开展30多项材质实验和焊接攻关任务，开展面向一线员工的技能培训、考试等活动5000多人次，积极推动"劳模创新工作室"技术创新、人才培养、科研推广和攻克技术难关；在为企业培养出一大批优秀电焊工的同时，也为九江市各大职业高校、工业园区企业培养了大批优秀电焊工。

王中美不仅要求自己焊接的成品全部合格，而且严格要求"女子电焊突击队"队员完成的产品一次性探伤合格率达到99%以上。她要让团队焊接的成品成为名副其实的"免检产品"。

面对这么多成绩、这么多荣誉，王中美只是淡淡一笑："这都是大家共同努力的成果，我只是做了一名共产党员应该做的分内之事。"

第五朵：生命之花绽放美

作为全国优秀共产党员、全国劳模，王中美深感自己肩负的责任重大。她要做一面流动的旗帜，走到哪儿，就把正能量传播到哪儿。

"作为新时期产业工人，能参与推动'中国制造'向'中国创造'的转变是时代赋予的光荣使命，我不仅要对每一道焊缝负责，也要对我的每一位徒弟负责。未来我将继续发扬工匠精神，努力带动更多的桥梁焊工成为技能型、创新型的劳动者。"

2020 年 3 月，她主动向单位提出建立"习近平新时代中国特色社会主义思想王中美学习小组"，推动习近平新时代中国特色社会主义思想走向基层，走进一线职工心中。

对内，王中美学习小组定期组织开展新思想、新要求等理论知识的学习，形势任务教育的宣传贯彻、座谈，技能知识的指导；对外，王中美积极参加社团活动，走进高校、企业、社区、社团，宣传习近平新时代中国特色社会主义思想、新时代对技能技术人才的新要求，结合自身成长经历交流如何立足本职岗位作贡献等，履行全国优秀共产党员和劳模的责任义务。

王中美无论在本职工作中，还是在各种社会活动中，都起着共产党员的模范带头作用。

不忘初心，负重前行。王中美以她无悔的青春，谱写了一名工人对桥梁建造事业的执着追求，诠释了一名共产党员的优秀品质。在电焊岗位的 23 载时光里，她以焊枪为笔，以责任担当为墨，发挥模范、创新、匠心、旗帜等引领作用，奋力书写新时代交通强国的壮丽篇章。

花朵不言语，花中分外美。王中美的美丽人生故事还在继续。

日落黄昏夕阳红

□　周继昌

一

走进九江爱心老年护理院的接待大厅,在一边规章制度宣传栏,一边面面锦旗簇拥下,一排身穿蓝制服精神饱满的年轻护理员,正在聆听一位戴着口罩红光满面的长者在详细布置工作,说是马上进来一位肝癌晚期患者,是退休老教师,要注意礼节态度。这场面,不像接收入院病人,而是在迎接一位尊贵的宾客。

立在大厅中间神采奕奕对护理员讲话的就是这爱心护理院创立者、院长,荣获全国公益之星特别奖,江西九江"孝老敬亲"的中国好人——朱零。

说起朱院长,业内无人不知,无人不晓。她就是一个白手起家、敢拼敢闯、矢志不渝,咬定青山不放松的事业家、女强人,办院26年来,闯过多少艰难困苦、付过多少辛勤汗水、熬过多少春秋冬夏,才打拼出这如今规模庞大、条件优越、可安130张床位、护理员工47人的人生最后的驿站。爱心老年护理院,从创立到现在26年来共接待护理老人近1000名,临终关怀400多人,在这温馨的大家庭里接受贴心的护理,幸福安详地走向生命的终点,实实在在为社会解困,为政府分忧,为百姓办好事。

二

1955 年，朱零出生于一个幸福美满的六口之家，她是家中唯一的女儿，聪明、活泼、漂亮，深受父母疼爱，被视为掌上明珠。常言说，男孩穷养，女孩富养，男人自小吃得苦，长大能扛事方能成才，女人长大劳累苦多，小时候要多调养、多享点福。正因为父母的偏爱，让朱零有健壮的体魄、顽强的意志，为长大进入社会拼搏奋斗打下牢固的基础。

朱零父亲勤勉、善良、和蔼，在单位是先进工作者，曾荣获江西省劳模。他为人正派厚道、任劳任怨、乐善好施，邻里有困难总是热情相助，毫不吝啬出手大方，只要自己有一口，就少不了别人的。对那些乞讨流浪、无依无助的也常怜悯施舍，慷慨解囊。

朱零自小耳濡目染，受父亲教诲影响较深，助人为乐的慈悲情怀在心里潜移默化。读书时爱帮助同学，老师夸她是小雷锋；长大后对同事朋友热情仗义，古道热肠是好大姐。他认为，行善积德，替人济危解困是急人之所急，帮人之所帮，是生命之本能和人生之快事。

中小学，朱零成绩很优秀，1977 年恢复高考，她以优异成绩考入中国十大名牌大学——吉林大学，成了德才兼备、名副其实的"天之骄女"，4 年的程序设计专业学习，出类拔萃的她获得留长春工作的机会。其间，还遇上心仪潇洒的男友。当他回九江办理相关手续时，却遇到父亲的阻拦与反对。饱经风霜的老人满脸愁容、眉宇紧蹙，诉说在家乡工作的好处，不愿自己爱女远在天边，全家在一起相互照应，无须牵肠挂肚，老来病痛生活也有个依靠不好吗？当时朱零固执己见、一意孤行。老父亲老泪纵横，无奈中说了句气话："你走吧走吧，我死了都不要回来！"

听完此话，朱零一阵颤抖，心碎欲裂，他知道爸爸话虽重，但情更深，是气愤，也是激将法。是父亲的拳拳挚爱之情，切切挽留之意，我怎么能违背呢？怎能辜负父母的养育之恩。

古人言：孝行天下，百善孝为先。孔子曰：父母在，不远游。我岂能只顾自己，不管父亲感受，这是忤逆不孝啊！

朱零一夜未眠辗转反侧，回长春后毅然一改初衷，决定大学毕业就回九江，在家乡开辟自己的新天地。记得那夜与男友分别时，月光朦胧，繁星点点，在校园荷塘边，在翁郁的柳荫下，他们没有卿卿我我、相互依偎，没有幽怨悲伤、声声叹息。好儿女心存高远，志在四方，他们只有相互安慰鼓励与祝福，今后在各自未来的世界创造美好的明天。

三

回到九江后，朱零有了一份让人羡慕的工作——中国外运九江分公司会计师，入职后兢兢业业、尽职尽责、公司财务账目清清楚楚、明明白白，个人前程也如日东升，蒸蒸日上。

在一次高中同学聚会上，他遇到了他人生的另一半、心中的白马王子，他身材魁梧，品行儒雅，谈吐风趣自如。在觥筹交错、推杯换盏中一见如故，情投意合，是前世有缘，相见恨晚。于是，浔阳江畔常有他们甜蜜的身影，甘棠湖边飘荡着他们欢乐的笑声。

不久，他们打开了婚姻的大门，欢庆中喜结良缘成了家。鸳鸯戏水夫唱妇随，比翼双飞凤凰连理，很快他们生下了一个天真活泼可爱的女儿。

丈夫是模范丈夫，上下班做家务，照顾妻儿，孝敬父母，妻子也是贤惠妻子，工作出色，治家有方。可随着改革开放社会发展，如火如荼的市场经济，朱零有点坐不住了，想随着热浪滚滚的经济大潮干番事业，体现人生价值，哪能永远长期束缚在这单调财会数字中。

她想创业，想改变命运，为社会做点实实在在的贡献，不枉人生走一回。每次上下班，在熙熙攘攘的人流中，在忙忙碌碌的夹缝里，在街头巷尾，总见一些老人三三两两，可怜兮兮地步履蹒跚，或蹲坐在商场门口，或仰卧草地斜倚树底，面部茫然，表情痴呆，像是离群孤雁四处流浪，找不到回家的路。

朱零顿生恻隐，一阵感触，先天下之忧而忧，别的忧不了，这些老年人实在令人牵挂呀！于是突发奇想，这里也有商机，我能否办个养老院，将这些老人集中收留，就能变孤独为开心，变病痛为健康，让流浪无助者有自己的精神家园，让上班族无暇顾及老人的家庭走出困境。为社会担责政府减负，给日暮黄昏垂老之人，夕阳下一个迟到的春天。

路漫漫其修远兮，吾将上下而求索。朱零说干就干，经调研考察，实地走访，1997 年下半年，她看到闲置很久破败不堪的经贸部九江接待站的房子面积颇大，又毗邻江边，背靠国棉一厂。这里树木成林，环境幽静，交通也方便。决定租赁承包下来，办一个养老护理双结合的护理院。

世间事只有想不到没有办不到的。主意一定，就与爱人商量，丈夫瞪着眼，你这不是天方夜谭，无背景、无靠山、无资金，凭一己之力，这事能成吗？开始犹豫不决，百般劝阻。经妻子百般解释，仔细分析，似乎也有道理，无可奈何，听之任之也就依了她。

然后劝说父亲，父亲半信半疑，是不是痴人说梦、异想天开？但听完规划解说，慢慢点头称道，也许可行吧，他知道女儿秉性，想好了决定的事，十头牛也拉不回来，于是决定支持她。

朱零雷厉风行，说干就干，与经贸公司签合同，整理场地，修缮房屋，购置设备购买器材，把接待站下岗职工转换培训成为护理工。常言道"巧妇难为无米之炊"，资金链怎么解决？朱零凭着亲情与人脉，拿出家里全部积蓄，向单位借款同事集资共筹 40 万元，正式开始创业之旅。

挂牌成立那天，红灯高挂，鞭炮齐鸣，前来祝贺的亲朋好友、上级领导兴高采烈，新开张的护理院沉浸在一片欢乐喜庆之中。

四

然而，万事开头难。开始运营并不顺利，开张一个月院内只有老父亲一人。之后陆续进来几位。由于热情的服务，贴心的关怀，影响力逐渐扩大，人也越来越多，形势有所好转，但扣除员工工资与日常开销，经营下来月月处于亏本。

可天意难违，屋漏偏逢连夜雨。1998 年，九江一场大洪水漫过江面，冲破堤坝，吞噬了沿江一带房屋，刚刚建起来的养老护理院首当其冲也浸泡在滔滔洪水之中。

记得那天，晴空万里突然卷起一片乌云，夏日的闷热让人晕头涨脑，大汗淋漓。朱零在院子里指挥大家用完餐，老人们午睡后，来到办公室沙发上眯眼小憩。朦胧中，忽然听到外面人声鼎沸，有人呼喊："不好了，破坝了，发洪水了！"朱零顿时吓出一身冷汗，惊醒后冲出门，大声呼叫员工快将老人们迅速转移到安全之处。

水情就是命令，大院就是战场，当大家手忙脚乱齐心协力，将老人们一个个抬送到高处安全地带时，洪水滚滚猛兽般涌入院内，大家迎着急浪，踏着浊水，拼命抢救将要浸泡在水中的医疗器材和生活用品。

望着用汗水与心血凝结的护理院毁于一旦，朱零全身湿透，像只落汤鸡欲哭无泪，心碎欲裂，伤心痛苦，颓废绝望至极。面对洪水侵蚀一筹莫展，加上劳累过度，她病倒了。

然而，在床榻上，她看到电视媒体天天热播九江军民战天斗地抗洪抢险的消息，那磅礴的力量，感人的事迹让她的精神振作起来。看到解放军战士不惧生命危险，纷纷跳入水中，手牵手肩并肩筑成钢铁人墙抵御洪峰；看到居民百姓雨水泥泞中挖泥背沙，加堤筑坝堵决口，前赴后继战斗场面，她流下了激动的泪。

当她又看到各级领导身先士卒，冲锋在前，党和国家领导人亲切关怀，江泽民总书记身穿红色救生衣，手拿喇叭话筒，风雨中在大堤上慰问军民鼓励号召大家众志成城，一定要战胜洪峰，胜利属于人民时更是热泪盈眶，精神大振，她按捺不住激情，身体未愈便奋力投入抗洪抢险战斗中。

她最爱听祖海的歌，"你是谁，为了谁，为了秋的收获，为了春回大雁归。满腔热血，唱出青春无悔，我的乡亲，我的战友，我的兄弟姐妹"。

有了党的领导，有了军民团结奋斗，没有克服不了的艰难险阻，伟大的抗洪精神激励着她，信心百倍，重整旗鼓，坚持不懈，一定将养老护理院办下去，绝地逢生，东山再起，爱拼才会赢。危难之际中国福利彩票"星光计划"送来救助款5万元，党和政府上级主管部门多次慰问，帮贫扶困。退水后，朱零带领员工对损坏房屋重新维修，内外粉刷一新，购置新器材。百废更新后，护理院又以崭新的面貌精神抖擞地出现在人们面前。

五

在朱零顽强坚持、劳心劳肺的运作及全体员工不计薪酬的不懈努力下，护理院像坚固的堡垒，不倒的金字塔又耸立在长江之滨，吸引着急需解困的民众，满足着长期病痛病危老人的需求。

从 1998 年至 2000 年，护理院基本处于亏本状态。垫着家底，欠着贷款，她仍信心满满，坚持初心，毫不退缩。她忘记了万家灯火，淡化了天伦之乐，把整个青春热血全扑在她挚爱的事业上。她爱人时有怨言："360 天不见你回家，一年四季未见你身影，过年过节还陪着老人们不回来吃团圆饭。大禹治水三过家门不入，你对家里问都不问，比市长还忙。"可说归说，怨归怨，见爱人夜以继日地操劳，一脸憔悴，又十分心疼，常带着好吃好喝的和女儿去护理院看望，退休后干脆搬到护理院，同甘共苦，做她的贴身保姆守护神。

由于经贸部接待所房屋重新规划，承租期已满，朱玲的护理院只好搬到濂溪区前进东路山坡上。这里面对庐山北麓，下临十里老街，道路通畅、绿树成荫、空气新鲜、环境优美。这里，曾是海军后勤部队营房训练基地，裁军后闲置着被朱零看中重新启用。将营房改成病房，把操场改作花园，精心修饰后面目一新，远看宛若林中阁楼休闲山庄，让入住者意定神怡，无它无我，让临终者温柔安详，快乐往生。

朱零护理院团队精神很强，护理员素质很高，上岗要求很严。招收员工一摸底、二考核、三培训、再上岗。摸底就是让熟练老员工寻找牵线，那些知根知底、吃苦耐劳、不偷奸耍滑、唯利是图的人。培训方法，一是请护理专家理论讲课，做实操示范；二是老员工以老带新，一帮一传授经验；三是自己亲自辅导授课。她阅读大量医疗护理丛书，认真研究，吸取精华，联系实践，手把手给护工讲经说法，言传身教。

对护理员她要求"三大"即力气大、胆子大、嗓门大。

力气大，因患者大多无生活自理能力，不能行走半瘫全瘫残疾人，上下床，坐轮椅都要托挪位抱，那身材高大肥胖患者没把力气可不行，要技巧也要一股蛮劲。

胆子大，主要是老人去世时临终护理。对于那僵硬的躯体要敢接触抚摸，有的面目铁青，瞪眼龇牙，口吐白沫。有的还得给他按摩热敷，让眼睛闭上嘴巴合拢，四肢调整变软伸直。回光返照一刹那，不得错乱惊慌，断气后要收殓净身洗澡穿衣，协助化妆师化妆，没有点胆量行吗？

三是嗓门大，重症老年患者没有听觉能力，说话要俯在身边大声喊，起床、睡觉、用餐、用药、治疗传送信息都得有响亮清脆的大嗓门，轻言细语只针对少数没有听觉障碍的人。

员工除了"三大"还要有"四心"，即爱心、细心、耐心、恒心。爱心，就是把病患者当作自己的父母亲人，有春天般的温暖，夏天般的热情。尊重他关怀他，"老吾老以及人之老"。细心，就是工作中心无旁骛，饮食烹饪清洁卫生治疗护理，像针灸、艾灸、按摩、推拿、雾化、吞咽、贴敷、站床等不可粗心大意，点点滴滴要到位，细微之处见真情。耐心，就是不能急躁，说话搀扶喝药吃饭，插胃管、鼻饲、协助大小便得慢慢来。特殊病人翻身换尿片，胃管饲食，动作慢、时间长，性子要稳得住，耐得烦。恒心，指心理素质，不可心烦意乱，贵在坚持，有韧性，干就干到底，不达目的不罢休。

多年奋斗坚守，护理院渐渐做大做强。由于诚实守信、服务优良、制度严谨、收费合理，深受患者家属及社会赞誉好评。朱零不做广告不宣扬，让事实说话，让社会公认。只有2000年九江电视台为其做了一期《关怀》的20分钟专题片。让更多人知道"以人为本、老人至上、全心全意为老人服务"的理念。桃李无言自下成蹊，酒香不怕巷子深。有了声誉，许多人带着老人慕名而来，来了就不走，有市内市外的，有省内省外的。护理院殚精竭虑，全心全意为他们服务，为子女尽孝，为老人送终。

六

在前进西路也不是一帆风顺，房地产大开发，山下周边房屋拆迁，工地施工，机器声隆隆尘土飞扬，护理院一时成了孤岛。断水断电断路，朱零急得跳脚，接电引水、求医送药，忙得焦头烂额。2005年九江地震，房屋摇晃瓦片掉落，老人提心吊胆，十分紧张恐慌，似乎死亡阴影、世界末日就要到来。朱零整天口干舌燥，一个个解说劝慰，安抚保护，大局平定后才免去一场惊吓。

护理院在夹缝里求生存，困境中开新篇。后来在政府支持下，出谋划策，将它搬到浔阳江畔清真寺旁边的美佛医院，在繁华的都市安家落户。

这是一栋崭新热闹而又宁静安逸的大楼。一至三层是美佛医院医疗门诊，四至五层是康复护理，两院合二为一，医疗共享。需化验检查的下楼，慢性重症需护理的上楼，既能就近方便医治，又可随时得到精心护理，一举两得，两全其美。此时也是护理院鼎盛兴旺之期，经济效益逐渐好转，日益剧增。

但合二为一的医院有优越也有弊端，人员流动出现隔阂与分歧，临终关怀这一块，总惹得少数人的忌讳与不解。

为了体现护理的专业性、独特性，发挥单方面的特色与优越，继续把它做大做强，以满足社会需求，决定独立办院，再次搬迁，孟母三迁为教子，朱零三迁为老人，在党和政府关怀下。爱心护理院与美佛医院分割，2019年正式搬至原九江江华宾馆，以崭新的面貌，宽大的胸怀笑迎一大批有需求的特殊嘉宾。

如今这里有全方位的人性化管理，有完善配套的冷暖气网络医疗设备，有素质高、责任强的护理队伍，重要的还有一股敬老爱老、以院为家，热情洋溢、严谨细致的工作作风。

朱零院长，就是这支队伍的领头羊、主心骨，她整日在院内转悠，迎来送往，看病房厨房卫生，察老人身体病情反应，把服务护理步步准确到位。

来院护理的都是高难危瘫的特殊病人。有肝胃肠癌晚期的，有无意识的植物人，有意识障碍的阿尔茨海默病，有中风瘫痪的，有插胃管饲食整天需吸氧的……

面对这群行动不便、长期卧床失能失禁、感知认知、视听意识基本丧失、完全丧失生活能力的人，进院都要进行等级评估，然后针对性地分类分床，准确性进行医疗护理，绝不盲目误诊。

护理院与养老敬老院不一样。养老院重在养，那里老人生活能自理，有丰富多彩的活动：唱歌、跳舞、麻将、下棋、看书、练字、庭院散步，甚至还有派对和黄昏恋的。

而护理院则不然，都是久治不愈的重症、日薄西山的风烛残年、油干灯熄、寿终正寝需求临终关怀的人。

他们大多生活难以自理，丧失生存能力，处在生命的最后一站。对这些特殊人群的社会家庭、病情病由、何等医疗、怎样护理，朱零了如指掌，如数家珍。他每天凌晨四点就起床视察病房，安排膳食，对蔬菜食材要求很严，样样都是专供特供，精挑细选。

护理院每天 24 小时有监控，监护值班有情况快速反应，各部门按部就班、一一到位。力大劲足的一口气能将身高体重的病者移步翻身，搬上搬下。快手快脚干净利索地给病人打菜喂饭，更换尿片。耐心细致如同自己的父母，亲属长辈。

特别是临终关怀，在油干灯熄、生命垂危的最后一刻，他们会采取各种方法让逝者走得安详平稳、温馨如愿。如是佛弟子，为他助念"阿弥陀佛"接引西方；如是基督徒，为他祈祷、唱赞美诗步入天堂；喜欢艺术的，让他欣赏美丽的图画；喜爱音乐的，让他静听美妙的歌唱；爱喝酒抽烟嗜好美食的，让他在清香味四溢中骑鹤西去；爱打麻将的让在他骨牌声响里慢慢地闭上双眼。

朱零与员工一道，让老人临终含笑熟睡一般。老人沐浴净身穿衣化妆，像殡仪馆的服务那样细致到位，让逝者瑞像庄严、容貌如在今生。金杯银杯不如百姓口碑，千好万好要让逝者走好。人生的归程，一世的宿命，就在这一分一秒中。

在三年疫情期里，朱零承受了多少折磨煎熬和考验。人心惶惶中，护理院大楼全封闭，外人家属不能进，医疗员工不能出，所有器材药品生活资料都由社区抗疫人员、志愿者全身消毒穿防护服从专门通道进入。无数白昼与黑夜，无数朝朝暮暮，巡视查岗、核酸检测、消毒、安抚、劝慰，事无巨细，点点滴滴，她生怕出现疏忽遗漏招来灾祸。疫情中，离世的老人都是严封紧守在绝对安全无菌之下，专人专车送去郊外火葬场。

1000 多个日夜，疾风暴雨坎坎坷坷，朱零领着大家顶着巨大压力，硬是挺了过来，全院无一人感染，无一人因病毒而死亡。三年来，她累掉一身皮，瘦掉一身肉，换来的是安全无恙，风平浪静，晴空中一道道彩虹，大院中一簇簇美丽鲜花。

"天地者万物之逆旅，光阴者百代之过客"，26 年的奋斗，26 年的坚守，白驹过隙，时光荏苒，转眼朱零已从美丽的青春过渡到花甲之年，仍精神矍铄，风韵犹存，整日忙进忙出，似乎有干不完的事使不完的劲。她孝老敬亲、把别人父母当作自己父母，她让许多病患老人得到温暖快乐，临终辞别时走得宁静安详，在日落前的霞光中涅槃重生。

追赶太阳的人

□　王小华

正是三月乍暖还寒之际，小婆婆纳如蓝色的星星随风摇曳，那些如它般细小的芬芳纵情流淌，孜孜不倦地奏响生命的乐章。

没见到孙小芬之前，我以为她就出生在这万物滋长的春天。不是么？作为一名心中藏光的电力人，她常常和同事穿山越岭，架杆拉线点亮千家万户。瞧，她不就如同那些春天的小花，根植于山野沃土，散发着独特的芬芳吗？

孙小芬，作为江西省电力系统唯一的农电女所长，在濂溪区赛阳镇奋斗了 10 年。80 后的她，一直在供电一线孜孜不倦耕耘，信守"诚信服务千万家、亲情温暖赛阳镇"的理念，带领员工们先后捧回"国家电网公司对标世界一流管理提升示范基地""国家电网公司五星级乡镇供电所""中国最美供电所"等 30 余项奖牌。

听说我们前来，孙小芬站在赛阳供电所的门口迎接。她着一身蓝色牛仔衣，清秀的眉眼透着笑意，眼角的细纹如小婆婆纳的花蕊天然绽放。她领着我们参观，向我们展示供电所独具匠心的风貌。

一楼的展示台惹人注目，上面摆了新旧两块电表及接线。孙小芬向我们解释，这是专门向客户演示不同电表电流灵敏度的变化。她还特意提醒我们，新型电表善于捕捉微弱的电流和异常信息，平时要把家里处于待机状态的电源关掉，才能把偷吃的电耗子拒之门外。

二楼是孙小芬工作室。那一排排烫金的证书耀人眼目，孙小芬微笑着，就像蜜蜂徜徉于花海。她说这些光环并不属于个人，它们属于她的团队，得力于一直在背后默默支持她的家人。

欲戴其冠，必承其重。这句话亘古不变。

初到赛阳的头三年，长期的风吹日晒，使孙小芬皮肤抹上了黑土的颜色，像所有沉稳接地气的人一样，乡亲们见了她格外亲热。因为平日里总是一身灰色的工作服，大家都亲切地称呼她为"灰姑娘"。

赛阳镇毗邻庐山，风光秀美，历史古迹众多，孙小芬深深爱上了这片土地。供电区域涉及 5 个乡镇 (街道)158 平方公里，17 个行政村和社区，271 台配电变压器。孙小芬无论是在寒风刺骨的严冬，还是烈日炎炎的酷暑，都要亲自带领员工深入每个台区、每根电杆、每块表箱开展全面检查，就像蜜蜂用心勘察点滴蜜源。这蜜源关联着老百姓的光明和温暖。那时，踏着星光下班，仰望万家灯火是她最幸福的事。

时间转眼翻到危机重重的 2016 年，这是她终身难忘的一年。

这年年初，九江地区出现强降雪天气，赛阳镇降雪量惊人。山舞银蛇，原驰蜡象，本是山川秀美，却让人望而生畏。就在这天清晨，位于庐山半山腰中的化城寺台区移动信号塔突然断电。天寒地冻，山路狭窄得像架着冰刀，车辆根本无法进入。大雪纷飞，寒气如剑，天地一片混沌，但它们阻拦不了孙小芬进山的脚步。她带着几位队员，背着不轻的工具，手握镰刀，沿路砍伐毛竹上山抢修。靴子里不断钻进从枝头坠落的积雪，不多时，一行人的裤腿和袜子都被浸湿，寒冷像冰蛇一样包裹着双脚，脚指头几乎冻僵；孙小芬虽然戴着手套，但枯枝刺藤无孔不入，红肿冻伤的双手依然被划出了许多血口子。她的头发和眉毛全都结了冰，瞧着就像冰雪老人一样有些滑稽。孙小芬缓慢挪动双脚，脚下传来清脆的"咔嚓"声，她不时提醒着队员们注意防滑，半点也不敢松懈。大雪茫茫，隐藏了半日一切熟悉的痕迹，到达化城寺附近后，她和队员们心里竟泛起了激动的微澜。经过一番紧张工作，终于在 4 个小时后恢复送电。紧接着，她又带着队员，辗转赶往下一个抢修现场。在那场大雪中，他（她）们持续抢修达 40 小时。

大雪封山，这时的人们正在家里烤着火，或偎在温暖的被窝里，孙小芬和她的队员们却披风戴雪，奔赴在最黑暗寒冷的地方。她的心热乎乎的，队员们的心也热乎乎的，一起燃起了冰雪之焰。

老天爷的考验无时不在。电力人告别了冬天的故事，又迎来了酷暑的挑战。

8月初，连日高温燥热，树上的知了似乎都无力吟唱。这天，台风"苏迪罗"猛然登陆，它像只狂兽，甩动着毛发袭击赛阳镇。每一根毛发都是一条搅动天地的巨鞭，大树被连根拔起，屋顶的铁瓦翻飞，满目苍凉凌乱。当时风力8级，降雨量达341毫米，辖区电力设施遭到重创。各方告急，告急！孙小芬出征了，她带领队员们穿行于狂风暴雨中，似乎在回应"苏迪罗"：来吧，只要有电力人在，就有光！这场抢修持续近30个小时。

文字是苍白的，很难还原抢修中的惊险。孙小芬和她的队员们就像战士，用生命涌动的热情化解了一个个困厄。

"喂！我是丛树坳台区的黄时峰，我家停电了，父亲重病在床正在接氧气，能不能安排师傅速来抢修呀！"当晚7时，孙小芬正带着队员们在金桥村抢修，这时手机铃声急促响起，她接到一个紧急电话。

"黄师傅，你放心，我们马上到。一定在今晚让你家用上电！"

孙小芬挂断电话，迅速组织队员赶往丛树坳，同时向公司求助发电机支援备用。当车子开到村口时，她才发现洪水将路桥全部淹没，无法驶入。如果当晚不能修复故障，意味着将失去一条生命呀！她和队员们商量来商量去，只能铤而走险，赶去附近百姓家找来绳索，牢牢绑在岸边的桩上。孙小芬和队员们你搀着我，我挽着你，冒着随时被湍流冲走的危险，一步步摸过河走上对岸。顾不上喘口气，她和队员们迅速清理树障，接着拼接好导线，送电终于正常。此时夜已深，围观的百姓感动不已，有人鼓起掌，黄师傅也赶到现场，不住地握手致谢。

在赛阳供电所工作的10年，孙小芬的故事可以用箩筐挑着走。

罗汉寺位于赛阳镇汪家山的山洼里，是孙小芬长期义务帮扶的对象。寺庙用电计量装置安装在山脚，出线长达800米，全程线路穿越高山丛林和陡峭山壁，多年来风吹雨淋，线路氧化严重，频繁出现接触不良及停电现象。无论天晴下雨，每当线路发生故障后，孙小芬都是第一时间上山义务维修。为了提高罗汉寺用电质量，她主动向公司申领800米电缆，利用周休时间，组织队员们冒着烈日，翻山越岭为罗汉寺义务更换电线，圆满解决了寺庙的用电问题。

忘我的工作是把双刃剑，无形中会影响孙小芬对家庭对儿子的关爱。和许多基层供电人一样，因为这身灰色制服，她常常顾不上自己的小家。多年来，小芬很少有时间陪伴儿子学习，从未接送过他上下学。初中之前，儿子告诉她，想和爸爸妈妈一起去海边度假，这个心愿，很多年之后才得以实现。

如今，孙小芬已成了两个孩子的妈妈。老大在读大学；小儿子6岁，是个活泼可爱的小家伙，也是个粘人的小皮袄。

"妈妈，你今天开会吗？"

"对不起，妈妈今天接不了你哦。"

孙小芬笑着说，就在早上送他上幼儿园时，小儿子还仰着头一本正经地问她，指望妈妈偶尔能接他。她晚上即使再晚回家，他都硬撑着眼皮不睡，直到听到家里的门响，便睁开眼，一头扑进妈妈的怀里。

孙小芬是个温暖的人。参观完她的工作室后，我们走进了所里的创意活动室。这里陈列着繁花一般美丽的作品，都是电力人及家属用心创作的。其中有幅年画《亲情树》，是她和大仔合作完成的作品。

那颗颗纽扣点缀的树叶，就像一颗颗爱心，透出喜悦和爱怜，甚至传递出她内心的丝丝愧疚——无法亲自陪伴的愧疚。好在孩子努力上进，对妈妈的各种缺席早习以为常了。孙小芬心中有个小小的秘密空间，她将最深的母爱藏在其中。当孩子与她互动时，爱的泉水就会流淌出来，浇灌彼此的心田。

爱是种能力，也需要后天的学习。追溯起爱之源泉，孙小芬陷入了沉思，心灵深处有隐隐的欢喜和痛楚。父亲意外去世20多年了，走时陷入深度昏迷，没留下只言片语。童年时，父亲常带着微笑，和母亲一起在菜地埋下爱的种子、浇水、锄草、沐浴阳光。父亲走时，她才18岁，无声地接下了爱的传递棒，和母亲一起挑起了照顾大家庭的担子。后来，她遇到了生命中的另一半，爱人被她的秀外慧中打动了，主动替她分担生活的重担。当时小弟才9岁，学校的家长会常常是爱人和她去开的。

父亲的睿智和母亲的慈爱是苦日子里的蜜。回忆起小时候，孙小芬的内心有蜜流涌动。她出生在80年代的农家，家里5个孩子，大人以种蔬菜谋生，当时经济上的窘迫可想而知。可父亲从不抱怨，不发脾气，5个娃儿都是他掌心里的宝。

在蔬菜上市的季节，他每天半夜两三点起床，把新鲜的菜码在筐里，分别挂在自行车后座的两头，骑行到湖口或锁江楼菜场随行就市售卖。没有卖完的会和摊贩换购一些荤菜或水果等带回家。到了上午十来点钟，她和弟弟妹妹们会竖起耳朵，仔细捕捉屋外的声音。"丁零零，丁零零，"远处传来清脆的自行车铃铛声，孩子们雀跃着上前迎接，每回都没失望。年轻的父亲嘴角上扬，笑容像阳光一样明亮。他一边扶着自行车，一边变戏法似的掏出一把小礼物，有时是吃的，有时是玩的，每个孩子都有份。回忆起当时的情形，孙小芬心头仍有甜蜜在流淌。

父亲是个开明的人。每天晚上大家聚在一起吃饭时，他给孩子们讲不同的故事，有时是人文地理知识，有时是为人处世之道。他的叙说就像清泉，浇灌了孙小芬和弟妹们的心田。父亲生前送给她一句话：干一行，爱一行。这几乎贯穿了她的整个职业生涯。

孙小芬告诉我们，她现在拥有180个工作微信群。她随时关注着群里的动态。每天晚上工作手机就放在枕头下边，只要接到故障报告，无论夜深几许，都会打起精神亲自坐镇。谈到这里，她要感谢自己的爱人，替她撑起了家庭的天，让她在外可以用心地发光。

有委屈吗？

这是常事哟，她微微一笑。骂不还嘴，打不还手，已经成了电力人的日常。

就在前两年，所里的员工在柴桑区清理220千伏输电线路通道树障时，树枝坠落砸在了一块墓碑上，墓碑起了裂纹。孙小芬主动通过各种查询，终于找到了墓主。当时，墓主同意把墓碑修复完好就行。没想到，才过了一夜，他突然变卦，以电力施工队破坏了风水为由，要求所里代买子孙四代的保险，并索求赔偿金150万元。孙小芬哭笑不得。此后墓主不依不饶，除了电话骚扰，还先后8次威逼恐吓。孙小芬没有退缩，也没有动怒，她把所有的委屈都憋在心里，只是温言好语相劝。几个月的时间冲淡了对方的气焰，孙小芬托多方关系从中斡旋，十几次和他主动沟通协调，墓主开始清醒，最后同意花几万元重新立了新墓碑。

瞧，孙小芬除了工作上的积极创新，还要捋顺外勤内务中的一地鸡毛。声名鹊起后，来所里的各种参观调研多了起来，还不时接到新课题。孙小芬没有怨言，依然每天微笑着，用心做好每件事。尽管她出身农网，工资待遇比不上所里新来的在编大学生，她还是把上级发给她的并不丰厚的奖金，抽出一部分奖励给自己的客户经理。

爱心没有边界。孙小芬还是赛阳敬老院的常客，逢年过节都会带着礼物去看望老人，陪他们聊天、谈心。被孙小芬长期帮扶的困难客户，在赛阳镇就有五个。

结束采访后，我才得知孙小芬出生于6月。她的芬芳淳朴天然，来自童年时父母爱的浇灌。六月的热情暗暗刻进她的骨子里，使她从未停下追赶太阳的脚步，把电力人的光和热洒向挚爱的人间。

时 间 有 情

□ 彭文斌

雨后初霁，被鸟啼唤醒的九江城一派春和景明。

一早，熊鸿彪烧好面条，特意煮了两个荷包蛋，"逼"着妻子陈有秀吃下去。陈有秀似乎满腹心事，连比带画地说："鸿彪，我这毛病情况会变化吗？"

陈有秀的喉咙里咕咕作响，表达含混不清，也只有熊鸿彪听得懂她的话。妻子所说的"毛病"并不小，是乳腺癌，今天得去九江市第一人民医院例行检查。熊鸿彪装作若无其事地说："还能有啥事？快4年了，你的情况不是挺乐观啊。"

盯着丈夫那张瘦削的脸看了半晌，忽然，陈有秀埋下头，拿起筷子夹起面条，大口地往嘴里塞，眼中，溢满晶莹的液体。

7时，熊鸿彪扶着妻子在汽车后座坐好，轻轻拍了拍她的肩，轻声说道："没事的。我们出发了。"

汽车迎着春风行驶在街道上。熊鸿彪稳稳地把着方向盘，全神贯注地盯着前方。陈有秀忽然想起了什么，往前凑了凑，嘟嘟囔囔地说："鸿彪，下个礼拜六，我们一家三口一起出去玩，好吗？春天马上就要过去了。"

熊鸿彪一边点头，一边感慨不已：时间真是薄情，眨眼间，自己和妻子都老了。

一、祸从天降

尽管时间已经整整流逝了 20 年，可是，熊鸿彪永远忘不了那个残酷的暮春。2004 年 4 月 28 日，一场意外，改变了他们全家人的命运轨迹。

那一天黄昏，在铁通九江分公司工作的陈有秀从客户那儿收完电话费，乘坐一辆"摩的"回家。眼瞅着就要到达铁路新村了，万万想不到，忽然，一辆公交车仿佛脱缰的野马，疯狂地撞了过来。刹那间，悲剧发生了，陈有秀从摩托车后座飞了出去，头部着地，顿时昏厥过去。出事地点，距离她的家门不过 100 多米。

正在武穴火车站上班的熊鸿彪接到妻子同事打来的电话时，瞬间如同五雷轰顶，蒙了。他抓着话筒发愣，傻了一般，不知该说什么是好。

暮色里的长江依然浩浩荡荡，携带着两岸的灯火奔流不息。出租车奔驶在大桥上，心急如焚的熊鸿彪无心欣赏美景，脑海里叠加着与妻子从相识、相爱到结婚生女的一幕幕情景，谁知道，朝夕之间，人生"剧本"被无情改写。他不敢想象……

在九江市第一人民医院，熊鸿彪终于见到了依然昏迷不醒的陈有秀，才一天不见，她竟然判若两人。一头秀发变为光头，一张脸苍白得吓人。医生神情凝重地告诉他："病人有醒过来的希望，但由于脑干严重受损，大概率是瘫痪，也有一种可能，那就是变成植物人。"

熊鸿彪心如刀绞，却又不能不面对残酷的现实。他说："只要能醒来就是万幸，哪怕是坐一辈子轮椅也行。"

陈有秀在医院里这一"沉睡"就是 8 个多月。命运并没有垂青熊鸿彪，妻子的最后"宣判"出来了：伤残二级、植物人。他如何也没有想到，小说里才有的情节，竟然全部在自己身上发生了。

"怎么办，这日子该咋过？"深夜，凝视着"沉睡"的妻子，熊鸿彪一遍遍地拷问着自己。女儿还在读小学一年级，这个家不能塌了，从部队转业的他不能丢了军人的本色。

深思熟虑之后，熊鸿彪向自己工作的单位九江车务段提出申请：调整到夜班岗位，因为家中有个"植物人"妻子需要他白天照顾。

2005年1月,熊鸿彪从武穴站调回九江站,职务由值班员改为助理值班员。这个抉择,意味着他放弃了职场上的发展。可是熊鸿彪不后悔,因为,照顾妻子就是他的"岗位",就是他的"主角"。

时间无情,时间却又是那样有情。喂饭送水、端屎把尿、按摩翻身、熬药针灸……每天重复着这样的生活,单调、枯燥、烦琐、无趣。也许很多人无法理喻,高个子的熊鸿彪像个心细如发的女人,8小时之外的他几乎是"零社交",唯一的"职责"就是照顾好妻子和女儿。既然抉择,便无怨无悔,熊鸿彪义无反顾地进行着一个人的"长征"。

熊鸿彪属于那种内向、嘴笨的人,不善辞令。可是,他渴望唤醒妻子,他不能漠视妻子的病情,于是,他尝试贴着陈有秀的耳朵边"讲故事",讲他们之间由相识到相爱的故事,讲1997年他们步入婚姻殿堂的情景,讲女儿成长路上的俏皮趣事。陈有秀依然在"沉睡",熊鸿彪依然握着她的手坚持叙说,他坚信妻子一定能够听到自己的话,他能够感觉到妻子的心跳正与自己同频共振。

有谁知道,劳累了一天的熊鸿彪,最大的乐趣便是守在妻子的身边,静静地"阅读"着那张他再熟悉不过的脸。无声的世界里,他回味着妻子出事前的一举一动、一笑一颦,这种短暂的愉悦,给了熊鸿彪某种神奇的动力。执子之手,与子偕老,原来,厮守可以令人纯净而高尚。

二、生活是一面镜子

2005年,陈有秀的三哥无意打听到,德安火车站有个土郎中擅长针灸,效果不错。抱着一线希望,熊鸿彪背着妻子登门求助。令他惊喜的是,扎了三四个月的针,陈有秀的肢体开始有感觉了,能够点头、摇头,尤其让熊鸿彪开怀的是,妻子偶尔可以缓缓睁开眼睛。笑容,慢慢爬回到熊鸿彪的脸上。

让熊鸿彪挂念不下的还有女儿。自从陈有秀遭遇车祸后,原本活泼开朗的孩子俨然换了一个人似的,明显要比别人家的孩子早熟。日子像一件易碎的玻璃器皿,时刻得提防摔打。风雨路上,熊鸿彪选择了陪伴:陪伴卧床的妻子,也陪伴成长中的女儿。

英国作家萨克雷说:"生活是一面镜子,你对它笑,它就对你笑;你对它哭，它也对你哭。"熊鸿彪深知这一点，作为家中的顶梁柱，他别无选择，只能做一个坚如磐石的男人。

久病成医。熊鸿彪通过百度查询、翻阅医书，学会了解决妻子日常中的小毛病，一旦遇到疑难杂症，便给医生打电话请教。工作之余，他推着轮椅陪妻子奔波于各家医院、康复中心。熊鸿彪是个有心人，当医生给陈有秀进行康复按摩时，他在一旁悄悄观察、揣摩，渐渐懂了一些门道，时常给妻子如法炮制，进行按摩推拿。其娴熟的按摩手法、轻重适宜的力度，让随堂坐诊的老中医也觉得诧异不已。由于常年卧床，陈有秀的并发症很多，关节炎缠绕，胆囊被切除，时而全身疼痛。熊鸿彪总是耐心伺候、不离不弃。

外出看病，陈有秀必须乘坐轮椅，这轮椅也带来了不少麻烦。一次，熊鸿彪打的士送妻子去医院，司机看到他手中折叠的轮椅，脸色沉了下来，语气里满是不高兴："放好了，可别剐蹭了我的新车！"熊鸿彪赶紧赔着笑脸说好话，下车后，妻子紧紧抓着他的手，嘴唇嗫嚅着，满眼湿润。

天若有情天亦老，时间无情却真诚。长达10年的坚守，终于有了回报。陈有秀慢慢可以坐起来，不高兴时会皱眉头，看到下班回到家的丈夫时，总是露出孩童般的微笑。

陈有秀的三个兄长看在眼里，记在心里。过年团聚时，他们一起端起酒敬了熊鸿彪这个妹夫一杯，说："鸿彪，没啥说的，就三个字，谢谢你！"熊鸿彪淡然一笑："夫妻本是同命鸟，这都是我应该做的。"

是的，从领取结婚证的那天起，他熊鸿彪就对妻子发过誓："不管生老病死，我们都患难与共、永不分开。"

奇迹继续在发生。陈有秀可以在家里独立活动了，能够短暂地坐立和行走。熊鸿彪每天早上5点钟起来，赶在上班前为妻子做好午餐，陈有秀只需用微波炉加热即可。他还逐一走访左邻右舍，存好大伙的电话号码，以备不时之需。

2016年的春天，九江这座千年古城被打扮得像一位脱俗的仙子。那天中午，在单位间休的熊鸿彪习惯性地拨打家里的座机号码，问候陈有秀："吃饭了吗？"令熊鸿彪震惊的是，回应他的不再是"嗯"或"啊"，而是两个字："吃了。"尽管含混不清，但熊鸿彪还是捕捉到了什么，妻子终于能用语言表达了。

石头开花了！顿时，熊鸿彪欣喜若狂。一脱下工作服，他第一时间跑回了家。迎接他的，是陈有秀的笑脸，还有久违的称呼："鸿彪……"

一瞬间，眼泪顺着熊鸿彪的脸颊淌了下来。男儿有泪不轻弹，这一次，熊鸿彪什么也不顾，任凭喜悦的泪水肆意奔流。

当天晚上，两口子毫无睡意，唠了一宿。熊鸿彪努力辨析着妻子的每个字、每句话，虽然它们显得那般稚嫩、那般简单、那般艰难，但是他已经心满意足。陈有秀似乎也有满腹的话要倾吐，像个牙牙学语的孩子，她心里如明镜似的，对丈夫多年的付出充满感激和欣慰。

陈有秀的情况日渐好转，表达一点点变得顺畅起来。对此，亲朋好友无不感叹：爱，真的可以创造奇迹。

三、与君偕老，一诺千金

然而，祸福无常，命运再次跟熊鸿彪开了一个天大的玩笑。2020 年 6 月的一天，他无意发现妻子的衣服上有星星点点的血迹。刹那间，一种不祥的感觉涌进他的脑海。熊鸿彪当即拿起手机找"度娘"，一看，犹如挨了一记晴天霹雳，头皮顿时发麻。他一把拽着妻子，当即就要往医院赶。

"没啥关系，不痛不痒的。"陈有秀不以为意。

"必须去！"熊鸿彪大声叫道。他不由分说，抱起陈有秀，夺门而出。

检查结果很快出来了，是乳腺癌，处于早中期。不过，这一次，熊鸿彪和陈有秀很冷静。是啊，对于在困厄中挺过来的人，这点风雨、这点疼痛又算得了什么？

陈有秀的一头秀发再度被剃光了。

熊鸿彪没有抱怨，继续与妻子一道奔波在与命运搏斗的人生战场上。这些年，战友们有的提干、有的在生意场上风生水起，他却一直待在助理值班员的岗位上，坦然以对。家中的特殊变故，使熊鸿彪学会了另眼看世界，他看到了那些比自家遭遇更悲惨的真实镜像、认识了一些比自家条件更困窘的病患家属。

每次住院，病房里的陈有秀成为病友们的羡慕对象。有时，病友与丈夫发生拌嘴时，便朝着熊鸿彪一指："那就是榜样，好好看看人家是怎样照顾妻子的……"

人活一世，内心必须要自带驱动器。达观、纯净、安静、善美，这是一个人异常宝贵的心境。熊鸿彪用20年的"修行"，进入了这样一种心境。

"抱怨解决不了任何实际问题。一些人条件那么好，却一天到晚不平衡、发牢骚，其实是个人的思想出了毛病。"或许曾经沧海难为水，熊鸿彪觉得，热爱生活不是喊口号，要从一点一滴做起。

其实，熊鸿彪也有很多害怕：怕陪着妻子去医院，怕妻子摔跤、感冒，更怕妻子的病情恶化。他最"奢侈"的愿望是：静静守着陈有秀白头偕老。

女儿很争气，凭着自己的努力，考取了公办幼儿园的事业编。一旦有空，她便会开着汽车带上父母郊游。凝望着天空的飞鸟和云朵，陈有秀兴奋地发出叽叽咕咕的声音。熊鸿彪听懂了，露出灿烂的笑脸。女儿也听懂了，泪花在眼眶里打转。相亲时，女儿总是看不上对方，帮忙做介绍的朋友感慨道："左挑右挑，你这是诚心想找一个像你老爸的男人啊，实话说，怕是打着灯笼也难呀。"

最困难的时候，九江车务段向熊鸿彪伸出了援助之手，动员全段干部职工捐款捐物。遇到逢年过节，单位领导总是登门探望，送上慰问金。在陈有秀的情况好转后，九江站又安排熊鸿彪上长白班，让他更好地照顾妻子。

心怀感激之情的熊鸿彪迸发出常人所没有的工作热情。他成为执标模范，上班从不迟到早退，接发列车不少说一句话、不少走一步路，作业标准一项不落。优秀共产党员、安全标兵、"最美南铁人"……一项项荣誉桂冠，花落熊鸿彪。对于这一切，熊鸿彪看得很淡，在其心中，一切皆是鸿毛，他在乎的是妻子，忘不了的是那句古老的诗歌："死生契阔，与子成说。执子之手，与子偕老。"

2021年5月，"中国好人榜"发布活动在四川达州举行，可是，熊鸿彪没有去现场领奖。自从妻子出事之日起，他再也没有单独出过远门。对此，熊鸿彪毫不在意，他说："上不上榜、领不领奖并不重要，身为男人要一诺千金。照顾好妻子，是我最重要的责任。"

十年树木，百年树人。

20年的长跑，成就了长江之畔的一曲爱情长歌。

20年的陪伴，是熊鸿彪为妻子写下的时间之书；如此直白简洁，又如此深情缠绵。

后　记

　　经过为期 8 个月的采访创作、编辑校对、审稿定稿,《平凡铸就榜样:九江"中国好人"事迹报告》已然付梓成书。本书采取的是历史叙事手法,注重史料性和真实性,面对面地采访人物的典型事迹与感人故事,寻找生活缝隙里的大量密码,落笔既有点穴式把握,又强调主题整体的脉络,尽可能做到收集完整、表述准确,达到集思想性、史料性、文学性和可读性于一体的初心。

　　寻找好人原型,收集民间的回声,为社会美德代言,在明德,在亲民,在止于至善,在彰显出良好的社会风尚。故而,本书的主旨体现了编者把九江好人精神记录下来、传承下去,使之成为现代人文教育的理念,为完善地域伦理和人身修养做一些力所能及的推进。

　　小德川流,大德敦化。身边好人是中华民族文化一大型符号,是丰厚的传统文化具体体现,是社会伦理道德的现场聚焦。基于此,本书以立身之本、创业之基、发展之力、家庭伦理为切入点,将传统文化中的仁、义、礼、智、信,通过一个个鲜明的身边好人,一步一个脚印,层层深入地加以展现,旨在提供一种根本的和深远的文化主旨,其传递的不仅仅是个人的优良道德,更在于倡导大众带着良知、爱心去对待生活、社会、自然,如果由此引发"做一个有道德的人""我们的价值观"的广泛思考,使九江涌现出更多的好人好事,那么,我们共同努力就有了让人鼓舞的意义。

　　在此,感谢各位作家的辛勤劳动。通过这项工作,让我们更加相信:传统美德是延伸的,它连接着过去、现在和未来,当深厚的九江人文加入了现在进行时的概念,传统美德就具有了时代含义。这,也是本书出版的初衷。

图书在版编目（CIP）数据

平凡铸就榜样：九江"中国好人"事迹报告 / 周光
灿主编；张小莉执行主编 . -- 北京：中国文史出版社，
2024. 12. -- ISBN 978-7-5205-4997-4

Ⅰ.Ⅰ25

中国国家版本馆 CIP 数据核字第 2024UG4981 号

责任编辑：全秋生

出版发行：中国文史出版社

地　　址：北京市海淀区西八里庄路 69 号　　　邮编：100142

电　　话：010-81136602　　81136603　　81136606（发行部）

传　　真：010-81136655

印　　装：廊坊市海涛印刷有限公司

经　　销：全国新华书店

开　　本：787 毫米 × 1092 毫米　　　1/16

印　　张：20.75

字　　数：320 千字

版　　次：2025 年 1 月北京第 1 版

印　　次：2025 年 1 月第 1 次印刷

定　　价：68.00 元